SUTTON KRIMI

Cornelia Härtl

FINSTERE GESCHÄFTE

Ein Rhein-Main-Krimi

SUTTON KRIMI

Handlung und Figuren dieses Romans sind frei erfunden. Ähnlichkeiten mit lebenden oder verstorbenen Personen sind nicht beabsichtigt und wären rein zufällig.

Die meisten der beschriebenen Schauplätze und Institutionen existieren in der Topografie der Städte in und um den Landkreis Offenbach. Gelegentlich wurden mit künstlerischer Freiheit Gegebenheiten verändert oder ergänzt. So gibt es das hier beschriebene Haus im Bussardweg nicht.

Sutton Verlag GmbH
Hochheimer Straße 59
99094 Erfurt
www.suttonverlag.de
www.sutton-belletristik.de

Lektorat, Gestaltung und Satz: Sutton Verlag
Umschlaggestaltung: der uhlig, Augsburg, www.deruhlig.com
Titelbild: dpa Picture Alliance/ZB
Druck: CPI books GmbH, Leck

ISBN: 978-3-95400-574-1

Für meine Eltern

Über die Autorin

Die Autorin und Dozentin Cornelia Härtl lebt und schreibt seit vielen Jahren im Rhein-Main-Gebiet. In die Figur ihrer Ermittlerin Lena Borowski lässt sie eigene Erfahrungen einfließen: Selbst lange Jahre im öffentlichen Dienst tätig, kennt Härtl die Verwaltung und die Zustände in den sozialen Brennpunkten der Region bestens, auch dank ihres ehrenamtlichen sozialen Engagements.

»Finstere Geschäfte« ist der zweite Fall für Lena Borowski.

Prolog

Es gibt Momente, in denen einem der Tod verführerischer erscheint als das Leben.

Sie versuchte vergeblich, die Geräusche auszublenden, die durch die dünne Wand aus dem Nebenzimmer zu ihr herüberdrangen. Doch die fest an die Ohren gepressten Hände nutzten nichts. Sie kauerte auf dem Boden, wiegte sich vor und zurück und begann, fast lautlos ein Lied zu summen. Eine Melodie aus der Kindheit, die ihr nur kurz eine scheinbare Sicherheit vermittelte. So lange, bis die Holzdielen unter ihren Füßen erzitterten.

Die junge Frau sprang auf und rannte quer durch den Raum auf das winzige Dachfenster zu. Es war die einzige Lichtquelle, unerreichbar hoch. Es gab nichts in dem Zimmer, auf das sie sich hätte stellen können. In ihrer Verzweiflung hüpfte sie auf und ab. Ihre Fingerspitzen glitten über das Metall, ohne Chance, an den Griff zu gelangen. Der im Übrigen mit einem Schloss gesichert war.

Sie spürte am kalten Luftzug, dass die Tür geöffnet wurde, noch bevor sie es hörte. Außer Atem drehte sie sich um. Ihr Hirn weigerte sich zu erfassen, was ihre Augen sahen, sie presste unwillkürlich beide Hände vor den Mund.

1

Lena Borowskis Arm schnellte nach vorn. Ihre Faust traf das Ziel mit einem satten Knall. Sie schwitzte vor Anstrengung, Rinnsale von Schweiß liefen zwischen ihren Brüsten und den Schulterblättern hinunter und durchnässten ihr dünnes Shirt. Sie stellte sich das Gesicht eines Mannes vor, dessen Ausdruck beim letzten Schlag von grenzenloser Arroganz zu schmerzhafter Verblüffung wechselte. Das reichte, um sämtliche noch schlafende Energien in ihr zu mobilisieren. Obwohl sie ihn nicht persönlich kannte, hatte sie eine Rechnung mit ihm offen. Die konnte sie zurzeit nur in der Fantasie begleichen.

»Drecksack«, murmelte sie, tänzelte zurück und schlug noch drei Mal zu. Rechts, links, rechts. Dann eine leichte Drehung des Körpers, ein wuchtiger Tritt mit dem Fuß von der Seite. Sie hatte all ihre Kraft hineingelegt. Das Gesicht verschwand vor ihren Augen. So, wie der Mann verschwunden war, nachdem er ihr Leben und das Leben ihr nahestehender Menschen schmerzhaft berührt hatte.

»Lena, pass auf deinen festen Stand auf«, rief jemand schräg hinter ihr. »Würdest du auf einen lebendigen Widersacher eindreschen statt auf einen Sandsack, lägst du jetzt am Boden.«

»Nur, wenn er so gut wäre wie du«, knurrte sie. Sie schlug noch ein paar Mal völlig unkontrolliert zu, um ihren Körper komplett auszupowern, bevor sie sich mit einem lauten Ächzen mit dem Rücken gegen die Wand fallen ließ. Der Schweiß lief ihr brennend in die Augen. Das Gesicht aus ihrer Vorstellung verschwamm. Leider nicht die Wut, die sie erfasste, sobald sie an den Kerl dachte.

Jochen, ihr Coach im Fitnessstudio, kam mit einem merkwürdigen Gesichtsausdruck näher. »Alles okay bei dir?«

»Klar, warum nicht?« Sie wischte sich mit dem Handtuch über Stirn und Nacken.

»Du wirkst so … aggressiv in den letzten Wochen.«

»Ist einiges passiert«, murmelte sie. »Aber keine Angst, ich werde niemandem an den Karren fahren, ich baue nur Stress ab.«

»Okay. Dienstag Selbstverteidigung?« Jochen hob das Klemmbrett mit ihrem Trainingsplan und blickte sie fragend an.

»Wie gehabt. Um fünf.« Sie stieß sich von der Wand ab, um zu den Waschräumen hinüberzutrotten.

Das Leben der Sozialarbeiterin Lena Borowski war einige Monate zuvor aus dem Takt geraten. Genauer, an dem Tag, an dem sie sich einer Jugendfreundin zuliebe auf die Suche nach einer verschwundenen Frau gemacht hatte. Niemals hätte sie gedacht, dass dieser Gefallen sie schmerzhaft mit der eigenen Vergangenheit konfrontieren würde. Noch weniger vorhersehbar waren die Auswirkungen auf die Gegenwart.

Als Lena ihre Wohnung im unteren Teil des Buchrainwegs in Offenbach betrat, fiel ihr als Erstes die Stille auf, die an diesem Abend herrschte. Das Haus schien wie ausgestorben. Auf einen Schlag fühlte sie sich einsam. Das Adrenalin, das kurze Zeit nach dem Training durch ihre Adern gerauscht war, war verflogen. Sie verspürte eine merkwürdig unkörperliche Müdigkeit.

Ein Blick zum Telefon zeigte, dass keine Nachricht für sie eingegangen war. Ihr Handy blieb ebenfalls stumm. Lena warf sich in einen Sessel, durch ihren Kopf zogen Bilder der jüngsten Vergangenheit. Ihre Beziehung zu einer Reihe von Personen hatte sich durch die Geschehnisse nachhaltig verändert.

Tamae, ihre japanische Geliebte. Sie war kürzlich in ihre Heimat zurückgekehrt. »Für ein Projekt, das über mehrere Monate läuft«, lautete die lapidare Erklärung. Lena und sie wussten beide, dass das eine Umschreibung dafür war, Zeit zu gewinnen. Zeit, um darüber nachzudenken, ob und wie ihre Beziehung noch eine Zukunft hatte.

Karin, ihre zweite Geliebte. Die Frau, die sie in den letzten Wochen und Monaten mit ihrer so fürsorglichen wie selbstlosen Liebe ummantelt hatte. Die nie ein Wort des Zweifels ausgesprochen hatte. Dennoch spürte Lena inzwischen auch bei ihr eine Tendenz, sich zurückzuziehen. Vielleicht, weil auch Karins Kräfte begrenzt waren und sie auftanken musste. Oder weil auch sie Lena die Möglichkeit geben wollte, eine wichtige Entscheidung zu treffen.

Gerd Rohloff. Der Mann, dem verschiedene Etablissements im Frankfurter Rotlichtviertel gehörten. Er hatte Lena aus dem Gleichgewicht gebracht, bereits bei ihrer ersten Begegnung. Sie war lesbisch, hatte bisher nie Interesse für einen Mann gezeigt. Bis sie Gerd Rohloff traf.

Diesen Gefühlen musste sie sich früher oder später stellen. Gleichzeitig bedeuteten genau diese Gefühle Gefahr.

Lieber später, signalisierte ihr Unterbewusstsein.

+++

Sunita wusste nicht, wo sie war. Nach ihrer Ankunft am Flughafen hatte man sie in einem abgedunkelten, nach Zigarettenqualm stinkenden Lieferwagen scheinbar endlos herumgefahren und sie dann in dieses Haus gebracht. In der Diele stand eine Frau, die sich Mammy nannte. Sie musterte sie kalt. Ihre Blicke wanderten an Sunitas Körper auf und ab, bevor sie sie in einen kleinen, kühlen Raum zog. Dort tat sie einige Dinge, die Sunita bis ins Mark erschreckten, und sagte ihr eindringlich, was passieren würde, sollte sie nicht ab sofort aufs Wort gehorchen.

Man brachte sie in eine Dachkammer, wo sie auf einer Matratze hockte und über das nachdachte, was Mammy ihr gesagt hatte. Das Herz schlug ihr aus Angst bis zum Hals.

Die massige Frau war aus demselben Land wie sie, was sie nur kurz gefreut hatte. Schnell war diese Freude in Unbehagen umgeschlagen, dann in Furcht. Die Ältere hatte nichts Mütterliches. Sie würde keine der Fragen beantworten, die Sunita auf der Seele brannten. Genauso wenig, wie die Fremde, die sie aus der Heimat hierher begleitet hatte. Den Flug über wechselten sie kaum ein Wort. Am Flughafen verschwand die andere, nachdem sie sie den Männern mit dem Lieferwagen übergeben hatte. Als wäre sie ein Paket.

Das Arrangement war erprobt und ging routiniert ab. Das spürte die junge Frau. Sie rollte sich zusammen, um die Wärme ihres eigenen Körpers zu fühlen.

Wo war sie? Was war es, was man von ihr wollte? Nichts von dem, was man ihren Eltern erzählt hatte, schien zu stimmen. Sunita dachte an ihr Heimatdorf, die fröhlich plappernden Stimmen ihrer Schwestern, das Mahnen ihrer Mutter, wenn sie alle mal wieder zu übermütig waren. Die harte Arbeit im Haus und auf dem Feld, die sie oft so gehasst hatte. Jetzt hätte sie wer weiß was gegeben, um wieder dort sein zu können. Sie presste die Lider fest zusammen. Redete sich ein, alles sei nur ein schlechter Traum. Als sie ihre Augen wieder öffnete, hatte sich nichts verändert. Es war Realität. Die Erkenntnis dröhnte in ihrem Kopf, als habe jemand einen Gong geschlagen.

Um sie herum war es absolut still. Sie ahnte, dass das nicht immer so war.

Sie starrte in das Halbdunkel um sie herum, bis sie endlich einschlief.

+++

Gerd Rohloff unterbrach die Verbindung, als Lenas Mobilbox ansprang. Seit Wochen ging das so. Als ob sie sich von ihm entfernen würde. Er sah nachdenklich auf das Display. Entschied, keine SMS zu senden.

Lena beschäftigte ihn, seit sie sich das erste Mal begegnet waren. Wie eingebrannt in sein Gedächtnis war dieser Moment, als ihm die schlanke Frau mit den kurzen, fast schwarzen Haaren in einem seiner Läden, dem »Kinky-Klub«, gegenüberstand. Der intensive Blick ihrer grünen Augen. Als sich ihre Hände berührten und sie beide spürten, dass etwas zwischen ihnen vorging. Wie er ihr hinterherblickte, sich dabei ertappte, ihr auf den festen Hintern zu sehen, obwohl das nebensächlich war. Sie zog ihn an, auch erotisch, obwohl sie überhaupt nicht sein Typ war. Und er nicht ihrer. Lena war lesbisch und nicht darauf aus, mit ihm ins Bett zu gehen. Vielmehr fühlte er den Wunsch, ihr nahe zu sein, sie zu beschützen. Doch noch nicht einmal das würde sie annehmen wollen. Sie konnte gut auf sich selbst aufpassen, das hatte sie ihm bereits deutlich gemacht.

Er wusste, welch schwierige Zeit hinter ihr lag. Dass sie seinen Rat gesucht und seine Nähe angenommen hatte, hatte ihn glücklich gemacht. Es war diese Art von Glück, die Menschen nicht oft vergönnt war, weil sie an die Gegenwart von besonderen Menschen gebunden war, denen man im Leben nicht häufig begegnete. Weil er nach dem Tod seiner Frau nicht mehr geglaubt hatte, jemals wieder eine so starke Empfindung für jemand anderen haben zu können, hatte ihn Lena so umgehauen.

Wie es ihr wohl ging? Sie musste mit so vielem fertigwerden.

Sie würde nicht antworten. Nicht heute, nicht morgen. Aber irgendwann. Er hatte sie berührt, das wusste er, sie konnte nur noch nichts damit anfangen.

+++

Dem Mann hing der Bauch über die schlecht sitzende Hose, er roch nach Bier und Schnaps.

»Komm her«, bedeutete er ihr.

Sunita schauderte bei der Vorstellung von körperlicher Nähe zu dem Fremden. Sie blieb an der Türschwelle stehen.

Ein Stoß zwischen die Schultern beförderte sie vorwärts, zu Boden, direkt vor die Beine des auf dem Bett sitzenden Dicken.

Er sagte etwas. Sie ahnte nur, was es bedeutete. Seine Stimme knarzte und das dreckige Lachen, das folgte, jagte ihr einen kalten Schauer über den Rücken.

»Los jetzt. Du bist nicht zum Faulenzen hier. Mach, wie ich es dir gezeigt habe!«

Mammy stand hinter ihr. Gnadenlos. Sunita drehte sich zu der Frau um. Ihre Augen flehten, ihr das zu ersparen, was sie verlangte.

»Bitte«, sagte sie leise. In der Sprache, die nur sie beide verstanden.

Als Antwort fiel die Tür krachend ins Schloss. Sie war allein mit dem Fremden.

Die Zunge des Mannes glitt über seine Lippen. Sunita fand den Anblick der nassen, roten Haut ekelhaft. Mit einer Geste gab er ihr zu verstehen, was er von ihr erwartete. Sie dachte an das, was Mammy ihr beigebracht hatte, und griff nach dem Reißverschluss seiner Hose. Versuchte, ihn zu öffnen. Ihre Finger zitterten so sehr, dass sie es nicht schaffte. Der Mann schlug ihr auf den Kopf und fuhr sie an. Er hatte es eilig, daher öffnete er die Hose selbst.

Er stank.

Angewidert drehte sie den Kopf zur Seite. Sie musste schlucken, krampfhaft, immer und immer wieder. Ihr Mund hatte sich mit Speichel gefüllt, der nach Kotze schmeckte. Seine Hand krallte sich unnachgiebig in ihr Haar, er zog sie heran, drückte ihr Gesicht in den schmutzigen Schritt. Sunita würgte, sie wusste, sie würde nicht tun können, was man ihr befohlen hatte. Aus dem Würgen wurde ein hysterischer Schluckauf. Speichel lief ihr über die Unterlippe. Dann sperrte ihr Kiefer, als wäre er mit einem Schraubstock verschlossen. Sie hörte das Knirschen ihrer eigenen Zähne und spürte den Schmerz unter den Ohren.

Der Mann schlug sie ins Gesicht, ein harter Schlag traf ihr linkes Ohr, ein weiterer ihre Schläfe. Jetzt schrie er, mit hässlich verzerrtem Mund. Seine Augen glitzerten bösartig. Sunita robbte nach hinten weg, ein Fußtritt gegen die Rippen war die Antwort. Er stand auf und schaute auf sie herab. Zornerfüllt. Er glaubte, ein Recht auf das zu haben, was sie ihm nicht geben konnte und wollte. Ekel erfasste sie bei seinem Anblick.

Wütend zog er den Gürtel aus der Hose, ohne den Blick von ihr zu lassen. Sie kam mühsam auf die Beine, aber er hielt sie am Nacken gepackt, als wäre sie eine Katze, die er gleich ersäufen wollte. Sunita schrie, obwohl sie wusste, dass niemand kommen würde. Zu oft schon hatte sie das Schreien der anderen Mädchen mithören müssen. Würde auch ihr passieren, was ihnen passiert war?

Der Dicke holte aus, das harte Leder traf Sunita wie eine Peitsche. Knallte schmerzhaft auf ihre Arme, ihre Beine. Sunita weinte, sie hielt schützend die Hände vors Gesicht und wandte sich ab. Der Gürtel traf ihren Rücken. Die Schnalle riss ihr die Haut unter dem dünnen Hemd auf. Noch einmal traf sie das Metall, dieses Mal im Nacken. Sie heulte auf und stolperte, im Versuch, den Schlägen zu entkommen.

Die Tür flog auf. Ein Mann kam ins Zimmer, groß und schwarz. Der Dicke hörte auf, sie zu traktieren, keuchend wandte er sich dem Neuankömmling zu.

»Genug!«, sagte der und fuhr mit schnell gesprochenen Worten fort, die Sunita nicht verstand. Seine Kopfbewegung hingegen konnte sie deuten und huschte mit tränennassem Gesicht nach draußen. Vor

der Tür wartete Mammy. Sie machte klackernde Geräusche mit der Zunge und schüttelte langsam den Kopf.

»Du hast uns enttäuscht«, sagte sie. Ihre Augen blickten mitleidslos auf die noch immer weinende Jüngere. »Wir werden dich lehren, unsere Befehle zu befolgen.«

Damit griff sie Sunita am Arm und zog sie mit sich. Nicht dorthin, wo sie normalerweise schlief. Sondern in die andere Richtung. Nach unten. In den Keller. Sunita wollte schreien, aber ihr Unterkiefer war erneut so verkrampft, dass kein Ton über ihre Lippen kam.

2

Lena stand im ersten Stock am Fenster eines dreistöckigen, schmucklosen Bürogebäudes in der Pittlerstraße im Industriegebiet von Langen und sah in den grauen, diesigen Februarhimmel hinauf. Danach hinunter auf die Gruppe von Menschen, die das Haus verließen. Einzelne gingen eilig davon, während andere noch in Grüppchen stehen blieben, in Gespräche vertieft. Zigaretten wurden angezündet, jemand lachte so laut, dass es bis zu ihr nach oben schallte.

»Wie lief es?« Adelheid Wormser, die stellvertretende Geschäftsführerin der »Gemeinnützigen Gesellschaft für Ausbildung und Beschäftigung«, kurz gGAB, betrat den Raum.

»Ganz okay«, murmelte Lena. Von den eingeladenen Hartz-IV-Empfängern waren nicht alle zum Bewerbungskurs erschienen. Lena hatte im Querschnittsteam, das inzwischen offiziell »Team für ämterübergreifende soziale Arbeit« hieß, die Aufgabe übernommen, die zentrale Ansprechpartnerin für alle Fragen bezüglich dieser Kurse zu sein. Normalerweise nahm sie daher seit Kurzem an den Einführungsveranstaltungen teil, die Emilia Hornauer hielt. Doch die war an diesem Morgen weder zur Arbeit erschienen, noch hatte sie sich gemeldet.

Lena und Emilia waren am Vortag gemeinsam im Kreishaus in Dietzenbach in einer Besprechung gewesen, die sich schier endlos hinzog. Zwei Teilnehmer der Arbeitsgruppe verspäteten sich, einer der beiden über zwanzig Minuten. Obwohl die Agenda wie üblich ziemlich vollgestopft war, ging es nur im Schneckentempo voran. Einer der Tagesordnungspunkte war die Zusammenarbeit einzelner Abteilungen. Konkret ging es an diesem Tag um die Abstimmung zwischen den Fallmanagern und Emilia. Erstere waren beim »Komm-Job«, dem bei der Kreisverwaltung angesiedelten kommunalen Arbeitscenter, ständige Ansprechpartner der Bezieher von Hartz IV und schlugen arbeitslose Klienten für die Kurse bei der gGAB vor. Die bot auch Ausbildungs- und Arbeitsplätze für sogenannte schwer vermittelbare Jugendliche und Erwachsene an, mit entsprechender fachlicher und sozialpädagogischer Begleitung. Emilia, die ebenfalls beim »Komm-Job« arbeitete, kümmerte sich als Sozialarbeiterin vor Ort in Langen um den Ablauf. Lena vetrat in der Runde das ämterübergreifende Querschnittsteam, in dem sie seit einigen Monaten eingesetzt war.

Emilia war nervös auf ihrem Stuhl neben Lena herumgerutscht. Sie schien unter Termindruck zu sein. Lena konnte das nachvollziehen, die angesetzte Zeit war bereits um und sie hatten bisher nur zwei Drittel der Tagesordnung abgearbeitet.

Als sie endlich mit allem durch waren, summte Emilias Handy, nicht zum ersten Mal an diesem Nachmittag. Sie sprang eilig auf. »Sorry, ich muss da mal drangehen«, murmelte sie und verließ den Besprechungsraum. Als sie zurückkehrte, waren die anderen bereits dabei, ihre Sachen zusammenzupacken.

»Ich mach mich vom Acker, tschüss!«, rief Emilia in die Runde, schnappte sich Handtasche und Jacke. Sie ging so hastig davon, dass sie dabei fast jemanden umrannte.

»Was ist denn mit der los?«, murmelte Renate Kloß, eine Abteilungsleiterin der »Komm-Job«.

Lena zuckte die Schultern. Sie wollte ebenfalls gehen, wurde aber noch in ein Gespräch verwickelt. Als sie danach nach ihrem Parka griff, fiel ihr die Aktentasche auf, die am Boden stand. Am Schloss waren die Initialen E.H. eingraviert. Sie gehörte Emilia, die sie in der Eile vergessen hatte.

Lena kannte die Kollegin privat und wusste, wo sie wohnte. Sie beschloss, Emilia anzurufen und ihr die Tasche später vorbeizubringen.

Doch daraus war nichts geworden, sie hatte Emilia am Vorabend nicht erreicht und nun war sie auch nicht zur Arbeit erschienen.

Seufzend folgte Lena der großen, dünnen Gestalt von Adelheid Wormser, die sie zu Emilias Büro führte.

»Du bist ja heute ihre Vertretung. Wenn du willst, kannst du das Protokoll hier schreiben.«

Lena nickte. Emilias Einzelbüro war wesentlich ruhiger als ihr Arbeitsplatz in dem Container in Dietzenbach, in den man Lena und ihre Teamkollegen vor einiger Zeit verfrachtet hatte. Nein, sie hatte ganz und gar nichts dagegen, konzentriert arbeiten zu können.

Nur Emilias Abwesenheit gab ihr zu denken. Es passte überhaupt nicht zu der so akkuraten Person, sich nicht zu melden.

+++

Henry Thompson spürte das Brennen in den Schenkeln. Noch ein paar Minuten, dann ging es querfeldein.

Er hatte sich Anfang des Jahres ein striktes Fitnessprogramm auferlegt und joggte bereits seit einer halben Stunde durch den Wald rund um den Buchrainweiher herum. Nach der dritten Runde lief er unter der Unterführung der A661 durch zurück in Richtung der Schrebergärten, bog jedoch vorher gleich wieder nach rechts ab. Entlang eines ziemlich vermüllten Wegs und vorbei an einigen verwahrlost aussehenden Grundstücken machte er ein paar Schritte quer durchs Unterholz. Dabei sprang er leichtfüßig über Äste und kleinere Büsche, machte zwischendrin ein paar Klimmzüge an einem tief hängenden Ast. Der vom Regen der vergangenen Nacht feuchte Boden schmatzte unter seinen Füßen. Dort, wo er normalerweise den Haken schlug, um zu seinem am Rand des Kleingartengeländes geparkten Wagen zurückzulaufen, erhaschte er aus den Augenwinkeln heraus etwas, das nicht hierher gehörte. Henry blieb stehen, sein Atem ging schnell. Er beugte sich kurz nach vorne, stützte sich auf den Oberschenkeln ab und wischte sich den Schweiß von der Stirn. Dann blickte er auf und erfasste, was er da sah.

»Shit«, schrie er. Mit schnellen Schritten war er zu der Stelle gerannt, wo etwas an einem Baum hin. Etwas Großes, eindeutig Menschliches. »Oh no«, stöhnte er. Fassungslos starrte er auf das Szenario. Ein schwarzer Klappstuhl aus Kunststoff lag umgekippt zwischen dem Grün und Braun des Waldbodens. Die Frau musste dort hinaufgestiegen sein, um sich den Strick um den Hals zu legen. Hatte sie gezögert oder ging es schnell? Niemand würde es je erfahren.

Der Schweiß auf seinem Körper wurde mit einem Schlag eiskalt.

»Lady, leben Sie noch?«, fragte er. Völlig irrational, so wie die Geste, mit der er an ihr Bein fasste. Er taumelte zurück, als die Leiche dadurch in Bewegung geriet. Alles, was er sah, sprach eine deutliche Sprache. Diese Frau war tot. Weswegen auch immer sie sich das Leben genommen hatte, sie hatte es gründlich getan.

Henry wurde übel, er musste ein paar Schritte weggehen von dem, was er sah und roch. Gallenbitter stieg ihm der Magensaft in die Kehle, er übergab sich in ein Gebüsch, bevor er nach seinem Mobiltelefon tastete und die 110 anrief.

3

Im Landratsamt in Dietzenbach war an diesem Mittwochmorgen einiges los. Im Foyer standen mehrere Dutzend Menschen verschiedenster Nationalitäten herum. Es waren überwiegend Asylbewerber, die gerade mit zwei Bussen aus Gießen angekommen waren. Sie wurden nun von Sozialarbeiterinnen abgeholt und zu den für sie zuständigen Mitarbeitern in den ersten Stock des Gebäudes begleitet.

Lena Borowski hatte einen Termin bei der Personalabteilung. Während sie sich ihren Weg durch das Gewimmel im Foyer bahnte, zupfte sie jemand am Ärmel.

»Wir haben vermutlich denselben Weg«, meinte Andrea Geissler, die im Querschnittsteam normalerweise an dem Schreibtisch saß, der Lenas gegenüberstand.

»Echt? Weißt du denn, worum es geht?« Lena hatte auf ihrem Diensthandy lediglich eine SMS von Norbert Müller, ihrem Teamleiter, erhalten.

»Nö, Norbert tut mal wieder superwichtig, hat aber nichts rausgelassen.«

Kaum im vierten Stock angekommen, wurden die beiden Frauen vom Personalchef persönlich empfangen. Er wirkte nervös und so etwas wie eine bange Vorahnung beschlich Lena.

»Es ist etwas Schlimmes passiert«, bestätigten die ersten Worte von Konrad Leiß ihre Befürchtung. »Frau Hornauer ist leider verstorben.«

Andrea schlug sich die Hand vor den Mund.

»Verstorben? Hatte sie einen Unfall?« Lena wurde übel. Deshalb hatte sie Emilia nicht erreicht.

Leiß bat um Diskretion. »Vermutlich werden wir es nicht geheim halten können. Dennoch bitte ich vorläufig um Stillschweigen.« Er sah die beiden Frauen eindringlich an, bevor er fortfuhr. »Sie wurde im Wald gefunden. Erhängt. Selbstmord.«

»Nein!«, entfuhr es Lena. Gleichzeitig spürte sie einen Druck auf den Augen und wusste, dass sie gleich anfangen würde, zu heulen. »Aber, ich habe sie doch am Montag noch gesehen. Sie wirkte …«, abrupt brach sie ab. Wie hatte Emilia gewirkt? Fahrig, nervös. Allerdings – keineswegs lebensmüde.

»Man merkt es den Leuten nicht unbedingt an«, sagte Andrea leise und fasste beruhigend nach Lenas Arm.

»Frau Hornauer war beliebt im Haus«, nuschelte Leiß. So, als wisse er nicht, was er sonst über die Tote sagen konnte.

Er hatte bedingt recht. Nicht alle, die mit Emilia zu tun hatten, schätzten sie. Vielleicht, weil sie manchmal zu verbissen war, wenn etwas ihrer Meinung nach nicht optimal lief. Das passte einigen ihrer Kollegen nicht in den Kram und hatte in der Vergangenheit diverse Male zu Auseinandersetzungen geführt. Lena hingegen war mit Emilia immer gut ausgekommen. Die Kollegin diskutierte

Sachen gerne aus, vertrat ihre Ansichten, konnte andererseits aber ganz pragmatisch Dinge abarbeiten, wenn man sich im Team einmal dafür entschieden hatte.

»Weswegen ich Sie beide hergebeten habe: Wir müssen die Vertretung organisieren. Frau Borowski, Sie haben in der jüngsten Vergangenheit als Kontaktperson des Querschnittsteams eng mit Frau Hornauer zusammengearbeitet. Daher wurde entschieden, dass Sie vorläufig die drängendsten Projekte in ihrem Aufgabengebiet übernehmen. Wir gehen da von weniger als vier Wochen aus, aber man weiß ja nie. Frau Geissler wiederum ist während Ihrer Abwesenheit Ansprechpartnerin für Ihren Bereich im Querschnittsteam, damit folgen wir der Vertretungsregelung.«

Lena und Andrea sahen sich an. Lena musste ein Seufzen unterdrücken. Sie hatte sich gerade in ihre neue Aufgabe im jüngst gebildeten Team in einem Brennpunktviertel von Dietzenbach eingearbeitet. Jetzt wurde sie wieder herausgerissen. Ohne straffe Organisation und etliche Überstunden würde es nicht abgehen.

»Oder haben Sie einen anderen Vorschlag?« Leiß sah ebenfalls nicht glücklich aus.

Lena schüttelte stumm den Kopf und drückte Daumen und Zeigefinger gegen die Nasenwurzel. Vier Wochen, das würde schon gehen. Sie konnte den halben Tag in Dietzenbach die dringendsten Angelegenheiten erledigen und in der anderen Hälfte den unaufschiebbaren Teil von Emilias Arbeit übernehmen.

»Wir machen es so, das geht in Ordnung«, hörte sie Andrea sagen.

»Ihr Teamleiter, Herr Müller, weiß Bescheid über die neue Aufgabenverteilung, er kennt aber nicht den Grund dafür. Bitte bewahren Sie ihm gegenüber momentan Stillschweigen. Landrat Söder möchte sich mit der unerfreulichen Tatsache selbst an die Mitarbeiter wenden. Wir warten ein offizielles Statement der Kripo ab, bevor wir die Nachricht rausschicken.«

Vermutlich saß schon jemand in seinem Vorzimmer und bastelte an einer Nachricht, die man über das Intranet verschicken würde, sobald der richtige Zeitpunkt gekommen war.

»Frau Borowski, noch eine Sache. Uns stehen etliche Abgabetermine für Fördergelder ins Haus. Wir müssen uns auf Sie verlassen können. Sie werden selbstverständlich Zugriff auf alle Dateien und Unterlagen von Frau Hornauer erhalten.«

Damit waren sie entlassen.

»Gott, Lena, ich beneide dich nicht um den Job«, sagte Andrea, während sie das Kreishaus verließen. Lena wusste genau, was ihre Kollegin meinte. Emilias Aufgaben beinhalteten auch Fördermittelanträge des »Komm-Job«. Ohne das zusätzliche Geld von EU, Bund und Land konnte der Landkreis kaum etwas auf die Beine stellen.

»Emilia hatte einen Hang zu Verwaltungsarbeit, ihr machte der ganze Papierkram nichts aus«, brachte Andrea es auf den Punkt.

»Vielleicht macht er mir zurzeit auch weniger aus«, antwortete Lena leise. Sich bei der Arbeit nicht nur mit menschlichen Problemen herumzuschlagen, sondern auch auf Daten, Zahlen, Fakten zu konzentrieren, erschien ihr in diesem Augenblick jedenfalls gar nicht so unangenehm.

+++

Sunita konnte nicht aufstehen, dazu war der Verschlag, in dem sie seit Stunden hockte, viel zu niedrig. Dunkel war es hier und kalt. Sie trug nur dünne Wäsche am Leib. Gut, um Männer aufzureizen. Gar nicht gut, um vor der klammen, eisigen Luft zu schützen.

Mammy hatte ihr bedeutet, sich still zu verhalten. Zunächst war sie wie erstarrt vor Angst. Was würde man ihr antun? Sie dachte an ihren ersten Tag in diesem Haus. An den Schnitt in ihren Arm, das Blut, die Phiole, in die Mammy es hatte laufen lassen. »Du gehörst nun dem Voodoogott. Wenn du nicht tust, was man dir sagt, wird er dich strafen. Dich und deine Familie. Alle!«

Natürlich fürchtete sie sich vor dem Dämon, den Mammy offensichtlich beschwören konnte. Sie kannte die Rituale aus ihrer Heimat. Und sie hatte genügend Menschen gesehen, die gestraft worden waren. Ein Mann, gerade noch stark und groß wie ein Baum, war unter einen Bann geraten und bei lebendigem Leib verdorrt wie ein Halm ohne

Wasser. Eine Frau hatte tagelang schreiend in ihrer Hütte gelegen, mit Schaum vor dem Mund. Erst, als sie still war, traute man sich hinein und fand sie tot.

Was würde Mammy mit ihr tun? Welchen Dämon, welche Krankheit würde sie herbeirufen? Je länger Sunita über ihre mögliche Strafe nachdachte, desto ängstlicher wurde sie.

Niemand kam, aber das war keine Beruhigung. Würde sie die ganze Nacht hier verbringen müssen? Die Wunde am Rücken, wo die Gürtelschnalle sie getroffen hatte, schmerzte. Ihre Beine schliefen ein, sie bewegte sie vorsichtig, um die Durchblutung anzuregen. Da hörte sie es! Ein kaum wahrnehmbares Scharren, ganz in ihrer Nähe.

Ihre Nackenhaare richteten sich auf. Ratten! Es konnte sich nur um Ratten handeln. Die Angst packte sie wie eine kalte Hand, ihr Herzschlag raste bei der Vorstellung, den Tieren ausgeliefert zu sein. War es das, was sie wollten? Sie noch mehr in Furcht versetzen, damit sie gefügig wurde?

Sie schloss die Augen und summte leise ein Lied, das sie aus ihrer Kindheit kannte. Weit weg von diesem Land hier war sie aufgewachsen, ihre Familie musste mit weniger als Nichts auskommen. Dennoch erschienen jetzt nur schöne Bilder in ihr. Erinnerungen an den Gesang ihrer Mutter, das weiche Licht ihrer Heimat, die Gerüche und Geschmäcker ihrer Kindheit. Und an Ebele, einen Jungen aus ihrem Dorf, ein paar Jahre älter als sie. Er hatte ihr den Hof gemacht, erst auf eine kindliche, später auf eine beschützende Weise. Zaghafte Blicke, seine Hand, die verstohlen die ihre suchte. Ein schüchterner Kuss auf die Wange. Wie weit entfernt schienen ihr diese unschuldigen Zärtlichkeiten.

»Ich komme zurück und heirate dich«, hatte er ihr versprochen, bevor er in die Stadt ging, um dort nach Arbeit zu suchen. Wenn er ins Dorf zurückkam, würde er sie nicht mehr finden. Würden ihre Eltern ihm sagen, wo sie war? Wussten sie es überhaupt?

»Er sucht mich«, suggerierte sie sich selbst. »Er wird mich nicht vergessen.« Dabei hätte sie genauso gut tot sein können. Hier eingesperrt zu sein, war die Vorstufe zur Hölle, wie sollte er sie da jemals ausfindig machen?

Erneut ein Scharren – jetzt begleitet von unverständlichen Worten. Sunita zog die Beine dichter an den Körper. Das Blut rauschte in ihren Ohren.

Dann hörte sie es deutlicher. Jemand versuchte, etwas zu sagen. Ein Wort drang an ihr Ohr, als sei es durch Watte gesprochen. »Mama.« Das konnte man in jeder Sprache verstehen. Sunita wusste instinktiv, dass damit nicht die Mammy gemeint war, die sie hierher gebracht hatte.

»Hallo?«, flüsterte sie in die Dunkelheit. »Wer ist da?«

Es war wieder ruhig. Wer auch immer außer ihr im Keller war, hatte erst jetzt begriffen, dass eine zweite Person hier festgehalten wurde.

Bevor sie einen weiteren Ton von sich geben konnte, schlug krachend die Kellertür auf, Helligkeit drang durch die Schlitze der Holzbretter, hinter denen sie saß. Schwere Schritte näherten sich. Sunita blieb fast das Herz stehen, als sie direkt vor ihrem Verschlag stoppten. Ein Schatten zeichnete sich gegen das grelle Licht an der Decke da draußen ab. Sie zog den Kopf ein, legte ihn auf ihre Knie.

Bitte gib, dass sie weitergehen, betete sie lautlos.

4

»Irgendetwas stimmt nicht.«

Lena hockte im Schneidersitz auf dem abgewetzten Ledersessel in ihrem Wohnzimmer. In einer Hand hielt sie ihr Telefon, in der anderen eine Tasse Tee.

»Bitte Lena, fang jetzt nicht schon wieder an, Gespenster zu sehen.« Karins Stimme klang ruhig und ein bisschen resigniert. Bisher hatte sie einfach zugehört und Lena ihr Mitgefühl ausgesprochen.

Lena spürte ein ungutes Kribbeln im Bauch. Bereits am Vortag, sie hatten sich zu ihrem wöchentlichen Yogaabend getroffen, war ihre Freundin anschließend sofort nach Hause gefahren, statt, wie üblich, mir ihr gemeinsam noch eine Kleinigkeit beim Italiener zu essen. Karin hatte gesagt, sie sei zu kaputt und überhaupt … Was auch immer es bedeuten sollte, Lena hatte es so hingenommen.

»Nerve ich dich?« Lena stellte die Teetasse ab und massierte mit den Fingerspitzen ihre Stirn. Woher kam nur das blöde Gefühl, das sich schon die ganze Zeit in ihrer Magengrube breitmachte?

»Nein, du nervst nicht«, beeilte Karin sich, ihr zu versichern. Einen Moment lang hatte Lena den Eindruck, sie wolle noch etwas hinzufügen, doch es kam nichts mehr.

»Aber manchmal machen Leute eben Sachen …«, sie verstummte.

»Sachen machen? So nennst du es, wenn sich jemand umbringt?«

»Auch wenn sie auf dich nicht den Eindruck machte, hatte sie vielleicht doch Sorgen. Eine Trennung. Eine Krankheit. Familiäre Probleme.«

Lena hörte angestrengt zu. Was hatte sie von Emilia eigentlich gewusst? Sie waren Kolleginnen gewesen, die gelegentlich zusammen etwas trinken gegangen waren und sich bei einigen wenigen Gelegenheiten auch gegenseitig besucht hatten. Ihre Wohnungen lagen nicht weit voneinander entfernt. So sehr sie jetzt versuchte, sich zu erinnern – ihr fiel dennoch nichts Persönliches ein, das Emilia ihr anvertraut hatte. War sie überhaupt mit jemandem liiert gewesen? Wie war das Verhältnis zu ihrer Familie gewesen? Hatte sie Sorgen und wenn ja, welche?

»Darüber weiß ich nichts«, gestand Lena denn auch. »Trotzdem – sie kam mir einfach nicht vor wie jemand, der gleich in den Wald gehen und sich aufhängen will.«

»Du hast ein schlechtes Gewissen«, konstatierte Karin. »Weil du unterbewusst denkst, du hättest es ihr anmerken müssen, so kurz vor dem, was passierte.«

In Lenas Kopf begann es zu pochen. Stimmte das, was Karin sagte? »Wollen wir uns dieser Tage treffen? Vielleicht was trinken gehen?«, fragte sie, statt weiter über Emilia zu sprechen.

»Mal sehen. Ich melde mich. Okay?« Karin sprach leise. Vielleicht wollte sie nicht, dass ihr Mann Albrecht etwas von der Konversation mitbekam.

Als sie aufgelegt hatten, spürte Lena, wie sich ihre Kopfschmerzen über die gesamte Stirn ausbreiteten. Selten in ihrem Leben hatte sie sich so hohl und leer gefühlt. Zurzeit ging es ihr nur dann uneingeschränkt gut, wenn sie Sport trieb.

Sie ließ das Telefon in ihrer Hand auf und ab wippen und erschrak, als es klingelte.

Sie erkannte Rohloffs Nummer und zögerte. Sie spürte den Wunsch dranzugehen. Er war fast so stark wie das Verlangen, ihn zu sehen. Gleichzeitig hatte sie Angst, mit ihm reden zu müssen. Über sich, über ihn, über sie beide. Sie beschloss wieder einmal, das Thema noch hinauszuzögern. Dennoch war sie enttäuscht darüber, dass er auch dieses Mal auflegte, als die Mobilbox ansprang. Keine Nachricht für Lena Borowski.

+++

Sunita hielt die Luft an. Ein paar Augenblicke lang passierte nichts, dann bewegten sich die zwei Personen seitlich von ihr weg. Eine Tür wurde knarzend geöffnet. Sunita hörte ein Keuchen, das sich beängstigend anhörte. Ihr Magen wurde zu einem harten, kalten Klumpen.

Eine Frau wimmerte in einer Sprache, die Sunita nicht verstand.

Es klatschte, zwei Mal, drei Mal, als Haut auf Haut traf. Das Wimmern erstarb, um gleich darauf lauter zu werden. Ein Mann sprach, seine Stimme klang kalt und mitleidslos. Weil Sunita nichts verstand, wirkte die Situation zunehmend bedrohlicher. Sie rutschte nach vorne und blickte durch die Ritzen in den erleuchteten Kellerraum. Ein Mann schlug eine junge Frau und warf sie auf den gekachelten Boden. Sunita hörte, wie Wasser an einem Schlauch aufgedreht wurde. Es zischte, als es mit Wucht herausströmte. Die Unglückliche schrie entsetzt auf, als der harte Strahl sie traf. Die wütenden Schreie der zwei Männer mischten sich mit den ängstlichen der Frau.

Das Wasser wurde abgedreht und lief glucksend in einen Abfluss. Weinen drang durch den Keller. Sunita ließ sich zurückfallen und schloss kurz die Augen. Wieder schrie einer der Männer. Dann ging da draußen etwas vor, was Sunita nicht einordnen konnte. Die Geräusche waren derartig schrecklich, dass sich ihr sämtliche Härchen am Körper aufstellten. Durch die Holzplanken sah sie Schatten, die sich bewegten. Was sie hörte, machte ihr so wahnsinnige Angst, dass ihr Herz anfing, wie verrückt zu schlagen.

Sie musste alle Kraft aufbringen, sich der Tür ihres Verschlags erneut zu nähern. Die zwei Männer standen nun links und rechts der jungen Frau, die am Boden hockte. Ihr helles Kleid war völlig durchnässt. Keine der drei hatte Sunita bisher gesehen, seit sie im Haus angekommen war. Der größere der beiden Männer, ein muskelbepackter Hüne mit Pferdeschwanz, hatte die Frau an den langen, dunklen Haaren gepackt und riss ihren Kopf immer wieder nach oben. Ihre schmerzverzerrte Miene sprach Bände. Der zweite Mann, untersetzt, mit schütterem, hellblondem Haar, schlug der Frau wiederholt ins Gesicht, während er auf sie einschrie.

Tränen rollten der Gepeinigten über die Wangen, Rotz lief ihr aus der Nase und vermischte sich mit dem Blut, das aus der aufgeplatzten Unterlippe drang. Vergeblich versuchte sie, die Schläge mit den Händen abzuwehren. Sunita sah selbst auf diese Entfernung, wie ihr Gesicht begann anzuschwellen.

Ein Zittern lief durch ihren Körper. Sie ahnte, dass sie als Nächste dran sein würde und versuchte, sich auf die körperlichen Schmerzen einzustellen.

Dann geschah etwas Unerwartetes. Der Blonde öffnete seine Hose und der Große stellte sich hinter die Frau, drehte ihr die Arme nach hinten und presste ihren Kopf zwischen seine Schenkel, während er ihr den Unterkiefer nach unten drückte. Der Blonde schob sich in sie hinein. So heftig und tief, dass seinem Opfer fast die Augen aus dem Kopf traten. Sunita wurde es übel, als sie die Bewegungen sah, die umgehend ein Würgen bei der Frau auslösten. Es passierte, was abzusehen war. Als der Blonde sich zurückzog, um erneut Schwung zu holen, wurde der Frau schlecht. Sie übergab sich, den Penis ihres Peinigers noch halb im Mund.

Sunita presste ihre Knöchel gegen die Lippen, um nicht entsetzt aufzuschreien. Der Blonde hatte wohl genug, er knöpfte sich die Hose wieder zu. Sein Kumpan drückte den Kopf der Frau in die Lache aus Erbrochenem vor ihr. Nur noch ein Wimmern war zu hören.

Sunita spürte, wie Tränen hinter ihren Augen aufstiegen. Vorsichtig kriechend zog sie sich von ihrem Beobachtungsposten zurück, bis sie mit dem Rücken an die Wand stieß. Sie zitterte am ganzen Leib, der Schrecken kroch über ihre Haut wie eine Schicht aus Eis.

Aus dem Kellerraum vor ihr drangen nun Geräusche, über deren Ursprung sie sich keine Gedanken mehr machen wollte. In hilflosem Entsetzen presste sie beide Hände an die Ohren und kniff die Augen fest zusammen. Sie konnte nicht verhindern, dass sie anfing zu weinen. Aber sie tat es lautlos. Diese Lektion hatte sie bereits gelernt.

Nach einer Weile bemerkte sie, dass sich etwas verändert hatte.

Vorsichtig blinzelte sie und nahm die Hände von den Ohren. Noch immer brannte draußen Licht. Von der anderen Frau war nichts mehr zu hören, aus den anderen Geräuschen schloss Sunita, dass die beiden Männer sie in ihr Gefängnis schleiften, wo sie sie liegen liessen. Die Tür wurde geschlossen, die Schritte kamen auf sie zu. Sunita wurde erneut übel, sie hielt die Hand vor den Mund, um nicht spucken zu müssen. Die Männer blieben stehen, direkt vor der Tür zu ihrem Verschlag.

+++

Der Angriff kam völlig unerwartet. Lena war nach dem Telefonat mit Karin nervös, ihre Kopfschmerzen hämmerten und wollten nicht verschwinden. Daher hatte sie beschlossen, eine Runde spazieren zu gehen und anschließend ein Glas in der Weinstube in der Taunusstraße zu trinken.

Als sie ihr Rad auf dem Parkplatz am Mainufer unterhalb der Carl-Ulrich-Brücke festkettete, hörte sie in der Nähe eine Fahrradbremse quietschen. Unmittelbar darauf drückte sie jemand von hinten zu Boden und griff nach ihrer Tasche. Lena schrie erschrocken auf und brachte den rechten Arm nach vorn, um den Sturz abzufangen, gleichzeitig riss sie den linken Ellbogen nach hinten. Der Angreifer keuchte, als sie seinen Magen traf. Sie schlug hart auf dem Asphalt auf, rollte herum, zog die Beine an und kickte den Mann mit einem kräftigen Stoß weg. Er fiel, rappelte sich aber sofort wieder auf, bereit, sich erneut auf sie zu stürzen. Inzwischen waren zwei Jogger aufmerksam geworden. Sie kamen rufend auf sie zu gerannt. Lenas Angreifer drehte sich irritiert nach den beiden um. Er machte angesichts dieser Situation keinen zweiten Versuch, Lena zu berauben, sondern rannte zu seinem am Boden liegenden Rad zurück, um zu flüchten.

»Sind Sie okay?«, fragte einer der Männer und beugte sich besorgt über sie. Derweil nahm sein Begleiter die Verfolgung auf.

»Alles klar. Mir ist nichts passiert«, keuchte Lena und erhob sich. »Er wollte meine Tasche.«

Der zweite Jogger kam zurück und schüttelte bedauernd den Kopf. »Sorry, der Kerl ist mir entwischt. War zu schnell. Konnten Sie was erkennen?«

Lena überlegte kurz. »Kapuzenshirt, Sonnenbrille, Motorradmaske.«

»Sonnenbrille? Um diese Uhrzeit?« Die beiden Läufer schienen amüsiert. »Der muss an einer Abendlichtallergie leiden.«

»Oder er wollte nicht erkannt werden«, setzte Lena trocken hinzu. Fakt war, dass sie den Mann nicht mal wiedererkannt hätte, wenn er direkt vor ihr gestanden wäre.

+++

Sunita hatte vor Angst die Luft angehalten und zu allen ihr bekannten Göttern gebetet, sie vor dem Dämon zu beschützen. Tatsächlich schien ihr Hilferuf erhört worden zu sein, denn die beiden Männer vor dem Verschlag drehten unvermittelt ab. Das Licht erlosch, die Kellertür wurde zugeworfen.

Stoßweise atmete Sunita aus. Sie wusste jetzt definitiv, dass außer ihr noch eine andere Frau nur wenige Meter entfernt gefangen gehalten wurde. Wie es ihr jetzt ging, wagte sie sich nicht zu fragen. Sie hörte keine Geräusche mehr. Was hatte die Männer veranlasst zu gehen? Würden sie zurückkommen? Hatten sie genug oder machten sie lediglich eine Pause, um sie noch mehr zu ängstigen? Durch Sunitas

Adern floß die Furcht vor einem Martyrium. Das hielt sie mehrere Stunden lang wach. Dann, urplötzlich, übermannte sie die Müdigkeit, sie schlief ein, den Rücken an die harte Mauer gepresst, den Kopf auf den Knien liegend.

Ein Geräusch, so beängstigend wie fremd, holte sie aus dem Schlaf. Ihr Herz raste. Sunita musste sich einen Moment lang orientieren. Wo war sie? Als sie die kalte Stille um sich herum wahrnahm, wusste sie es schlagartig wieder. Ihr Traum hatte sie in die warme, weiche Abendstimmung ihres Heimatdorfes geführt. Dort hatte sie zusammen mit Ebele am Feuer gesessen. Er hatte ihr Geschichten erzählt und sie hatte sich nach der Berührung seiner vollen Lippen gesehnt. Umso erschreckender war es, in der Realität aufzuwachen.

Jemand stöhnte.

»Hallo! Kannst du mich hören?« Sunita kroch zur Tür ihres Verschlages. Ein schmerzvoller Laut war die einzige Antwort. »Ich bin neben dir«, versuchte sie es erneut, dieses Mal auf Englisch.

Die andere versuchte, etwas zu sagen. Es hörte sich an, als habe sie den Mund voll Sand.

»Ich heiße Sunita.« Sie fühlte sich hilflos. Was konnte sie ihrer Mitgefangenen denn schon groß anbieten? Die Frau musste sich nach allem, was sie durchlitten hatte, schrecklich fühlen. Es war so kalt im Keller, dass ihre Klamotten vermutlich immer noch nass waren.

»Wie ist dein Name?« Sie redete einfach immer weiter. Teils, um sich selbst zu beruhigen, teils aus Mitleid, um der Fremden zu helfen, mit der sie eine gewisse Solidarität fühlte.

Eine Weile blieb es still, dann zeigte ein raschelndes Geräusch an, dass sich drüben jemand bewegte. Ein unverständliches Wort drang schwach bis zu Sunita durch.

»Was ist passiert?«

Die Frau nebenan brauchte drei Anläufe für ein einziges Wort.

»Bestrafung«, verstand Sunita.

Dann hörte sie ein Schluchzen, das nicht mehr verebbte und jede weitere Konversation unmöglich machte.

Später, viel später, wurde es wieder ruhig in der Zelle nebenan. Doch jeder weitere Versuch von Sunita, Kontakt herzustellen, scheiterte. Die Frau war entweder eingeschlafen. Oder tot.

5

»Gott sei Dank, endlich Wochenende!« Adelheid Wormser stellte schwungvoll einen Becher mit Milchkaffee vor Lena auf den Schreibtisch und ließ sich ihr gegenüber auf einen Bürostuhl fallen. »Machst du noch lange?«, wollte sie wissen.

Lena fuhr sich mit einer müden Geste durchs Haar. Die vergangenen Tage waren anstrengend gewesen. Die Gruppe hatte sich als angenehm motiviert herausgestellt, dennoch war die ungewohnte Tätigkeit für sie ermüdend.

Das Team für den Bewerbungskurs bestand aus vier Personen, die die Teilnehmer bei der Erstellung von Bewerbungsunterlagen und der Suche nach Arbeitsplätzen unterstützten.

Sie waren mit allen die Lebensläufe durchgegangen, hatten Lücken gefüllt sowie EDV- und weitere verwertbare Fachkenntnisse abgeklopft und Kompetenzprofile angelegt. Lenas Job war es, Einzelgespräche zu führen und den Kontakt zum jeweiligen Fallmanager zu halten. Einige Teilnehmer mussten zur Schuldnerberatung oder sollten Weiterbildungsangebote einholen.

Die erste Teambesprechung lief wegen Emilias Tod in gedämpfter Stimmung ab und war dennoch erfreulich ergiebig gewesen. Nach den Einstiegsgesprächen warteten in der kommenden Woche eher administrative Aufgaben auf Lena.

Am Vormittag war ein Polizist aufgetaucht, der Adelheid einige Fragen stellte. Er war bald wieder gegangen.

»Reine Routine. Es gibt keinen Zweifel daran, dass Emilia Selbstmord begangen hat«, kommentierte Adelheid.

Lena nickte zerstreut. Ihre Finger trommelten gegen die Tasse. Sie betrachtete den vergilbten Aufdruck mit einer braun-weiß gefleckten Kuh, die an einem Strauch voller Kaffeebohnen nagte. »Es will mir einfach nicht in den Kopf, dass Emilia solche Sorgen gehabt haben soll.«

Adelheid sah nachdenklich aus. »Sie war nicht immer ganz einfach.«

»Was meinst du damit? Ihre Hartnäckigkeit?«

Adelheid zuckte in einer hilflosen Geste die Schultern. »Nicht nur. Sie hatte, wenn sie sich im Recht glaubte, einen regelrechten Dickschädel. Da rennt man gelegentlich schon mal gegen die eine oder andere Wand. Und dann steht man alleine da. Damit kommt auch nicht jeder zurecht.«

»Du meinst hier? Bei euch?«

»Vermutlich nicht nur.« Adelheid blinzelte nervös. »Im Landratsamt doch sicher ebenfalls.«

Lena schüttelte langsam den Kopf. »Es gab immer mal wieder Diskussionen um fachliche Dinge. Aber mir ist nichts derartig Gravierendes bekannt, was der Auslöser für das sein könnte, was passiert ist.«

Einen Moment lang schwiegen die beiden Frauen, dann erhob sich Adelheid mit einem Seufzer. »Wir werden es wohl nie erfahren«, meinte sie mit einem Achselzucken.

Lena spürte, dass etwas Ungesagtes in der Luft lag. Die stellvertretende Einrichtungsleiterin wich ihrem Blick aus, als sie ihr nun ein schönes Wochenende wünschte und eilig davonging.

Es war bereits fünf Uhr vorbei, als Lena auf dem nahegelegenen Parkplatz eines Supermarktes zwei Tüten mit Einkäufen in den Kofferraum ihres Wagens stellen wollte. Dabei sah sie, dass Emilias Aktentasche noch immer darin lag.

»Die habe ich in der ganzen Aufregung ja total vergessen«, murmelte sie. Einen Moment überlegte sie, noch mal ins Büro zurückzukehren, entschied sich aber dagegen. Sie würde die Tasche mit nach Hause nehmen und Adelheid am Montagmorgen übergeben.

Sie stieg in den Wagen und lenkte ihn zur Mörfelder Landstraße. Während sie darauf wartete, in den Kreisel dort einfahren zu können, wechselten die Stelen darauf mehrfach die Farbe. Sie schob eine CD ein und fuhr zur belebenden Musik von Chaka Khans »Foolish Fool« zur Auffahrt der A661 und von dort aus weiter nach Offenbach.

»Fräulein Borowski!«

Die Stimme der Kasulke schallte Lena entgegen, kaum dass sie die Haustür geöffnet hatte. Lena seufzte innerlich. Sie hatte es schon längst aufgegeben, der Hausmeisterin zu erklären, dass sie die Bezeichnung »Fräulein« nicht unbedingt schätzte.

»Frau Kasulke«, antwortete sie, so neutral wie möglich.

»Die Polizei war da«, erklärte ihr die kleine grauhaarige Frau. Ihre Augen huschten nervös und neugierig umher.

Lena erschrak. Wenn man sie zu ihrer Beziehung zu Emilia befragen wollte, hätte man das doch auch im Büro machen können. Warum kamen die Beamten zu ihr nach Hause? »Ach ja?«, sagte sie und versuchte, ihrer Stimme einen unaufgeregten Klang zu verleihen.

»Was wollten sie denn?«

Die Kasulke sah sie jetzt direkt an, so etwas wie Mitleid im Blick. »Bei Ihnen ist eingebrochen worden.«

»Was?« Lena spürte einen heftigen Stich im Magen. Viel zu holen war bei ihr nicht, aber das Gefühl, jemand könne in ihre Privatsphäre eingedrungen sein, verursachte ihr Übelkeit.

»Ja. Zwei Männer. Ich habe sie ins Haus kommen sehen.« Die Kasulke deutete auf ihre halb offen stehende Wohnungstür, in der sich das riesige runde Glas eines Spions befand. »Schließlich muss ich doch aufpassen hier«, fügte sie hinzu.

»Sie haben die Einbrecher entdeckt?«

»Ich wusste natürlich nicht, was sie vorhaben, aber sie sahen merkwürdig aus. Als ich leise nach oben gegangen bin, habe ich es gehört. Sie waren an Ihrer Tür.«

Lena stellte sich vor, wie Frau Kasulke mit ihren weichen Filzpantoffeln lautlos durch den Treppenflur huschte, bis in den dritten Stock. »Ich muss sofort nach oben«, stöhnte sie.

»Keine Panik. Die Mieter über ihnen haben es auch mitbekommen und die beiden verscheucht. Die Polizei ist sofort gekommen, als ich sie gerufen habe. Leider sind die Verbrecher entwischt. Gott sei Dank ohne großen Schaden anzurichten. Aber – ein neues Schloss brauchen Sie schon.«

»Danke, dass Sie so aufmerksam waren.« Lena hätte nicht gedacht, dass sie die unstillbare Neugier dieser Frau einmal schätzen würde.

Als sie oben ankam, sah sie sofort, was passiert war. Die Einbrecher hatten versucht, das Türschloss aufzubohren, waren aber nicht in die Wohnung gekommen. Lena hatte ein Sicherheitsschloss und eine zusätzliche Verriegelung, was vermutlich der Grund dafür war, dass dieser Versuch glimpflich abgelaufen war. Sie rief den Schlüsseldienst und weil sie selbst jetzt nicht in ihre Wohnung konnte, nahm sie unterdessen – widerstrebend – Frau Kasulkes Angebot an, bei ihr zu warten. In der kleinen Erdgeschosswohnung war alles blitzblank und ordentlich. Es roch allerdings durchdringend nach Erbsensuppe.

Die Hausmeisterin bugsierte Lena in ihre Wohnküche im Fünfzigerjahrelook, wo Lena auf einer Eckbank Platz nahm.

»Trinken Sie einen!« Die Kasulke schob ihr ein Schnapsglas mit einer durchsichtigen Flüssigkeit zu. »Das ist gut für die Nerven, das brauchen Sie nach diesem Schreck.«

Lena zwang sich ein Lächeln ins Gesicht und schüttete den Hochprozentigen in sich hinein. Vielleicht würde er ihr helfen, dieses Beisammensein zu überstehen. Der Schnaps brannte, verteilte aber gleichzeitig ein kräftiges Aroma nach Zwetschge an Lenas Gaumen. »Schmeckt gut«, sagte sie überrascht.

»Selbstgebrannt. Das habe ich schon als junge Frau von meinem späteren Ehemann gelernt«.

»Haben Sie denn einen Garten?«

»Hinten beim Buchraingebiet. Bei mir wachsen Zwetschgen, Mirabellen und Äpfel. Dazu alles, was man sonst so braucht. Für meinen kleinen Haushalt reicht es, ich wecke vieles selbst ein.« Ihr Knöchel klopfte gegen ein hohes Einmachglas voller Gemüse.

»Alle Achtung!«, entfuhr es Lena, bei der außer einem Topf Basilikum nichts überlebte.

»Solange die Knochen noch mitmachen.« Die Hausmeisterin ließ ihre Finger krachen.

»Sie sind doch fit«, meinte Lena höflich. Sie wusste, dass die Ältere viele Wege zu Fuß oder mit dem Rad erledigte.

Die Kasulke grinste und blickte ihr Gegenüber so aufmerksam an, als sähe sie sie zum ersten Mal. Lena fielen sämtliche Versäumnisse, die Putzwoche betreffend, ein. Doch ihre Gesprächspartnerin schien andere Gedanken im Kopf zu haben.

»Wissen Sie, was ich mich gefragt habe?« Die Worte wurden von einer zweiten Runde begleitet. Lena schüttelte den Kopf zu spät, das

Glas war schon wieder voll. So trank sie dieses Mal nur in kleinen Schlucken von dem Obstwasser. Sie hatte noch nichts gegessen und der Alkohol stieg ihr zu Kopf.

»Warum die schnurstracks in den dritten Stock gegangen sind. Die hätten mindestens zwei andere Türen in diesem Haus viel leichter knacken können.«

Lena verstand, was sie meinte. Eine der Wohnungstüren im ersten Stock erinnerte an Pappmaché, so dünn war sie. Jedes Geräusch drang von drinnen nach draußen und das alte Schloss war recht einfach. In einer der Wohnungen in der zweiten Etage sah es ähnlich aus.

»Keine Ahnung. Ich habe nichts Wertvolles. Die wären vermutlich enttäuscht gewesen.« Das zweite Glas war auch schon leer. Frau Kasulke füllte trotz Lenas Protest noch einmal auf.

»Das waren finstere Gestalten, im wahrsten Sinne des Wortes.«

»Wie meinen Sie das?« Lenas Hirn bewölkte sich bereits.

»Einer war ein Neger«, verkündete Frau Kasulke mit tiefer gelegter Stimme.

Lena beschloss sofort, keine Diskussion über dieses Wort zu führen. Sie würde sich nicht in die Nesseln setzen. Die Hausmeisterin war politisch nicht korrekt, da war Hopfen und Malz verloren. Ausdrücke wie »Fräulein« und »Neger« sprachen Bände. »Aha«, murmelte sie daher bloß.

»Gut, dass Sie so massive Schlösser haben«, befand die Kasulke unterdessen und nickte Lena zu, bevor sie das Glas ansetzte und kippte.

Was soll's, dachte Lena und tat es ihr nach.

Die Kasulke setzte ihr Glas hart ab und schlug sich mit der Hand gegen die Stirn. »Das hätte ich ja fast vergessen. Hier, das hat der Polizist für Sie dagelassen.« Sie kramte eine Visitenkarte aus ihrer Kittelschürze. »Sie sollen sich melden, wenn noch etwas ist oder Sie was für die Versicherung brauchen.«

Lena bedankte sich und steckte die Karte ein. Im selben Moment klingelte der Schlüsseldienst.

Erst, als sie zwei Stunden später in der Wanne lag, umnebelt von beruhigendem Lavendelduft und im Wissen, dass jetzt ein nagelneues Schloss ihre Tür sicherte, dachte Lena wieder an das, was die Hausmeisterin gesagt hatte. Warum waren die Einbrecher direkt zu ihr gekommen?

+++

Was Sunita im Spiegel sah, verursachte ihr Übelkeit. Zu Hause hatte sie nie Schminke benutzen dürfen, weil sie zu jung dafür war. Jetzt blickte ihr ein fremdes Gesicht entgegen, mit roter Farbe auf den Wangen und den Lippen. Obwohl ihre dunkle Haut seltsam blutleer wirkte, sah sie aus wie eine Puppe.

»Hier, nimm das.« Mammy reichte ihr eine runde, weiße Pille und ein Glas Wasser. »Schlucken«, befahl sie streng.

Nach der Nacht im Keller wusste Sunita, dass sie nicht so bestraft werden wollte wie die andere Frau. Oder die Unbekannte, die man am ersten Tag in ihr Zimmer geschleift hatte. Keiner der Männer war vergangene Nacht noch einmal zurückgekehrt und als man sie am Morgen, vor Kälte und Angst zitternd, aus dem Verschlag holte, schwor sie sich, alles zu tun, um so einem Martyrium zu entgehen.

Sunita nahm die Tablette und fragte nicht nach. Mammy brummte zustimmend, als Sunita das leere Glas abstellte.

»Weil du so bockig warst bei deinem ersten Kunden, der übrigens einen hohen Preis für deine Jungfräulichkeit bezahlt hat, wird man es dir jetzt nicht mehr so einfach machen.«

Ein Schauer rann Sunita über den Rücken. Mit einer instinktiven Geste verschränkte sie die Arme vor ihren kleinen, fast noch kindlichen Brüsten.

»Du hattest die Wahl. Nun musst du zeigen, dass du dein Geld wert bist.«

Sunita wollte etwas fragen, aber es kam ihr ungehörig vor. Mammy war eine Respektsperson, niemand, den man einfach so ansprach. Besonders, wenn sie so ein Gesicht machte wie jetzt.

»Sie warten schon«, mit diesen Worten zog Mammy sie hinter sich her. Sunita überkam das Gefühl, ihr Kopf sei in einen Schleier verpackt. Die Luft um sie herum schien dichter zu sein als sonst. Ohne ein Wort folgte sie der Älteren.

Sie betraten einen Raum im ersten Stock. Seltsam benommen stellte Sunita fest, dass die Fenster geschlossen, sämtliche Rollläden heruntergelassen waren. Mehrere Lampen standen im Raum verteilt, der von einem großen Bett beherrscht wurde. Bei ihrem Eintreten verstummte das Gespräch der drei Männer, die um eine kleine Sitzgruppe herum standen und Gläser in der Hand hielten.

Mammy sprach mit den Besuchern, bevor sie Sunita bedeutete, sich zu ihnen zu gesellen. Ihr war inzwischen ganz komisch, als würde ihr Kopf auf den Schultern schweben. Als einer der Männer ihr Haar berührte, kicherte sie. Die drei sahen sich mit verschwörerischer Miene an. Einer sagte etwas und deutete auf einen niedrigen Tisch. Mammy verpasste ihr einen Stoß in den Rücken. Sunita, die nicht anders konnte, als zu grinsen, ging darauf zu. Stieg hoch. Die Handbewegung eines der Männer zeigte ihr, was gewünscht war. Sie drehte sich, beide Hände an den Saum ihres dünnen, kurzen Kleides gelegt. Darunter trug sie nichts.

»Heb dein Kleid«, befahl Mammy. Grinsend tat Sunita, wie ihr befohlen worden war.

Die Männer starrten sie an. Einer bekam einen hochroten Kopf. Er fingerte an seiner Krawatte herum.

Mammy sprach mit den Männern. Der dickste von ihnen griff in die Innentasche seines Jacketts und legte ein Bündel Geldscheine auf ein Lowboard. Mammy lachte höhnisch. Der zweite Mann fügte einige Scheine dazu. Der dritte tat es ihm gleich. Einen Moment lang hörte das Rauschen in Sunitas Kopf auf. Ihre Mundwinkel kippten nach unten, fahrig ließ sie das Kleid fallen, blickte um sich. Wo war sie? Was ging hier vor sich?

Mammys scharfe Stimme rief sie zur Ordnung. Jemand kam und hielt ihr ein Glas an die Lippen. Es schmeckte scharf und brannte im Hals, aber sie trank und schlagartig fühlte sie sich wieder gut.

Mammy schrie etwas, die drei Männer legten noch einmal nach, dann deutete Mammy auf einen von ihnen. Als der Erste auf sie zukam, begriff Sunita im Nebel ihres Bewusstseins, dass sie gerade verkauft worden war. Der Meistbietende hatte den Vortritt. Der Mann kam auf sie zu und griff nach ihrer Hand. Er sagte etwas, das beruhigend klingen sollte. Hektisch sah sie zu Mammy, die düster zurück-

starrte. Es gab keinen Ausweg. Sie musste mitgehen. Ob er wenigstens freundlich zu ihr sein würde? Ein Blick in seine kalten Augen versprach nichts Gutes und verursachte ihr Gänsehaut. Noch mehr als der Druck seiner Hand, mit der er sie vor sich herschob.

6

Kriminalkommissarin Jutta Ernst schlug die Akte zu, die sie vor sich auf dem Schreibtisch liegen hatte, und trommelte mit den Fingern darauf herum. Es war Samstag und es schien einer der Tage zu werden, an denen sie sich wieder ständig fragen würde, was sie hierhergebracht hatte. Noch vor einem Jahr verrichtete sie ihren Dienst im beschaulichen Bad Reichenhall. Dann kam Jörg. Ein Bild von einem Mann, schön, stark, vom ersten Moment an vernarrt in sie. Der Liebe wegen ließ sie sich versetzen. Die Beziehung war bald danach zerbrochen, denn den Mann, in den sie sich in Bad Reichenhall verliebt hatte, gab es nicht. In Offenbach entpuppte er sich als Schwächling und notorischer Fremdgänger. Sie beendete die Sache, bevor es richtig wehtun konnte. Zurück in ihre Heimat konnte sie jedoch so schnell nicht mehr. Sie seufzte. Alles hier war so ganz anders. Nie hätte sie gedacht, dass sie dem Wochenenddienst einmal hinterherlaufen würde. Nur, um nicht alleine in ihrer Wohnung herumzusitzen und die Wände anzustarren. Sie war nie richtig in Offenbach angekommen und ein Leben als Single hätte sie sich freiwillig auch nicht ausgesucht.

Mit energischen Bewegungen strich sie ihr Haar zurück und band es im Nacken mit einem Gummi zusammen.

Die Akte vor ihr trug den Namen »Emilia Hornauer«. Ein Selbstmord, so lautete die einhellige Meinung. Etwas daran störte sie. Natürlich gab es diese Suizide, die alle überraschten. Niemand konnte jemals in einen anderen Menschen hineinsehen.

Wenn, dann wäre ihr das mit Jörg nicht passiert und sie säße heute mit Freunden auf ihrer schönen Terrasse mit Blick auf die Berge.

Keiner hatte große Energie für den Fall aufgewendet. Er schien so eindeutig. Ein paar Befragungen im familiären Umfeld, im Freundeskreis und unter den Vorgesetzten. Alle waren erschüttert, erstaunt. Keiner konnte sich einen Reim darauf machen. Eine letzte SMS war an die Mutter in Hanau abgesetzt worden, die diese aber erst zwei Tage später entdeckte, weil sie ihr Mobiltelefon verlegt hatte.

»Es geht nicht mehr. Behalte mich lieb. Emilia«, lauteten die Zeilen. Danach Funkstille. Wortwörtlich. Denn Emilias Handy war nicht gefunden worden. Den halben Stadtwald hatten sie abgesucht. Hatte sie es weggeworfen? Verloren? Das war die eine offene Frage. Die zweite stellte sich Jutta Ernst, wenn sie versuchte, Emilias letzte Stunden zu rekonstruieren. Eine Besprechung im Kreishaus in Dietzenbach. Danach war sie nach Offenbach gefahren, in ihre Wohnung in der Liebigstraße gegangen. Sie hatte den Klappstuhl geholt – er stammte eindeutig aus ihrem Besitz – sowie ein Hanfseil.

Genau das war es, was die Kriminalkommissarin stutzig machte. So ein Seil hatte man doch nicht einfach so zu Hause herumliegen. Der bisher rekonstruierte Zeitablauf war zu eng, als dass sie es sich an ihrem Todestag noch hätte besorgen können. Gleichzeitig schien alles auf eine Kurzschlussreaktion hinzudeuten. Wie passte das zusammen?

»Es gibt keine Hinweise auf Fremdverschulden«, hatten ihr sowohl ihr Kollege als auch ihr Vorgesetzter bedeutet. Mit Blicken, die eine deutliche Sprache sprachen: Wir haben genug an den Hacken, wir wollen keine Zeit verschwenden, indem wir in Selbstmorden herumwühlen.

Ja, klar. Der bewaffnete Tankstellenüberfall in Langen, die Schießerei in einem illegalen Spielklub am Kaiserlei und der Mord an einer dreifachen Mutter am Dreieichpark waren eindeutigere Kandidaten für polizeiliche Ermittlungsarbeit.

Dennoch … Sie legte die Akte in ihre Schreibtischschublade, die sie sorgfältig verschloss. Sie würde die bereits in die Wege geleitete Auswertung der Handydaten abwarten und sich das alles in Ruhe noch einmal ansehen. Wenn es sein musste, in ihrer Freizeit. Davon hatte sie im Moment nach ihrem Geschmack sowieso zu viel.

+++

Karin drehte sich im Schlaf um und seufzte dabei leise.

Auf den Ellbogen aufgestützt lag Lena neben ihrer Geliebten und betrachtete sie voller Zärtlichkeit. Es war eine dieser seltenen Nächte, die sie in Gänze zusammen verbringen konnten. Albrecht, Karins Mann, war auf irgendeiner Fortbildung, die das ganze Wochenende über dauerte.

Lena hatte sich auf das Zusammensein mit Karin gefreut. Sie war enttäuscht darüber gewesen, wie wenig Enthusiasmus diese an den Tag gelegt hatte, als es darum ging, gemeinsame Aktivitäten zu planen. Da Karin nicht hatte ausgehen wollen, waren sie den ganzen Abend zu Hause geblieben. Als sie miteinander geschlafen hatte, war es anders gewesen als sonst, ohne dass Lena hätte sagen können, worin die Veränderung bestand.

Karins hüftlanges, blondes Haar wand sich im Schlaf um ihren Oberkörper wie eine Schlingpflanze. Lena streichelte sanft mit den Fingerkuppen über Karins Oberarm. Ein erneutes Seufzen war die Antwort. Ihr Atem ging tief und gleichmäßig.

Lena war nicht müde. Sie stand leise auf, warf sich einen Bademantel über und ging ins Wohnzimmer. Ihr Blick wanderte über ihre Einrichtung. Schnörkellos und funktional, dabei farblich und vom Stil her gut aufeinander abgestimmt. Sie hatte so gut wie nie größere Bargeldsummen im Haus, besaß kaum technischen Schnickschnack und das bisschen Schmuck, das sie ihr Eigen nannte, stellte ebenfalls keinen hohen Wert dar. Was also hatten die Einbrecher bei ihr vermutet? Was hätten sie mitgenommen, wären sie bei ihrem Versuch erfolgreich gewesen? Es war müßig, darüber nachzudenken. Vermutlich war sie ein Zufallsopfer und die Aufmerksamkeit von Frau Kasulke würde die Schurken hoffentlich von weiteren Besuchen hier im Haus abhalten.

Lena ging in die Küche, wo sie ein Glas Wasser trank. Eine Weile sah sie blicklos aus dem Fenster in die dunkle Nacht hinaus. Sie dachte an Tamae. Wie es ihr wohl ging? Sie kommunizierten gelegentlich über Mails und Skype. Dabei blieben ihre Unterhaltungen seltsam unpersönlich. Gerade so, als umschifften sie beide die gefährlichen Klippen der Fragen nach dem Stand ihrer Beziehung. Es war paradox, denn als Tamae noch hier gewesen war, waren sie zwar Geliebte, doch das Wort Beziehung stellte ein Tabu dar. Beide wähnten sich frei und unabhängig. Nur, um jetzt festzustellen, dass es tiefere Bindungen gab, als sie beide das wahrhaben wollten. Gleichzeitig war durch die Geschehnisse der jüngsten Vergangenheit ein Bruch eingetreten, den keine von ihnen bisher hatte kitten können.

Lena seufzte und stellte ihr Glas auf die Spüle. Dabei fiel ihr die Tasche ein. Sie lehnte im Flur an der Kommode, wo sie sie am Nachmittag abgestellt hatte. Ob sich etwas darin befand, was Emilias Selbstmord erklären konnte?

Nach kurzem Überlegen holte Lena sie ins Wohnzimmer. Sie setzte sich auf die Couch, um den Inhalt anzusehen. Ein Schnellhefter mit den Protokollen der Arbeitsgruppe »Förderung der Arbeitsaufnahme«. Ein paar Dokumente – Ausschreibungen von EU-Projekten, Kopien von Förderanträgen. Hinten im Ordner war ein unbeschrifteter Umschlag eingeheftet. Lena zögerte, bevor sie ihn öffnete. Es befanden sich einige lose Blätter und ein USB-Stick darin. Aus dem, was dort geschrieben stand, wurde sie nicht ganz schlau. Je mehr sie las, desto ratloser wurde sie.

Es war unbestreitbar Emilias Handschrift, in der die Notizen erstellt worden waren. Auf einem Blatt befand sich eine Art Protokoll. Hinter jedem aufgelisteten Datum stand eine kurze Bemerkung, wie »Förderantrag Berufsrückkehrerinnen« oder »Profiling Jugendliche mit Migrationshintergrund«. Es sah so aus, als hätte Emilia sämtliche Anträge, die der Kreis Offenbach in den vergangenen Jahren für Arbeitsmarktmaßnahmen bei Land, Bund und EU eingereicht hatte, aufgelistet. Nur, wozu das Ganze? Diese Informationen waren nichts Besonderes. In einer dritten Spalte hatte Emilia eine Kombination aus Buchstaben und Zahlen vermerkt.

Lena schob die Blätter und den USB-Stick wieder in den Umschlag zurück und legte alles zu den anderen Dokumenten auf den Tisch. Als Letztes holte sie Emilias Terminkalender aus der Tasche. Sämtliche beruflichen Termine waren akkurat und sauber vermerkt, inklusive Name und Telefonnummer ihrer Gesprächspartner, der voraussichtlichen Dauer und der Unterlagen, die Emilia dazu benötigt hatte. Die Einträge gingen weit über Emilias Todestag hinaus. Sie hatte alles, was langfristig planbar war, bereits notiert. Darunter einen anstehenden zweiwöchigen Urlaub. Auffällig waren Einträge der jüngsten Zeit, offensichtlich schnell hingekritzelt. Diese Notizen wirkten seltsam fahrig zwischen all den wohlgeordneten Zeilen. Nur aussagekräftig waren sie nicht. Emilia hatte dabei, ganz gegen ihre Gewohnheit, lediglich Abkürzungen benutzt, die Lena nicht entschlüsseln konnte.

Sie schlug den Kalender zu, als sie Karin im Schlaf etwas murmeln hörte. Das alles hatte Zeit bis Montag.

7

Erst nach dem dritten Klingeln öffnete ein verschlafen wirkender junger Mann die Wohnungstür in der Brandenburger Straße in Egelsbach.

»Guten Morgen. Sind Sie Martin M'Boko?«

»Wer will das wissen?« Die Stimme war hoch, sie passte kaum zu einem Mann dieses Alters.

Lena Borowski hielt ihren Dienstausweis hoch. »Ich bin Sozialarbeiterin beim Kreis Offenbach.«

»Was wollen Sie von mir?« In diesem Satz schwang bereits ein aggressiver Unterton mit.

»Ihr Fallmanager hatte sie für einen Bewerbungskurs angemeldet. Sie sind weder gekommen, noch haben Sie sich abgemeldet. Wir haben Sie letzte Woche bereits angeschrieben, aber keine Antwort erhalten.«

Ihr Gegenüber zuckte mit den Schultern. Er wollte ihr die Tür vor der Nase zuschlagen, aber Lena hielt sie fest.

»Sind Sie krank? Oder gibt es einen anderen Grund, den Kurs nicht anzutreten?«

Sie hatte sich bereits am frühen Morgen die Unterlagen des Mannes angesehen. Vor einigen Jahren als Asylbewerber angekommen, hatte er eine aus Rumänien stammende eingebürgerte Deutsche geheiratet. Seine Frau kehrte irgendwann in ihre alte Heimat zurück, M'Boko blieb und lebte seit Jahren von Hartz IV.

»Ich weiß von nichts. Mir geht es nicht gut«, giftete er und machte eine Handbewegung, als wolle er nach ihr schlagen.

Lena ließ die Tür los. Sie hatte kein Interesse an einer Diskussion mit dem Mann. Sie würde den Fallmanager informieren, sollte er entscheiden, wie es mit dem Klienten weiterging.

Überhaupt war dieser Montagmorgen bisher nicht nach ihrem Geschmack verlaufen. Das Wochenende mit Karin war nicht entspannend gewesen. Sie hatten die gemeinsame Zeit überwiegend in Lenas Wohnung verbracht, stapelweise Zeitungen und Zeitschriften gelesen, Filme geschaut. Am Sonntag war Karin bereits am Nachmittag aufgebrochen. Die seltsame Stimmung hing immer noch zwischen ihnen und machte Lena nervös. Sie schlief schlecht, träumte unsinniges Zeug und war an diesem Tag wie zerschlagen aufgewacht.

Dazu kam noch ein Stau auf der A661, sodass sie verspätet in Langen ankam. Sie führte zwei Einzelgespräche mit Kursteilnehmern und machte sich dann auf den Weg zu den beiden Klienten, die nicht erschienen waren.

Nach dem Besuch bei Martin M'Boko fuhr sie nach Rödermark zu dem zweiten Mann. Doch unter der angegebenen Adresse traf sie niemanden an. Sie warf eine Visitenkarte mit einer handschriftlichen Notiz in den Briefkasten und bat um schnellstmögliche Kontaktaufnahme. Den Rest des Arbeitstages verbrachte sie im Containerbüro in Dietzenbach an ihrem eigenen Schreibtisch. Der Anruf von Polizeikommissarin Jutta Ernst erreichte sie eine halbe Stunde vor ihrem geplanten Dienstende.

Die Polizistin bat sie für den nächsten Morgen zu sich ins Büro. Sie wollte Lena nicht sagen, worum es ging. Lediglich, dass sie in der Sache »Emilia Hornauer« tätig war.

Später, als Lena im Fitnessklub trainierte, ging ihr dieses kurze Telefonat immer wieder im Kopf herum. Was konnte die Polizei von ihr wollen?

8

»Wir haben über den Mobilfunk-Anbieter die Kontaktdaten von Frau Hornauer ausgewertet. Sie waren eine der letzten Personen, die versucht haben, sie anzurufen. Können Sie mir sagen, worum es ging?«

Lena saß Jutta Ernst gegenüber, einer mittelgroßen, etwas starken Frau mit widerspenstigen, dunkelroten Locken. Die Polizistin musterte sie bei jedem ihrer Worte aufmerksam.

»Wir hatten ein Meeting, bei dem Emilia ihre Aktentasche hat stehenlassen. Die wollte ich ihr bringen.«

»Sie konnten sie nicht erreichen?«

»Nein, sie ging nicht an ihr Telefon. Also hinterließ ich eine Nachricht auf Band.«

»Hm.« Die Kommissarin lehnte sich zurück und schaute stirnrunzelnd auf die Akte, die vor ihr auf dem Schreibtisch lag. »Sie und ihre Kollegin wohnen nicht weit auseinander«, stellte sie fest.

»Deswegen bin ich auf dem Heimweg zu ihrer Wohnung gefahren, habe geklingelt. Aber sie hat nicht geöffnet. Das fand ich seltsam, denn ihr Auto stand ja gegenüber.«

Jutta Ernsts Augenbrauen schnellten nach oben. »Wann genau waren Sie dort?«

Lena versuchte, ungefähr die Zeit einzugrenzen.

»Und das Auto von Frau Hornauer stand vor der Tür, sagen Sie?«

Lena nickte. »Sie fährt so einen kleinen knallroten Fiat.«

»Was haben Sie gemacht, als sie Frau Hornauer nicht antrafen?«

»Ich bin nach Hause gefahren.«

»Sie leben alleine?«

Lena bejahte.

»Jemanden getroffen an dem Abend?«

Lena schüttelte den Kopf. Sie spürte ein unangenehmes Kribbeln auf der Haut. Wurde sie etwa verdächtigt, etwas mit Emilias Tod zu tun zu haben?

Das war ja total absurd!

Jutta Ernst suchte etwas in ihren Unterlagen. Als sie es gefunden hatte, blickte sie nachdenklich auf. »Die Aktentasche, von der Sie sprachen, wo ist die jetzt?«

»Frau Hornauer hat ... hatte ihr Büro bei der gGAB in Langen. Das ist eine gemeinnützige Beschäftigungsgesellschaft, an der der Kreis Offenbach beteiligt ist. Zurzeit habe ich vor Ort die Vertretung für die Kollegin übernommen. Die Tasche habe ich gestern in ihrem Büro deponiert.«

»Wäre es möglich, dass wir dort eine Erklärung für den Selbstmord finden?«

»Meinen Sie einen Abschiedsbrief oder so etwas?«

»So etwas, ja«, meinte die Kommissarin.

»In der Tasche sind, soweit ich das sehen konnte, lediglich Arbeitsunterlagen«, antwortete Lena vorsichtig.

»Okay«, sagte Frau Ernst gedehnt. Sie schlug die Akte zu, ließ sie in einer Schreibtischschublade verschwinden und stand auf. »Ich muss in einer anderen Sache sowieso nach Langen und würde mir die Sachen einmal genauer ansehen.« Sie hatte sich bereits eine Jacke übergezogen. Verdutzt erhob sich Lena ebenfalls.

Wenig später fuhren die beiden Frauen hintereinander zum Kaiserlei, bogen auf die A661 Richtung Egelsbach ein und waren zwanzig Minuten später an ihrem Ziel angelangt. Die Kommissarin parkte direkt neben Lena auf dem gepflasterten Innenhof. Stumm ging Lena voraus in das Gebäude, schloss die Tür zu Emilias ehemaligem Büro auf, öffnete den großen Aktenschrank und erstarrte. Erst gestern hatte sie die Aktentasche hier hineingestellt, den Schrank verschlossen und den Schlüssel seither bei sich getragen. Nun war die Tasche weg.

»Das verstehe ich nicht«, murmelte sie.

Jutta Ernsts Blick sprach Bände. Sie zweifelte ganz offensichtlich an, dass es diese Tasche überhaupt gegeben hatte. Und damit womöglich auch am Grund für Lenas Anruf bei Emilia. »Was waren das noch mal für Sachen in dieser Aktenmappe?«, fragte sie Lena, als wolle sie sie prüfen.

»Wie gesagt, nichts Besonderes. Unterlagen über ihre laufenden Projekte.«

»Nun ja. Ich muss weiter. Falls die Tasche wieder auftaucht, informieren Sie mich bitte.« Damit verließ sie das Gebäude. Lena sah ihr von ihrem Büro aus nach, wie sie über den Hof ging und in ihren Wagen stieg.

Nachdenklich betrachtete sie danach den Aktenschrank. Jemand musste ihn mit einem Schlüssel geöffnet haben, ebenso wie das Büro. Wer kam da außer Adelheid infrage? Doch die war auswärts, auf einem Meeting, wie Lena kurz darauf im Sekretariat erfuhr.

+ + +

Sunita hatte Schmerzen. So stark wie noch nie in ihrem Leben. Sie krümmte sich auf ihrer Matratze und schob sich ein Stück ihres T-Shirts in den Mund, damit ihr Wimmern nicht nach draußen drang.

Was die drei Männer mir ihr getan hatten, daran wollte sie nicht mehr denken. Nicht an das Blut zwischen ihren Beinen, nicht an ihre Schreie, die sie direkt anstachelten. Bis es ihnen zu viel wurde. Einer hatte sie geschlagen. Auf den Mund. Immer und immer wieder, so lange, bis ihre Lippen derart geschwollen waren, dass sie einen Tag lang nichts hatte essen können.

Als man sie in ihr Zimmer zurückgebracht hatte, wäre sie fast zusammengebrochen. Ihre Beine fühlten sich an wie Pudding.

Mammy hatte ihr eine Salbe gegeben und sie alleine gelassen.

»Gewöhn dich daran«, waren die einzigen Worte gewesen, die sie gesagt hatte. Seitdem zitterte Sunita jedes Mal, wenn sie Schritte vor der Tür hörte.

Zwei weitere Männer waren es seither gewesen. Die Schmerzen, die sie ihr bereiteten, ertrug Sunita nur, indem sie an die Frau im

Keller dachte. Das, was man mit ihr gemacht hatte, war schlimmer gewesen. Also biss sie die Zähne zusammen, ignorierte ihre wunde Haut, die brannte wie Feuer, und versuchte, in den schlimmen Momenten an etwas anderes zu denken als an den Mann, der gerade auf ihr lag.

Sie drehte sich auf die andere Seite. Tränen liefen ihr übers Gesicht. Ob ihre Eltern gewusst hatten, was ihr blühte? Jemand war in ihr Dorf gekommen, in dem es nichts gab als Staub, harte, unfruchtbare Erde, Armut und Hunger. Der Mann hatte erzählt, es gäbe für junge Frauen gute Arbeit in einem anderen Land. Er könne sie mitnehmen. Ihre Eltern hatten mehrere Töchter, dennoch berieten sie sich eine Nacht lang, bevor es entschieden wurde. Am nächsten Morgen holte man sie ab. Mit nichts als dem, was sie auf dem Leib trug. Man drückte ihr einen Pass in die Hand und schärfte ihr ein, sie hieße jetzt so wie die junge Frau auf dem Bild. Sie sah ihr nicht einmal ähnlich. Aber für die Weißen sahen wohl alle Schwarzen gleich aus. Niemand bemerkte den Schwindel. Kaum angekommen, erlebte sie den ersten Schock. Es war kalt! Überall lag etwas Weißes, das man hier Schnee nannte und das man nicht anfassen konnte, ohne Schmerzen zu empfinden. Mammy legte ihr als Erstes eine Rechnung vor, auf der eine schwindelerregend hohe Summe stand.

»Das schuldest du uns. Du wirst für uns arbeiten, bis es abbezahlt ist.«

Sunita hatte keine Ahnung, was das bedeuten sollte. Sie wusste noch nicht einmal, wie viel Geld in Abzug gebracht wurde, wenn sich ein Mann zu ihr legte. Wie lange würde sie das machen müssen? Und würde es immer so wehtun?

Schritte kamen über den Gang. Sie rollte sich zusammen, legte die Stirn an die Knie und hoffte, man möge sie verschonen.

+++

Die Unterlagen fielen Lena in die Hände, als sie einen Stapel mit ausgelesenen Zeitungen wegräumen wollte. Verdutzt starrte sie darauf, bis sie begriff. Sie hatte einen Teil von Emilias Unterlagen

Samstagnacht auf ihren Couchtisch gelegt. Nicht mehr daran gedacht. Karin oder sie selbst, eine von ihnen musste versehentlich eine Zeitung darauf abgelegt haben. So waren die Blätter und der Umschlag hier vergessen worden, als sie die Aktentasche am Montag mitgenommen hatte.

Lena ließ sich auf ihre Couch plumpsen und griff nach den Sachen. Emilias Terminkalender, ein paar Fördermittelausschreibungen und der Umschlag mit der Auflistung der Projekte sowie dem USB-Stick lagen vor ihr. Sie überlegte. Was genau war darüber hinaus in der Aktentasche gewesen? Konzentriert versuchte sie, sich zu erinnern. Antragsformulare, Protokolle. Nichts Wichtiges. Nichts, was in irgendeiner Form einen Diebstahl aus dem Büro der gGAB rechtfertigte.

Mit einem Schlag wusste sie, dass der Einbruchsversuch bei ihr auch schon der Tasche gegolten hatte. Und sofort kam ein weiteres Puzzlestück hinzu: Wer auch immer sie überfallen und versucht hatte, ihre Tasche zu klauen, wollte vermutlich an ihren Wohnungsschlüssel kommen. Doch wer konnte gewusst haben, dass sie Emilias Unterlagen an sich genommen hatte?

Renate Kloß? Sie war dabei gewesen. Adelheid Wormser, die gesehen hatte, wie Lena die Tasche in den Aktenschrank legte? Nein, Lena konnte sich beim besten Willen nicht vorstellen, dass eine der beiden Frauen etwas mit dem Überfall oder dem Einbruch zu tun hatten.

Ihrem ersten Impuls folgend wollte sie gleich bei Jutta Ernst anrufen. Doch etwas hielt sie davon ab. Die Polizistin würde ihr die Geschichte womöglich nicht abnehmen. Verdächtigte sie möglicherweise bereits. Dass sie die Unterlagen in ihrem Besitz hatte, machte sie eventuell unglaubwürdig. Aber warum sollte sie Emilia geschadet haben? Mit welchem Motiv? Wusste Frau Ernst etwas über Emilia, das Lena nicht wusste?

Sie zog ihr Laptop heran und klappte es auf. Steckte den Stick ein und stand sogleich vor dem ersten Problem. Der Stick war passwortgeschützt. Sie probierte mit den Kombinationen von Emilias Liste ein bisschen herum, fand aber die richtige Zahlenfolge nicht.

Was nun?

Zögerlich formierte sich ein Gedanke in ihrem Kopf. Sie verscheuchte ihn, aber er kehrte immer wieder zurück.

Sie kannte jemanden, der wahrscheindlich in der Lage war, ihr zu helfen. Aber diese Person wollte sie nicht unbedingt fragen. Das würde wieder Diskussionen und Erklärungen nach sich ziehen. Ungeduldig trommelte sie mit den Fingern auf die Tischplatte. Ein Versuch noch, ein weiterer. Es gelang ihr nicht, das Passwort zu knacken. Vielleicht lohnte es sich doch, sich helfen zu lassen. Ein Blick auf die Uhr zeigte ihr, dass es in Japan jetzt acht Uhr morgens war.

Sie setzte ihr Headset auf und wählte sich bei Skype ein. Wenig später erschien das ernste Gesicht einer schönen Japanerin auf Lenas Bildschirm. Tamae war, seit sie Frankfurt verlassen hatte, schmaler geworden. Und noch ernster als zuvor. Nach einigen einleitenden Worten, wie immer zäh, denn Tamae war keine Freundin von Small Talk, auch nicht mit ihrer ehemaligen Geliebten, hörte sie sich schweigend an, was Lena von ihr wollte.

»Ich muss den Platz wechseln, ich melde mich wieder«, lautete die Antwort. Gleich darauf war der Bildschirm dunkel.

Manche Dinge änderten sich wohl nie.

Während Lena auf Tamaes Rückruf wartete, kochte sie sich einen Tee, blätterte noch einmal durch Emilias Kalender und wurde immer nervöser.

Dann, endlich, ertönte das akustische Signal, das das Eintreffen einer neuen Mail ankündigte. Tamae hatte ihr einen Link mitgeschickt, den sie jetzt öffnete. Damit gab sie der Japanerin die Möglichkeit, direkt in ihren Computer zu gelangen. Für Lena kein Ding, sie vertraute ihrer früheren Geliebten. Über ihren Bildschirm liefen jetzt Zahlenkolonnen. Das ging eine Weile so, dann klingelte Tamae erneut.

»Wir haben Glück, ich konnte das Passwort zurücksetzen auf den ursprünglich vom Hersteller eingegebenen Code. Ich habe bereits ein neues vergeben.« Sie gab Lena eine Kombination aus Zahlen und Buchstaben durch.

»Danke. – Wie geht es dir … arbeitest du viel?«, fragte sie schnell, bevor Tamae auflegen konnte. Die starrte sie mit dunklen Augen an.

»Es geht, ich habe viel zu tun. Mein Projekt hier ist ziemlich anspruchsvoll.«

»Ich rufe dich bald wieder an«, versprach Lena. Tamae nickte nur und beendete das Gespräch.

Als Lena den USB-Stick öffnete, ploppten fünf Ordner auf.

Der Erste war mit »Anträge« gekennzeichnet und listete dieselben Projekte auf, die auch auf dem losen Blatt standen. Der Zweite hieß »Abrechnungen« und der dritte »Kalkulationen gGAB«. Die beiden anderen trugen lediglich Daten der jüngsten Vergangenheit.

Lena runzelte die Stirn. Im zweiten Ordner befanden sich sämtliche Abrechnungen der gGAB mit der Kreisverwaltung, darauf die dazugehörigen Erledigungsvermerke. Als sie die Dateien im dritten Ordner öffnen wollte, waren auch hier wieder zu jeder einzelnen Datei Passworte gefragt. Leise fluchte sie vor sich hin. Tamae noch einmal zu bitten, kam nicht infrage. Lenas Blick fiel auf das Blatt mit der Liste. Sie gab probehalber die Zahlenkombination ein, die hinter dem ersten Projekt vermerkt war. Nun ließ sich auch der dritte Ordner öffnen. Stumm sah sich Lena an, was Emilia hier gespeichert hatte. Bereits bei der ersten Datei fielen ihr die unterschiedlich hohen Summen ins Auge. Sie blätterte vor und zurück. Sah sich sämtliche Kostenaufstellungen an und ließ sich schließlich mit einem Seufzer zurückfallen.

Danach versuchte sie, die Dateien der beiden anderen Ordner zu öffnen. Dieses Mal kam sie nicht weiter. Keine der Zahlenkombinationen passte. Doch sie hatte auch so schon genug gesehen.

Wenn das, was Emilia da aufgelistet hatte, stimmte, dann hatte die gGAB der Kreisverwaltung systematisch überhöhte Rechnungen für ihre Maßnahmen ausgestellt und wesentlich mehr Leistungen angegeben, als sie tatsächlich erbracht hatte.

Und das wiederum ließ einige Geschehnisse der jüngsten Vergangenheit in einem völlig neuen Licht erscheinen.

9

Es war kalt an dem Nachmittag, an dem Emilia beerdigt wurde.

Die Bestattung fand in einem Friedwald in der Nähe von Hanau, dem Herkunftsort Emilias, statt. Neben Emilias Familie waren etliche Freundinnen und Freunde der Toten gekommen, ebenso ein Mitglied des Personalrats. Ein Redner, kein Pfarrer, so hatte es Emilia selbst wohl gewünscht, sprach ein paar tröstliche philosophische Worte, die Lena stark berührten. Leben und Tod, wie schnell es gehen konnte, dass jemand bereits in jungen Jahren diese Welt verließ, diese Gedanken beschäftigten sie seit einiger Zeit.

Ihre Gedanken wanderten unwillkürlich zu Samantha, einem Mädchen, das in einer von ihr betreuten Familie in Dietzenbach gelebt hatte. Es hatte erst kürzlich eine traumatische Erfahrung gemacht. Lena hatte für die Kleine kurz danach eine Pflegefamilie im Schwäbischen gefunden und die Adoption lief bereits. Sie dachte an die Einladungskarte für ein Fest in Samanthas neuer KiTa, die sie wenige Tage zuvor bekommen hatte. Das Fest fand am Sonntag statt und sie hatte sich bereits entschieden hinzufahren. Nur nichts mehr auf die lange Bank schieben, wer weiß denn schon, wie viel Zeit noch bleibt.

Nachdem die Urne in der Erde versenkt worden war, kondolierten die Anwesenden der Familie. Der Kollege vom Personalrat sprach kurz mit den Angehörigen. Eine junge Frau sah im Gespräch zu Lena herüber. Danach zerstreute sich die kleine Trauergesellschaft schnell. Es war angesichts der entsetzlichen Begleitumstände kein Leichenschmaus angesetzt worden. Auch Lena machte sich zum Gehen bereit, nachdem sie einen Blumenstrauß abgelegt hatte.

»Sind Sie Frau Borowski?« Die Frau, die eben herübergesehen hatte, stand neben ihr.

Lena nickte. Ihr Gegenüber war größer, schmaler und hatte helleres Haar als Emilia. Dennoch war ihre Verwandtschaft mit der Verstorbenen unübersehbar.

»Christine Hornauer, ich bin Emilias Schwester«, stellte sie sich vor. Die beiden Frauen schüttelten sich die Hand. »Haben Sie noch einen Moment Zeit? Ich würde gerne mit Ihnen sprechen.«

Lena nickte. Es war Freitag, sie hatte sich den Nachmittag freigenommen.

Schweigend gingen sie nebeneinander her zum Ausgang, wo Emilias Mutter, von anderen Verwandten gestützt, bereits schluchzend in einem Auto verschwand.

»Meine Schwester und ich, wir haben uns nicht oft gesehen«, erklärte Christine Hornauer. »Wir waren aber dennoch sehr vertraut. Ihr Name ist mir nicht unbekannt, ich weiß, dass sie sich gelegentlich auch privat getroffen haben.«

Ein scharfer Wind hob Christine Hornauers Haar hoch. Lena schob die Hände in die Manteltaschen und trat von einem Bein aufs andere.

Christine Hornauer kam gleich zur Sache. »Ich kann mir keinen Reim darauf machen, dass Emilia sich das Leben genommen hat. Wir wollten in drei Wochen zusammen wegfahren, hatten einen Urlaub gebucht, auf den meine Schwester sich schon lange gefreut hat.« Sie blickte Lena aufmerksam an. »Darum wollte ich fragen, was Sie für einen Eindruck haben.«

»Mir erscheint es nicht nachvollziehbar. Sie wirkte nervös, gestresst, irgendetwas trieb sie um an diesem letzten Nachmittag, als sie so überstürzt aufgebrochen ist. Aber sie wirkte nicht traurig oder depressiv oder verzweifelt, wenn es das ist, was Sie wissen wollen.«

Christine Hornauer nickte. »Mir fällt kein Grund ein, der sie zu diesem Schritt getrieben haben könnte.«

Lena holte die Hände aus den Taschen und schlang die Arme um den Körper. Sie sah zur Grabstätte hinüber. »Wenn es etwas mit ihrem Job zu tun hatte, weiß ich leider nichts davon.«

»Diese Kommissarin, Frau Ernst, hat mich noch einmal befragt, zu der Reise und so. Sie machte auf mich den Eindruck, als zweifelte auch sie an der offiziellen Version«, machte Emilias Schwester einen erneuten Vorstoß.

Lena dachte an die Aktentasche und das, was ihr Adelheid Wormser dazu gesagt hatte. »Die Familie war da und hat sämtliche persönlichen Gegenstände von Emilia mitgenommen.«

Immerhin war damit ein Rätsel gelöst. Es gab aber noch keine Erklärung für die Unterlagen, die Lena bei sich zu Hause liegengelassen hatte.

»Haben Sie in Emilias Aktentasche keinen Hinweis gefunden? Einen Brief oder etwas anderes, das erklärt, warum sie sich das Leben nehmen wollte?«, tastete sie sich vorsichtig heran.

Christine Hornauer sah fragend auf. »Was für eine Tasche?«

»Die Aktentasche aus dem Büro in Langen. Die, die Emilia vergessen hatte und die ich ihr bringen wollte an dem Abend, als sie …«, Lena stockte, bevor sie fortfuhr, »… als sie ums Leben kam.«

Christine Hornauer schob die Unterlippe vor und bewegte den Kopf von einer Seite zur anderen. »Ich kann mich an keine Aktentasche erinnern. Aber wenn Sie Zeit haben, können Sie gerne mit zu mir nach Hause kommen, ich habe Emilias Sachen dort.« Sie zeigte auf einen blauen Daihatsu. »Soll ich Sie mitnehmen, oder sind Sie mit dem Wagen da?«

Lena machte eine Kopfbewegung zu ihrem Golf hinüber.

»Folgen Sie mir«, bat Christine Hornauer.

Zwanzig Minuten später standen sie im Gästezimmer einer geschmackvoll eingerichteten Wohnung im Argonner Park, einem ehemaligen Armygelände.

»Vergleichsweise preiswert und ruhiger als meine frühere Wohnung in der Innenstadt.« Emilias Schwester öffnete einen der an die Wand gestapelten Kartons, auf denen »Büro« stand. Zusammen blickten sie hinein. Bücher, eine Bürotasse, eine Strickjacke, etwas, das wie ein Kulturbeutel aussah und vermutlich ein paar Körperpflegeprodukte enthielt, eine metallene Teedose.

»Die Aktentasche – sie fehlt«, konstatierte Lena und fühlte sich auf eine merkwürdige Weise beunruhigt.

Christine Hornauer zuckte die Schultern. »Hier ist alles drin, was wir aus dem Büro mitgenommen haben. Ihre Kollegin, Frau …«, sie kramte in ihrem Gedächtnis nach dem Namen, »… äh, Wormser, genau, also, die hat uns all das übergeben. Sie war dabei. Vielleicht weiß sie, wo die Aktentasche ist.«

Ja. Und wenn sie es weiß, was bedeutet es dann?, überlegte Lena. Sie zwang sich, den Gedanken abzubrechen. Sie würde mit Adelheid sprechen, so schnell es ging.

Christine Hornauer blickte stirnrunzelnd auf die Kisten. »Morgen muss ich in Emilias Wohnung, um alles in Ruhe durchzusehen. Sie hat so viele Bücher gehabt, ich weiß gar nicht wohin damit.« Christine Hornauer fuhr sich mit einer hilflosen Geste durchs Haar. »Außerdem steht dort eine ganze Reihe von Unterlagen, die beruflicher Natur sein könnten. Wäre es möglich, dass Sie morgen einmal vorbeikommen und mir dabei helfen auszumisten?«

Lena hatte nichts dagegen, die beiden Frauen verabredeten sich für den kommenden Vormittag in Emilias Wohnung in der Liebigstraße.

Lena verabschiedete sich wenig später. Sie war unruhig und fühlte sich auf eine nicht greifbare Art angetrieben. Daher beschloss sie, nach Offenbach zu fahren und ins Fitnessstudio zu gehen, um sich richtig auszupowern.

Es war früher Abend, als sie aus dem Studio nach Hause kam. Sie setzte gerade ein Bein auf die Treppenstufen, als die Tür zur Wohnung von Frau Kasulke aufflog.

»Fräulein Borowski!«, rief die Hausmeisterin und kam mit einem Lächeln näher.

Das wird ja immer schöner, dachte Lena. Jetzt lächelt sie mich schon an. Was so ein bisschen Schnaps alles ausmacht! »Ja, Frau Kasulke?«, sagte sie laut. Sie zwang ihre Mundwinkel nach oben.

»Da war ein Herr, der wollte zu Ihnen.« Neugierig huschten die Augen der Hausmeisterin an Lena hoch und runter. Die trug wie üblich Jeans, Pulli und ihren gefütterten Parka.

Bestimmt fragt sie sich, was für ein Herr wohl zu so einer Frau wollte, ging es Lena durch den Kopf. Denn dass die Kasulke nicht »ein Mann« sagte, fiel ihr auf. Wer der Besucher sein konnte, war aber auch Lena selbst schleierhaft.

»Er hat was für Sie dagelassen. Moment, ich hole es.«

Schlapp, schlapp machten Frau Kasulkes Filzpantoffeln, als sie in ihre Wohnung zurückeilte. Lena seufzte und trat in paar Schritte auf die Wohnungstür zu.

Die Hausmeisterin kam mit einem Blumenstrauß zurück. Lena verschlug es den Atem. Weiße und violette Freesien entfalteten ihren zarten Duft in dem dämmrigen Treppenhaus.

Frau Kasulke betrachtete die duftende Pracht mit einem wehmütigen Ausdruck in den Augen. »Ich habe ihn gesehen, als er nach oben gehen wollte. Nach dem Einbruch neulich habe ich sofort gefragt, wohin er will.«

»Einbruchsversuch«, korrigierte Lena mit gerunzelter Stirn. Wer mochte ihr Blumen bringen?

»Auf jeden Fall hat er gesagt, er will zu Ihnen. Da habe ich ihn darüber informiert, dass Sie noch nicht zu Hause sind.«

Eine wirklich gelungene Art, Einbrecher fernzuhalten, indem man ihnen erzählt, wer nicht zu Hause ist, dachte Lena.

Sie schluckte auch einige andere Bemerkungen herunter, unter anderem die Frage, wieso Frau Kasulke über ihre Abwesenheit so genau informiert war. Stattdessen antwortete sie freundlich. »Danke, dass Sie das angenommen haben.«

Zwischen den Blüten steckte ein Kuvert. Sie sah beruhigt, dass es noch geschlossen war.

»Das mache ich doch gern. Wo wir neulich so nett beisammensaßen.«

Als sie aufsah und direkt in die Augen der alten Frau blickte, überkam Lena eine fast körperlich greifbare Angst. Die Angst davor, irgendwann einmal so einsam zu sein wie die Kasulke. Seit Lena im Haus wohnte, war die Hausmeisterin alleine gewesen. Schon ewig verwitwet, der einzige Sohn bereits als Teenager bei einem Motorradunfall ums Leben gekommen, Freundinnen Fehlanzeige. Seit sie hier wohnte, stritten sie. Um die Hausordnung, die Lena tatsächlich schleifen ließ. Um angeblich zu laute Musik, die es nie gegeben hatte. Um Dinge, die nicht wichtig waren und die, so erkannte Lena blitzartig, die Erfüllung des Lebens der Älteren darstellten. Ohne Familie, Mann, Kind waren dieses Haus und seine Ordnung ihr Lebensinhalt geworden. Lena stellte von Anbeginn einen Fremdkörper dar, nicht nur, weil sie ungern putzte, sondern auch, weil sie anders lebte. Frauen liebte. Selbstständig war und Frau Kasulke nie gebraucht hatte. Bis auf den Abend, an dem jemand versucht hatte, ihre Tür zu knacken. Sie hatten das erste Mal seit vielen Jahren ein persönliches Gespräch geführt. Dabei ganz offensichtlich Berührungsängste abgebaut. Und nun begegnete sie ihr anders. Würde ihr ohne zu Zögern noch einmal einen Selbstgebrannten einschenken. Nur, um eine kurze Weile jemanden um sich zu haben.

Ein Band zog sich um Lenas Herz. Würde sie irgendwann ebenfalls so enden? War sie nicht in den vergangenen Jahren jeder wirklich fordernden Beziehung aus dem Weg gegangen? Tat es noch immer? Sie atmete unwillkürlich laut aus und legte ihre Hand auf den Arm der Hausmeisterin. »Das war wirklich sehr freundlich von Ihnen und hat mir gut getan. Dafür wollte ich Ihnen die ganze Zeit schon danken.« Das war nicht wahr, aber es stimmte dennoch irgendwie.

Die Kasulke winkte ab. »Keine Ursache. Eine gute Nachbarschaft ist doch was wert heutzutage.«

Dann ging sie zurück in ihre kleine Wohnung. Lena blieb noch stehen, ganz bedröppelt von ihren eigenen Gefühlen, da drehte die Kasulke sich noch einmal zu ihr um.

»Ach, die Putzwoche habe ich für Sie heute schon gemacht. Sie haben ja so viel um die Ohren in letzter Zeit.«

Sprach's und verschwand hinter ihrer Tür.

Liebe Lena, leider kann ich dich telefonisch nicht erreichen und habe daher beschlossen, dir auf diese Weise einen persönlichen Gruß zukommen zu lassen. Diese Karte schreibe ich für den Fall, dass ich dich zu Hause nicht antreffe und die Blumen vor deiner Tür ablegen muss.
Gerne möchte ich dich heute Abend zum Essen einladen. Um 20 Uhr im »TrattoDino«?
Komm, wenn du Lust hast. Ich werde auf jeden Fall dort sein und auf dich warten.
Gerd

Sie legte die Nachricht auf der Flurkommode ab und roch an den Blumen.

Sie sah ihn vor sich, bei ihrer ersten Begegnung in der SM-Bar, die ihm gehörte, dem »Kinky-Klub«. Dieses Zusammentreffen hatte sich bildhaft in ihre Erinnerung eingegraben, weil er sie auf eine Art beeindruckte, die sie unruhig werden ließ. Ihre erste Verabredung. Wie er ihr im Restaurant gegenübergesessen hatte. Wie im Nu sämtliche Probleme des Lebens zumindest für eine kurze Zeit wie weggeblasen waren. Wie wohl sie sich in seiner Nähe gefühlt hatte. Seine körperliche Anziehungskraft, so fremd und unverständlich, gleichzeitig so heftig, dass sie es nicht ignorieren konnte.

Verdammt, es konnte, durfte, sollte nicht sein!

Sie sah auf die Uhr.

Noch reichlich Zeit. Sie würde ihm absagen, damit er nicht umsonst auf sie wartete. Aus und basta. Sie würde Gerd Rohloff nicht treffen. Nicht heute, nicht morgen, nie mehr. Es war einfach besser so.

Sie ging in die Küche, stellte die Blumen in eine Vase, holte ihr Handy und tippte seine Nummer ein. Besser jetzt als später, dachte sie dabei.

+++

Der nächste Besucher war in den vergangenen Monaten ihr Stammgast geworden. Wie üblich hatte er bereits draußen bezahlt, wie üblich legte er einen weiteren Geldschein auf das Nachtkästchen neben dem Bett, auf dem Sunita lag. Wie üblich beschwerte er den Geldschein mit einem kleinen, in rotes Stanniolpapier gewickelten Herz. Wie üblich würde man ihr all das, sogar das kleine Schokoladenherz, abnehmen, sobald er gegangen war.

Ein einziges Mal hatte Sunita die Schokolade gegessen, solange er sich noch mit ihr im Raum befand. Jetzt konnten sie ihr nichts tun, dachte sie. Aber Mammy hatte das Papier gefunden und sie geschlagen, bis sie am Boden lag. Danach hatte sie sie mit rollenden Augen verflucht und Sunita war überzeugt davon, dass genau das der Auslöser für ihre starken Bauchschmerzen gewesen war, die sie in der

Nacht bekommen hatte. So schlimm, dass sie sich übergeben musste, immer und immer wieder. Man hatte ihr einen Eimer neben die Matratze gestellt und der Geruch, der in dem kleinen Raum lag, hatte sie kränker gemacht, als sie sich sowieso schon fühlte. Seither spürte sie noch mehr Angst. Waren all dies nicht Zeichen, die ihr bedeuteten, sie käme nie wieder hier heraus?

Jetzt schob sie diese Gedanken weg und lächelte den Mann an.

»Wie geht es dir?«, fragte er leise, während er sich die Hose aufknöpfte.

»Danke, gut.« Die Lüge kam ihr so glatt wie fehlerfrei über die Lippen. Sie hatte die Landessprache gelernt, so gut es ging. Sie hatte wenig anderes zu tun und so wiederholte sie die Sätze, die ihre Kunden mit ihr sprachen, immer und immer wieder. Eine Zeit lang war eine Osteuropäerin mit im Zimmer gewesen, die ihr heimlich flüsternd deutsche Vokabeln beibrachte. Nicht die Worte, die Mammy sie gelehrt hatte, um die Männer anzumachen. Sondern ganz alltägliche Dinge. »Weißbrot« zum Beispiel. Oder »Rote Bete«. Sunita wusste noch nicht einmal, was das war, aber sie sog alles auf wie ein Schwamm. »Wenn du jemals hier herauskommst, fragst du nach Asyl«, hatte Natalia geflüstert. Und ihr das Wort eingebläut. »Asyl.« Und »Ich habe meinen Pass verloren«. Sunita war schon in ihrer Heimat gerne zur Schule gegangen, es fiel ihr leicht, die fremde Sprache zu lernen. Sie hütete die Worte und Sätze wie Schätze. Nur selten zeigte sie, wie viel sie schon konnte und verstand.

»Was möchtest du heute?«, fragte sie und schaute ihn von unten herauf mit einem kindlichen Augenaufschlag an. Er mochte das, er war zärtlicher, wenn sie alles so machte, wie es ihm gefiel. Ohne es zu wissen, ahnte Sunita, dass der Mann sehr viel für sie bezahlte. Mehr als die anderen, die manchmal nur reinkamen, sie zu Boden drückten, ihr Geschlechtsteil in sie hineinsteckten und sich wenig später, keuchend und schnaufend, wieder aus ihr zurückzogen.

Dieser Mann war anders. Er ließ sich Zeit und man ließ ihm Zeit.

»Zieh dein Höschen aus«, bat er sie leise.

Sie schob das dünne weiße Kleid hoch und tat, was er verlangte. Er ging zu dem Stuhl, der in der anderen Ecke des Zimmers stand.

»Spreiz deine Beine.«

Sie schob ihre Schenkel auseinander.

Sein Blick hing an ihr. Während er sein Glied in die Hand nahm und begann, es langsam zu reiben, drifteten Sunitas Gedanken ab. Wie immer in solchen Situationen summte sie ein Lied. Nicht laut, natürlich, sondern nur in ihrem Kopf. Ganz tief in ihr drin, dorthin, wo niemand hinkommen konnte, fühlte sie sich frei. Und während sie mechanisch tat, was der Mann von ihr verlangte, während sie ihre Hände auf ihrem Körper bewegte und er sich bereitmachte für das, was er gleich mit ihrem Körper tun würde, floh sie in die Vergangenheit, in ihre Heimat. Roch den staubigen Wind, schmeckte die warme Luft, spürte die weiche Umarmung der Abendsonne auf ihrer Haut, die dadurch unempfindlich wurde für das, was man ihr hier antat.

+++

Das »TrattoDino« war an diesem Abend gut besucht.

Lena entdeckte Rohloff sofort. Als er sie sah, erhob er sich und kam um den Tisch herum auf sie zu.

»Schön, dass du da bist, ich freue mich«, murmelte er, als er sie zur Begrüßung kurz an sich zog. Beide spürten, wie sie sich bei dieser Berührung unwillkürlich versteifte. Betreten ließ er von ihr ab und sie schob sich verwirrt eine Haarsträhne aus der Stirn.

Zwei Stunden zuvor noch war sie absolut sicher gewesen, dass sie diese Verabredung absagen würde. Doch bei der letzten Ziffer hatte ihr Finger gezögert. Schließlich legte sie das Telefon weg. Er hatte mehr verdient als so eine billige Absage. Sie würde es ihm persönlich mitteilen. Heute, hier: Wir werden uns nicht mehr sehen, Gerd. Mein ganzes Leben ist mir in den vergangenen Monaten um die Ohren geflogen. Inklusive meiner Liebesbeziehungen zu zwei Frauen. Sie heißen Tamae und Karin. Da kann ich nicht noch eine Affäre mit dir gebrauchen.

So oder so ähnlich würde sie es ihm sagen. Wollte es ihm sagen.

Jetzt saß er vor ihr, den Blick seiner melancholischen Augen auf sie gerichtet, ein törichtes Lächeln im Gesicht, als wäre er ein verliebter Pennäler.

Eine Schwäche erfasste sie, etwas Süßes, Weiches, Zaghaftes erhob sich in ihrem Herzen. Als er nach ihrer Hand griff, zog sie sie nicht zurück. Sie starrte ihn an, spürte die Wärme seiner Haut, die sich auf sie übertrug und wie ein Strom durch ihren Körper lief, sie hochhob, beruhigte, ihr Herz zum Schlagen brachte und merkwürdige Dinge mit ihrem Magen anstellte. Alles auf einmal. Wie damals … Ein Ruck ging durch sie hindurch, als sie begriff, was mir ihr los war. Wollte sie ihn wirklich nicht mehr sehen? Es wäre vernünftiger, aber wann hätte Vernunft je die Kraft gehabt, ein so tiefes Gefühl zu besiegen. Sie begriff. Sie konnte es ihm nicht sagen, weil es nicht das war, was sie wollte.

»Ich bin froh, dich zu sehen«, bekräftigte Rohloff in diesem Moment und setzte ohne es zu wissen einen Schlusspunkt unter Lenas Überlegungen des frühen Abends. »Unser letztes Treffen liegt eine Weile zurück. Du hast mir gefehlt.«

Sie nickte und riss sich von seinem Anblick los. »Danke für die Blumen, sie sind wunderschön.«

Der Kellner kam und legte die Speisekarten vor ihnen ab.

Sie lasen sich stumm durch das Menü. Rohloff schlug vor, eine Flasche Wein zu teilen und Lena willigte ein. In den letzten Wochen hatte sie kaum noch Alkohol getrunken, da sie nach dem Training im Studio keinen Appetit darauf hatte. An diesem Abend sah das anders aus. Als sie bestellten, freute sie sich direkt auf ein, zwei Gläser.

»Wie geht es der kleinen Samantha?«

Rohloffs Frage überraschte sie. Sie hatte andere Fragen befürchtet. Doch er schien ihre zurückhaltende Art der letzten Zeit entspannt zu sehen.

»Wir haben eine passende Familie in einem anderen Bundesland gefunden, die sie zunächst als Pflegekind aufgenommen hat, sie aber adoptieren wird«, antwortete sie. »Sie hat mir eine Einladung geschickt zu einem Fest in der KiTa, die sie besucht. Ich will auf jeden Fall hinfahren.« Der Wein wurde serviert, ein fruchtiger, kräftiger Chardonnay.

Als sie anstießen, ging eine Frau vorbei. Sie hielt inne und begrüßte Lena mit einem Nicken, danach huschte ihr Blick für einen Moment zu Rohloff. Jutta Ernst. Sie wurde zu einem kleinen

Tisch am anderen Ende des Lokals geführt. Lena bemerkte, dass die Polizistin alleine war und offensichtlich auf niemanden wartete, denn sie ließ sich sofort die Karte geben.

»Jemand, den du kennst?« Rohloff war die Frau ebenfalls aufgefallen.

»Sie arbeitet bei der Polizei. Vermutlich beschattet sie mich, weil sie Informationen über dich sammelt.«

Rohloff brauchte einen Moment, um anhand ihrer tanzenden Mundwinkel die Ironie in ihren Worten zu begreifen. Sie prusteten beide gleichzeitig los.

Dann wurde Lena ernst und erzählte Rohloff von Emilias Selbstmord, dem Überfall auf sie und dem Einbruchversuch.

»Du lässt nichts aus, was?«, sagte er, sichtlich erschüttert, und griff schon wieder nach ihrer Hand.

Lena ließ ihn gewähren und wunderte sich erneut über die beruhigende Wirkung, die er auf sie hatte.

»Ehrlich gesagt könnte es jetzt mal etwas ruhiger werden«, brummte sie.

Der Kellner brachte ihr Essen und unterbrach damit ihre Unterhaltung. Lena bemerkte, dass Jutta Ernst immer wieder verstohlen zu ihnen herübersah.

Eigentlich wollte Lena heute Abend nur ein bisschen Leichtigkeit in ihrem Leben.

»Wie läuft es im Klub?«, fragte Lena.

»Gut, womöglich sogar immer besser. Die Leute sind neugierig geworden auf das Thema, weil in den Medien so viel über das Thema SM berichtet wird.«

»Und – in deinen anderen Lokalen?« Lena wusste, dass Rohloff noch ein Stundenhotel und zwei weitere Nachtklubs im Bahnhofsviertel betrieb. So, wie er ihr gegenübersaß, konnte sie sich überhaupt nicht vorstellen, dass er sich im Rotlichtmilieu nicht nur als Randfigur bewegte, sondern mitten im Geschehen stand und sehr erfolgreich war. Dabei hatte er einen ziemlich altmodischen Ehrenkodex.

»Stundenhotel ja, Bordell nein«, hatte er ihr einmal auf eine Frage geantwortet. Und dass seine Barfrauen auch nur genau das waren und er in keinem seiner Läden Animiermädchen beschäftigte. »Tabledance, Striptease und wer jemanden kennen lernt, kann ein Zimmer mieten. Ich bin kein Zuhälter, verkaufe keine Drogen und habe mich schon immer erfolgreich aus allen anderen Arten von Kriminalität herausgehalten. Ich bin Geschäftsmann«, lautete seine Devise. Lena wollte ihm gern glauben, konnte sich aber nicht vorstellen, wie man in der heutigen Zeit damit bestehen konnte. Gerds Geheimnis, wie ihre gemeinsame Freundin Sonja ihr einmal verraten hatte, lag darin, dass er gut vernetzt war in der Riege der alteingesessenen Frankfurter Rotlichtgrößen. Daran hatten auch ausländische Gangs, die in den vergangenen Jahren einen Großteil der Lokale und Beschäftigungsfelder übernommen hatten, nichts geändert. Dennoch war sie sich sicher, dass er ihr nicht alles sagte, was seine geschäftlichen Belange betraf.

Schnell merkte Lena, dass sich auch dieser Abend mit Rohloff sehr angenehm entwickelte. Ihre Gespräche vermittelten ihr eine Leichtigkeit, die sie genoss. Darüber vergaßen sie fast die Zeit. Erst, als sich das Lokal um sie herum merklich geleert hatte, brachen sie auf. Jutta Ernst war irgendwann gegangen, von Lena unbemerkt. Der Tisch, an dem sie gesessen hatte, war bereits abgeräumt.

Sie traten hinaus in die Kälte, die Lena fast den Atem nahm.

»Bist du mit dem Auto da, oder soll ich dich fahren?«, fragte Rohloff sie leise.

»Mein Wagen steht da drüben.« Lena machte eine vage Bewegung in Richtung der nächsten Seitenstraße. Sie gingen schweigend die paar Schritte. Am Auto angekommen, wollten sie sich, wie üblich, mit einer Umarmung voneinander verabschieden. Dabei zog Rohloff sie an sich, seine Lippen streiften ihr Haar, sein Atem verfing sich in ihrem Ohr. Etwas passierte mit ihnen und sie blieben sekundenlang so stehen. Sein Herz schlug unter ihren Fingern und seine Hand glitt über ihre Wange. Sein Duft, wie üblich vermischt mit einem Hauch »Fahrenheit«, streifte ihre Nase. Ein Schwächegefühl erfasste sie, ihr war, als würden ihre Beine nachgeben, und dann lag sein Mund auf dem ihren. Er küsste sie, vorsichtig, zärtlich, und sie schmeckte den Wein auf seiner Zunge, den sie getrunken hatten.

Lena ließ sich fallen, wurde ganz weich in seinem Arm, schloss die Augen und küsste ihn zurück.

Sie spürte ein Verlangen, das ihr bis dahin völlig fremd gewesen war.

Erst nach einer scheinbaren Unendlichkeit lösten sie sich voneinander und sahen sich stumm in die Augen.

Er wollte etwas sagen, aber sie hob die Hand und legte einen Finger auf seine Lippen. »Sag nichts.«

Er zog sie erneut an sich, ganz fest, und legte seinen Mund auf ihr Haar. So standen sie noch einmal, dann schob er sie sanft weg. Seine Augen waren dunkel und voller Hoffnung.

»Ich ruf dich an, bis bald«, antwortete sie heiser auf die unausgesprochene Frage, die zwischen ihnen hing. Dann stieg sie in ihren Golf. Sie brauchte drei Anläufe, bis sie ihn gestartet hatte. Rohloff hob die Hand, als der Wagen ansprang. Er stand so da, bis sie um die Ecke gebogen war und ihn nicht mehr sah.

10

Christine Hornauer war bereits beim Aufräumen, als Lena ankam.

Die Dachwohnung der Verstorbenen bestand aus einem großen, L-förmigen Raum, in dem Küche und Wohnzimmer ineinander übergingen, sowie einem Schlafzimmer, in dem auch ein großer Schreibtisch stand. Darauf ein Laptop und ein ganzer Stapel mit Arbeitsunterlagen. Lena wusste, dass Emilia enorm fleißig gewesen war, dennoch erstaunte es sie, dass die Kollegin so viele Dokumente mit nach Hause genommen hatte.

»Können Sie etwas damit anfangen?« Christine Hornauer sah aus, als würde sie gleich in Tränen ausbrechen.

»Wollen wir uns nicht duzen? Ich bin Lena.« Lena streckte der anderen die Hand entgegen, die sie ergriff und schüttelte. »Christine, aber das weißt du ja schon. Sag, ist das nicht schrecklich? Der Mensch lebt und hortet weltliche Dinge. Die alle zurückbleiben, wenn wir gehen müssen.«

»Hat Emilia ein Testament hinterlassen?«

Christine schüttelte den Kopf. »Sie hat wohl gedacht, das geht sowieso automatisch an mich und unsere Mutter. Sonst hat sie ja niemanden gehabt.«

Lena blätterte die beruflichen Unterlagen durch. Sämtliche Dokumente waren öffentlich zugänglich. Ausschreibungen, Pressemitteilungen, der Jahresbericht der gGAB. Daneben gab es einige handschriftliche Notizen, die sich darauf bezogen.

»Hier ist noch etwas. Scheint auch Berufliches zu sein.«

Der Ordner, den Christine ihr in die Hand drückte, war fast voll. Lena schaute flüchtig drüber, konnte aber nichts Ungewöhnliches feststellen. Es gab einen allgemeinen Teil, in dem Emilia Rundschreiben und Arbeitsanweisungen abgeheftet hatte. In einem als »persönlich« gekennzeichneten Abschnitt hingen die letzten Urlaubsanträge, darunter auch der für die geplante Reise mit ihrer Schwester, die letzten beiden Beförderungsanträge – beide abgelehnt – sowie das handschriftliche Protokoll einer Unterredung mit dem Personalrat.

Lena verstand nicht, worum es genau ging. Emilia schilderte, stark verklausuliert, eine berufliche Auseinandersetzung. Sie fühlte sich dabei ins Unrecht gesetzt, aber aus der Notiz ging weder hervor, mit wem sie aneinandergeraten war, noch wurde das Thema erwähnt.

Den Personalrat zu fragen, war unmöglich, die Schweigepflicht wurde von allen Mitgliedern sehr ernst genommen. Ob die Frauenbeauftragte Saskia-Irene Heilmann-Brumm involviert gewesen war? Die mischte sich gerne in die Belange der Mitarbeiterinnen ein, ob gefragt oder ungefragt. Einem Gerücht zufolge entstammten einige Interna, die im Haus kursierten, dieser Quelle. Aber Lena hatte keinen Draht zu der Frau, die sie für intrigant hielt. Sie dachte daher gar nicht weiter darüber nach, sie zu fragen.

Da die Notiz schon mehr als zwei Jahre zuvor verfasst worden war, hatte sie vermutlich auch gar nichts mit Emilias vermeintlichem Selbstmord zu tun.

»Fällt dir gar nichts auf?«, fragte Lena nach einer Weile, in der sie sich stumm im Zimmer umgesehen hatte.

Christine, die über den Nachttisch ihrer Schwester gebeugt stand, drehte sich halb zu ihr um. »Was meinst du?«

»Die Ordnung hier.«

»Ordnung? Also ehrlich, Lena. Ich weiß ja nicht, wie es bei dir aussieht. Aber Emilia war super penibel. Die hat sogar ihre Geschirrtücher gebügelt und auf Kante gelegt. Dafür sieht es hier – naja, fast schon schlampig aus.«

»Eben«, antwortete Lena langsam. »Ich war ein paar Mal hier und glaub mir, ich bin eher ein bisschen chaotisch. Mir fiel das auf, diese Akkuratesse.« Sie nickte zu dem offenstehenden Kleiderschrank und dann zum Schreibtisch. »So wie heute, sah es bei Emilia vorher nie aus.«

Christine richtete sich mit einem verwirrten Gesichtsausdruck auf. »Du hast recht«, sagte sie dann. »Es ist … anders.«

»Ja, und wenn du das nicht warst oder jemand von der Familie …« Der Rest des Satzes blieb in der Luft hängen.

»Oh mein Gott!« Christine wurde auf einmal total blass und ließ sich aufs Bett plumpsen. »Dann war womöglich jemand hier. Mir kam es schon komisch vor, dass die Tür nur zugezogen und nicht abgesperrt war.«

Bevor Lena antworten konnte, schrillte die Türklingel.

Christine sprang erschrocken vom Bett auf und stand einen Moment lang stocksteif im Raum, bevor sie sich einen Ruck gab und durch den langen Flur nach vorne zur Tür lief. »Hallo?«, rief sie in den Hörer der Gegensprechanlage.

»Frau Hornauer?«, quäkte es durch die Leitung. So laut, dass selbst Lena in einem Meter Abstand es hörte.

»Ja?«, gab Christine zurück.

»Jens Borgmann.«

Christine sah über die Schulter fragend zu Lena und zuckte die Achseln.

Die schüttelte den Kopf. Der Name sagte ihr nichts.

»Frau Hornauer?«

Christine drückte den Türöffner und hängte den Hörer auf. »Mal sehen, wer das ist«, murmelte sie.

Augenblicke später kündigte das laute Geräusch den Aufzug an, der nach oben kam. Er fuhr nur bis zum vierten Stock und Christine und Lena beobachteten von der Tür aus den Mann, der, immer zwei Stufen auf einmal nehmend, die Treppe hochkam.

»Hallo«, rief er und schaute fragend von einer zur anderen.

»Ich bin Frau Hornauer«, stellte sich Christine vor.

»Jens Borgmann, ›Aktuelles Blitzlicht‹, aber das wissen Sie ja.« Er schüttelte Christine heftig die Hand und musterte Lena.

»Ich bin eine Kollegin von Frau Hornauer«, fühlte diese sich genötigt, etwas zu sagen, was nicht unwahr, aber dennoch eine weitläufige Umschreibung der Tatsachen war.

»Ach so, dann können Sie auch etwas zu der Sache sagen? Prima.« Er folgte Christines Einladung, die ihn mit einer ausholenden Handbewegung hereinbat.

Sie gingen alle drei ins Wohnzimmer und setzten sich an den runden Esstisch.

Einige Augenblicke herrschte angespanntes Schweigen.

Schließlich räusperte sich Jens Borgmann dezent und sah von einer zur anderen. »Also – ich weiß ja immer noch nicht, worum es genau geht, aber Sie hatten mir für heute die Informationen angekündigt.«

Christine wirkte auf einmal total angespannt. »Sie kannten meine Schwester also gar nicht persönlich?«

»Ihre Schwester? Nein, wieso … ich …« Er brach verwirrt ab. »Sind Sie denn nicht Emilia Hornauer?«

Christine klärte ihn ungeschönt über den Tod ihrer Schwester auf und der Journalist schaute immer betretener drein.

»Selbstmord? Aber wieso? Sie hat mich erst kürzlich angerufen. Sie wollte sich mit jemandem treffen, alles ganz hektisch und ziemlich überstürzt arrangiert. Heute waren wir verabredet.« Er schwieg abrupt.

»Sie haben keine Ahnung, worum es ging?«, bohrte Lena nach.

»Nicht die Geringste. Sie wandte sich telefonisch an mich, kündigte ein ziemlich großes Ding an. Meinte, das sei etwas, um das sich ihrer Meinung nach weder Politik noch Polizei wirksam kümmern würden oder könnten. Sie hat einige Artikel von mir gelesen, die ihr gefallen haben. Mein Spezialgebiet ist der soziale Sektor.«

Lena erinnerte sich dunkel daran, einmal in der Zeitschrift einen Artikel über Straßenkinder gelesen zu haben, der ziemlich gut recherchiert und geschrieben war. Borgmann bestätigte, dass die Geschichte von ihm war.

»Worum ging es ihr? Bezahlen Sie gut für solche Sachen?«

Borgmann sah Christine überrascht an. »Nein, so kann man das nicht sagen. Klar, wenn Informationen exklusiv und sehr brisant sind, dann können wir dafür bezahlen. Aber sie hat mit keinem Wort erwähnt, dass sie eine Vergütung wollte. Es schien, als ob sie das überhaupt nicht auf dem Radar hatte.« Er erhob sich und zuckte die Schultern. »Tut mir leid. Ich gehe wohl jetzt besser.« Er zog zwei Visitenkarten aus seinem Jackett, die er ihnen überreichte. »Falls Sie etwas herausfinden, können Sie sich gerne bei mir melden.«

Lena und Christine schauten ihm schweigend nach, als er die Treppe hinunterhastete.

Der Mann war groß, breitschultrig und verströmte den Duft von Zimt. Das war das Erste, was Lena an einem Passanten aufgefallen war, als sie aus dem Haus trat, in dem Emilias Wohnung lag.

Es war derselbe Geruch, den sie am frühen Abend erneut roch, als sie vom Fitnessstudio nach Hause kam. Nach einer längeren Rundfahrt war es ihr gelungen, einen Parkplatz in der Nähe zu ergattern. Als sie das Haus betrat, streifte wieder ein Zimtduft ihre Nase.

War das ein Zufall?

Die Haustür fiel hinter ihr ins Schloss und Lena blieb abrupt stehen. Würde sie oben erneut eine aufgebohrte Wohnungstür erwarten?

Lena, du siehst Gespenster.

Es war Karins Stimme in ihrem Kopf, die das sagte. Karin, die in der Realität leider in der vergangenen Woche rein gar nichts zu ihr gesagt hatte. Auch den Yogakurs hatte sie sausen lassen, hatte nicht abgesagt, sich auch nicht bei ihrer Freundin gemeldet. Noch so eine merkwürdige Sache!

Als sie ihre Wohnung betrat, registrierte sie als Erstes den intensiven Freesienduft, der die Luft erfüllte. Sie steckte die Nase in den Strauß und gestattete sich zum ersten Mal an diesem Tag einen Gedanken an den Vorabend.

Rohloffs Kuss hatte sie aufgewühlt und in einen hellwachen Zustand versetzt. Sie hatte kaum geschlafen in der Nacht und daher auch das Eintreffen seiner SMS sofort gehört.

»Es war der schönste Abend, den ich seit Langem hatte. Danke«, hatte er geschrieben. Sie konnte nicht antworten, weil ihr die Worte fehlten. Sowohl für ihre eigenen Gefühle als auch für das, was da zwischen ihnen vorging.

Nun lauschte sie den Geräuschen im Haus. Irgendwo plärrte ein Fernseher, eine Wasserleitung rauschte und nebenan wurde eine Tür geknallt. Vermutlich hatten die beiden, ein junges Ehepaar, wieder einmal Stress, wie so oft.

Sie ging in die Küche und inspizierte ihren Kühlschrank. Seit sie regelmäßig trainierte, hatten sich ihre Essgewohnheiten verändert. Es gab nicht mehr so oft Pasta und Tiefkühlpizza, stattdessen hatte sie mehr mageres Fleisch und Tofu im Kühlschrank. Dennoch nichts, worauf sie Appetit verspürte. Sie riss ein Joghurt auf und löffelte es im Stehen, wobei sie nervös mit dem Fuß gegen die Kühlschranktür trommelte. Erst, als sie ins Wohnzimmer hinüberging, fiel ihr das Blinken der Sprachbox ihres Festnetzanschlusses auf.

Es war Karin, die ihr mitteilte, für ein paar Tage zu ihrer Familie nach Bayern zu reisen.

»Ich melde mich, wenn ich zurück bin.« Verwirrt starrte Lena den Apparat an. Karin hatte am Vormittag angerufen. Warum hatte sie es nicht auf ihrem Handy probiert? Ein komischer Gedanke schlich sich in Lenas Kopf. Vielleicht war es Karin gar nicht so unrecht gewesen, ihre Freundin nicht anzutreffen. Immerhin erklärte sie noch nicht einmal, was sie überhaupt in Bayern wollte und wann genau sie zurückkommen würde. Einem ersten Impuls folgend, wollte Lena direkt zurückrufen. Doch dann beherrschte sie sich. Seit sie sich kannten, war Karin immer für sie da gewesen. Auch in den zurückliegenden Wochen und Monaten, die so hart für sie gewesen waren. Es stand ihr gar nicht zu, ihre Freundin so zu befragen. Sie fuhr weg und basta. Wenn, dann war sie höchstens ihrem Mann Albrecht Rechenschaft schuldig.

Sie ging zurück in die Küche, schenkte sich ein Glas Wein ein. Dann trat sie ans Fenster ihres Wohnzimmers und sah gedankenverloren auf die Straße hinunter. Im Raum war es dunkel und draußen waren bereits die Lampen angegangen. Daher sah sie den Mann sofort. Sie erschrak so sehr, dass sie fast das Glas fallen ließ. Er starrte direkt zu ihr hinauf.

Sie trat ein paar Schritte zurück, stellte das Glas ab und rannte in den Flur hinaus, wo sie sich ihre Jacke und ihren Schlüsselbund schnappte. Eilig sprang sie die Treppe hinunter, riss die Haustür auf und blieb dort wie angewurzelt stehen. Dort, zwischen den Bäumen auf der anderen Straßenseite, war niemand mehr. Sie lief ein paar Schritte den Gehweg hoch und runter. Außer einem Pärchen, das eng umschlungen stumm völlig in seine Smartphones vertieft war, und einer Handvoll Faschingsnarren, die wild verkleidet und voll ungebremster Fröhlichkeit singend in Richtung Innenstadt liefen, befand sich niemand auf der Straße. Sie musste sich geirrt haben, oder ihre eigene Nervosität spielte ihr einen Streich.

»Ich brauche dringend Urlaub«, dachte sie, während sie ins Haus zurückging.

+++

Auch Jutta Ernst dachte über den Vorabend nach. Die Polizistin hockte, mit einer Tasse Chai Latte in der Hand, auf dem Futon ihres Einzimmerappartements in einem Hochhaus an der Mainstraße in Offenbach und starrte in die Glotze. Dort lief ein Film, dem sie nicht folgen konnte. Hätte man sie gefragt, warum der Apparat überhaupt lief, hätte sie vermutlich gesagt, damit sie sich nicht ganz so einsam fühlte.

Es kotzte sie regelrecht an, ihre dienstfreien Abende und Wochenenden so verbringen zu müssen. Das Haus war hellhörig und ein großer Teil ihrer Mitbewohner schien, dem allgemeinen Lärmpegel nach, halb taub zu sein.

Ich muss hier raus, dachte sie zum hundertsten Mal und beschloss, gleich am nächsten Tag einen Makler aufzusuchen. Ohne diese Blutsauger ging es ja wohl nicht. Dann fiel ihr wieder die Ebbe auf ihrem Konto ein. Der Umzug von Bad Reichenhall nach Offenbach hatte ihre spärlichen Ersparnisse aufgefressen. Sie war weder in der Lage, eine Kaution zu bezahlen, noch einen Makler.

»Scheißspiel«, murmelte sie vor sich hin und drückte den Kommissar weg, der im Fernsehen so unbeschwert mit einem teuren Auto herumfuhr. Auf dem anderen Kanal waren Leute beim Essen und sie musste wieder an diese Frau Borowski denken. Saß die doch glatt mit einer der bekanntesten Frankfurter Rotlichtgrößen im »Tratto Dino«. Diesen Rohloff kannte selbst sie inzwischen. Hatte er doch bei einem Prozess vor Kurzem als Zeuge ausgesagt. Beeindruckender Mann, wenn man auf solche Kerle stand. Die Borowski jedenfalls hätte sie nicht so eingestuft. So eine coole Jeans- und Lederjackenbraut passte doch gar nicht zu dem.

Jutta, du hast Klischees im Kopf, wies sie sich gleich darauf zurecht. Was hatte sie denn erwartet? Ihn mit einer schmuckbehängten Blondine in Animalprint und mit rot lackierten Krallen zu sehen? Sie mit einem Rockmusiker voll tätowierter Muskeln und einem knackigen Hintern? Vermutlich ja.

Sie stellte ihren Tee ab und wollte den Fernseher ausschalten, als nebenan der Abend mit Hard Rock eingeläutet wurde und sie da irgendwie dagegenhalten musste.

Aus dem wirren Stapel von Papier, der neben ihrem provisorischen Schreibtisch lag, fischte sie nach intensiver Suche einen Artikel über das Frankfurter Rotlichtviertel heraus. Sie sammelte solche Zeitungsausschnitte, seit sie im Rhein-Main-Gebiet lebte. Es half ihr, der der Stallgeruch fehlte, ein bisschen besser zu verstehen, wie die Welt hier tickte.

Es war auch Rohloff erwähnt. »Der Geschäftsmann Gerhard R.« wurde er genannt. Es ging in dem Bericht um den Mord an einem Bordellbetreiber, Rohloff war in dieser Sache als Zeuge vernommen worden. Der Mörder war ein gedungener Killer aus Osteuropa. Er sagte nichts, wie sie alle nie etwas sagten.

Was hatte diese Borowski mit Rohloff zu tun?

Jutta Ernst tigerte in ihrem Käfig auf und ab.

Noch einmal rekapitulierte sie den Fall Hornauer.

Emilias letztes Lebenszeichen war die SMS, die sie an ihre Mutter geschickt hatte. Aber schon vorher war sie nicht an ihr Handy gegangen, als nämlich die Borowski bei ihr anrief.

»Die Mobilbox sprang an«, hatte sie erklärt. Und das stimmte mit den Ergebnissen überein, die sie selbst gewonnen hatten. Neben einigen anonymen Anrufen gab es nur dieses eine Telefonat, das sie zurückverfolgen konnte. Soweit sie sich überhaupt in den Fall hatte vertiefen dürfen. Es schien einfach nicht gewollt, ihr direkter Vorgesetzter hatte bereits eine klare Ansage deswegen gemacht.

Die Aktenmappe, von der die Rede war, war indessen nicht auffindbar. Ebenso wenig das Handy der Toten.

»Verloren, weggeworfen. Wer vorhat, sich umzubringen, will ja nicht mehr telefonieren«, hörte sie ihre Kollegen sagen.

Und die Aktentasche? Die hatte die Borowski an sich genommen. Und behauptete auch noch, das Auto der Toten habe vor der Tür gestanden, als sie versucht hatte, Emilia zu Hause zu erreichen. Eine Wahrnehmung, die niemand bestätigen konnte und die vermutlich auch nicht stimmte. Denn Emilia Hornauers Wagen war am Wald geparkt gewesen und es gab mehrere rote Fiats in der Liebigstraße. Die Frau war ein Mysterium. Jutta Ernst war sich sicher, dass die Sozialarbeiterin ihr nicht alles gesagt hatte. Gleichzeitig hätte sie die Hand dafür ins Feuer gelegt, dass die Frau nicht in den Tod von Emilia Hornauer verwickelt war. Nur – was war das für eine Geschichte mit dieser Rotlichtgröße Rohloff?

Jetzt waren ihre Gedanken wieder zum Ausgangspunkt zurückgekehrt und sie beschloss, einen Spaziergang zu machen, um ihren Kopf auszulüften, bevor er anfing zu qualmen.

Die Nacht war feuchtkalt. Jutta Ernst lief mit kraftvollen Schritten durch die dunklen Straßen. Nach zwanzig Minuten war sie durchgefroren. Als sie an einer gemütlich aussehenden Eckkneipe vorbeikam, beschloss sie, dort etwas trinken zu gehen. Im »Försters« umfing sie Stimmengewirr. Die warme Luft roch nach Essen. Die meisten Tische waren besetzt, glücklicherweise fand sie trotz des

Andrangs noch einen Platz in der Nähe der Tür, wo ein paar Leute zusammenrückten. Den Gesprächsfetzen, die sie aufschnappte, entnahm sie, dass es sich um Studenten der HfG, der Hochschule für Gestaltung, handelte. Ihre Blicke wanderten die Getränkekarte rauf und runter. Das Bier schmeckte ihr hier in Hessen nicht, Wein trank sie selten, Kaffee puschte sie um diese Uhrzeit zu sehr auf.

Schließlich bestellte sie einen heißen Apfelwein. Während sie auf das Getränk wartete, dachte sie über den Tag nach.

»Es war jemand in der Wohnung. Sie müssen etwas tun!« Christine Hornauer hatte sie am frühen Nachmittag aufgesucht und Druck gemacht, den Tod ihrer Schwester noch mal zu untersuchen.

»Nur, weil es ein wenig unordentlicher war als sonst?«, hatte sie verblüfft gefragt. Sie selbst befürchtete nach wie vor, etwas übersehen zu haben. Dennoch erschien ihr die Aussage der aufgeregten Frau nicht einleuchtend. Wenn Leute depressiv wurden, änderten sich gleichzeitig einige der Gewohnheiten. Kontaktverhalten, Körperpflege und eben auch Ordnung und Sauberkeit im Haushalt. Flüchtig dachte Jutta Ernst darüber nach, ob die in den letzten Wochen stetig zunehmende Unordnung in ihrer Wohnung ebenfalls ein Hinweis auf eine desolate seelische Verfassung sein könnte, schob den Gedanken aber schnell wieder weg. »Fehlte etwas? Schmuck, Laptop, andere Wertsachen?«, hatte sie die aufgebrachte Christine Hornauer gefragt.

»Nein. Also – ich glaube nicht. Es scheint alles da zu sein«, hatte diese zugeben müssen. Und ihr dann von einem Journalisten erzählt, der in der Wohnung der Toten aufgetaucht war. Um was es ging, wusste sie nicht, auch der Reporter schien keine Ahnung zu haben, was Emilia ihm hatte erzählen wollen. Jutta Ernst beschloss still, sich die Sache bei Gelegenheit noch einmal anzusehen. Unaufgeregt und ohne Hoffnungen zu schüren. Vielleicht konnte sie mit dem Journalisten sprechen, obwohl sie aus Erfahrung wusste, dass das selten ergiebig war. Die schützten ihre Quellen und Informationen, als handele es sich um Fort Knox.

Sie hatte Christine Hornauer daher weggeschickt, ohne ihr etwas zuzusagen. Dennoch blieb ein merkwürdig schales Gefühl zurück.

Ihre Bestellung kam. Sie roch den würzigen Duft nach Zimt und Apfel und verbrannte sich fast die Zunge beim ersten Schluck. Urplötzlich verspürte sie Lust auf eine Zigarette. Sie rauchte ganz selten mal eine, hatte daher nie welche dabei. Zwei Männer gingen an ihr vorbei zur Tür hinaus. Nach kurzem Zögern zog sie ihre Jacke an und folgte ihnen. Die zwei standen ein Stück von der Hecke des Biergartens entfernt auf dem Bürgersteig. Sie unterhielten sich halblaut in einer Sprache, die Jutta nicht verstand. Manchmal kam sie sich in Offenbach vor wie auf einem anderen Stern. Erst wenige Tage zuvor war sie während ihrer Mittagspause durch die Stadt gegangen, ohne ein einziges gesprochenes deutsches Wort zu hören.

»T'Schuldigung, würden Sie mir eine Zigarette verkaufen?«, bat sie den Größeren der beiden. Er sah überrascht auf. Ein Grinsen zog sich über sein Gesicht, das so dunkel war wie die Nacht.

»Kommt gar nicht in Frage«, sagte er mit einer angenehmen, weichen Stimme, in der ein Hauch französischer Akzent mitschwang. »Ich schenke Ihnen eine.« Er hielt ihr das Päckchen hin. Sie griff gierig nach einem Glimmstängel und bedankte sich. Er sah sie neugierig an, als er ihr Feuer gab. Sie lächelte dankend und zog sich hinter die Hecke zurück, woraufhin die Männer ihr Gespräch wieder aufnahmen.

Als Jutta Ernst das zweite Mal tief an ihrer Zigarette zog, hielt ein Polizeifahrzeug auf der Straße. Zwei Kollegen in Uniform stiegen aus.

»Personenkontrolle. Ihre Papiere bitte«, sagte einer.

Die beiden Schwarzen zogen ohne zu Murren ihre Ausweise, die der Polizist im Schein einer Taschenlampe studierte, bevor er sie zurückgab.

»Entschuldigen Sie bitte, wir suchen jemanden«, erklärte er noch. Die Uniformierten stiegen wieder ein und fuhren weiter.

»Geht Ihnen wohl öfter so?«, fragte die Kommissarin die beiden, als sie an ihr vorbei zurück in die Kneipe gingen.

»Ist immer gut, in Deutschland seine Papiere bei sich zu haben«, antwortete der, der ihr auch die Zigarette spendiert hatte.

»Obwohl die Europäer einen Schwarzen kaum vom anderen unterscheiden können«, fügte sein Begleiter kichernd hinzu.

Nachdenklich rauchte sie zu Ende und trat den Stummel sorgfältig auf dem Boden aus, um zu ihrem inzwischen etwas abgekühlten Apfelwein zurückzukehren.

+ + +

Die Krankheit, die sie befallen hatte, war ihr so fremd wie der Ort, an dem sie seit Monaten lebte. Zu Hause hatte sie gelegentlich unter Bauchschmerzen gelitten, sich bei der Arbeit auf dem Feld verletzt oder war von einem Insekt gebissen worden. Die ersten Symptome dieses unbekannten Leidens kannte sie nicht. Zuerst hatte ihr Hals geschmerzt und gebrannt, sodass sie glaubte, keinen Bissen mehr schlucken zu können. Danach war die Atemnot gekommen und ein schlimmer Husten. Einen Tag später wurde ihr schwindelig und der Kopf so schwer, als würde er herunterfallen. Gleichzeitig kam das Fieber und setzte ihre Haut in Brand.

Mammy schrie und schimpfte, sie riss sie an den Haaren von ihrer Matratze, die schon sauer roch, wie der Schweiß, der auf ihrem Körper stand. Sunita hatte Angst vor Mammy, Angst vor dem, was sie mit ihr machen würde, wenn sie nicht aufstand. Mit letzter Kraft erhob sie sich, es half jedoch nichts, denn sie kippte einfach um, schlug sich die Stirn am Boden auf und verlor die Besinnung. Als sie wieder halbwegs zu sich kam, lag sie in einer winzigen, dunklen Kammer. Schemenhaft erkannte sie zwei Männer, die neben ihrem Lager standen. Einer wurde Ion genannt, er war groß und sprach mit demselben harten Akzent wie einige der Frauen.

»Die könnt ihr wegschmeißen«, hörte sie ihn.

Der zweite Mann, dunkelhäutig und etwas kleiner als sein Begleiter, zog heftig an seiner Zigarette. Als der Qualm ihr ins Gesicht stieg, musste sie schrecklich husten. Es scherte ihn nicht.

»Die hat noch zu wenig eingebracht«, entgegnete er, zwischen zwei tiefen Zügen. »Außerdem hat sie einen Stammkunden, der gut bezahlt.«

Die beiden starrten schweigend auf Sunita herab. Sie war nach der Hustenattacke viel zu erschöpft, um sich zu rühren. Auch wollte sie sich nicht anmerken lassen, was sie von dem Gespräch der beiden verstand.

»Die braucht einen Arzt.« Ion trat mit dem Fuß gegen die Liegende, die vor Schmerz leise aufstöhnte. Jede Berührung brannte wie Feuer auf ihrer fieberheißen Haut. »Willst du das bezahlen?«, fragte er den Dunkelhäutigen. Der hatte seine Zigarette endlich fertig geraucht und warf die Kippe auf den Boden, wo er sie austrat.

»Die braucht keinen Arzt, das zähe Luder. Der besorge ich ein paar Tabletten, dann kann sie bald wieder ihren Hintern schwenken. Was mich das kostet, schlage ich ihr auf ihre Rechnung drauf.« Er lachte rau und schob die Hände in die Taschen seines Blousons.

»Wie du meinst. Wenn sie eine von meinen wäre, würde ich den Aufwand nicht betreiben.« Der Große zuckte die Schultern. Die Männer verließen den Raum.

Sunita drehte sich vorsichtig auf ihrer Pritsche um. Die Luft roch nach Zigarettenqualm, sie konnte kaum atmen. Sie versuchte, sich zu konzentrieren, zu verstehen, was gerade mit ihr geschah. Doch immer wieder drifteten ihre Gedanken weg, spielten ihr Streiche. Sie wusste teilweise nicht mehr, wo sie sich befand und was mit ihr geschehen war, trieb im Nebel diffuser Empfindungen dahin. Bis Mammy kam.

»Nimm das!«, befahl sie und gab ihr eine große, weiße Tablette. Sunita würgte, sie bekam das Medikament kaum runtergeschluckt. Der Tee, den Mammy mitgebracht hatte, war noch viel zu heiß.

»In zwei Tagen bist du wieder einsatzfähig. Sonst kann ich für nichts garantieren!«

Sunita starrte noch lange, nachdem die Ältere gegangen war, auf die geschlossene Tür. Bis ihr die Augen schwer wurden und sie in einen unruhigen Schlaf fiel. Das Letzte, woran sie noch dachte, war, dass sie unbedingt gesund werden musste. Es war deutlich, dass nur Mädchen, die »arbeiten« konnten, hier ihre Daseinsberechtigung hatten. Darüber, was mit den anderen geschah, wollte sie gar nicht nachdenken.

+++

Die Autobahn in Richtung Karlsruhe/Basel war an diesem Sonntagmorgen nicht stark befahren, sodass Lena gut durchkam. An der Anschlussstelle Bruchsal verließ sie die A5 und fuhr anschließend eine halbe Stunde lang über Land. Überall Äcker, Wiesen, Wälder, so weit das Auge reichte. Die Ortschaften, die sie durchfuhr, wurden immer kleiner. Gegen elf Uhr erreichte sie ihr Ziel. Oberderdingen war eine Kleinstadt, die an diesem Tag ziemlich verschlafen wirkte. Da sie kein Navi benutzte, warf sie noch einmal einen Blick auf die Einladungskarte. Die Flehinger Straße war eine der Durchgangsstraßen und nicht schwer zu finden. Genau gegenüber der neu erbauten KiTa fand sie sogar einen Parkplatz. Sie stieg aus, zog sich ihren Parka an und blickte zu dem großen, hell gestrichenen Gebäude hinüber, bevor sie es wenig später betrat.

Schon im Eingangsbereich empfing sie die typische Geräuschkulisse aus Lachen, Kreischen und lauter, kindlicher Kommunikation. Einige Erwachsene standen beisammen und als Lena zu der kleinen Gruppe hinüberging, sah sie Samantha. Das Mädchen tobte mit zwei anderen Kindern in einem der Räume herum. Lena blieb stehen und beobachete sie. Aus dem dürren, blassen Kind war ein gesund aussehendes Mädchen mit frischer Gesichtsfarbe und einigen Pfunden mehr auf den Rippen geworden. Samanthas Haare waren ein gutes Stück gewachsen und fielen ihr nun weich über die Schultern. Das Schönste aber war das fröhliche Lachen. Während Lena noch darüber nachdachte, was wohl aus dem Kind geworden wäre, wenn sie sich nicht so sehr dafür eingesetzt hätte, drehte Samantha sich um.

»Lena, Lena«, kreischte sie, als sie ihren Besuch sah. Da kam sie auch schon angerannt und warf sich in Lenas Arme.

»Hey, du siehst toll aus mit dem langen Haar!«, lachte die und schwenkte die Kleine einmal im Kreis herum.

Eine mittelgroße, leicht untersetzte Frau kam zu ihnen herüber. »Sie sind …?«, fragte sie.

»Lena Borowski. Danke für die Einladung, Frau Treutle. Wir kennen uns bisher ja nur vom Telefon.« Sie schüttelten sich die Hände.

»Sie ist meine Freundin«, erklärte Samantha mit großem Ernst und schob ihre Hand in Lenas. Die spürte, wie ihre Kehle eng wurde.

»Es geht ihr gut bei Ihnen«, sagte sie leise zu der Pflegemutter des Mädchens. Das Ehepaar hatte bereits vor Jahren einen Jungen adoptiert, es besaß ein Haus mit einem großen Garten. Und einen Hund. Ein Umstand, der für Samantha sehr wichtig gewesen war.

»Wir freuen uns sehr auf den Moment, an dem auch Samantha ganz zu uns gehört«, versicherte Frau Treutle. Eine aufgekratzte Erzieherin verkündete in diesem Moment, dass die Darbietungen nun begannen. Während die Kinder in einen Nebenraum huschten, suchten sich die Erwachsenen Plätze in den Stuhlreihen, die vor der improvisierten Bühne aufgebaut waren.

Kurze Zeit später begann das Programm mit einem Chor. Danach führten die Kinder ein kleines Theaterstück auf und Lena klatschte sich die Hände wund, weil auch Samantha mitspielte. Zum Abschluss wurde noch einmal gesungen, dann gab es Kaffee und Kuchen und Lena fand sich in einer Unterhaltung mit den zukünftigen Adoptiveltern ihres ehemaligen Schützlings wieder. Fast erschrocken stellte sie irgendwann fest, dass seit ihrer Ankunft Stunden vergangen waren. Samantha saß schon eine Weile neben ihr, leicht erschöpft von all den aufregenden Erlebnissen des Tages.

»Kommst du bald wieder?«, fragte sie, als Lena sich zum Aufbruch bereitmachte.

»Ganz sicher«, versprach die.

»Sie sind jederzeit herzlich willkommen«, versicherten ihr die Treutles.

Fast schon auf der Straße drehte sie sich noch einmal um. Samantha stand neben dem Ehepaar. Sie sah glücklich und zufrieden aus und Lena wusste, dass die Entscheidung, die sie gegen etliche Widerstände vor einigen Monaten getroffen hatte, richtig gewesen war.

11

Renate Kloß hing genervt über ihrem Schreibtisch und las sich im hausinternen Intranet durch die aktuelle Berichterstattung über ihren Arbeitgeber. Trotz einer hervorragenden wirtschaftlichen Leistung im Landkreis war bei der Verwaltung wieder das Sparen angesagt. Nachdem es keine nennenswerten sozialen Leistungen mehr gab und sogar die Arbeitszeiten für Beamte vor einigen Jahren erhöht worden waren, wurde jetzt vermutlich wieder an der Stellenschraube gedreht. Renate sah kurz auf den seit Monaten verwaisten Schreibtisch ihr gegenüber, schob das Rundschreiben des Landrats beiseite, in dem sämtlichen Mitarbeitern der Kreisverwaltung untersagt wurde, während der Arbeitszeit privat im Internet zu surfen, und seufzte.

»Das kann ja heiter werden«, murmelte sie. Im selben Moment öffnete sich die Tür ihres Büros.

Als Lena Renates Büro betrat, blickte die Kollegin erschrocken auf.

»Ach, du bist es!«, entfuhr es ihr. Es hörte sich erleichtert an.

»Wen hast du denn erwartet? Die interne Revision?« Sie ließ sich in den Besucherstuhl vor Renates Schreibtisch fallen und legte ein Bein auf das andere.

»Hey, was ist denn mit dir passiert? Du siehst so … zufrieden aus?«, wollte Renate wissen.

Lena spürte, wie sie ein bisschen rot wurde.

»Dein Wochenende scheint jedenfalls gut gelaufen zu sein. Im Gegensatz zu meinem«, seufzte Renate und schob mit umwölkter Stirn ein Blatt Papier auf ihrem Schreibtisch hin und her.

»Bist du schlecht drauf?«

»Ne. Oder doch. Sieh dir das mal an«, bat Renate und winkte Lena zu sich. Die pfiff leise durch die Zähne, als sie las, was auf dem Bildschirm stand.

»Da müssen wir uns wohl demnächst warm anziehen.« Sie ging zum Stuhl zurück. »Aber weswegen ich eigentlich da bin. Ich brauche ein paar Unterlagen zu abgeschlossenen Projekten des ›Komm-

Job‹ mit der ›gGAB‹.« Sie reichte Renate ein Blatt Papier, auf dem sie aufgelistet hatte, was sie benötigte.

»Warum das? Das liegt alles bereits im Archiv.«

»Eben darum. Die Vertretung von Emilia ist nicht so einfach, ich muss mir ein paar alte Sachen ansehen, damit ich da reinkomme«, sagte Lena leichthin.

Renate sah sie verwirrt an, brummte aber etwas, das als Zustimmung gelten konnte. »Da kann ... sorry, konnte ihr keiner was vormachen. Sie hatte ein phänomenales Zahlenverständnis. Besser als jede andere Sozialarbeiterin, die ich kenne.«

»Sie war besonders akkurat, nicht?«

»Ja, schon«, bestätigte Renate. Ihr Stirnrunzeln zeigte Lena, dass sie nicht wusste, worauf das Gespräch hinauslaufen sollte.

»Ich wollte dich sowieso was fragen. Es geht um Emilia.«

Misstrauisch guckte Renate sie an. »Was willst du denn wissen?«, fragte sie gedehnt.

»Weißt du etwas von Ärger, den sie vor über zwei Jahren mal hatte?«

»Puh«, machte Renate und rieb sich heftig die Stirn. »Was genau meinst du?«

»Die Art von Ärger, die einen zum Personalrat treibt. Zu einer Zeit, in der sie noch für die Betreuung von Asylbewerbern zuständig war.«

»Ah.« Einen Moment lang herrschte angespanntes Schweigen.

Lena schaute ihrer Kollegin unverblümt ins Gesicht. Renate Kloß war verheiratet, doch im Haus war es ein offenes Geheimnis, dass sie seit Jahren mit einem Kollegen aus dem Asylantenbereich ein Verhältnis hatte.

»Emilia ist ja nicht freiwillig von dort weggegangen. Es gab einiges Gerede, das habe ich mitbekommen. Inzwischen weiß ich, dass sie gegen ihren Willen versetzt wurde. Du müsstest dazu was sagen können, denn sie kam ja in deine Abteilung.«

»Warum fragst du danach?«

Lenas Antwort bestand aus einer vagen Handbewegung und einem vielsagenden Blick.

Renate seufzte. Sie griff nach einem Stift, den sie nervös zwischen den Fingern drehte. »Also – von mir hast du das nicht, klar?«

»Klar!«

»Sie musste den Arbeitsplatz wechseln, weil sie sich mit einer Behauptung in die Nesseln gesetzt hat. Fast einen Skandal hat sie provoziert, weil sie einfach keine Ruhe geben wollte. Offen gesagt wollte sie danach kein Amtsleiter mehr haben. Alle waren froh, als ich mit dem Vorschlag eines Schreibtischs außerhalb vom Kreishaus für sie ankam. Das ging so was von ruckzuck durch, das glaubst du kaum.«

»Was war damals los?«

Renate schluckte, warf den Stift auf ihren Schreibtisch und fing stattdessen an, mit ihrer Maus herumzuspielen. »Das darf dieses Zimmer nicht verlassen, Lena. Ich kenne dich und vertraue dir. Sonst würde ich dir das jetzt nicht erzählen.« Sie rückte näher an den Schreibtisch heran, als fürchtete sie, jemand könnte mithören. »Emilia hat damals eine Beobachtung gemacht. Sie hat wohl bei einem Vermieter, der uns im großen Stil Wohnraum angeboten hat, gravierende Missstände entdeckt. Es gibt ja Vermieter, die die Kommunen bei der Unterbringung von Asylbewerbern regelrecht schröpfen und deren Notlage ausnutzen. Wir suchen bekanntermaßen händeringend nach passenden Wohnmöglichkeiten, um die Flüchtlinge ordentlich unterbringen zu können. Ein Spagat zwischen der Qualität, die sozialpolitisch angestrebt wird, und dem, was man bereit und in der Lage ist, dafür zu bezahlen. In diesem speziellen Fall gab es ein eklatantes Missverhältnis zwischen Preis und Leistung. Menschenunwürdig nannte es Emilia. Sie informierte natürlich zuerst ihren Vorgesetzten.«

»Oh je«, entfuhr es Lena.

»Oh je, genau«, echote Renate. »Daraufhin ist auch nichts passiert. Sie hat es noch mal über den Dienstweg versucht, mit demselben Ergebnis. Eigentlich ein klares Signal. Aber nicht für sie. Sie ignorierte weiterhin jeden Hinweis darauf, sich aus der Sache raus- und den Mund zu halten. Als eines Tages die Polizei hier auftauchte, war die Kacke endgültig am Dampfen.«

»Was ist passiert?«

Renate wiegelte mit der Hand ab. »Es gab eine sehr deftige anonyme Anzeige gegen den Hausbesitzer.«

»Ups«, machte Lena.

Renate nickte. »Wie es dann genau weiterging, weiß ich nicht. Die Sache landete auf der politische Ebene.«

»Bei der Maibaum?«

»Genau. Frau Sozialdezernentin höchstpersönlich wurde in ihrer paradiesischen Ruhe dort oben im politischen Olymp gestört.«

Renate Kloß konnte Marianne Maibaum nicht leiden, sie war nicht die Einzige im Haus. Lena, die mit der Frau ihre eigenen Erfahrungen gemacht hatte, schwieg dazu.

»Gab es eine Untersuchung?«

»Nö!« Renate blies die Backen auf und wedelte mit der Hand, als wolle sie das Thema damit aus dem Raum komplimentieren. »Man ließ die Verträge einfach auslaufen. Es gab und gibt bis heute keine offizielle Untersuchung und keinerlei Unterlagen, aus denen hervorgeht, dass irgendetwas nicht in Ordnung war.«

»So ein Quatsch!«

»Emilia muss dagestanden haben wie ein begossener Pudel. Nichts von dem, was sie sagte, wurde mehr ernst genommen. Von niemandem. In ihrer Abteilung wollte sie plötzlich keiner mehr haben. Die Rede war von massivem Mobbing. Nestbeschmutzerin wurde sie genannt. Sie war lange Zeit krankgeschrieben und dann hat man sie versetzt. In meine Abteilung. Ich habe sie nur deshalb genommen, weil ich sie nach Langen schicken konnte.«

Lena nagte an ihrer Unterlippe. »Was war denn so schlimm an dem, was Emilia herausgefunden hat? Hätte man das nicht regeln können? Bevor es nach draußen ging?«

Renate rutschte unbehaglich auf ihrem Stuhl herum. »Es gibt Dinge, über die spricht man nicht. Es ist politisch nicht gewünscht. Wir haben Vorgaben. Aus Brüssel, aus Berlin, aus Wiesbaden, die setzen wir um. Im Zweifelsfall pressegenormt positiv. Wer als subalterne Arbeitskraft etwas anderes mitkriegt und so naiv ist zu glauben, das interessiere eine Etage höher jemanden, geht den Dienstweg. Dessen

Pfade können bekanntlich lang und verschlungen sein und gerne mal ins Nichts führen. Das hat man dann zu akzeptieren. Dazu sind Hierarchien ja gemacht. Emilia hätte das so stehen lassen sollen.«

»Verstehe«, murmelte Lena. Das, was Renate ihr erzählt hatte, passte. Nun kannte sie den Grund für Emilias Gespräch beim Personalrat. »Wurden deshalb auch zwei ihrer Beförderungsanträge abgelehnt?«

Renate lief rot an, beide Anträge fielen in die Zeit, in der Emilia bereits in ihrer Abteilung eingesetzt war. »Man hat mir signalisiert, dass eine positive Bewertung von meiner Seite in diesem Fall nicht gewünscht ist«, sagte sie leise.

»Kam sie gut zurecht an ihrem neuen Arbeitsplatz?«

»Anfangs auf jeden Fall. Bloß, dass Adelheid sie nicht mehr dort haben wollte. Sie bedrängt mich schon seit einer Weile, Emilia zurückzunehmen und jemand anderen für die Kooperation mit der gGAB einzusetzen.«

Lena beugte sich alarmiert nach vorne. »Wieso das denn?«

»Keine Ahnung. Adelheid meinte, Emilia mache Stress, sie mische sich zu sehr ein in die Interna der gGAB.«

»Und was sagt Niclas van Beuthen dazu?«

»Der schöne Nic? Der pflegt sein Parteibuch und sonnt sich im Bewusstsein, Geschäftsführer der gGAB zu sein. Es ist ja kein Geheimnis, dass er nicht viel davon hält, sich in die Tagesarbeit einzumischen. Der lässt Adelheid schalten und walten.«

Das war mal eine edle Umschreibung von stinkfaul und eitel.

»Das kann man wohl sagen. Ich habe ihn jedenfalls nicht gesehen, seit ich in Langen bin. Er macht Urlaub.«

»Malediven, schätze ich mal. Wie jedes Jahr um diese Zeit.« Renate erhob sich. »Komm mit. Wenn du die Unterlagen über die Projekte willst, dann gebe ich sie dir gleich.«

Lena folgte ihr nachdenklich.

»Ich war bei dieser Kommissarin, aber sie nimmt das, was ich ihr erzählt habe, nicht ernst.« Christine Hornauers Stimme drang aufgeregt durch den Hörer an Lenas Ohr. »Erst, als ich ihr von dem

Journalisten erzählt habe, schien sie aufzuhorchen. Trotzdem konnte sie keinen Grund erkennen, tätig zu werden. Kannst du dir das vorstellen?«

Lena murmelte etwas Beruhigendes, bevor sie Christine nach der beruflichen Veränderung Emilias zwei Jahre zuvor befragte.

»Was? Ne! Davon weiß ich nichts«, lautete Christines Antwort. »Emilia hat wenig über ihre Arbeit gesprochen. Sie war mal längere Zeit krankgeschrieben. Mir hat sie erzählt, es sei ein Burnout. Ist ja nicht verwunderlich bei der anstrengenden Arbeit.«

»Was, wenn sie erneut in einer Krise war? Sich vielleicht deswegen das Leben genommen hat?«

»Ausschließen kann ich es nicht, aber ehrlich gesagt, glaube ich das nicht. Sie wirkte stabil.«

»Ich habe noch Emilias Kalender und ein paar Arbeitsunterlagen. Das habe ich am Samstag ganz vergessen. Willst du dir das ansehen?«, fragte Lena.

Christine wollte. Die beiden verabredeten sich für den Nachmittag in Emilias Wohnung in der Liebigstraße.

Lena legte auf und wandte sich wieder ihren Unterlagen zu. Sie hatte zwei Gespräche mit Teilnehmern des Bewerbungskurses geführt und schrieb jetzt den Bericht über eine ihrer Dietzenbacher Klientinnen. Frau Klemm hatte, bis auf eine abgebrochene Ausbildung zur Bäckereifachverkäuferin, keinerlei Berufserfahrung vorzuweisen. Nach einer schmutzigen Scheidung und dem Konkurs ihres Exmannes stand sie praktisch über Nacht vor dem Nichts. Lena hatte innerhalb der vergangenen Monate ein Vertrauensverhältnis zu ihr aufgebaut und ihr die nötige Zeit gelassen, sich wieder zu fangen. Zum Kurs hatte sich Frau Klemm selbst bei ihr angemeldet. Das Einzige, was sie interessierte, waren Zierfische. Sie hatte zeit ihres Lebens Aquarien gehabt, da kannte sie sich aus. Nun würde sie dieses Hobby beruflich nutzen können und in einem großen Baumarkt in Dietzenbach in der Zooabteilung ein Praktikum absolvieren. Sie war freundlich, zuverlässig und froh, bald wieder arbeiten zu können. Gerade als Lena fertig war, steckte Frau Klemm den Kopf durch die Tür.

»Ein bisschen nervös bin ich schon«, meinte sie, als sie Lena Augenblicke später gegenübersaß. »Es gibt ja noch so viel zu regeln für mich.«

»Die behördlichen Dinge habe ich schon veranlasst, da brauchen Sie an nichts zu denken. Für alles andere gilt: Melden Sie sich bei mir, wenn Sie Unterstützung brauchen.« Sie lächelte der anderen aufmunternd zu. »Sie schaffen das, ab jetzt geht es wieder bergauf.«

Frau Klemm sprang auf und reichte Lena die Hand. »Danke für alles«, strahlte sie.

»Sehr gerne«, anwortete Lena. Frau Klemm war eine der Klientinnen, für die sie sich auch persönlich freute.

Den restlichen Tag hatte Lena genutzt, Emilias Aufzeichnungen mit den Unterlagen zu vergleichen, die Renate ihr gegeben hatte. Jede Zahl stimmte überein. Die Abrechnung war von der »Komm-Job« so bezahlt worden, wie sie die gGAB eingereicht hatte.

Schwieriger wurde es nun, das dem tatsächlichen Aufwand gegenüberzustellen. Als sie es geschafft hatte, sah Lena die Differenz. Der Aufwand fiel deutlich geringer aus. Irgendjemand bei der gGAB machte sich die Mühe einer doppelten Buchführung. Nur wer? Und wo befanden sich die richtigen Unterlagen? Emilia musste es irgendwie geschafft haben, da dranzukommen. Wie, war Lena schleierhaft.

Und mit wem hatte sie die letzten Tage vor ihrem Tod Kontakt gehabt?

Während sie an ihrem Schreibtisch saß und das Telefon ansah, kam ihr ein Gedanke. Es war zwar unwahrscheinlich, aber … Sie hob den Hörer ab und klickte sich im Menü zu den zuletzt angerufenen Nummern. Die meisten Telefonate hatte die Verstorbene mit anderen Mitarbeitern des Kreishauses geführt. Alle anderen Nummern schrieb sich Lena auf. Weil sie Zeit hatte, rief sie eine nach der anderen an und benutzte dabei immer dieselbe Ausrede. Sobald sich jemand meldete, stellte sie sich als Nachfolgerin von Emilia vor und behauptete, die Telefonnummer stünde unter der Rubrik »heute anrufen« in deren elektronischem Kalender. Nur leider nicht der

Grund für die Kontaktaufnahme. Die ersten beiden Teilnehmer waren Klienten, die angaben, mit Frau Hornauer wegen eines Bewerbungskurses Kontakt gehabt zu haben.

Der nächste wurde sofort stinkwütend und beschimpfte Lena stellvertretend für diesen Staat, der ihm so etwas zumutete. Er habe schließlich Besseres zu tun.

Besseres als was?, fragte sich Lena angesichts der Tatsache, dass der Mann seit über fünf Jahren keiner Arbeit mehr nachging, wie sie anhand seiner inzwischen am PC geöffneten Akte sehen konnte. Sie verkniff sich eine Antwort und legte auf. Der Mann hatte alles im Leben richtig gemacht, war jahrzehntelang in einem mittelständischen Betrieb beschäftigt gewesen, hatte Fortbildungen besucht. Dann war das Unternehmen zwei Mal kurz hintereinander verkauft worden. Jedes Mal an Investoren, für die es nicht nur um Gewinn, sondern um Gewinnmaximierung ging. Nach der zweiten Entlassungswelle war der Personalbestand entsprechend geschrumpft. Der Mann, der sie eben so wütend beschimpft hatte, kriegte danach kein Bein mehr auf den Boden. Dem Schriftverkehr konnte sie entnehmen, dass er gezwungen worden war, seine Lebensversicherung aufzulösen. Ein Unrecht, wie sie fand, dass all diejenigen bestrafte, die fürs Alter hatten vorsorgen wollen.

So bitter das war, beschimpfen lassen wollte sie sich dennoch nicht.

Der Nächste, den sie anrief, ging sehr lange nicht an sein Handy. Erst beim dritten Versuch tönte ihr ein verschlafenes »Hallo?« entgegen. Sie musste den Mann geweckt haben.

»Lena Borowski, Kreis Offenbach. Mit wem spreche ich denn?«, fragte sie nach. Die Stimme kam ihr bekannt vor, aber sie konnte sie nicht einordnen. Die Frage schien dem Mann nicht zu gefallen, denn er legte ohne ein weiteres Wort auf. Lena versuchte es erneut, bekam dieses Mal jedoch nur die Nachricht, der Teilnehmer sei »vorübergehend nicht erreichbar«. Sie machte sich einen Vermerk hinter die Telefonnummer. Sie würde herausfinden müssen, wem sie gehörte. Unter der letzten noch verbliebenen Nummer meldeten sich weder Mensch noch Maschine. Sie nahm sich vor, am nächsten Tag noch einmal anzurufen.

Sie gab in die Datenbank des »Komm-Job« die Telefonnummer des verschlafenen Teilnehmers ein. Wenn er ein Klient von Emilia war und sie ihn unter dieser Nummer gespeichert hatte, musste er im System auftauchen. Es dauerte keine Minute, bis das Ergebnis angezeigt wurde. Lena schaute verblüfft auf den Namen.

»Martin M'Boko« lautete der Eintrag. Der Mann, der bis heute nicht zum Kurs erschienen war.

Was hatte Emilia von ihm gewollt? Etwas absprechen? Ihm ins Gewissen reden, weil er bereits zu einem früheren Kurs nicht gekommen war?

Nachdenklich schloss sie den Schreibtisch ab und schaute auf den Flur hinaus. Bei Adelheid, die in den vergangenen Tagen stets beschäftigt getan hatte, sobald Lena in ihr Blickfeld kam, stand die Bürotür offen.

Das war die Gelegenheit!

Lena ging hinüber und ließ sich von der abweisenden Miene der stellvertretenden Geschäftsführerin nicht beeindrucken. Sie wartete, bis Adelheid ihr Telefonat beendet hatte, und fiel gleich mit der Tür ins Haus. »Emilias Aktentasche ist immer noch nicht wieder aufgetaucht«, begann sie.

»Die Sachen hat ihre Schwester abgeholt, das habe ich dir doch schon gesagt.« Adelheid verbarg ihre Ungeduld nicht.

»Nicht die Tasche. Die muss jemand anderes an sich genommen haben. Außer dir hat aber keiner einen Schlüssel für mein Büro und vor allen Dingen nicht für den Schrank.«

»Also ehrlich, beschuldigst du mich jetzt etwa, die Tasche genommen zu haben?« Empört strich sich Adelheid eine Haarsträhne aus dem Gesicht.

»Ich kann mir keinen Reim darauf machen. Du?«

Adelheids Gesicht war leicht fleckig geworden, sie sah wütend aus. »Nein«, antwortete sie und knallte eine der Schreibtischschubladen zu.

»Warum wolltest du Emilia loswerden?«

Mit dieser Frage hatte Adelheid nicht gerechnet. Sie riss die Augen auf und schnappte hörbar nach Luft. »Wie kommst du darauf?«, stieß sie schließlich hervor.

»Sie hat so etwas angedeutet bei unserem letzten Treffen«, schwindelte Lena. Sie wollte Renate nicht in Schwierigkeiten bringen, musste Adelheid aber auf den Zahn fühlen.

»So ein Quatsch! Emilia leidet … litt … unter Verfolgungswahn. Niemand wollte sie loswerden.«

Lena blickte demonstrativ auf Adelheids Hände, das nervöse Spiel ihrer Finger verriet sie.

»Ich weiß, dass es stimmt. Du weißt, dass es stimmt. Sag mir einfach, warum«, fragte Lena sanft.

Ihr Gegenüber fühlte sich ertappt und sah sie mit zornfunkelnden Augen an. »Selbst wenn, dann sind das Interna, die dich gar nichts angehen. Du bist ihre Vertretung, so lange, bis jemand Neues kommt. Mach einfach deinen Job und lass mich in Ruhe.« Sie wandte den Blick ab und starrte auf die Schreibtischplatte.

Lena sah ein, dass sie nicht weiterkam. Seufzend verließ sie das Büro. Das Knallen der zufallenden Tür signalisierte ihr, dass Adelheid nicht mehr gestört werden wollte.

+++

Sunita erwachte davon, dass ihr Magen schmerzte und eine heftige Übelkeit ihr den Hals zudrückte. Der schmale Raum, in den man sie verfrachtet hatte, besaß kein Fenster, die einzige Lichtquelle stellte eine kleine Milchglasscheibe in der Tür dar. Ein Waschbecken gab es nicht, nirgendwo stand ein Eimer. Sie versuchte, die Übelkeit zu ignorieren, doch das gelang ihr nicht. In Wellen schwappte zudem der Schmerz im Magen auf und ab. Mühsam krabbelte sie von der Pritsche, hockte einen Moment lang auf dem kalten Boden und kroch dann auf allen vieren zur Tür. Dort musste sie für die Dauer von ein paar Atemzügen verschnaufen. Gallenbittere Flüssigkeit stieg ihr in den Mund, die sie wieder hinunterschluckte aus Furcht, sich hier im Zimmer übergeben zu müssen. Schließlich stand sie auf wackligen Beinen, griff nach der Klinke, drückte sie nach unten. Wundersamerweise schwang die Tür auf. Sie war darüber derartig irritiert – die Tür ihres Schlafplatzes hielt man stets verschlossen –, dass sie zunächst wie paralysiert stehen blieb. Sie begriff, dass niemand damit rechnete oder daran gedacht hatte, sie könne bereits wieder aufstehen. Unter Aufbietung all ihrer Energie schleppte sie sich vorwärts, erkannte, dass sie sich im Erdgeschoss befand. Vermutlich war der Raum, aus dem sie kam, eine Abstellkammer. Der Boden unter ihren Füßen schwankte, als sie sich mühsam vorwärtsschob. Ein Duft nach warmem Essen lag in der Luft. Obwohl ihr eben noch speiübel gewesen war, spürte sie jetzt heftigen Hunger. Das metallische Klappern von Küchengeschirr drang an ihr Ohr. Vorsichtig näherte sie sich der halb offenstehenden Tür, durch die die Geräusche drangen. Sie hatte sie fast erreicht, als ihr jemand von hinten die Hand auf die Schulter legte.

Entsetzt fuhr sie herum und sah in ein ihr völlig unbekanntes Gesicht.

+++

Zu Hause angekommen, nahm sich Lena noch einmal Emilias Kalender vor.

Sie versuchte, sich aus den hektisch hingekritzelten Notizen einen Reim zu machen. Doch das Geheimnis, wenn es denn eines gab, erschloss sich ihr nicht. Emilia hatte in den letzten Wochen und Monaten auffallend häufig Abkürzungen benutzt. Viele Einträge lagen nicht in ihrer offiziellen Arbeitszeit, sondern danach. Erstaunlich, dass sie, die an Privatem lediglich Arzttermine in ihren Dienstkalender eintrug, diese geheimnisvollen Treffen aufgeführt hatte. Daraus schloss Lena, dass es sich nicht um rein private Termine gehandelt hatte. Auch am Abend nach ihrem letzten Arbeitstreffen stand ein eingekringeltes Kürzel in Emilias Kalender: »17.30/18.00 Uhr S.«.

Wer war »S.«? Eine Freundin, ein Freund? Der- oder diejenige hätte sich doch sicher schon gemeldet, denn Emilia konnte diese Verabredung nicht eingehalten haben. Auf jeden Fall musste ihr das Treffen wichtig gewesen sein, das erklärte ihre Nervosität. Warum hatte sie nicht angerufen und mitgeteilt, dass sie später kommen würde?

Nachdenklich schlug Lena den Kalender zu und widmete sich erneut dem USB-Stick. Noch immer konnte sie die letzten beiden Ordner nicht öffnen. Wenn Emilia einem Fördermittelbetrug auf die Spur gekommen war, der sich aus den Dokumenten ergab, die Lena bereits kannte, was konnte dann noch in den anderen Unterlagen stehen?

Sie klappte das Laptop zu und ging zum Fenster. Sah hinunter auf die gegenüberliegende Straßenseite. Und erstarrte. Jemand, der eben noch dort gestanden hatte, war eilig zur Seite getreten und hinter einem Baum verschwunden. Ihr wurde mulmig. Fing sie an, Verfolgungswahn zu entwickeln, oder war da tatsächlich jemand gewesen? Und wenn ja, was wollte dieser Mensch von ihr?

Als sie kurze Zeit später das Haus verließ, sah sie niemanden mehr. Lena ging das Stück in die Liebigstraße zu Fuß. Christine öffnete ihr sofort. Sie hockte im Wohnzimmer und packte Emilias Habe in Umzugskisten, die sie bereits akkurat beschriftet hatte.

Lena holte Emilias Kalender aus ihrer Umhängetasche und reichte ihn Christine. Während diese darin herumblätterte, hockte Lena sich hin und fuhr mit der Arbeit fort. Sie schlug Teller in Zeitungspapier ein und stapelte alles in Kisten, die sie, als sie halbvoll waren, mit Kissen und Decken von der Couch füllte.

»Sagt dir das etwas?«, fragte sie zwischen zwei Kartons und zeigte dabei auf Emilias Notizen.

Christine schüttelte den Kopf. »Zwei Termine betreffen mich, da haben wir uns zu dritt bei unserer Mutter getroffen. Alles andere – nö.«

»Eine oder einen ›S.‹?«

»S wie Susanne oder Siegfried?« Christine drehte sich um und verschwand im Flur. Lena hörte sie ins Schlafzimmer gehen. Sie kam zurück und hielt so etwas wie ein Adressbuch in der Hand. »Alles veraltet«, brummte sie, während sie die Kladde durchblätterte. »Seit alle Leute ihre Kontakte nur noch auf den Smartphones speichern, macht sich kein Mensch mehr die Mühe, ein Adressbuch zu führen. Halt, Moment! Hier!« Sie hielt Lena eine Seite unter die

Nase, auf der eine Sigrun, eine Zahnärztin namens Schneider sowie die Telefonnummer der Sparkassenfiliale in der Innenstadt notiert waren. »Sigrun ist eine Schulfreundin. Die lebt schon seit Jahren in Köln«, erläuterte sie.

»Ruf doch mal bei der Zahnärztin und der Sparkasse an. Vielleicht hatte sie ja dort einen Termin, dann könnten wir das abhaken.«

Christine tippte widerstrebend erst die eine, dann die andere Nummer ein. Während sie in der Zahnarztpraxis die Auskunft erhielt, Emilia habe am fraglichen Tag keinen Termin gehabt, hielt man sich bei der Sparkasse zunächst bedeckt. Erst als sich Christine mit dem Sachbearbeiter verbinden ließ, dem sie vor wenigen Tagen die Sterbeurkunde gebracht hatte, erfuhr sie, dass Emilia auch dort nicht verabredet gewesen war.

»Das können wir also ausschließen«, stellte Lena fest. Nachdenklich betrachtete sie den Eintrag von Samstag. »J.B.« stand dort, dahinter exakt die Uhrzeit, zu der Jens Borgmann hier aufgetaucht war, dazu seine Handynummer. »Was machen wir jetzt damit?« Sie hob den Kalender an.

Christine sah bei Lenas Frage auf. »Sieh ihn dir gerne in Ruhe an. Vielleicht findest du doch noch einen Hinweis darauf, was Emilia mit diesem Journalisten zu besprechen hatte. Ruf mich an, wenn du etwas findest.«

»Fehlt eigentlich etwas in der Wohnung?«

Christine schüttelte den Kopf. »Auf den ersten Blick nicht. Ein bisschen Bargeld war in der Küchenschublade, ihr Schmuck ist noch da, das Laptop ebenfalls.«

Lena betrachtete das Teil, es schien nicht besonders neu zu sein. Sie klappte den Deckel hoch. »Darf ich?«, fragte sie über ihre Schulter hinweg.

Christine nickte. »Nur zu. Es gibt kein Passwort.«

Das war erstaunlich, stimmte aber. Sofort öffnete sich der Eingangsbildschirm. Auf dem Desktop waren nur wenige Ordner abgelegt. Während Lena sich durchklickte, räumte Christine den Kleiderschrank aus.

»Kaum zu glauben, aber hier ist wirklich gar nichts zu finden«, murmelte Lena, als sie sich alles angesehen hatte. Kaum Downloads. Und wenn, hatten sie etwas mit ihrer Arbeit zu tun. Oder mit Ernährung für Menschen mit einer Histaminunverträglichkeit. Der Browserverlauf zeigte an, dass Emilia auf der Seite des Kinos, der Stadtbibliothek und der VHS gewesen war. Sie hatte sich für die Öffnungszeiten eines Friseurs interessiert und in Langen ein paar Restauranttipps durchgeklickt.

Lena schloss die Programme und klappte das Laptop zu.

Inzwischen war die letzte der Kisten gepackt, die Christine mitgebracht hatte. Die beiden Frauen gingen in Emilias Keller, um nachzusehen, ob sich dort noch Umzugskartons befanden. In dem kleinen Verschlag, den Emilia mit einem Riesenvorhängeschloss gesichert hatte, standen hohe offene Metallregale. Fein säuberlich waren dort ein paar fest verschlossene Farbeimer, leere Blumentöpfe, eine Kiste mit Handwerkszeug sowie ein Koffer verstaut. Daneben, an die Wand gelehnt, fanden sie, was sie suchten. Während Lena die zusammengelegten Kartons nach draußen schleppte, hob Christine den Koffer vom Regal. Sie sah sich nachdenklich im Raum um.

»Sie hatte doch ein Fahrrad. Wo ist das denn?«, überlegte sie laut.

»Geklaut?«, mutmaßte Lena, die ihr Rad sogar im Keller ihres Wohnhauses ankettete.

»Aus diesem Verhau?« Christine hielt das dicke Schloss hoch. »Intakt. Und der freie Raum obendrüber ist zu klein, um das Rad über die Tür zu hieven.«

»Vielleicht hatte sie es woanders abgestellt«, meinte Lena leichthin.

»Ja, vielleicht. Ich schau mich nachher gleich mal draußen um.« Christine schloss die Tür ab und sie kehrten in Emilias Wohnung zurück.

Am Abend meldete sich Tamae über Skype.

»Hi, Süße«, begrüßte Lena sie.

Tamae verzog nicht einen Mundwinkel. »In zwei Monaten ist mein Projekt hier zu Ende«, sagte sie.

»Kommst du zurück?« Lenas Herz fing an, wie wild zu schlagen. Tamae hatte ihre Wohnung in Frankfurt-Oberrad nicht aufgegeben. Wenn sie zurückkam, wäre eine Aussprache fällig.

»Nicht direkt. Ich werde ein paar Wochen Urlaub machen. Neuseeland. Überleg dir, ob du nicht mitkommen willst.«

Lena verschlug es die Sprache. Abgesehen von einem Urlaub in Griechenland – die absolute Katastrophe – waren Tamae und sie immer nur für ein paar Tage am Stück weggefahren. Berlin, London, Reykjavik. Über Wochen am anderen Ende der Welt, das war bisher für beide undenkbar gewesen. »Also, ...äh ... das kommt jetzt ziemlich überraschend«, stotterte sie.

Tamae lachte kurz auf, ein seltenes Ereignis, normalerweise war sie stets so was von ernst. Aber jetzt nickte sie sogar verständnisvoll. »Ich sag's dir deshalb schon jetzt. Damit du Zeit hast zu überlegen.«

Irgendwo piepste es, Tamae drehte den Kopf und sagte eilig etwas in ihrer Muttersprache zu jemandem, den Lena nicht sehen konnte. Merkwürdigerweise versetzte ihr das einen Stich, weil es ihr bewusst machte, dass sie keine Ahnung von Tamaes derzeitigem Leben hatte.

»Ich muss Schluss machen, ich melde mich wieder. Ciao.«

Weg war sie. Lena pustete laut die Luft aus den Lungen.

Neuseeland, das waren ja ganz neue Pläne.

+++

Die Fremde fragte sie etwas in einer Sprache, die sie nicht verstand.

Sunita starrte die Frau an, vor Schreck unfähig zu antworten.

Die Ältere bedeutete ihr mit einer Kopfbewegung, in die Küche vorauszugehen. Auf dem Herd stand ein Topf, der kurz vor dem Überkochen war. Die Fremde nahm den Deckel ab und das Klappern verstummte. Gierig sog Sunita den Duft ein, der in der Luft lag. Es roch köstlich. Trotz ihrer hämmernden Kopfschmerzen und ihrer Übelkeit erkannte sie, dass es eine ganze Weile her war, seit sie eine warme und sättigende Mahlzeit gegessen hatte. Meist wurde sie mit Broten, Pudding, gelegentlich Pizza oder Nudeln abgespeist. Essen, das sie nicht gewohnt war und manchmal nicht vertrug, aber das scherte hier keinen.

»Setz dich.« Die Frau sprach jetzt Deutsch mit hartem Akzent.

Sunita ließ sich auf einen Stuhl sinken und betrachtete die andere genauer. Sie war klein und sehr dick. Ihr dunkles Haar war von vielen weißen Strähnen durchzogen.

»Bist du das kranke Mädchen?«, fragte sie.

Sunita nickte und konnte auf einmal die Tränen nicht zurückhalten. Schniefend hockte sie da, fuhr sich mit der Hand unter der Nase entlang, bis die Frau ihr ein paar Papiertücher reichte.

»Armes Kind«, sagte sie und bevor Sunita begriff, was los war, hatte die Ältere aus dem Topf etwas in einen Teller geschöpft. Suppe, erkannte Sunita, als er vor ihr abgestellt wurde. Das Wasser lief ihr im Mund zusammen.

»Iss das, du brauchst etwas, das dich wärmt und dir Kraft gibt.« Die Frau reichte ihr einen Löffel und setzte sich ihr gegenüber. »Eurer Madame wird das nicht gefallen, aber ich kann mir so ein Elend nicht ansehen.«

»Madame?«, fragte Sunita zwischen zwei Bissen. Die Suppe schmeckte köstlich, nach frischem Gemüse und echten Knochen. War ihr eben noch sterbenselend gewesen, spürte sie geradezu, wie gut ihr das heiße Essen tat.

»Ja, die mit dem Turban.« Die dicke Köchin machte eine Handbewegung über ihrem Kopf und Sunita begriff, dass Mammy gemeint war.

Sie aß weiter, Löffel um Löffel, während ihre Gedanken wie Schnecken durch ihre fiebergeschwächten Gehirnwindungen krochen. Erst, als der Teller leer war, stellte sie sich die Frage, wer diese Frau wohl war. Sie wurde sofort beantwortet.

»Mutter!«, schrie jemand. Sunita zuckte zusammen, als sie die Stimme von Ion erkannte.

Die beiden stritten sich kurz und heftig in ihrer eigenen Sprache. Dann kam ein anderer Mann dazu, in dem Sunita den Zigarettenraucher vom Vortag erkannte.

»Das Mädchen ist krank, sie braucht richtiges Essen, Medikamente und Schlaf«, erklärte Ions Mutter kategorisch. »Ich weiß, was hier geschieht. Ich bin trotzdem hergekommen, um das Haus für euch in Ordnung zu halten. Aber ich bin keine Sklaventreiberin!« Die kleine

Frau stemmte energisch ihre Hände in die Hüften und schaute ihren Sohn, der sie um zwei Köpfe überragte, und seinen Begleiter furchtlos an. Erstaunlicherweise murrten die beiden nur kurz.

Sunita hockte erschöpft vor ihrem leeren Teller, als sich Ions Mutter erneut ihr zuwandte. Dabei erkannte die junge Frau, was an ihr so anders war. Zum ersten Mal, seit man sie hergebracht hatte, sah sie jemand mit Menschlichkeit im Blick an. Für diese kleine Frau war sie keine Ware, sondern ein Wesen aus Fleisch und Blut.

12

Martin M'Boko sah überhaupt nicht krank aus, als er das Wettbüro in der Bahnstraße verließ. Lena stand genau gegenüber, am »Kiosk an der Post«, als sie ihn sah. Sie hatte zwei Zeitschriften gekauft und ein paar Worte mit der netten Mitarbeiterin gewechselt, wollte gerade die Straße überqueren.

Ein Smartphone am Ohr, in das er in einer fremden Sprache laut, fast schon aggressiv sprach, ging der junge Schwarze eilig bis zur Ecke und bog dann in die Taunusstraße ein. Auch sie hatte ihren Golf dort geparkt und sah wenige Momente später den Mann, der offiziell Hartz IV bezog, in einen sportlichen, nagelneuen schwarzen BMW einsteigen. Noch immer das Handy am Ohr rangierte er mit quietschenden Reifen aus seiner Parklücke, rammte dabei fast eine vorbeifahrende Radlerin, nur um gleich darauf an der Ausfahrt zur Gartenstraße warten zu müssen. Die Fahrradfahrerin rief ihm etwas Unfreundliches zu, was er mit einer vulgären Geste beantwortete. Lena beobachtete die Szene, während sie in ihren Wagen stieg. Sie warf die Zeitschriften auf den Beifahrersitz, parkte aus und fand sich gleich darauf direkt hinter M'Boko wieder. Er wirkte hektisch, gestikulierte wild mit der freien Hand, bevor er eine Lücke im Verkehr nutzte und, erneut mit quietschenden Reifen, weiterfuhr. Besonders mitgenommen wirkte er nicht. Sein Fallmanager hatte ihr gemailt, der Klient sei erkrankt, seither wurde er als »entschuldigt« auf der Teilnehmerliste geführt. Aus einem Impuls heraus folgte sie ihm. Doch statt nach Egelsbach zu fahren, wo er wohnte, verließ er Langen in die andere Richtung. Vorbei am Krankenhaus führte sein Weg nach Dreieich-Sprendlingen. An der Ortseinfahrt bog er vor der Tankstelle nach links ab. Bevor sie ihm folgen konnte, sprang die Ampel auf Rot. Auf gut Glück fuhr sie Minuten später dennoch hinterher, die Eisenbahnstraße hinunter. In der Buchschlager Allee glaubte sie, ihn einige hundert Meter weiter vorn rechts abbiegen zu sehen, bevor sie ihn erneut aus den Augen verlor.

Lena schwankte zwischen »Geht mich nichts an« und der Frage, wie ein Klient zu einem solchen Auto kam. Sie bog ebenfalls ab und hatte Glück. M'Boko hatte scharf abbremsen müssen, weil vor ihm zwei Frauen mit Kinderwagen die Straße überquerten. Lena folgte ihm, als er durch die ruhigen, am Ende nur noch einseitig bebauten Wohnstraßen weiterfuhr. Schließlich hielt er vor einem dreistöckigen Eckhaus. Ein schöner, großzügiger Altbau mit Garten, von einer hohen, immergrünen Hecke umrandet, weit zurückgesetzt von der schmalen Straße, die wenige Meter weiter in einem kleinen Wendehammer endete. Er hatte sein Telefonat beendet und sprang behände die kurze Eingangstreppe hinauf. Erstaunt sah Lena , dass er einen Schlüssel besaß. Sie stoppte den Wagen im Sichtschutz der Hecke, aber M'Boko fühlte sich offenbar sehr sicher, er betrat das Haus, ohne sich umzublicken. Sie wollte nicht direkt davor parken, daher wendete sie und fuhr ein Stück zurück. Zu Fuß ging sie zum Haus zurück. Neben der Hecke führte ein schmaler Fußweg seitlich an dem Bau vorbei. Dort entdeckte sie einen zweiten Zugang. Eine hohe schmiedeeiserne Tür führte zur Hinterseite des Gebäudes. Sie kehrte zum Vordereingang zurück.

»Müller« stand an der Tür. Welche Verbindung gab es zwischen M'Boko und den Hausbewohnern? Die Fenster starrten sie stumm und dunkel an. Da sie keinen Grund hatte, der Sache nachzugehen, beschloss sie, bei Gelegenheit den Fallmanager nach dem Auto zu fragen. Sie drehte sich um und fuhr nach Langen.

Auf dem Hof in der Pittlerstraße stand ein kleines rotes Auto. Als Lena ihren Wagen daran vorbei zu den Mitarbeiter-Parkplätzen lenkte, durchzuckte sie eine Erinnerung. Was war eigentlich aus Emilias Fiat geworden?

Sie durchquerte den Haupteingang, vorbei an der Nähstube, in der Frauen ohne Berufsausbildung an diesem Tag Stofftaschen für Handys und Kosmetika nähten. Auf der gegenüberliegenden Seite war ein Dutzend Jugendlicher in der Holzwerkstatt beschäftigt. Hier konnten junge Menschen mit handwerklichem Geschick trotz teils miserabler Schulzeugnisse eine Ausbildung machen und erhielten darüber hinaus Begleitunterricht für die Berufsschule. Die Stimmung war gut, Lena hörte flapsige Sprüche und Gelächter. Eine Etage höher kamen gerade Dozenten und Teilnehmer aus den Unterrichtsräumen, um eine kurze Pause einzulegen. Im Verwaltungstrakt im obersten Stockwerk angelangt, eilte Lena in ihr Büro und wählte Christines Handy an. Zu ihrer Überraschung meldete sich deren Mutter. Sie teilte Lena schluchzend mit, ihre Tochter habe am Vorabend zwischen Offenbach und Frankfurt einen Autounfall gehabt und sei in die Uniklinik gebracht worden.

Lena erschrak bis ins Mark. Nicht nur, dass die ältere Frau ihr leidtat, so kurz nach dem Tod der einen Tochter mit einem weiteren Unglücksfall in der Familie konfrontiert zu werden. Ihr kam es so vor, als schwebte eine dunkle Wolke über ihr, die sich immer weitere herabsenkte. Sie beschloss, nach Dienstschluss nach Frankfurt zu fahren, um zu sehen, ob sie etwas für Christine tun konnte.

Drei Stunden später kämpfte sie sich fluchend durch den allabendlichen Innenstadtverkehr, bis sie endlich ihr Ziel erreichte. Sie parkte ihren Wagen in der Sandhofstraße.

Auf dem Klinikgelände herrschte ein reges Kommen und Gehen. Lena fragte zunächst bei der Zentralinfo, wo Christine lag. Als sie wenig später auf einen Aufzug wartete, knabberte sie nervös an ihrem Daumennagel herum. Es war kein zweites Fahrzeug an dem Unfall beteiligt gewesen, soweit hatte sie Christines Mutter bereits informiert. Am Vorabend war es kalt und feucht gewesen, kein gutes Wetter, wenn man von Sorgen abgelenkt war.

Christine Hornauer lag bandagiert und mit geschlossenen Augen in einem Zimmer, das sie mit einer anderen Patientin teilte.

Als sie spürte, dass jemand an ihr Bett trat, hob sie ganz kurz die Lider und murmelte etwas, das Lena nicht verstand. Sie beugte sich hinunter zu Christines Ohr. »Kannst du mich hören?«

Christines Lider flatterten, sie bewegte die Finger der rechten Hand, sagte aber nichts.

»Die is noch halb weggedredde«, klärte sie die Zimmernachbarin auf, eine Frau mittleren Alters mit ausgeprägtem hessischem Dialekt. »Des Audo is Schrodd.«

Auto, genau. Lena wusste inzwischen, dass Christine in Emilias rotem Fiat unterwegs gewesen war, als der Unfall passierte. Es sollte zu einem Gebrauchtwagenhändler gefahren werden, den Christine kannte. Jetzt war das hinfällig geworden. Aber auch wenn kein anderes Fahrzeug beteiligt gewesen sein sollte, war es Lena mulmig zumute. Es passierten einfach zu viele unerklärliche Dinge und alles hatte mit Emilias Tod begonnen.

Sie blieb noch eine Weile, saß stumm am Bett und hielt die Hand einer Frau, die sie bis vor Kurzem noch nicht einmal gekannt hatte. Dann verabschiedete sie sich. »Wenn sie zu sich kommt, sagen Sie ihr bitte, dass ich da war. Mein Name ist Lena. Ich komme wieder, sobald es geht.«

Die Bettnachbarin nickte eifrig. Sie gehörte wohl zu den Menschen, die solche Aufträge gerne erfüllen.

Lena verließ das Gebäude. Sie wollte zu ihrem Auto zurück, als sie aus den Augenwinkeln heraus etwas wahrnahm, was sie abrupt innehalten ließ. Ein Mann lief ein Stück vor ihr, leicht gebeugt, als trüge er eine schwere Last auf seinen Schultern. Sie konnte ihn nur von hinten sehen, dennoch erkannte sie ihn sofort.

»Albrecht«, wollte sie rufen, doch bevor sie den Mund öffnete, war er schon in Richtung Parkplatz verschwunden. Was machte Karins Mann hier? Handelte es sich um den Besuch bei einem kranken Kollegen, hatte er womöglich selbst einen Termin hier gehabt? Lag jemand aus der Verwandtschaft hier? Lena setzte ganz langsam einen Fuß vor den anderen, während sich ihre Gedanken überschlugen. Albrecht hatte keine nennenswerte Verwandtschaft in Frankfurt und Umgebung, er kam nicht von hier. Die einzige Familie war … seine Frau!

Sie drehte sie sich noch einmal um. Wie eine ferngesteuerte Marionette ging sie erneut zur Zentrale in Haus 23 C und fragte mit vor Angst tonloser Stimme, ob eine Karin Leonhardt hier Patientin sei. Die Angestellte tippte den Namen in den Computer ein und verkündete emotionslos, wohin sie gehen musste. Lena spürte, wie ihr Mund trocken wurde. Karin hatte sie belogen. Sie war nicht in Bayern. Sie war hier, aus welchem Grund auch immer.

Sie überquerte das Gelände, bis sie vor dem Gebäude stand, in dem Karin lag. Ihre Freundin, ihre Geliebte. Stand dort eine gefühlte Ewigkeit vor der Station. Obwohl ihre Beine sie nicht weitertragen wollten, setzte sie einen Fuß vor den anderen. Erreichte die Tür. Starrte noch einmal auf den Schriftzug, als hoffte sie, er würde sich unter ihrem ängstlichen Blick auflösen. Das tat er nicht. Ihre Hände zitterten, als sie weiterging. Dorthin, wo Karin lag.

Karin schlief, als Lena das Zimmer in der onkologischen Abteilung betrat. Gedämpftes Licht, ein Apparat piepste, aber die Frau im Bett atmete selbstständig. Ihre Rechte lag auf der Bettdecke, auf den Handrücken hielt ein Pflaster eine Infusionsnadel in Position, durch die eine klare Flüssigkeit in Karins Adern lief. Lena bewegte sich vorwärts wie ein Roboter, starrte dabei wie hypnotisiert auf ihre Geliebte. Sobald sie Karin erkannt hatte, nahm sie nichts anderes mehr wahr.

»Karin«, flüsterte sie der blassen Frau im Bett zu und griff nach ihrer Hand. Die war so eiskalt, dass Lena unwillkürlich aufschrie. Aber Karin atmete, sie lebte, nur dass Lena keine Ahnung hatte, was genau geschehen war. Sie blinzelte, fühlte einen Klumpen wie glühendes Eisen im Magen. Ihr Gehirn umwölkte sich, einen Moment lang schien es, als verliere sie den Verstand.

Gleich darauf war ihr mit einem Schlag zumindest einiges klar. Karins merkwürdig distanziertes Verhalten, ihre Abwesenheit, die Ausreden. Warum hatte sie gelogen? Weil sie nicht wollte, dass Lena erfuhr, wie es um sie stand?

Lena spürte, wie ihr die Tränen in die Augen schossen. »Karin, bitte, wenn du mich hören kannst …«, flüsterte sie verzweifelt. Keine Antwort. Die Gestalt im Bett rührte sich nicht.

Die Tür flog auf und eine Krankenschwester betrat den Raum. »Sind Sie eine Verwandte?«, fragte sie bei Lenas Anblick streng.

»Eine Freundin«, murmelte die. Es wäre wohl müßig gewesen zu erklären, welcher Art ihre Beziehung war. Zumal Karin verheiratet war und offensichtlich soeben noch Besuch von ihrem Ehemann gehabt hatte.

»Dann müssen Sie jetzt gehen. Ich muss die Patientin umbetten.« Der Blick war freundlich, aber bestimmt.

»Wer kann mir etwas sagen über … über … », stammelte Lena, die gleichzeitig das Gefühl hatte, schreien zu müssen.

»Was ihr fehlt? Das erfahren nur die Angehörigen. An die sollten Sie sich wenden.« Die Frau drehte ihr nun unmissverständlich den Rücken zu und begann, Karins Tropf abzuklemmen.

Die Angehörigen. Dazu gehörte sie nicht. Sie war seit Jahren Karins Freundin und Geliebte, stand ihr, mit Ausnahme von Albrecht, näher als alle anderen Menschen. So hatte es Karin ihr immer vermittelt. Aber nun, hier, zählte das nicht. Es zählte nicht, was sie mit der Kranken verband. Sie war, was Auskünfte betraf, ein Niemand. Die Frau hier ging sie, offiziell, nichts an. Es war, als sei die Verbindung zu ihrer liebenswerten, warmherzigen Freundin brutal gekappt worden.

Lena stolperte aus dem Zimmer, noch immer völlig benommen. Das Neonlicht auf dem Gang schien ihr zu grell, verursachte stechende Kopfschmerzen. Sie weinte, sie spürte es an den Tränen, die ihr erst heiß über die Wangen liefen, bevor sie auf ihrem Hals eine kalte Spur hinterließen. Während sie nach einem Taschentuch suchte, versagten ihr die Kräfte. Ein Zittern durchlief sie, bevor ihr ganzer Körper krampfte, ihre Finger sich in die Handballen bohrten und die Beine unter ihr nachgaben. Sie spürte, wie sie auf den kalten Boden aufschlug, hörte einen Schrei, dann nichts mehr. Dunkelheit. Stille.

»Da sind Sie ja wieder«, waren die ersten Worte, die sie hörte, als sie aus ihrer Ohnmacht erwachte.

Eine Fremde mit schwarzem Haar, in dem sich bereits etliche weiße Strähnen tummelten, beugte sich über sie. Die Hand auf ihrer Stirn fühlte sich wohltuend kühl an.

»Sie hatten einen Schwächeanfall.«

Lena blinzelte ein paar Mal. Auf dem Schild am Arztkittel stand »Dr. Ilona Székely«. Ein schönes Gesicht, von dunklen Augen bestimmt.

»Meine Freundin … sie liegt hier. Niemand sagt mir, was mit ihr ist«, stammelte Lena, der langsam wieder einfiel, was gerade passiert war.

»Sie sollten mit der Familie sprechen«, erklärte die Ärztin und schaute sich stirnrunzelnd um. Sie befanden sich in einem schmalen Raum. Lena lag auf einer Krankenliege. Auf einem weißen Resopaltisch dampfte in einer Tasse frischer Kaffee. Daneben stand ein Medikamentenschrank. Den Frau Dr. Székely gerade aufschloss.

»Sie bekommen etwas Calcium und eine kleine Dosis Valium«, sagte sie, während sie eine Spritze aufzog. »Für heute Abend gebe ich Ihnen eine Tablette mit, das entspannt Sie, falls noch einmal etwas sein sollte. Nehmen Sie sie nur, wenn es absolut notwendig ist. Und morgen gehen Sie zu Ihrem Hausarzt.«

»Valium? Verschreibt man das denn heute noch?« Lena krempelte ihren Ärmel hoch und hielt der Ärztin den linken Arm hin.

»Nicht mehr sehr oft. Die meisten Kollegen dröhnen ihre Patienten lieber mit Antidepressiva zu, die Wochen brauchen, um zu wirken, heftige Nebenwirkungen auslösen können und auch kein geringeres Suchtpotenzial besitzen, obwohl es behauptet wird.«

»Aha«, sagte Lena und zuckte kurz zusammen, als die Spritze sie piekste.

»Sie hatten einen Schock. Sie sollten Ihr Auto stehen lassen und unter keinen Umständen Alkohol trinken. Okay?«

Lena spürte spontan Sympathie für diese schnörkellose Ärztin mit ihren klaren Ansagen.

»Okay«, antwortete sie. »Aber sagen Sie mir bitte, was mit Karin ist. Ich bin ihre beste Freundin, ich muss es wissen.« Sie befühlte vorsichtig die heftig schmerzende Stelle am Kopf, wo sie am Boden aufgeschlagen war.

Dr. Székely schnitt eine Tablette aus einer Blisterpackung und legte sie auf den Tisch. Dann trank sie von ihrem Kaffee und schnaufte einmal kurz durch. »Brustkarzinom. Sie wurde operiert. Mehr kann ich Ihnen wirklich nicht sagen.«

Obwohl sie auf der Liege saß, meinte Lena erneut zu spüren, wie die Erde unter ihren Füßen schwankte. »Oh mein Gott«, stöhnte sie. Die Nachricht traf sie, durch die Watte der Medikamente hindurch, dennoch wie ein Schlag. »Wird sie durchkommen?«

»Aber klar«, verkündete Frau Doktor. »Sie hat gute Chancen, aber jetzt reicht es mit der Fragerei. Sie sollten nach Hause gehen, sich ausschlafen und morgen sprechen Sie mit der Familie von Frau Leonhardt. Möchten Sie jemanden anrufen, der Sie abholen kommt?«

Lena hockte auf der Liege und starrte vor sich hin. »Meine Tasche?«, fragte sie.

Während Dr. Székely Lena ihre Tasche reichte, fing der Piepser in ihrem Kittel an, hohe fordernde Töne von sich zu geben. »Ich muss. Sie bleiben hier, bis Sie abgeholt werden. Keine Fisimatenten. Wenn Sie auf der Straße umkippen, haben wir Sie schneller wieder hier, als uns allen lieb ist.«

Sie drückte Lena die Tablette in die Hand, eilte hinaus und ließ die Tür offen, durch die Augenblicke später ein Krankenpfleger trat, der Lena in den Wartebereich der Station führte.

Das Beruhigungsmittel, das sie bekommen hatte, wirkte bereits und drückte die harte Realität nach hinten. Lena fühlte sich hellwach, gleichzeitig wie in Watte gepackt. Es gab jemanden, der sie abholen würde. Fast ohne nachzudenken wählte sie Gerd Rohloffs Nummer. Er ging beim zweiten Klingeln dran. Als er hörte, wo sie war, befahl er ihr, sich nicht vom Fleck zu rühren. »Ich bin sofort da!«

Lena beendete das Gespräch und lehnte sich zurück. Er kam. Sie war nicht allein.

+++

Seit sie Sunita aus der Küche zurückgebracht hatten, blieb die Tür der Abstellkammer verschlossen. Der Schwarze kam drei Mal am Tag, um ihr eine Tablette zu geben, Ions Mutter begleitete sie zur Toilette und brachte ihr morgens Tee und abends Suppe. Manchmal strich sie ihr über den Kopf und sagte ein paar Worte in einer Sprache, die Sunita nicht verstand. Es klang tröstlich. Die kleine, dicke Frau war wie ein wärmendes Licht in dieser Zeit, die so grauenvoll und düster war. Sie wäre gerne in dem Raum geblieben, doch sobald sie einigermaßen gesund erschien, wurde sie wieder in ihr altes Zimmer gelegt. Wenigstens war es dort jetzt etwas wärmer, jemand hatte die Heizung höher gestellt. So, als wolle man nicht riskieren, dass noch mehr Mädchen krank wurden.

»Die Medikamente waren teuer«, behauptete der dunkelhäutige Mann und wedelte mit einem Blatt Papier vor ihrer Nase herum. »Du wirst die nächste Zeit doppelt so hart arbeiten wie bisher, um das alles zurückzuzahlen.«

+++

Lena hockte wie ein Häuflein Elend auf einem unbequemen Stuhl im Besucherbereich, als Gerd Rohloff kam. Sie spürte seine Anwesenheit, noch bevor sie ihn sah. Tatsächlich schienen bei seinem Eintreffen für einen Moment sämtliche Gespräche zu verstummen. Das lag nicht allein daran, dass er die meisten Anwesenden um einen halben Kopf überragte. Es lag an seiner Präsenz, die Lena spürte, als habe man ihren Körper in ein warmes Bad getaucht. Er sah gut aus an diesem Abend, das graumelierte Haar wie üblich nach hinten gekämmt, den ein klein wenig zu üppigen Bauch mit einem gut geschnittenen Kaschmirmantel kaschiert, aus dem am Kragen ein farblich passender Paisleyschal hervorlugte.

Der Mann zieht sich besser an als ich, dachte Lena unpassenderweise, bevor sie ihm zuwinkte. Ihm war die Besorgnis am Gesicht abzulesen.

»Lena, was ist passiert?«

Sie erzählte mit wenigen Worten, was geschehen war, ohne ihn in die Natur ihrer Beziehung zu Karin einzuweihen. Er hörte aufmerksam zu und ihr fiel ein, dass er vor einigen Jahren seine Frau verloren hatte. Wie, wusste sie nicht, und jetzt schien der falsche Moment, um zu fragen.

»Man hat mir Valium gegeben. Darum soll ich nicht mehr fahren«, setzte sie am Ende ihrer Erklärung hinzu.

»Ich bring dich natürlich nach Hause.« Er griff nach ihrem Ellbogen und dirigierte sie sanft durch den Flur. Lena empfand alles um sich herum als weich und warm.

Man könnte öfter im Leben ein bisschen Valium gebrauchen, sinnierte sie.

Sie hatten gerade die Eingangstür passiert, als sie stocksteif stehen blieb. Der Mann, der ihnen mit gesenktem Kopf entgegenkam, war bereits früher am Tag hier gewesen.

»Albrecht«, sagte Lena dumpf, als er sie fast erreicht hatte.

Ruckartig flog sein Kopf nach oben. Seine Miene verfinsterte sich bei ihrem Anblick. »Du hier?«, fragte er barsch.

»Warum hast du mir nichts gesagt? Ich hatte ja keine Ahnung«, antwortete sie. Es lag etwas in der Luft, fast schon greifbar, aber Lena war nach dem Schock und den Medikamenten nicht in der Lage, es zu fassen. »Ich hatte keine Ahnung, dass Karin hier ist. Warum hast du mir denn nichts gesagt?«, fuhr sie fort und hörte selbst, wie drängend ihre Stimme klang.

»Sag mal, kapierst du es nicht?« Albrechts Stimme erhob sich bei diesen Worten. Die Wut, mit der er zu kämpfen hatte, spiegelte sich in seinem Gesicht. »Sie wollte nicht, dass du es erfährst. Machte sich Sorgen, wie du es aufnehmen würdest.«

»Aber warum denn das, ich bin ihre beste Freundin.« Lena spürte wieder dieselbe Hilflosigkeit wie im Krankenzimmer.

»Ihre beste Freundin? So kann man es auch nennen. Du egozentrisches Miststück!«, schrie Karins Ehemann und Lena begriff auf einen Schlag, dass er es wusste. Alles.

»Hallo! Langsam, mein Freund. Lena steht unter Schock. Und unter Valium.« Rohloff legte beschützend seinen Arm auf Lenas Rücken.

»Ich. Bin. Nicht. Dein. Freund!« Albrechts Zeigefinger bewegte sich mit jedem Wort ruckartig auf Gerd Rohloffs Brust zu.

Der machte nun einen leichten Schritt nach vorn. Jeder andere wäre vorsichtig geworden, denn Rohloffs Präsenz konnte durchaus bedrohlich wirken. Albrecht jedoch war blind für alles um ihn und Lena herum. Seine Augen lagen kalt und zornfunkelnd auf ihr. Lena begann zu zittern, noch nie hatte sie Karins Ehemann so gesehen.

»Es ist mir egal, ob sie Valium genommen hat. Oder Gift!«

»Valium«, erklärte Lena, in der ein unkontrollierter Impuls hochstieg. Sie begann, hysterisch zu kichern. »Solltest du auch mal nehmen. Entspannt.« Ihren Worten zum Trotz fing sie erneut an zu weinen. »Was, wenn sie das nicht übersteht?«, schluchzte sie.

Rohloff, der keine Ahnung von den genauen Zusammenhängen haben konnte, sah sie mit undefinierbarem Blick, aber sichtlich besorgt an.

»Wäre sie dann einfach so aus meinem Leben verschwunden?« Die Gedanken drehten sich in ihrem Kopf. Karin, einfach nicht mehr da. Ohne Erklärung, ohne Abschied.

»Sie hat dir einen Brief geschrieben«, gab Albrecht widerwillig zu. »Den sollte ich dir geben, wenn … na also, wenn es nicht gut ausgeht.«

»Einen Brief?«

»Ja, verdammt.«

Lena brauchte einen Moment, um die richtige Schlussfolgerung zu ziehen. »Woher weißt du denn, was drinsteht?«

»Ich habe ihn gelesen. Kapierst du es jetzt?« Er schnaubte zornig, drehte sich um und ließ sie stehen.

»Er hat den Brief gelesen. Er weiß alles.« Lena ließ ihren Kopf an Rohloffs Schulter sinken.

»Es wäre schön, wenn du auch mich aufklären könntest, um wen und was es hier genau geht.«

Lena hob den Kopf. Sie war jetzt ganz klar. »Lass uns was trinken gehen, dann erzähle ich es dir.«

Sie saßen in der Café-Bar »Wega« in der Schweizer Straße in Sachsenhausen. Lena hatte sich, trotz Dr. Székelys Warnung, einen Wodka-Tonic bestellt. Rohloff trank Espresso und schaute schweigend zu, wie sie das beschlagene Glas zwischen ihren Fingern hin und her drehte. Die Eiswürfel klirrten leise.

»Karin ist meine Freundin. Und meine Geliebte. Schon seit ein paar Jahren.«

»Okay«, antwortete Rohloff langsam. Er wusste ja, dass sie auf Frauen stand, sie hatte von Anfang an mit offenen Karten gespielt.

Jetzt erfuhr er noch mehr.

»Eine von zweien. Die andere, Tamae, ist Japanerin und zurzeit nicht in Frankfurt.«

Rohloffs Augenbrauen schnellten nach oben.

Lena trank gierig. Sie verspürte Durst und gleichzeitig ein so großes wie seltenes Bedürfnis nach der tröstlichen Umarmung von Hochprozentigem.

»Karins Ehemann, der, den wir eben getroffen haben, der wusste wohl nichts von eurem Verhältnis?«

Sie schüttelte den Kopf. »Er ist eigentlich sehr in Ordnung. Echt. So wie heute habe ich ihn noch nie erlebt.«

»Falls es dich interessiert, ich kann den Mann verstehen. Die Frau schwer krank und er muss gleichzeitig erfahren, dass sie fremdgeht … Manch einer wäre da noch mehr ausgerastet.«

Lena zog eine Grimasse und leerte ihr halbvolles Glas in einem Zug. Dann bestellte sie ein zweites.

»Das tut dir nicht gut«, wandte Rohloff ein.

»Das mag schon sein. Aber manchmal tut einem das ganze Leben nicht gut und man muss sich für das kleinere Übel entscheiden.«

Er seufzte und legte seine Hand auf ihre. »Wie soll das denn nun weitergehen?«

»Mit Karin?« Lena spürte, wie sie innerlich erstarrte. Ein Leben ohne Karin, das konnte sie sich nicht vorstellen. »Ich hätte ihr sagen sollen, wie wichtig sie für mich ist«, stammelte sie.

Die Bedienung stellte das Glas vor ihr ab. Rohloff lehnte sich zurück und bestellte für sich noch einen Espresso.

»Jetzt wird sie sich entscheiden müssen. Aber ehrlich«, sie sah auf und ahnte selbst, wie flehentlich ihr Blick wirken musste, »mir ist nur wichtig, dass sie durchkommt. Alles andere … ist zweitrangig.«

Rohloff ließ seinen Blick durch das fast voll besetzte Lokal schweifen, bevor er sich ihr wieder zuwandte. »Lena, das mag jetzt vielleicht unpassend sein. Aber ich meinte vorhin auch, wie soll das mit uns weitergehen? Als du mir gesagt hast, dass du lesbisch bist, hast du keine feste Beziehung erwähnt. Doch es gibt nicht nur eine, sondern sogar zwei Frauen in deinem Leben. Was ich für dich empfinde, weißt du. Aber ich dränge mich nicht zwischen andere.«

Lena spürte eine leise Panik in sich aufsteigen. Wie sollte sie ihm erklären, dass ihr kompliziertes Beziehungsgeflecht unter anderem ihrer Bindungsangst geschuldet war? Egal, ob Frau oder Mann, sie konnte sich einfach nicht vorstellen, eine allzu enge Liebesbeziehung einzugehen. »Wenn ich ehrlich bin, denke ich darüber schon eine ganze Weile nach«, hörte sie sich zu ihrem Erstaunen mit ruhiger Stimme sagen. Sie blickte auf und sah ihm direkt in die Augen. »Du hast etwas in mir ausgelöst, was ich nicht einordnen kann. Ich habe Angst davor.«

Hatte sie das wirklich eben gesagt? Ja, und sie spürte eine merkwürdige Gelassenheit dabei. Was sollte all das Taktieren überhaupt. Jeder wollte doch wissen, woran er war. Sollte es wissen.

»Angst, weil ich ein Mann bin?« Erneut legte er seine Hand auf ihre. Eine warme, zupackende Hand. Eindeutig männlich, dabei sehr gepflegt. Sie betrachtete die feinen Härchen auf den Fingergliedern, die Tönung seiner Haut – er war vor Kurzem eine Woche auf Fuerteventura gewesen und braun gebrannt zurückgekommen –, betrachtete zum ersten Mal die Uhr, die er trug. Sie verstand überhaupt nichts davon, konnte aber erkennen, dass es sich um ein exklusives Stück handelte. Er lebte ein völlig anderes Leben als sie. Stand das auch zwischen ihnen? Nein, dachte sie sofort. Es war ihr egal.

»Ja, weil du ein Mann bist und ich mich mit Männern nicht auskenne.« Noch während sie es aussprach, musste sie lachen. Das zweite Glas war fast schon leer. Dieses Mal hinderte Rohloff sie daran, noch einen weiteren Drink zu bestellen.

»Lieber nicht, du hast Medikamente intus. Ich möchte dich ungern noch einmal aus der Uniklinik abholen.«

Er bezahlte und half ihr in den Mantel. Als sie aufstand, schwankte der Boden unter ihren Füßen. Rohloff legte seinen Arm um sie und führte sie zu seinem Auto, das er eine Straßenecke weiter geparkt hatte. Lena fühlte sich auf einmal nicht wohl.

Lieber Gott, wenn es dich oder jemand anderen dort oben gibt, dann mach, dass Karin wieder gesund wird, bat sie lautlos, bevor es zum zweiten Mal an diesem Abend dunkel um sie wurde.

+++

Im Dämmerlicht des frühen Morgens betrachtete Sunita den schmalen Körper, der auf der Matratze neben ihrer lag. Die Frau, sie war fast noch ein Kind, war am Vortag angekommen. Ihr Atem ging keuchend. Ihre Angst hing im Raum wie eine schwere Decke. Sie hatte sich gegen ihr Schicksal gewehrt und war von den Männern geschlagen worden. Heftig, aber nicht schlimm. Jedenfalls nicht in den Kategorien, in denen Sunita inzwischen gewohnt war zu denken.

Sie legte sich auf den Rücken, starrte an die schräge Zimmerdecke und dachte an das, was sie in einer ihrer ersten Nächte in diesem Land erlebt hatte. Eine Frau hatte geschrien, geweint. Auch sie war geschlagen worden und Schlimmeres. Durch die dünne Zimmerwand waren Geräusche gedrungen, die Sunita in Panik versetzt hatten. Damals hatte sie noch nicht begriffen, was ihr bevorstand. Man hatte ihr Arbeit als Kindermädchen versprochen, doch schon in dieser ersten Nacht war klar, dass es sich um eine Lüge handelte. Nichts konnte das Entsetzen lindern, das sie bei dem erfasste, was durch die Wand drang. Laute Männerstimmen, die erstickten Schreie der Frau, das Zittern der Bodendielen.

Später hatte ein Mann ein blutiges Bündel zur Tür hereingeschleift und es auf eine der Matratzen geworfen.

Das Bündel war ein Mensch. Eine Frau, etwas älter als sie selbst, mit blasser Haut und tiefschwarzem Haar. Sie atmete kaum noch. Erst nach einer Weile, in der sie stocksteif vor Schrecken dastand, ging Sunita langsam auf die andere zu. Aus ihrer Nase lief Blut. Eine Braue war aufgeplatzt, die Wunde blutete, ebenso ein Riss in einer der geschwollenen Lippen. Das Haar der Frau war feucht und roch durchdringend nach Urin.

Die Fremde hieß Urzula, sie kam aus einem Land, von dem Sunita noch nie gehört hatte, und sprach ein bisschen Englisch. Das, was sie Sunita erzählte, nachdem sie aus ihrem ohnmachtsähnlichen Zustand erwachte, bestätigte deren Wahrnehmung. Zwei Männer hatten sie so zugerichtet, weil sie nicht das tun wollte, was man von ihr verlangte.

»In meiner Heimat wollte ich Lehrerin werden«, sagte sie bitter. »Jetzt soll ich hier an Männer verkauft werden.«

Urzula blieb zwei Tage mit ihr im Zimmer. Danach hatte sie sie nie wieder gesehen, aber das zerschundene Gesicht der Frau würde sie nie vergessen. Genauso wenig wie die Verzweiflung in ihrem Blick.

»Ab jetzt nutze ich ihnen nichts mehr. Schau mich an, ich bin beschädigte Ware!«

Urzula hatte ein entsetzliches Geräusch von sich gegeben, eine Art Lachen, das Sunita einen kalten Schauer über den Rücken jagte.

Schlimmer war es jedoch gewesen, schon in derselben Nacht zu erfahren, dass Urzula nicht recht hatte. Ihre Wunden und Verletzungen hatten sie nicht geschützt. Im Gegenteil. Inzwischen wusste Sunita, dass es Männer gab, die genau das erregend fanden.

Die junge Frau neben ihr wusste von alledem noch nichts. Sie ahnte vermutlich etwas, war aber viel zu verzweifelt, um zu begreifen, was ihr alles noch bevorstand. Oder bevorstehen würde, wäre sie nicht bereit, die Männer zu empfangen und das mit ihnen zu tun, wofür man sie hergebracht hatte.

Sunita verspürte Mitleid mit der anderen. Versuchte, es wegzuschieben. Gefühle konnte man sich hier nicht leisten, wer wusste schon, wann man sie oder ihre Leidensgenossin wieder wegbringen würde. Ohne dass man es ihr gesagt hatte, war klar, dass die Frauen sich nicht aneinander gewöhnen sollten. Doch ihr Herz zog sich bei der blossen Vorstellung, was man dem Mädchen antun würde, zusammen. Gleich darauf ging ein Ruck durch sie hindurch. Die Kleine, wie sie sie in Gedanken bereits nannte, war tatsächlich kaum jünger als sie selbst. Oder andersherum – sie war auch nicht viel älter als dieses halbe Kind, auch wenn sie sich an manchen Tagen fühlte wie eine uralte Frau.

13

Lena erwachte mit dem sicheren Gefühl, dass etwas nicht stimmte. Die Geräusche, die an ihr Ohr drangen, klangen fremd. Ächzend hob sie die Lider und blinzelte. Das Licht im Raum wurde durch einen dünnen Vorhang gefiltert. Sie erkannte eine hohe Decke, ein Waschbecken, einen Tisch im Stil der Fünfzigerjahre und zwei dazu passende Sessel. Langsam drehte sie den Kopf. Das Kissen neben ihr war eingedrückt und verströmte einen leichten Duft nach »Fahrenheit«. Abrupt setzte sie sich auf, dabei glitt die helle Bettdecke von ihren Schultern. Erschrocken blickte sie an sich herab und atmete erleichtert auf. Sie trug, bis auf die Stiefel und den Pullover, noch ihre Kleidung vom Vortag. Vorsichtig hob sie die Beine in den engen schwarzen Jeans aus dem Bett und zog ihr weißes Unterhemd zurecht. Außer ihr befand sich niemand im Zimmer. Aber Rohloff war hier gewesen, direkt neben ihr.

Ein heftiger Schmerz an der Schläfe erinnerte sie an das, was geschehen war. Stakkatoartig kam die Erinnerung zurück. Uniklinik. Karin. Krebs. Zusammenbruch. Valium. Albrecht. Gerd Rohloff. Wodka-Tonic. Dann – nichts mehr.

Auf dem Tisch standen eine Flasche Mineralwasser und ein Glas, daneben lag ein Blatt Papier. Während sie schnell hintereinander zwei Gläser Wasser trank, las sie.

»Liebe Lena, du hast gestern Abend die Besinnung verloren. Ich hielt es für das Beste, dich hierherzubringen. Du hast gottlob ganz ruhig geschlafen. Jetzt ist es sechs Uhr morgens, ich muss gehen, denn ich habe den Tag über Termine. Paul, ein Angestellter von mir, hat ein Auge auf dich. Er wird dich um acht Uhr wecken und dir ein Taxi bestellen, wohin du auch immer willst. Dein Auto steht noch an der Uniklinik, lass es heute lieber stehen und ruh dich aus. Ruf mich an, wann immer du möchtest. Gerd.«

Himmel! Sie war in Rohloffs Stundenhotel im Bahnhofsviertel. Sie ließ das Blatt sinken und sah auf ihre Armbanduhr. Kurz vor acht Uhr. Sie trat zum Waschbecken. Dort lagen ein kleines Stück Seife und eine Einmalzahnbürste mit einer Minitube Zahpasta. An einem

Haken hing ein flauschiges Handtuch, das überhaupt nicht in diese Umgebung zu passen schien. So wenig wie sie. Aus dem Spiegel blickte ihr ein schmales Gesicht mit bläulichen Schatten unter den grünen Augen entgegen. Eilig machte sie sich frisch und zog sich an. Von der Tür erklang im selben Moment ein vorsichtiges Klopfen.

»Frau Borowski«, fragte eine brüchige Altmännerstimme. »Sind Sie wach?«

»Kommen Sie herein«, bat Lena.

Der Mann, der mit einem Tablett das Zimmer betrat, war verrunzelt wie eine Backpflaume. Er sah sie mit unverhohlener Neugier an. »Der Chef hat darum gebeten, dass ich Ihnen das bringe.« Er deutete mit dem Kinn auf eine Tasse mit Milchkaffee und einen Teller, auf dem ein goldbraunes Hefehörnchen lag. »Außerdem soll ich Ihnen ein Taxi rufen. Wenn Sie soweit sind.«

Lena bedankte sich und bat Paul, ihr das Taxi in zehn Minuten zu bestellen. Er nickte und zog sich pflichteifrig zurück.

Der heiße Kaffee tat gut, dennoch spürte Lena, dass sie an diesem Tag nicht zur Arbeit gehen konnte. Sie holte ihr Handy heraus und meldete sich krank.

»Wohin geht es?«, wollte der Taxifahrer kurz darauf wissen.

»Uniklinik«, bat sie. Sie würde ihr Auto nicht in Frankfurt stehenlassen, den Weg nach Offenbach fand ihr Golf notfalls auch alleine. Eine knappe Viertelstunde später stieg sie aus. Ihr Geld nahm der Fahrer nicht. »Das erledigt Herr Rohloff.« Er hob grüßend die Hand und fuhr davon. Lena sah ihm nachdenklich hinterher.

Dann fiel ihr Blick auf das Gebäude vor ihr. Dort drinnen lag Karin. Und egal, was alle anderen sagten oder dachten, sie würde jetzt noch einmal zu ihrer Freundin gehen in der Hoffnung, sie wach anzutreffen.

+++

Die tote Frau war übel zugerichtet.

Jutta Ernst und Chris Schulz sahen sich nicht an. Dennoch spürte die Kommissarin, dass dieser Anblick auch ihren erfahreneren Kollegen nicht kalt ließ. Chris und sie bildeten, nachdem sein fester Partner im Dienst angegriffen und schwer verletzt worden war, ein vorläufiges Team. Trotz der widrigen Umstände arbeitete sie gern mit ihm. Er besaß eine innere Ruhe, um die sie ihn beneidete.

Chris wurde meistens unterschätzt. Sein rotblondes, leicht gewelltes Haar und das helle, sommersprossige Gesicht gaben ihm etwas Unscheinbares, Weiches. Wer sein Augenmerk jedoch auf die sportgestählten Schultern und die muskulösen Beine lenkte, ahnte schnell, dass dieses Babyface ganz schön zuschlagen konnte. Und das tat er auch, zumindest in seiner Freizeit. Er war Karatekämpfer und hatte es darin schon recht weit gebracht. Soweit Jutta das beurteilen konnte, denn Kampfkunst war nicht ihre Sache. Bisher war sie bei einigen Terminen sehr dankbar für ihren körperlich starken Begleiter gewesen. Heute jedoch konnte auch er sie nicht vor dem entsetzlichen Anblick beschützen.

Die Spurensicherung und eine Rechtsmedizinerin hatten ihre Arbeit am Fundort bereits abgeschlossen. Chris wandte sich ab und ging zu den Kollegen der Schutzpolizei hinüber, die ein Stück entfernt standen. Sie waren als Erste zum Fundort der Leiche in dem an das Buchschlager Gewerbegebiet angrenzenden Waldstück gerufen worden.

»Was denken Sie, wie lange die Frau hier lag?«, fragte Jutta den Leiter der Spurensicherung, der, in einen weißen Schutzanzug gehüllt, seine Gerätschaften in einem Aluminiumkoffer verstaute .

»Keine Ahnung, das wird die Obduktion klären«, antwortete der Mann. »Auf den ersten Blick würde ich sagen, nicht länger als drei oder vier Tage.«

Jutta blickte auf das gräuliche Unterholz, in dem die Leiche von einem Hund entdeckt worden war. Seine Besitzerin stand unter Schock, sie hockte im Notarztwagen, der inmitten der Einsatzfahrzeuge ein ganzes Stück weit weg im Gewerbegebiet parkte. Ihr Hund, ein schöner rotbrauner Irish Setter, war beim Eintreffen der Kripo nervös aufgesprungen. Vermutlich war das Tier durch den Fund vollgepumpt mit Adrenalin und lechzte nach Bewegung.

Der Fundort der Leiche lag ungefähr fünfzehn Fußminuten von den parkenden Autos entfernt. Die Tote war notdürftig eingegraben und mit Laub überhäuft worden.

Ein hoch gewachsener Mann in einem kamelhaarfarbenen Mantel näherte sich dem markierten Gelände. Unter den zielstrebigen Tritten des diensthabenden Staatsanwalts knackten die winterstarren Zweige auf dem Boden. Während Dr. Römhild außerhalb der Absperrung stehen blieb und mit Chris Schulz und den Kollegen der Schutzpolizei sprach, betrachtete Jutta Ernst die Leiche.

Sie war nackt, in einen billigen Teppich eingerollt und mit einem Seil verschnürt gewesen. Die linke Schulter und ein Arm waren nicht mehr intakt. Es sah aus, als habe ein Tier Fleisch herausgebissen. Der Knochen schimmerte hell durch den Schmutz und die dunkle Haut. An allem klebten Erdkrümel und feuchtes Laub. Die Kommissarin überwand ihren Ekel und hockte sich hin. Sie war so konzentriert, dass sie kaum bemerkte, wie der Staatsanwalt neben ihr ebenfalls in die Hocke ging, wobei er seinen edlen Wollmantel anhob, damit er keinen Schaden nahm.

Eine Schwarze, Alter schwer zu schätzen, vielleicht Mitte zwanzig. Gesicht und Körper von schweren Schlägen gezeichnet, formulierte Jutta Ernst im Stillen ihre Wahrnehmung, als er, in anderen Worten und laut, dieselbe Einschätzung traf. Sie drehte sich zu ihm um. Ein Mittvierziger, schlank, dunkelhaarig. Seine grauen Augen sahen sie an, als warte er auf eine Antwort.

»Man hat versucht, sie zu vergraben, aber der Boden ist noch zu hart. Die Grube wurde nicht tief genug ausgehoben. Dafür haben die Täter dann Laub und Äste darüber geschichtet.«

»Nicht genug, um das Wild abzuhalten«, setzte er hinzu.

Sie erhob sich stumm.

»Wir sehen uns«, beschied er ihr daraufhin knapp und ging davon, schnell in sein mit einer eleganten Handbewegung aufgeklapptes Handy sprechend.

Chris Schulz kam zu ihr zurück. »Alles okay?«

Sie nickte. Es war nicht ihr erster Mordfall, aber mit Abstand der brutalste bisher.

Chris schob den Teppich ein Stück zur Seite. »Siehst du das? Ein Bein scheint gebrochen zu sein.« Das rechte Bein der Toten war in einem unnatürlichen Winkel abgebogen. »Und nicht nur das Bein«, Chris hockte sich nun nieder und deutete auf die linke Hand der Leiche, »auch sämtliche Finger würde ich sagen.«

Außerdem fehlte ein Fuß. Aber das Offensichtliche musste nicht laut ausgesprochen werden.

Jutta schauderte.

Chris richtete sich auf. »Wenn du mich fragst, hat die Frau vor ihrem Tod ein Martyrium durchlitten. Ich kann nur hoffen, dass sie das alles nicht bei vollem Bewusstsein erlebt hat. Aber wir werden es bald erfahren. Die Leiche ist freigegeben zum Transport in die Rechtsmedizin.«

+++

Lena stand an der Tür und starrte auf das leere Bett im Zimmer. Hinter sich hörte sie den energischen Schritt einer Krankenschwester. Sie fuhr herum. »Wo ist sie?«, fragte sie mit seltsam schriller Stimme.

»Wen suchen Sie denn?« Die Schwester war klein, rundlich und trug ihr graues Haar kurz geschnitten.

»Karin. Frau Leonhardt. Meine Freundin.«

Die Augen der Krankenschwester verrieten nichts. »Um diese Uhrzeit? Vermutlich ist sie bei einer Untersuchung.«

Sie wollte weitergehen, aber Lena hielt sie am Arm fest.

»Wann kommt sie zurück?«

»Das kann dauern. Sie sollten eigentlich auch nicht hier sein. Kommen Sie am besten nach vierzehn Uhr wieder, dann ist Hauptbesuchszeit.«

»Ist Frau Dr. Székely noch im Haus?«, wollte Lena nun wissen, die das Gefühl hatte, dringend eine Vertraute zu brauchen.

»Die Frau Doktor hatte die ganze Nacht über Dienst. Sie ist vor zwei Stunden nach Hause gegangen«, klärte die Schwester Lena mit sanfter Stimme auf. Dann bat sie sie, zu gehen.

Lena, die sich so elend fühlte wie noch nie in ihrem Leben, schlurfte davon. Sie dachte kurz darüber nach, noch einmal bei

Christine Hornauer vorbeizuschauen, aber vermutlich war sie auf der anderen Station ebenso ungern gesehen wie hier.

Ihr Golf stand mit beschlagenen Scheiben am Straßenrand. Lena schloss mit zitternden Fingern die Fahrertür auf und ließ sich in den ausgekühlten Wagen fallen. Eine Weile saß sie so da, blicklos nach vorne starrend, bevor sie den Motor anließ. Zwanzig Minuten später stand sie unter ihrer eigenen Dusche, die sie lange und so heiß sie es eben ertragen konnte, laufen ließ.

Anschließend ging sie, in ihren Bademantel gehüllt, in die Küche und kochte sich einen Kaffee. Während er durchlief, schickte sie Rohloff eine SMS. »Danke für alles. Bin okay. Melde mich wieder.« Danach saß sie lange in der Küche, trank ihren Kaffee, starrte in den wintergrauen Himmel. Es gab einfach zu viele Baustellen in ihrem Leben. Es war an der Zeit aufzuräumen. Ihre Gedanken, zuerst verworren und unklar, wurden mit der Zeit immer fokussierter und genauer.

Als Erstes galt es, alles zu tun, was in ihrer Macht stand, damit es Karin besser ginge. Dazu gehörte auch, mit Albrecht zu reden. Sie wusste, dass eine Trennung von ihrem Mann für ihre Freundin nie zur Diskussion gestanden hatte. Egal, was sie für Lena empfand, sie würde Albrecht niemals verlassen. Lena hatte dies gewusst und es wäre ihr nicht eingefallen, an diesem Arrangement etwas zu ändern. Jetzt würde sie nötigenfalls Stein und Bein schwören, Karin nie mehr zu sehen. Und, falls Karin das auch wollte, die Beziehung beenden.

Dann musste sie die Sache im Büro klären. Sie würde Renate einweihen und mit ihr gemeinsam versuchen, den falschen Abrechnungen auf die Spur zu kommen.

Die schwierigste Entscheidung betraf Gerd Rohloff. Er hatte ein Recht darauf zu erfahren, wie sie zu ihm stand und ob sich zwischen ihnen etwas entwickeln konnte. Genau das war der Punkt, an dem ihre Gefühle regelmäßig Achterbahn fuhren. Schon allein der Gedanke daran, sich festlegen zu müssen, machte sie schwindelig und verursachte ihr Beklemmungen, gerade so, als habe sie einen zentnerschweren Stein verschluckt.

Da war das Gespräch mit Albrecht einfacher. Sie wählte die Nummer des Festnetzanschlusses der Leonhardts. Es meldete sich die Sprachbox. Eine fröhliche Karin, die noch nichts ahnte von dem, was ihr widerfahren würde, erklärte, zurzeit sei man nicht erreichbar, würde aber auf Wunsch zurückrufen.

»Hallo, Albrecht, hier ist Lena. Wir sollten miteinander sprechen, in Ruhe. Dazu bin ich jederzeit bereit.« Sie stockte kurz, bevor sie mit einer Bitte fortfuhr. »Falls es nicht zu viel verlangt ist, halt mich bitte auf dem Laufenden darüber, wie es Karin geht. Du weißt ja sicher, dass man mir in der Klinik nichts dazu sagt.«

Sie legte auf und knabberte an ihrer Lippe. Sie kannte Albrecht lange genug, um zu wissen, dass sein Ausraster vom Vortag eine absolute Ausnahme war. Dennoch – wie kam er dazu, den an sie gerichteten Brief zu lesen? Das ging gar nicht und passte ebenso wenig zu ihm. Er musste halb durchgedreht sein vor Angst. Was sie besser verstand, als ihr lieb war.

Ihr nächster Anruf galt Renate Kloß.

»Ich dachte, du bist krank«, war deren erste Reaktion. Sie hörte sich lustlos an.

»Ein Treffen? Nicht im Kreishaus, nicht bei der gGAB in Langen? Warum so geheimnisvoll?«

Lena wollte keine Andeutung machen, sie wollte sehen, wie Renate auf die Unterlagen reagierte. »Wie wäre es bei mir?«, schlug sie vor. »Renate, wenn es nicht wichtig wäre, würde ich dich nicht bitten.«

Renate seufzte, bevor sie zusagte, nach Dienstschluss zu Lena zu kommen.

Renate starrte auf die Dokumente, die Lena auf ihrem Küchentisch ausgebreitet hatte. Daneben stand eine Kanne mit Tee, aus der sich die beiden Frauen bedienten.

»Du erwartest jetzt nicht von mir, dass ich ohne meine Unterlagen etwas dazu sage«, brummte die Abteilungsleiterin des »KommJob« und kramte ein Notizbuch aus ihrer riesigen Tasche hervor.

Lena zuckte die Schultern. Sie hatte am Nachmittag ein paar Stunden geschlafen, bevor sie alles für das Treffen mit ihrer Kollegin vorbereitete. Jetzt fühlte sie sich wieder einigermaßen frisch.

»Ich hätte selbst nachgesehen, aber mir fehlen nach wie vor wesentliche Dokumente. Man kann anhand der Abrechnungen sehen, was die gGAB dem ›Komm-Job‹ in Rechnung gestellt hat. Der tatsächliche Aufwand ist wesentlich niedriger, wenn man den Kalkulationen Glauben schenken kann.«

»Deswegen wolltest du die abgewickelten Projekte sehen«, konstatierte Renate. Sie macht ein ernstes Gesicht.

»Was denkst du, sollte man das weiterverfolgen?« Lena kam insgesamt auf eine Differenz im sechsstelligen Bereich. »Wenn Emilias Vermutung stimmt, hat die gGAB bei allen aufgeführten Projekten nicht die volle Stundenzahl abgehalten und daher geringere Personalkosten als angegeben. Darüber hinaus wurden freiberufliche Mitarbeiter und sogar Studenten als Dozenten eingesetzt. Zu einem Stundenlohn, der weit unter dem für fest angestellte Sozialarbeiter liegt. Den aber haben sie euch in Rechnung gestellt. Emilia hat leider die Namen der Freiberufler nicht notiert. Überall nur Abkürzungen. Um die zu knacken, müsste man wissen, wer zu den fraglichen Zeitpunkten für die gGAB tätig war. Das ist wahrscheinlich hoffnungslos, weil das alles unter Datenschutz fällt.«

Renate blätterte die Unterlagen mit angestrengtem Gesicht zum wiederholten Mal von vorne bis hinten durch. »Das muss ich mit Adelheid klären. Sie ist verantwortlich für die Abrechnungen.«

»Vielleicht hat Emilia das ja bereits getan«, antwortete Lena dumpf. Ihre Worte standen unheilvoll im Raum.

Renate biss nervös auf ihrem Daumennagel herum. Es war ihr deutlich anzusehen, dass sie beunruhigt war. Dann hob sie abrupt den Kopf. »Du hast recht. Wir brauchen kein Gespräch zu führen, solange wir nicht tatsächlich etwas in der Hand haben. Wir halten uns zurück. Ich werde die Revision bitten, sich Einblick in die Unterlagen der gGAB zu verschaffen. Dann werden wir ja sehen.« Sie stand auf und trank den Rest ihres Tees mit wenigen langen Schlucken aus.

»Geht das denn?« Lena sah zweifelnd zu ihrer Kollegin hinüber.

»Wir haben in fast allen Verträgen eine entsprechende Klausel drin«, murmelte sie. Es klang, als würde sie sich selbst Mut zusprechen. »So, jetzt muss ich aber. Und die Unterlagen nehme ich mit!« Sie schob hastig die Blätter zusammen und stopfte sie mit einer energischen Geste in ihre Aktentasche.

In diesem Moment begriff Lena, dass sie einen Fehler gemacht hatte.

Wenn Emilia posthum recht behielt und Adelheid oder jemand anderes an den Zahlen gedreht hatte, würde man Renate einen Teil der Verantwortung zuschieben. Selbst, wenn sie nichts davon gewusst oder geahnt hatte, war sie doch diejenige, bei der die Abrechnungen aufliefen. Und sie war, als Vorgesetzte von Emilia, auch verantwortlich für die Verwendungsnachweise der Mittel, die die Kreisverwaltung von Land, Bund und EU für ebendiese Maßnahmen erhalten hatte. Falls die Zahlen im Nachhinein berichtigen werden mussten, käme man um eine Neuberechnung jedes einzelnen Projektes, in das Fördergelder geflossen waren, nicht herum. Ein Albtraum, weil das darüber hinaus bedeutete, Geld aus zurückliegenden Jahren zurückzahlen zu müssen. Renate wusste das, sie hatte es vermutlich sofort begriffen, als sie die Unterlagen sah. Niemals würde sie sich selbst in die Schusslinie bringen. Womöglich hatte sie mit den Informationen genau das Gegenteil dessen vor, was Lena beabsichtigt hatte, als sie sie anrief.

»Sind das Emilias Originale? Ist das alles?«, fragte die Abteilungsleiterin Lena mit seltsam hartem Blick.

»Ja, das war ein Teil der Unterlagen, die sie in ihrer Aktentasche bei sich hatte. Die Tasche ist ja leider immer noch verschwunden.« Sie würde Renate nichts von dem Stick verraten, auf dem alles gespeichert war.

Renate nickte knapp. »Ich kläre das. Alles. Du brauchst nichts mehr zu tun. Kommst du morgen wieder ins Büro?«

»Vermutlich ja.«

Renate hatte es auf einmal sehr eilig, aus Lenas Wohnung zu verschwinden.

+++

Inzwischen wusste sie, wie die Welt um sie herum aussah. Zumindest kannte sie ein winziges bisschen davon, konnte ihre Nachbarschaft erahnen.

Sie hatten sich abwechselnd auf die Schultern genommen, damit eine von ihnen aus der Dachluke sehen konnte. »Bäume und ein paar flache Hausdächer«, sagte die Frau, die zuletzt dazugekommen war und deren Matratze an der Tür lag. Sie war die älteste der drei Zimmergenossinnen und hieß Maisy. Hier war das egal, weil kaum einer der Männer danach fragte, und wenn, nannten sie den Namen, den man ihnen gegeben hatte. Manchmal wechselte der von Haus zu Haus.

Sunita setzte sie ab und ließ sich nun ihrerseits hochheben. Man ließ sie nie lange zusammen, daher war es erstaunlich, dass Maisy und sie sich bereits mehrere Wochen das Zimmer teilten.

Ein Flugzeug schimmerte hoch oben am Himmel. Sie erkannte außerdem Hausdächer und Baumwipfel.

Da draußen gab es Menschen, die dort wohnten, ihr Leben lebten und keine Ahnung davon hatten, dass sie und die anderen Frauen quasi nebenan eingesperrt waren.

Es sei denn … es handelte sich um Freier.

Ob die uns auf der Straße erkennen würden?, fragte sie sich im Stillen.

Die Kleine lag apathisch auf ihrer Matratze. Am Vortag hatte sie angefangen zu bluten. Als Maisy und Sunita ihr Schreien hörten, glaubten sie zunächst, sie sei verletzt worden. Dann begriffen sie, dass das Mädchen ihre Periode hatte. Zum ersten Mal.

Sunita war übel geworden bei dem Gedanken, dass sie tatsächlich noch jünger sein musste, als von ihr zunächst geschätzt.

»Wenigstens das hatten wir bereits hinter uns«, waren Maisys Worte gewesen. Keine von ihnen hatte danach mehr gesprochen, außer um der Kleinen zu verstehen zu geben, dass das, was ihr gerade geschah, nicht schlimm war. Schlimm war nur, dass es nicht ihre eigene Mutter war, die ihr das und alles, was damit zusammenhing, erklären konnte.

14

»Ertrunken«, stellte Frau Dr. Knappik mit dem ihr eigenen Singsang in der Stimme fest. Die Gerichtsmedizinerin wiegte ihr von blondgetönten Haaren gekröntes Haupt, als könne sie ihr eigenes Untersuchungsergebnis nicht verstehen.

Jutta Ernst und Chris Schulz standen an einem der Obduktionstische im gerichtsmedizinischen Institut an der Kennedyallee in Frankfurt-Sachsenhausen.

Die Tote aus dem Buchschlager Wald lag vor ihnen. Das ganze Ausmaß dessen, was sie hatte erleiden müssen, war nun sichtbar. Jutta Ernst hatte schon einiges gesehen, doch dieser Körper war eine Landkarte des Grauens.

»Lag sie denn im Wasser?«, wollte Chris wissen.

»Nein. Darauf weist nichts am Körper hin.« Frau Dr. Knappik stützte sich auf den Edelstahltisch, auf dem die Tote lag. »Aber so oder so, die Verletzungen, die ihr zugefügt wurden, hätte sie auf lange Sicht kaum überlebt.« Während die Medizinerin mit ihrem behandschuhten Finger auf die entsprechenden Stellen deutete, zählte sie Schlag- und Brandwunden, Stichverletzungen und Knochenbrüche auf. An drei Stellen war das Haar büschelweise und mit der Kopfhaut herausgerissen worden. Mehrere Verletzungen ließen auf Vergewaltigungen schließen. Dazu kam eine latente Unterernährung. »Erschwerend kommt hinzu, dass sie an einer Herzschwäche litt. Sie wäre den Strapazen, denen sie ausgesetzt war, nicht mehr lange gewachsen gewesen.«

»Und der Fuß?«

»Abgerissen. Abgebissen«, stellte Dr. Knappik fest. »Vermutlich von Wild. Auch die Wunde am linken Arm sieht danach aus.«

»Jemand hat sich an dieser Frau regelrecht ausgetobt und sie dann weggeworfen wie einen alten Lumpen«, sagte Jutta Ernst bitter. »Ein Sadist? Jemand, der gerne andere Leute quält? Oder was steckt dahinter?«

Chris drehte sich zu Jutta um. »Es könnte auch was anderes sein.«

Sie sah ihn fragend an, dann nickte sie einmal nachdrücklich.

»Denkst du jetzt an dasselbe wie ich?«, vergewisserte er sich.

»Eine Möglichkeit. Das wäre einen Versuch wert.«

»Befriedigen Sie meine Neugier. Woran denken Sie?«, fragte Frau Dr. Knappik.

»Kollegen von uns sind vor einigen Tagen in einer Neu-Isenburger Wohnung auf mehrere Frauen aus Westafrika gestoßen. Keine von ihnen sprach Deutsch, alle gaben an, als Touristinnen hier zu sein, und zeigten entsprechende Dokumente. Die Ausstattung des Etablissements ähnelte einem Bordell. Zu beweisen war natürlich nichts.«

»Und Sie denken, dass diese bedauernswerte Person vor uns eine von ihnen gewesen sein könnte?«

Chris Schulz zuckte die Schultern. »Wer weiß. Vielleicht kannte eine der Frauen sie. Wir bräuchten für eine Befragung allerdings ein Foto.«

Die drei schauten sich stumm an. Dann seufzte Dr. Knappik. »Wir versuchen, die Frau so herzurichten, dass Sie eines machen und damit arbeiten können. Egal, was wir tun, es wird schlimm aussehen, aber das wissen Sie sicherlich.«

Jutta war übel. »Wir müssen uns beeilen. Wenn es sich bei den Frauen tatsächlich um illegale Prostituierte handelt, sind sie nach dem Besuch der Polizei von ihren Zuhältern womöglich bereits in die nächste Stadt gebracht worden.«

»Nur mal so – wie sind Sie denn auf diesen Puff aufmerksam geworden?«, wollte Dr. Knappik wissen.

»Ein Nachbar hat sich beschwert. Wegen des ständigen Kommens und Gehens in der Wohnung. Allerdings konnte er sich schon einen Tag später an nichts mehr erinnern. Dafür hatte er ein blaues Auge.«

»Aha«, sagte Frau Dr. Knappik nur und wünschte den Kommissaren viel Glück für ihre Ermittlungen.

Nachdem sie ins Büro zurückgekehrt waren, ging Jutta Ernst zunächst die Vermisstenanzeigen durch. Keine schien auf die Tote zu passen. Aber so richtig hatte sie auch nicht daran geglaubt. Die Frau konnte eine Touristin sein. Oder illegal eingereist. Oder es hatte noch niemand bemerkt, dass sie verschwunden war. Vielleicht war sie eine Frau aus einem armen Land, die nicht anders konnte, als sich in einem reichen Land wie Deutschland zu verkaufen. Sei es aus eigenem Antrieb. Oder, weil man sie dazu zwang.

+++

Der Donnerstag fing nicht gut an.

Bei der gGAB herrschte dicke Luft. Als Lena morgens in Langen ankam, hockte Adelheid Wormser in ihrem Büro und stritt sich lautstark mit jemandem am Telefon. Auf die Frage, was los sei, bekam Lena von der Sekretärin lediglich ein paar schiefe Blicke zugeworfen. »Jemand hat sich über Adelheid beschwert«, bequemte sie sich dann noch zu erklären, bevor sie mit angestrengter Miene fortfuhr, auf der Tastatur ihres Computers herumzuhacken.

»Also, ich war es nicht«, entgegnete Lena trocken. Es war als Scherz gemeint, doch an der Reaktion der anderen erkannte sie, dass es nicht als solcher aufgenommen wurde.

Die glaubt doch wohl nicht, ich habe etwas damit zu tun?, fragte sich Lena.

Niemand konnte aus den Unterlagen, die Renate am Vorabend mitgenommen hatte, eine Schuld von Adelheid Wormser herauslesen. Zwar war sie bei der gGAB für den gesamten kaufmännischen Bereich zuständig. Doch musste die Unschuldsvermutung auch in diesem Fall so lange gelten, bis die Angelegenheit gründlicher untersucht worden war.

In Emilias ehemaligem Büro roch es abgestanden. Lena riss das Fenster auf und beugte sich hinaus. Graue, diesige Luft, in der ein Hauch Metall lag, schlug ihr entgegen. Sie atmete ein paar Mal tief ein und aus. Gerade, als sie zum Schreibtisch zurückkehren wollte, bog ein teuer aussehender Sportwagen auf den Hof ein. Ein dunkelblauer Porsche. Anhand der Initialen auf dem Nummernschild sah man auf den ersten Blick, dass Niclas van Beuthen vorfuhr. Er stieg mit finsterem Gesichtsausdruck aus. Dennoch musste Lena wieder einmal feststellen, dass er zu den bestaussehenden Männern gehörte, denen sie je begegnet war. Groß, sportlich, elegant. Sein Haar, normalerweise mittelblond und genau die Spur zu lang, die noch lässig aussah, war sonnengebleicht. Ein interessanter Kontrast zu seiner gebräunten Haut und den hellen Augen. Er beugte sich ins Innere des Wagens zurück, um eine Lammfelljacke, sein Handy sowie einen Planer herauszuholen. Als er mit schnellen Schritten auf den Eingang zuhastete, fiel sein Blick nach oben, wo Lena am Fenster stand. Er machte keine Anstalten, sie zu grüßen.

Irgendwie war hier die Kacke am Dampfen!

Lena schloss nachdrücklich das Fenster und fuhr den Computer hoch.

Über den Flur drang das Geräusch einer unsanft zufallenden Tür zu ihr herüber. Der schöne Nic hatte sein Büro erreicht und würde jetzt jemanden, vermutlich Adelheid, nach allen Regeln der Kunst zusammenfalten. Denn genauso hatte er gewirkt. Wie ein Mann, der jemanden zur Schnecke machen wollte. Ganz abgesehen davon, dass er mit Sicherheit nicht vorgehabt hatte, bereits am heutigen Donnerstag seinen Urlaub zu beenden. Was hatte ihn dazu bewogen, früher zurückzukommen?

Sie hockte am Schreibtisch und starrte auf den Bildschirm, ohne mit ihrer Arbeit beginnen zu können. Ihr Kopf schwirrte. Sie wäre gerne zur Ruhe gekommen. Stattdessen spürte sie förmlich, wie ihre Nerven sich anspannten. Wie ein Gummi, das zu straff gezogen wurde.

Ihr Telefon klingelte. Fast erschrocken hob sie ab.

»Borowski«, meldete sie sich. Es war der Fallmanager von Martin M'Boko, der sie darüber informierte, sein Klient sei mit einer geschienten Hand bei ihm erschienen. »Der Mann, den Sie in dem BMW gesehen haben, muss ein anderer gewesen sein. Auf M'Bokos Name ist auch gar kein Fahrzeug angemeldet. Das wüssten wir.«

Lena schüttelte nach dem Telefonat irritiert den Kopf. Das war doch überhaupt nicht möglich. Sie war sich ganz sicher. Der Kerl, den sie aus dem Wettbüro hatte kommen sehen, war derselbe, dem sie vor einigen Tagen in Egelsbach gegenübergestanden hatte. In der Wohnung M'Bokos. Sie rief sich die Akte auf. M'Boko war der Sohn eines tschadischen Vaters und einer nigerianischen Mutter. Aufgewachsen in Nigeria. Als Tourist nach Deutschland gekommen. Hier hatte er sich nach Lage der Daten in Rekordzeit verliebt und verheiratet. Kurz danach war seine Frau nach Rumänien zurückgekehrt. Seither lebte er alleine. Etwas fiel ihr auf. Das Geburtsdatum. Der Mann, den sie kannte, wirkte zu jung dafür. Nachdenklich saß sie einen Moment lang da. Etwas nahm Gestalt an in ihrem Kopf. Sie würde sich vergewissern müssen. Noch einmal telefonierte sie mit M'Bokos Fallmanager. Und hatte Glück.

»Er war vor ein paar Jahren bei der gGAB, um sich Bewerbungsunterlagen zusammenstellen zu lassen. Dafür musste er damals ein aktuelles Passfoto abgeben.«

Lena sprang auf und ging mit weit ausholenden Schritten ins Sekretariat, um sich die alte Akte heraussuchen zu lassen. Zehn Minuten später wusste sie, dass der Fallmanager recht hatte. Der Mann, den sie kannte, war nicht Martin M'Boko. Der sah ihm nur entfernt ähnlich. Der, den sie kannte, war eindeutig jünger und hatte einen leichten Überbiss. Wer also war der Fremde und – warum hielt er sich in M'Bokos Wohnung auf und gab sich ihr gegenüber nicht zu erkennen?

Ihre Gedanken wurden durch das erneute Klingeln des Telefons unterbrochen.

»Kommst du mal bitte zu Nic rüber?« Adelheid, kurz und knapp. Bevor Lena antworten konnte, war die Verbindung bereits wieder unterbrochen.

Niclas van Beuthen und Adelheid Wormser standen nebeneinander mit vor der Brust verschränkten Armen im Büro des Geschäftsführers. Beide blickten ernst bis unfreundlich. Lena wurde es mulmig. Hatte Renate sie in die Pfanne gehauen? So schnell?

»Wir haben ein Problem«, begann Nic das Gespräch. Seine blaugrünen Augen ruhten so kalt auf ihr, dass sie fröstelte.

Lena sagte nichts, sie wartete darauf, dass die beiden ihr diesen seltsamen Auftritt erklärten.

»Jemand«, dieses Wort dehnte Adelheid unangenehm in die Länge, »hat interne Unterlagen der gGAB unbefugt an sich genommen.«

Was war das denn für ein Blödsinn?

Lena, die an Renate dachte, wollte schon antworten, als ihr ein Detail auffiel, das nicht passte. Sie hatte mit Renate erst gestern am Abend gesprochen. So schnell konnte Nic doch nicht auf den Malediven in einen Flieger gehüpft und nach Frankfurt zurückgeflogen sein? Es musste um etwas anderes gehen.

»Was für Unterlagen?«, fragte sie stattdessen fast schon barsch. Von den beiden würde sie sich nicht einschüchtern lassen.

»Kalkulationen, Personalkostenaufstellungen, Strategiepapiere«, Adelheid zögerte, bevor sie weitersprach, »Projektentwürfe.«

Gut. Das hier stand nicht mit Lena und ihrem Gespräch vom Vorabend in Verbindung.

»Was habe ich damit zu tun?«, fragte sie daher.

Adelheid griff hinter sich und hob eine Aktentasche hoch. Es war die von Emilia.

»Wo kommt die denn her?«, fragte Lena verblüfft.

»Gefunden. Ohne Inhalt. In einer der Mülltonnen auf dem Hof.«

Lena begriff immer weniger. »Die Tasche ist aus dem Schrank in Emilias ehemaligem Büro verschwunden, das weißt du doch genau.«

»Zu dem nach Emilias Tod nur du und ich Zutritt hatten.« Adelheid war ganz blass, ihre Nase stach wie ein Schnabel aus ihrem Gesicht.

»Also ehrlich ...«, Lena brach ab. Versuchte Adelheid, etwas auf sie abzuwälzen? »Woher willst du denn wissen, was in der Tasche war?«, kam sie schließlich auf den Punkt.

Einen Moment lang sahen sich die drei stumm an.

»Weil Emilia am Tag ihres Todes eine ganze Reihe von Dokumenten angesehen, teilweise auch ausgedruckt hat. Von Adelheids PC aus. Zu dem muss sie sich irgendwie Zugriff verschafft haben. Fast alles, was sie sich dort angesehen hat, war als ›vertraulich‹ gekennzeichnet.« Niclas van Beuthen sprach mit ruhiger und kalter Stimme.

»Wieso soll das ausgerechnet Emilia gewesen sein? Und nicht Adelheid?« Lena hörte selbst, wie provozierend sie klang.

»Weil weder ich noch unsere Sekretärin zu dieser Uhrzeit im Haus waren. Und eine von den Dozentinnen Emilia beim Verlassen meines Büros gesehen hat.«

»Okay«, antwortete Lena gedehnt. »Was habe ich damit zu tun?«

Nic lachte lautlos auf. »Das fragst du noch? Du hattest die Tasche an dich genommen. Hattest Zugriff auf die Unterlagen. Hast behauptet, alles wäre aus deinem Büro verschwunden.«

Lena starrte ihn einen Moment lang sprachlos an. Das, was die beiden suchten, hatte sich jedenfalls nicht in Emilias Tasche befunden. Die Aufstellungen, die Lena gesehen hatte, stammten von Emilia. Wenn diese sich dafür Zugang zu Adelheids PC verschafft hatte, mussten die gesuchten Schriftstücke woanders sein. »Und du hast gesagt, die Schwester hätte alle ihre Sachen mitgenommen«, antwortete sie schließlich und sah Adelheid direkt ins Gesicht.

»Ja, das hat sie auch. Alles, wovon wir wussten. Dass ihre Tasche im Schrank eingeschlossen war, konnte ja niemand ahnen.«

»Ich war nachweislich nicht hier, als Christine Hornauer die Sachen ihrer Schwester abgeholt hat. Sonst hätte ich ihr die Tasche mitgegeben. Und wenn ich nichts davon gesagt hätte, wüsste niemand von der Aktentasche. Also – was soll das Ganze?«

Adelheid sah sie an, als wolle sie ihr gleich an die Gurgel gehen.

Nic blinzelte und sah zu seiner Stellvertreterin hinüber. Dann beugte er sich leicht nach vorn. »Nichts für ungut, Lena. Wir mussten uns verständlicherweise vergewissern, dass du nichts mit der Sache zu tun hast.«

Eben hatte sich das noch ganz anders angehört.

Niclas van Beuthen lächelte nun überraschenderweise sogar. Seine Stellvertreterin sah ihn verwirrt von der Seite her an.

»Ist okay«, meinte er und Lena biss sich auf die Lippen, um auf diese gönnerhafte Bemerkung nicht zu antworten.

»Dann gehe ich jetzt an meine Arbeit«, entgegnete sie stattdessen kühl. Die ganze Situation war unsäglich.

Adelheid stand da wie ein begossener Pudel. Lena begriff, dass sie es war, die den Verdacht auf sie gelenkt hatte. Hatte sie damit ihren Vorgesetzten vorzeitig aus dem Urlaub geholt?

Sie verspürte kein Mitleid mit der anderen. Sollte sie doch zusehen, wie sie das wieder hinkriegte!

Als Lena zu ihrem Büro zurückging, kam ihr auf dem Gang eine Frau entgegen. Sehr schlank, sehr blond, sehr eitel. Sie trug denselben sonnengeküssten Hautton wie Nic und war genau der Typ, der sich gut in einem Porsche machte. Die Fremde grüßte nicht, steuerte direkt auf die Bürotür zu. Die flog auf und Adelheid kam heraus, sie sah mitgenommen und ziemlich wütend aus. Sie stockte beim Anblick der Blonden. Die ging unbeeindruckt an ihr vorbei, direkt ins Büro, und schmiss die Tür mit einem Krachen zu. Adelheid wirkte wie jemand, der aus einer Trance erwachte. Sie starrte der

Fremden nach. Als ihr Blick auf Lena fiel, die noch immer im Flur stand und die Szene beobachtete, öffnete sie den Mund, schloss ihn aber gleich wieder. Dann stapfte sie mit stierem Gesichtsausdruck in ihr eigenes Büro. Auch diese Tür flog zu.

Nachdenklich kehrte Lena an ihren Schreibtisch zurück.

Das Gespräch mit Nic und Adelheid hatte Lena noch eine Weile beschäftigt. Sie beschloss, die Mittagspause für einen Spaziergang zum Krötsee zu nutzen, um den Kopf freizukriegen. Auf dem Parkplatz am Wald wechselte sie ihre Stiefel gegen ein Paar Laufschuhe und ging gleich darauf mit schnellem Schritt los. Sie folgte dem Weg zunächst geradeaus, bog dann nach links und kurz darauf wieder nach rechts ab. Der Wald um sie herum war licht, außer einer Spaziergängerin, die ihren Hund ausführte, und zwei Joggern begegnete ihr niemand. Am Krötsee, der eigentlich Lindensee hieß, aber in der Bevölkerung nie so genannt wurde, saß ein junges Paar trotz der Kälte auf einer Bank. Lena umrundete das kleine Gewässer und folgte dem Weg, bis sie wieder an ihrem Wagen war. Das Laufen hatte sie durchgewärmt, ihr Atem ging tief und ruhig und auch innerlich fühlte sie sich gelassener. Als sie den Wagen auf die Straße lenken wollte, um zurück ins Büro zu fahren, brauste ein dunkelblauer Porsche an ihr vorbei in Richtung Egelsbach. Sie erkannte Niclas van Beuthen, neben ihm leuchtete langes blondes Haar. Was auch immer es gewesen war, das ihn veranlasst hatte, seinen Urlaub vorzeitig abzubrechen, es war ihm nicht wichtig genug erschienen, um einen ganzen Arbeitstag im Büro zu verbringen.

Lena sah Adelheid erst an einem der runden Bistrotische im erhöhten Teil des Ladenlokals sitzen, als sie am Tresen des »Feinkost Palazzo« am Lutherplatz Fenchelsalami, eingelegte Oliven und ein Stück Taleggio gekauft hatte. Kurz entschlossen erweiterte sie ihre Bestellung um einen Espresso und ging auf sie zu. Es war kurz nach vier Uhr. Zu der Zeit saßen sie beide normalerweise noch im Büro. Lena hatte nach ihrem Spaziergang schnell und konzentriert an einem Fördermittelantrag gearbeitet und war wesentlich schneller damit fertig geworden als gedacht. Die gewonnene Zeit wollte sie nutzen, um Karin zu besuchen. Sie hatte im Teeladen auf der Bahnstraße Apfelweinpralinen besorgt, die sie ihrer Freundin in die Uniklinik bringen wollte.

»Es scheint, als hätten wir beide heute mal früher Feierabend gemacht«, sagte Lena, bevor sie fragend auf einen leeren Stuhl deutete. Adelheid sah mit ihren verschränkten Armen und dem düsteren Blick wenig einladend aus. Dennoch nickte sie.

»Ich bleibe nicht lange«, beruhigte Lena ihr Gegenüber. Immer noch aufgepulvert von ihrem Gespräch am Vormittag, würde sie die Gelegenheit nutzen, Adelheid vorher etwas auf den Zahn fühlen. »Sag mal, was ist wirklich los bei euch?«, fiel sie mit der Tür ins Haus, bevor sie an ihrem heißen und sündhaft guten Espresso nippte. »Du hast Nic doch nicht aus dem Urlaub zurückgeholt, nur weil du mich verdächtigst, irgendwelche brisanten Unterlagen von Emilia zu besitzen.«

Wenn Adelheid wüsste, was sie bereits herausgefunden hatte, würde sie ihr vermutlich ihren Cappuccino ins Gesicht schütten. Dabei ging es Lena nicht darum, der anderen Frau an den Karren zu fahren. Jedenfalls nicht, wenn es eine plausible Erklärung für die merkwürdigen Abrechnungen gab. Oder Hinweise darauf, dass sie nichts mit der Sache zu tun hatte. Wobei beides zugegebenermaßen schwer zu glauben war.

Zu ihrer Überraschung füllten sich Adelheids Augen mit Tränen, die sie hastig wegzublinzeln versuchte. »Tu doch nicht so!«, stieß sie hervor und schob ihre Tasse mit einer so heftigen Bewegung über den Tisch, dass sie überschwappte. »Du weißt genau, worum es geht und warum er zurückgekommen ist.«

»Keine Ahnung.«

Adelheid starrte sie mit zornerfülltem Gesichtsausdruck an. »Scheiße«, sagte sie, dabei verzog sie ihren Mund, als sei ihr übel.

Lena spürte, dass der anderen etwas auf dem Herzen lag. Da sie sich gegenseitig nicht vertrauten, war es unwahrscheinlich, dass sie mit der Sprache herausrückte. »Die Blondine, ist das Nics neue Flamme?«, brachte sie das Gespräch auf die Besucherin vom Vormittag.

Adelheids Kopf ruckte nach oben, sie wurde knallrot und wenn es möglich war, vertiefte sich der Ausdruck von Zorn in ihren Augen. »Diese Schnalle«, brach es aus ihr heraus.

Lena begann, etwas zu ahnen.

Was, wenn Adelheid sich Hoffnungen gemacht hatte auf Nic? Wuchsen nicht manchmal menschliche Gefühle, wenn man eng zusammenarbeitete? Adelheid war die Vertraute ihres Vorgesetzten. Der, da waren sich viele einig, den Job nur einigen für ihn sehr günstigen Rahmenbedingungen zu verdanken hatte. Eine davon war sein Vater, Edzard van Beuthen. Jurist und Vorsitzender etlicher Verbände, bekannt, weit über den Landkreis hinaus. Ein Duzfreund des amtierenden Landrats und der Sozialdezernentin sowie sämtlicher anderer wichtiger Politiker und Wirtschaftsbosse. Der andere Grund war Adelheid. Sie galt als unerschrocken loyal und als fleißiges Arbeitstier.

»Wir wissen doch alle, dass Nic ohne dich nichts wäre«, setzte Lena ihre Gedanken laut fort.

Bei Adelheid hieß es daraufhin gleich wieder »Wasser marsch«. Sie betupfte sich die Augen mit einem bereits reichlich mitgenommen aussehenden Taschentuch. »Dieser Drecksack«, murmelte sie.

Das konnte ja heiter werden, wenn das Gespräch so weiterging.

Lena beugte sich zu ihr hinüber. »Was ist los, Adelheid?«, fragte sie leise.

Die zog geräuschvoll die Nase hoch und verstaute das feuchte Taschentuch umständlich in der Hosentasche. »Dass er zurückgekommen ist, hat nichts mit dir oder Emilia zu tun«, bequemte sie sich schließlich zu sagen. »Es geht um etwas viel Schlimmeres.«

»Um die vertraulichen Unterlagen, die ich angeblich an mich genommen haben soll?«

»Ach das!« Adelheid winkte ab. »Das war doch nur ein Scheinmanöver, um herauszufinden, ob du einen Teil von Emilias Unterlagen zurückhältst.«

Lena verkniff sich eine unwirsche Antwort. Was waren das denn für Spielchen? »Um was geht es wirklich?«

Adelheid sah auf und schluckte. »Insolvenz«, hauchte sie nach einer Weile. »Uns steht das Wasser bis zum Hals.« Ein Schluchzen kam aus ihrer Kehle, aber dann bekam sie sich sofort wieder in den Griff.

»Was? Aber …« Lena brach ab.

»Die Zahlen lügen nicht«, behauptete Adelheid nun und nickte dazu heftig.

Lena verstand nur Bahnhof. Der Kreis Offenbach war an der gGAB beteiligt und überwies jedes Jahr eine feste und sehr hohe Summe für den Stammbetrieb. Darüber hinaus wurden sämtliche Kurse für die Teilnehmer bezahlt. Die gGAB musste lediglich die Löhne und Gehälter der Beschäftigten erwirtschaften. Die wurden zwar befristet eingestellt, bis sie auf dem regulären Arbeitsmarkt eine Stelle fanden, deren Bezahlung war aber an die Tarife des öffentlichen Dienstes gebunden. Daher sah Adelheid das ganz anders. »Als gemeinnütziger Arbeitgeber dürfen wir keine Gewinne im wirtschaftlichen Sinn machen, alles muss wieder in den Betrieb gesteckt werden. Du weißt sicher auch, was für ein Eiertanz das darüber hinaus mit den Einsatzmöglichkeiten ist. Sinnvolle Beschäftigung zu bieten und gleichzeitig nicht mit Wirtschaftsbetrieben zu konkurrieren, ist manchmal kaum machbar.«

Das war hinlänglich bekannt. Dennoch fiel es Lena schwer zu glauben, dass in den letzten Monaten gar nichts hängengeblieben sein sollte. »Du bist die Fachfrau. Wie konnte das geschehen, ohne dass ihr rechtzeitig die Reißleine gezogen habt?«

Doch die Zeit der Offenheit schien vorbei. Adelheids Gesicht verschloss sich, sie schüttete ihren Kaffee in sich hinein und stellte die Tasse hart ab. »Wenn du irgendjemandem etwas davon erzählst, dann …« Der Rest des Satzes blieb ungesagt.

»Dann geht es mir so wie Emilia?«, vervollständigte Lena ihn.

»Häh? Was redest du da?« Adelheid riss erschrocken die Augen auf.

Ihre Verblüffung schien echt. Doch so sehr Lena noch hoffte, Adelheid mit diesem Schuss vor den Bug in die Defensive zu drängen, ihr mehr Informationen zu entlocken, sie machte dicht.

So versprach Lena, niemandem gegenüber ein Wort über das Gespräch zu verlieren, bevor sie aufstand, sich ihre Einkäufe schnappte und das Geschäft verließ. Ihr Auto stand schräg gegenüber vor dem Fotoladen. Sie legte ihre Tüte in den Kofferraum und ließ sich in den Fahrersitz fallen. Adelheid schien nach dem

Gespräch mit ihr eine Stärkung zu benötigen. Als Lena zurückblickte, sah sie, wie die Mitarbeiterin des »Palazzo« jetzt ein Glas Wein nach oben brachte.

»Ihre Freundin ist nicht mehr hier.«

Lena keuchte auf, als Frau Dr. Székely ihr das sagte. Die Ärztin sah immer noch oder bereits wieder sehr müde aus.

»Das habe ich gemerkt. In dem Zimmer liegt eine völlig Fremde. Wohin haben Sie Karin gebracht?« Erst vor wenigen Minuten war sie in der Uniklinik angekommen. Als sie die Tür geöffnet hatte und mit den Pralinen in der Hand zum Bett gegangen war, erkannte sie erst im letzten Moment, dass dort eine andere Frau lag. Sofort hatte sie eine schreckliche Angst gepackt, die ihr Herz hart und schnell klopfen liess.

»Verlegt. Auf eigenen Wunsch.«

»Wohin? Wo ist sie?«

Dr. Székely legte ihr mit einem mitfühlenden Blick eine Hand auf den Arm. »Nach Bayern, in eine anthroposophische Klinik. Gegen unseren ausdrücklichen Rat. Ich will nicht verhehlen, dass mir das zu früh schien. Doch die Patientin wollte es so. Ebenso der Ehemann.«

Die Ärztin nickte knapp, als ein Pfleger zu ihr trat, um sie zu einem Patienten zu holen. Eilig verschwanden die beiden weiß gekleideten Gestalten über den Flur.

Die Luft entwich pfeifend aus Lenas Lunge. Karin hatte sich nach Bayern verlegen lassen. Das hieß, sie war ansprechbar gewesen, hatte sich mit den Ärzten hier ausgetauscht. Mit Albrecht. Selbstverständlich auch mit ihm. Vermutlich war er bei ihr. Hatte er ihr gesagt, was geschehen war? Was er getan hatte und wusste? In ihr stiegen heftige Gefühle hoch, die so widersprüchlich waren, dass es ihr fast das Herz zerriss.

Egal, wie sie das fand. Karin hatte sich entschieden. Es ging ihr besser, das war alles, was zählte. Sie musste warten, bis Karin bereit war, mit ihr darüber zu sprechen.

Christine Hornauer hingegen lag noch immer in ihrem Zimmer.

»Ich werde vermutlich übermorgen nach Hause entlassen«, teilte sie mit, bevor sie mit gutem Appetit über die Apfelweinpralinen herfiel.

»Du bist sicher, dass kein zweites Auto an dem Unfall beteiligt war?«

»Ich war unkonzentriert, bin zu schnell gefahren. Das Auto ist leider Schrott, aber ich bin Gott sei Dank glimpflich davongekommen.«

»Gibt es etwas Neues?«

Christine schüttelte den Kopf. »Ich habe das Schloss auswechseln lassen. Falls jemand in Emilias Wohnung war, kann ich es im Nachhinein nicht mehr ändern. Nur verhindern, dass es erneut passiert. Was auch immer sie diesem Journalisten mitteilen wollte, ich habe keinen Hinweis darauf gefunden.«

Lena nagte an ihrer Unterlippe. »Wir könnten das Laptop einem Spezialisten geben. Der nachvollziehen kann, ob Dateien gelöscht wurden. Mit etwas Glück gelingt es, sie wiederherzustellen.«

»Du meinst, ein Eindringling hat Dokumente vernichtet?«

»Mir kam das komisch vor, dass sie kaum etwas gespeichert hatte.«

Christines Blick wanderte an Lena vorbei zum Fenster. Es war bereits dunkel draußen. »Kennst du jemanden, der sich da auskennt?«, fragte sie schließlich.

Lena zog die Brauen hoch. »Du willst, dass ich das mache?«

Christine schob die halbleere Pralinenschachtel auf der Bettdecke hin und her. »Ich vertraue dir. Da ich wohl noch ein paar Tage im Krankenhaus verbringen muss, wäre es doch das Beste.«

Sie bat Lena, ihr ihre Handtasche zu bringen, und drückte ihr einen Ring mit drei Schlüsseln in die Hand. »Kannst du mir wiedergeben, sobald ich zu Hause bin.«

+++

Im ganzen Haus herrschte seit den frühen Morgenstunden Unruhe. Sunita wachte davon auf, dass eine Tür knallte. Dann hörte sie erregte Stimmen, die aus dem Stockwerk unter ihr heraufdrangen.

»Was ist los?« Maisy, die von den drei Mädchen der Tür am nächsten lag, war ebenfalls wach geworden.

»Vielleicht bringen sie uns woanders hin«, flüsterte die Jüngste von ihnen. Sie zitterte jetzt so stark, dass ihre Zähne klapperten.

Sunita hoffte, dass ihr das erspart bleiben würde. Sie wusste nicht mehr, wie viele Wochen oder Monate sie bereits hier war. Mehrfach hatte man sie von einer Stadt in die andere, von einem Haus ins andere gebracht. Einmal hatte sie das Meer gerochen und Möwen schreien hören. Ein anderes Mal war alles still gewesen, als befände man sich auf dem Mond. Nun war sie schon eine ganze Weile wieder in diesem Haus, wo die Luft metallisch roch und sie durch das Dachfenster Flugzeuge sehen konnte. Warum sie zurückgebracht worden war und schon so lange bleiben durfte, ahnte sie nur. Ihrer Meinung nach hatte es etwas mit ihrem Stammkunden und dessen Großzügigkeit zu tun.

Sie stand auf und setzte sich zu der Jüngeren aufs Bett. Die begann, hemmungslos zu weinen.

»Ich will nach Hause!« Dicke Tränen liefen ihr über die Wange. Sunita legte linkisch einen Arm um die Leidensgenossin. Nach Hause! Wenn sie nicht mit Männern zusammen war, dachte sie an ihre Heimat, ihre Familie. Dennoch konnte sie sich an vieles kaum noch erinnern. Alles war durch die aufwühlenden Eindrücke, Schmerzen und Demütigungen überlagert. Nur ein Gesicht war immer präsent, das von Ebele. Während sie wusste, dass von ihren Eltern keine Hilfe zu erwarten war, klammerte sie sich an die Vorstellung, dass ihr Jugendfreund nach ihr suchen würde. Sie finden würde. Sie hier herausholen und zurück in die Heimat bringen würde. An Tagen, an denen sie kaum noch aushielt, was mit ihr passierte, beschwor sie diese Vorstellung regelrecht. Es war wie ein Mantra, das sie am Leben hielt.

»Ebele wird mich finden. Er wird die Spur der Männer aufnehmen, die mich meiner Familie abgekauft haben. Er wird kommen.« Wie eine Beschwörungsformel sprach sie diese Sätze stumm vor sich hin.

Schritte kamen über die Treppe nach oben, eine Tür flog auf. Eine Frau schrie angstvoll. Ein Möbelstück fiel polternd zu Boden.

»Sie sind im Nebenzimmer«, flüsterte Sunita den anderen Frauen zu. War es eine Beruhigung oder nur ein Aufschub?

Sunita kannte sich inzwischen gut aus in dem Haus, in dem sie gefangen gehalten wurde. Unterm Dach gab es zwei Zimmer und eine dunkle Kammer. In jedem Zimmer waren eine bis vier Frauen untergebracht. Die ganz Jungen, so wie sie, blieben Tag und Nacht hier, die älteren wurden abends weggebracht. Sie arbeiteten in Bars und Bordellen der nahe gelegenen Großstadt, kamen erst in den frühen Morgenstunden wieder im Haus an.

Die ersten ein, zwei Tage ließ man die Neuankömmlinge meist allein in der Kammer. Ihre einzige Ansprechpartnerin war die Mammy des Hauses. Die ihnen streng mitteilte, was erwartet wurde. Und ihnen die schlimmsten Dinge androhte, sollten sie sich weigern. Wer sich trotzdem nicht beugte, wurde im Keller bestraft. Im Erdgeschoss gab es neben der Küche noch einen Raum, in dem manchmal Freier warteten, um sich die im Haus anwesenden Mädchen »vorführen« zu lassen. Irgendwo dort musste auch die Mammy dieses Hauses wohnen. Anwesend waren darüber hinaus immer zwei der Männer, die die Frauen fuhren oder bewachten, auch wenn sie ins Badezimmer oder zur Toilette mussten.

Im mittleren Stockwerk hatte man die sogenannten Liebeszimmer eingerichtet. Obwohl das, was hier stattfand, mit Liebe nicht das Geringste zu tun hatte. Es gab zwei schmucklose Räume, in denen die im Haus anwesenden Mädchen ihre Tage und einen Teil der Nächte verbrachten. Auf dem Bett hockend lackierten sie sich die Nägel oder schauten sich irgendwelche Sendungen an, die über den kleinen Bildschirm eines Fernsehgeräts liefen. Mehr zu tun gab es nicht. Man hatte die tägliche Wahl zwischen vielen Freiern oder viel Langeweile. Für besondere Gelegenheiten gab es ein größeres Zimmer, das auch besser eingerichtet war. Dort war Sunita einst von drei Männern entjungfert worden, dort gab es manchmal Partys mit mehren Personen und dort traf Sunita auch ihren Stammfreier. Der Mann musste sehr reich oder sehr mächtig sein oder beides. Was er verlangte, war nicht schlimm im Gegensatz zu dem, was andere von ihr wollten. Sie war froh, dass es ihn gab, denn von den Häusern, die sie kennen gelernt hatte, war dieses hier noch das am wenigsten schlimmste. Solange er kam und gut für sie bezahlte, konnte sie bleiben.

Nebenan wurden die Frauen mit gebrüllten Anweisungen aus den Zimmern getrieben. Wenige Minuten später sprang unten auf der Straße ein Motor an.

Maisy legte sich wieder hin und zog sich die Decke über die Ohren. Auch Sunita kehrte auf ihre Matratze zurück. Sie war todmüde, man hatte sie fast die ganze Nacht lang in Anspruch genommen. Jetzt konnte sie nicht schlafen und hoffte, dass nicht womöglich schon am Morgen jemand nach ihr verlangte und man sie gleich wieder aus dem Bett riss.

Mit offenen Augen lag sie da und lauschte den Geräuschen um sie herum. Dem Rauschen einer Wasserleitung, dem Klappen einer Tür. Das Weinen auf der Matratze nebenan verstummte. Sie schloss die Augen und träumte sich weg. Träumte von Ebele. Er holte sie, trug sie auf seinen starken Armen davon. An dieser Stelle brachen ihre Wunschträume ab. Sie kannte nur das, was man hier von ihr verlangte, doch davon fühlte sie sich beschmutzt. Ein Schmerz schlich sich in ihr Herz, schnürte ihr die Kehle zu. Jetzt war sie es, die weinte. Lautlos und verzweifelt über das, was mit ihr geschah.

+++

Es hatte etwas Gespenstisches an sich, zwischen Umzugskartons in Emilias bereits weitgehend ausgeräumter Wohnung herumzugehen. Lena hatte sich vorgenommen, nicht nur das Laptop zu holen, sondern nachzusehen, ob sie nicht doch noch aussagekräftige Unterlagen fand. Leider hörten die Fragen nicht auf, sich in ihrem Kopf zu drehen. Zudem hoffte sie, ihre Aktivität würde ihr helfen, nicht ständig an Karin denken zu müssen.

Sie ging ins Schlafzimmer, blieb an der Tür stehen. Wo würde sie selbst brisantes Material verstecken? Ihr Blick wanderte durch den Raum, erfasste das abgezogene Bett, den leer geräumten Nachttisch, den Schreibtisch mit dem Laptop drauf. Erneut blätterte sie Emilias Ordner durch und schüttelte die wenigen Bücher, die noch in den Regalen standen. Nichts. Die Bilder waren abgehängt, der Kleiderschrank ausgeräumt. Sie setzte sich an den Schreibtisch und inspizierte sein Innenleben. Auch hier gähnende Leere, Christine hatte ganze Arbeit geleistet. Beim Zuschieben einer der Schubladen klackte etwas leise. Lena zog sie erneut auf. Was mochte das Geräusch verursacht haben? Nichts, noch nicht einmal ein Bleistiftstummel war zu sehen. Energisch schob sie die Schublade wieder zu. Und dieses Mal hörte sie es ganz deutlich. Es klang, als rolle ein Metallstift über eine Fläche. Da war etwas, aber sie konnte nicht erkennen, was. Sie ließ sich auf die Knie herab und besah sich die Unterseite der Schublade. Falls sie gehofft hatte, dort einen angeklebten Umschlag zu finden, wurde sie enttäuscht. Sie blickte wieder von oben hinein und da fiel es ihr auf. Die Schublade war in drei Fächer unterteilt. Die beiden vorderen schienen tiefer zu sein als das hintere. Lenas Herz fing aufgeregt an zu klopfen, als ihre Finger am Rand der Kunststoffverkleidung entlangfuhren. Nur glattes, kühles Material. Dann stieß sie auf ein Stück Stoff. Ein kurzes Band in der Farbe der Innenverkleidung. Kaum zu sehen, wenn man nicht direkt von oben hineinblickte. Durch die Schreibutensilien perfekt getarnt, als die Schublade noch damit gefüllt war. Lena zog an dem Stoffstreifen, zunächst vorsichtig, als sich nichts rührte, stärker. Mit einem Ruck hob sich die Platte. Darunter war ein flacher Hohlraum verborgen. Darin befand sich neben einem DIN-A5-Umschlag ein Schlüssel mit einem charakteristisch gezackten Bart. Emilia hatte ein Schließfach gemietet!

Der Briefumschlag war leicht und nicht verschlossen. Kurzerhand klappte Lena die Lasche auf und zog ein zweimal gefaltetes DIN-A4-Blatt heraus. In Emilias Handschrift waren dort untereinander mehrere Kolonnen von Zahlen und Buchstaben notiert. Einige hatte sie durchgestrichen, andere am unteren Ende hinzugefügt. Das mussten weitere Zugangscodes sein! Aber wofür? Lena fielen sofort die beiden Ordner auf dem Stick ein, die sie noch nicht hatte öffnen können. Und der Rest? Nachdenklich blickte sie auf das Laptop. Sie beschloss, es mitzunehmen. Christine hatte ihr grünes Licht gegeben, nun wollte sie sehen, was sie herausfinden konnte.

Während sie das Laptop in einer Stofftasche verstaute, die im Flur an einem Garderobenhaken hing, hörte sie ein schabendes Geräusch an der Tür. Vorsichtig ließ sie ihre Last auf den Boden gleiten und war mit wenigen Schritten am Spion. Im Hausflur war es dunkel, dennoch meinte sie, einen Schatten die Treppe hinunterhuschen zu sehen. Ihr wurde mulmig zumute. Außer Emilias Wohnung gab es noch zwei andere auf dem Stockwerk. Natürlich konnte es sich bei demjenigen da draußen um einen der Nachbarn handeln. Aber die würden doch das Flurlicht anmachen? Sie wartete, sah und hörte aber nichts mehr, auch der Aufzug wurde nicht betätigt.

Als sie wenig später aus der Wohnung in den Flur trat, blieb sie wie angewurzelt stehen. Es roch hier draußen eindeutig nach Zimt. Inzwischen löste dieser Duft in ihr einen regelrechten Fluchtreflex aus.

Albrecht ging nicht ans Telefon, das hatte sie auch nicht erwartet. Sie vermutete ihn bei seiner Frau. Aber er hatte bisher nicht zurückgerufen. Es schien ihn tatsächlich überhaupt nicht zu interessieren, dass Lena sich schreckliche Sorgen um Karin machte. Sie saß bereits eine Weile am PC und versuchte über eine Suchmaschine herauszufinden, wie viele anthroposophische Kliniken es in Bayern gab. Sollte sie die alle anrufen müssen, um zu erfahren, wo ihre Freundin war? Das wäre ein hoffnungsloses Unterfangen. Dazu kam die Befürchtung, dass Karin das gar nicht wünschte. Das tat verdammt weh. Lena konnte und wollte sich das nicht vorstellen. Nach einer Weile beschloss sie dennoch, nicht mehr ins Blaue hinein weiterzusuchen, sondern darauf zu hoffen, dass sich Albrecht irgendwann meldete. Oder Karin selbst, wenn ihr danach war. Auf deren Mobiltelefon kam zurzeit keine Verbindung zustande. Womöglich hatte sie es nicht dabei oder zog es vor, es ausgeschaltet zu lassen. Lena vibrierte innerlich vor all den Fragen, die momentan unbeantwortet blieben. Der Kummer um ihre Geliebte schaffte sich immer öfter Raum, wütete in manchen Momenten wie ein wildes Tier in ihrem Herzen. Es war schrecklich, zu Passivität verdammt zu sein. Es wäre ihr besser gegangen, wenn sie etwas, irgendetwas hätte tun können. Karins Hand halten, sie beruhigen, mit ihr gemeinsam darüber nachzudenken, was das Beste wäre. Dass sie ausgeschlossen war, wie eine Fremde am Rand stehend abwarten musste, kratzte an ihrer Seele. Tagsüber konzentrierte sie sich auf ihre Arbeit, so gut es ging. An den Abenden zerfiel ihre Schutzschicht. Wenn sie sich nicht zusammenriss.

Seufzend wandte sie sich Emilias USB-Stick zu. Welches der rund ein Dutzend Passwörter zu den beiden noch ungeöffneten Ordnern gehörte, konnte sie auf den ersten Blick nicht erkennen. Wie hatte Emilia es geschafft, nicht durcheinanderzugeraten? Noch einmal ging sie die bereits bekannten Dokumente mit den dazugehörigen Codes durch. Es schien alles total willkürlich. Lena rieb sich genervt die Stirn. Sie hätte natürlich auf gut Glück sämtliche Kombinationen ausprobieren können, aber es reizte sie, das System dahinter zu verstehen. Sie versuchte, eine Verbindung herzustellen. Nachdem sie dreimal die Liste durchgegangen war, erkannte sie es. Emilia hatte ihre Ordner nicht nur mit Namen, sondern auch mit Großbuchstaben von A bis E gekennzeichnet. Die Bezeichnung der Dateien in den jeweiligen Ordnern enthielt den entsprechenden kleinen Buchstaben, der wiederum durch ein Pluszeichen mit einer fortlaufenden dreistelligen Zahl verbunden war, die immer mit 001 begann. Da die Kennzeichnung stets an fünfter Stelle der meist fünfzehnstelligen Kombinationen aus Zahlen, Buchstaben und Sonderzeichen stand, war ihr das nicht sofort aufgefallen. Sie suchte nach den Codes für die Ordner 4 und 5 und fand sie. Kaum waren sie geöffnet, machte sich Ernüchterung in ihr breit. Kein einziges Schriftstück über die Abrechnungen der gGAB war dort zu finden. Vielmehr hatte Emilia Kopien mehrerer Artikel von Jens Borgmann abgelegt, ein Dokument trug den Titel »Beziehungen« und listete eine Reihe von Personen und ihre Verbindungen zueinander auf. Dabei benutzte sie Abkürzungen und keine Klarnamen. Weitere Dokumente beschäftigten sich mit dem Voodookult, insbesondere dem Teil, der als »schwarze Magie« bekannt war. Lena konnte keinen Zusammenhang zu den übrigen Unterlagen erkennen. Enttäuscht schloss sie die Ordner.

Nachdenklich blickte sie auf das Blatt vor sich. Es standen darauf noch einige Codes, die sie nicht zuordnen konnte. Doch weder auf dem Stick noch auf dem Laptop gab es weitere Dokumente. Ob Emilia noch eine externe Festplatte genutzt hatte und wenn ja, wo war sie? In dem Schließfach, von dem Lena noch nicht wusste, bei welcher Bank es gemietet worden war? Oder hatte sie einen Cloud-Speicher genutzt?

Lena seufzte und klappte den Bildschirm zu. Seltsam, dass Emilia ihren Computer überhaupt nicht schützte, andere Schriftsachen jedoch doppelt und dreifach.

Das Handy klingelte und holte Lena aus ihren Überlegungen. Hektisch griff sie nach dem Gerät. Karin, war ihr erster Gedanke, daher wurde sie von Rohloffs Stimme regelrecht überrumpelt. Im ersten Moment war sie enttäuscht, doch dann merkte sie schnell, wie sehr sie sein Anruf freute. Als sie auflegten, hatte sie für den kommenden Abend eine Essenseinladung von ihm angenommen. Wo, wollte er ihr nicht verraten. »Lass dich überraschen«, hatte er nur gemeint.

Nach dem Anruf war Lena aufgepulvert und wusste dennoch nicht so recht, was sie mit ihrer Energie anfangen sollte. Sie starrte erneut auf Emilias Desktop mit den wenigen Icons darauf. Langsam setzte sich eine Idee in ihrem Kopf zusammen. Erst wenige Tage zuvor war sie im Computerladen in der Bahnstraße in Langen gestanden, um neue Druckerpatronen zu kaufen. Der Kunde vor ihr ließ sich zu Fragen der Datensicherung beraten und sie war nicht umhingekommen, alles mitzuhören. Jetzt rekapitulierte sie das Gespräch noch einmal. Sie ging an ihrem eigenen Computer ins Netz und gab einige Begriffe in die Suchmaschine ein. Recherchierte gründlich, bis sie fand, was sie suchte. Eine halbe Stunde später hatte sie den versteckten Datentresor auf Emilias Laptop entdeckt. Es blieben nur noch wenige Codes übrig, sie entschied sich für den längsten davon. Er passte für den Tresor und mit dem Rest konnte sie die Dokumente öffnen. Angestrengt las sie sich durch die Unterlagen, die Emilia so schützenswert fand. Als sie alles durch hatte, lehnte sie sich mit einem tiefen Ausatmen zurück.

»Das ist ja ein Ding«, murmelte sie.

+++

Er war gekommen! Endlich! Sunita schmiegte sich überglücklich in Ebeles Arme. Sie hob den Kopf und sah ihn an. Das hübsche Gesicht, der Stolz, der in seinen Augen leuchtete.

»Wie hast du mich gefunden?«, wollte sie wissen. Es war ein unglaublicher Moment gewesen, als die Tür aufflog und er dort stand.

Ihr Held, ihr Retter. Der Mann, dem sie es zu verdanken hatte, dass sie überhaupt noch am Leben war. Nur der Gedanke an ihn hatte sie aufrecht gehalten.

»Ich bin deiner Spur gefolgt«, antwortete er. Sein Kuss war zurückhaltend und scheu, wie einst in ihrem Heimatdorf. Alles war gut. Endlich holte er sie.

»Wohin gehen wir?«, fragte sie.

»Wohin du willst.«

»Nach Hause«, hätte sie beinahe gesagt. Aber hatte sie überhaupt noch ein Zuhause? Hatten ihre Eltern sie nicht verkauft, weggegeben? Würden sie sie wiederhaben wollen? Beschmutzt von den vielen Männern und verfolgt vom Fluch einer Voodoopriesterin?

Sie brauchte eine neue Heimat und als Ebele die Tür öffnete, sie auf die Arme nahm und hinaustrug, in die Freiheit, wusste sie genau, wo die war. Bei ihm. Nur bei ihm wollte sie sein, er war alles, was ihr geblieben war. Er würde sie von dem Schmutz befreien und sie heilen, denn ihre eigene zerfetzte Seele würde nicht ausreichen, sie wieder aufzurichten.

15

»Bonjour Madame!« Der schlanke, gut aussehende Schwarze, der seinen Kopf durch Jutta Ernsts Tür steckte, kam ihr bekannt vor. Aber erst, als er auf ihren fragenden Blick hin eine Schachtel Zigaretten aus der Brusttasche seines Parka zog und schwenkte, erinnerte sie sich an ihn. Es war der Mann, der ihr vor dem »Försters« neulich Abend einen Glimmstängel ausgegeben hatte.

»Was machen Sie denn hier? Hat man sie verhaftet?«, fragte sie lächelnd.

»Mon Dieu, nein.« Er kicherte belustigt. »Ich bin der Dolmetscher.«

Sie benötigte einen Moment, bis sie begriff. Das war der Mann, den sie angefordert hatte, um die Westafrikanerinnen zu befragen. Alle sprachen, neben ihren Dialekten, mehr oder weniger gut Französisch.

»Sie arbeiten für die Polizei?«

»Unter anderem, ja. Ich gebe aber auch Sprachunterricht. Falls Sie irgendwann einmal Französisch lernen wollen.« Er betrachtete sie ausgiebig mit diesem Blick, den Männer für Frauen reservieren, die ihnen gefallen. Er zeigte das deutlich, ohne jedes Taktieren. Jutta spürte, wie sie errötete. Wann hatte sie ein Mann zuletzt derartig offen angesehen? Sie konnte sich nicht erinnern.

Sie riss sich zusammen, bevor sich ihre Mundwinkel allzuweit heben konnten, und räusperte sich dezent. »Kommen Sie mit, Herr …?«

»Jérôme. Nennen Sie mich Jérôme, Frau …«, er trat aus ihrem Zimmer und besah sich das Namensschild, »Frau Jutta.«

»Nennen Sie mich Ernst«, antwortete sie und erkannte erst an seinem Prusten, was für einen Blödsinn sie geredet hatte. »Frau Ernst«, sagte sie nachdrücklich und ging schnellen Schrittes voraus. »Bevor wir anfangen, werfen Sie doch bitte einen Blick auf das Foto, vielleicht haben Sie ja schon einmal bei einem Fall übersetzt, in den diese Frau verwickelt war«, bat sie ihn, bevor sie mit der Befragung begannen.

Jérôme sah sich das Bild aufmerksam an, bevor er bedauernd den Kopf schüttelte. »Tut mir leid, diese Frau kenne ich nicht. Aber es ist auch nicht so, dass alle Afrodeutschen in Offenbach schon einmal miteinander zu tun hatten.«

Lag in seinem Blick etwas Tadelndes? Sie konnte es nicht erkennen, spürte dennoch ein leichtes Unbehagen. »Ich wollte nicht …«

»Nein. Alles gut. Es musste nur erwähnt werden.« Er setzte sich, strich sich dabei mit der flachen Hand über die kurz geschorenen Haare. »Legen wir los?«

Von den fünf »Touristinnen« waren nur noch zwei greifbar gewesen. Beide kamen ihren Papieren nach von der Elfenbeinküste.

Jutta Ernst holte die erste Frau in den Befragungsraum, eine aggressiv wirkende Fünfundzwanzigjährige. Sie schaltete das Aufnahmegerät ein und stellte ihre Fragen, die Jérôme wie-auch-immer-er-noch-hieß übersetzte. Sehr schnell merkte Jutta Ernst, dass sich die Atmosphäre im Raum veränderte. Der Dolmetscher wirkte auf einmal überhaupt nicht mehr unbeschwert und locker, sondern setzte bei etlichen Fragen deutlich nach.

Die zweite Frau wirkte ängstlich. Sie beantwortete Juttas Fragen mit gedämpfter Stimme und stierte dabei wie paralysiert vor sich hin. Auch sie gab an, die Tote nicht zu kennen. Allerdings traute sie sich kaum, auf das Foto zu schauen, und als sie es tat, flatterten ihre Lider heftig. Frau Dr. Knappik und ihre Mitarbeiter hatten ihr Möglichstes getan, doch es blieb trotz aller Bemühungen unübersehbar, dass es sich bei der Person auf dem Bild um eine Tote handelte.

»Und?«, fragte Chris Schulz, nachdem die Befragungen beendet waren.

»Nichts. Sie wissen nichts oder sagen nichts. Wir haben sie gehen lassen. Morgen werden sie vermutlich schon nicht mehr in Neu-Isenburg sein, sondern irgendwo anders. Dann reisen sie aus und wieder ein und alles beginnt von vorn.« Jutta seufzte. »Sag mal, kennst du den Übersetzer, diesen Jérôme?« Sie hoffte, dass sie unter Chris' fragendem Blick nicht rot wurde.

»Der ist öfter mal hier, übersetzt Französisch und den einen oder anderen afrikanischen Dialekt. Ist viel rumgekommen auf dem dunklen Kontinent, bevor es ihn nach Europa verschlug. Hast du Zweifel an seiner Zuverlässigkeit?«

»Überhaupt nicht«, beeilte Jutta sich zu versichern.

»Na, dann hole ich mir jetzt mal einen Kaffee. Soll ich dir einen mitbringen?«

Sie verneinte. Chris setzte sich in Bewegung in Richtung der Kaffeeküche, während sie an ihren Schreibtisch zurückkehrte.

+++

Auf Lenas Schreibtisch in Dietzenbach stapelten sich die Vorgänge. Andrea Geissler hatte sich der dringendsten Sachen angenommen, so gut es neben ihrer eigenen Arbeit ging.

»Gibt es schon eine Nachfolgerin für Emilia?«, wollte Andrea wissen.

»Nicht, dass ich wüsste«, antwortete Lena und hätte fast noch hinzugesetzt, dass sich das Thema sogar bereits erledigt haben könnte. Emilias Computersafe beinhaltete nicht nur die bereits bekannten Dateien, die sich auch auf dem USB-Stick fanden. Sondern weitere, die Zahl für Zahl die von Adelheid geäußerte Behauptung untermauerten, die Pleite der gGAB sei nur noch eine Frage der Zeit. Dabei war man dort durchaus kreativ gewesen, nicht nur bei der Buchführung. Denn es war noch schlimmer gekommen. Sie war neben den falschen Abrechnungen auch einem Födermittelbetrug auf der Spur. Wenn das, was Emilia aufgeschrieben hatte, stimmte, hatte die gGAB mindestens einen Kurs nur auf dem Papier durchgeführt. Als Auftraggeber fungierte ein gemeinnütziger Verein, von dem Lena noch nie etwas gehört hatte. Das Geld dafür kam vom Land und der EU. Aus diesem Grund war keine Abrechnung bei der Kreisverwaltung eingereicht worden, obwohl alle Teilnehmer dort nach wie vor Hartz IV bezogen. Bezahlt hatte den Kurs der Verein. Nur, welcher Auftraggeber stellte einen solchen Antrag und versäumte es zu prüfen, ob und wer überhaupt daran teilgenommen hatte?

Andrea schüttelte den Kopf, als Lena sie danach fragte. »Nie gehört. Hast du schon eine Netzsuche gemacht?« Hatte sie. Aber entweder dieser Verein war netzscheu, was es inzwischen immer wieder gab, oder er existierte nicht mehr.

Bevor sie sich darüber den Kopf zerbrach, musste sie sich einen Überblick auf ihrem Schreibtisch verschaffen. Einer von Lenas Dietzenbacher Klienten hatte vor, gegen seinen Vermieter zu klagen und wollte wissen, wo er Prozesskostenhilfe durch den Staat beantragen konnte. Ein anderer war zum wiederholten Mal straffällig geworden, Lena wurde gebeten, die Bewährungshelferin anzurufen. Einige Klienten verstanden ihren Hartz-IV-Bescheid nicht oder hatten Fragen zu Änderungen. Eine alleinstehende Frau namens Schmidt war verstorben.

»Um Beerdigung und Bestellung der Nachlassverwaltung habe ich mich bereits gekümmert. Der Vermieter hat heute angefragt, wann das Amt die Wohnung entrümpeln lassen würde«, informierte Andrea sie.

»Wieso wir? Reicht es nicht, wenn wir die Miete zahlen?«

»Ja, schon. Aber die Frau war ein Messi und er hat wohl Angst wegen Ungeziefer.«

»Oh Gott!« Lena ließ sich auf ihren Stuhl plumpsen. »Natürlich, *diese* Frau Schmidt. Ich erinnere mich noch gut an den ersten Besuch bei ihr. Berge von Papier, Einkaufstüten, nutzlosem Zeug. Sie hat kategorisch jede Hilfe abgelehnt, ich hatte Mühe, immer wieder wenigstens den Müll abtransportieren zu lassen. Und dazwischen zwei Katzen. Was ist mit denen?«

Andrea blickte schuldbewusst auf. »Das mit den Katzen wusste ich nicht«, sagte sie kleinlaut.

»Sie hatte keinerlei Verwandtschaft. Dann sind die Tiere seit Tagen allein in der Wohnung.« Lena suchte bereits in der Akte nach der Telefonnummer des Vermieters. Sie würde die Katzen wohl oder übel ins Tierheim bringen müssen, sobald sie hier einiges abgearbeitet hatte. Und bevor sie nach Langen fuhr, um mit Adelheid zu reden. Um dieses Gespräch kam sie nicht mehr herum. Und danach? Wen sollte sie einweihen, vorwarnen? Renate hatte sich seit dem Abend in Lenas Wohnung nicht mehr gemeldet. Falls sie der Sache tatsächlich auf den Grund gehen wollte, wäre sie Lenas erste Ansprechpartnerin. Falls nicht … bliebe nur eine Person übrig. Carola Bergmann, die Referentin der Maibaum. Sie würde hoffentlich wissen, wie man so einen Betrug anpacken musste. Der, so rief sie sich gleich innerlich zurecht, bisher lediglich aus Aufzeichnungen ihrer verstorbenen Kollegin bestand, die weder bewiesen noch bestätigt waren. Was, wenn Emilia sich in etwas verrannt hatte? Bevor nicht alle Beweise auf dem Tisch lagen, konnte sie niemanden mit Emilias Vermutungen konfrontieren.

Vor ihrer Wohnungstür stand ein Glas Marmelade mit einem Zettel drauf.

»Guten Appetit!«, hatte Frau Kasulke geschrieben. Lena war in Eile, der Tag hatte sich deutlich mehr in die Länge gezogen als gedacht. Unter anderem dadurch, dass die Katzen von Frau Schmidt zwar ausgehungert, aber keineswegs wild auf einen Ortswechsel gewesen waren. Einer engagierten Mitarbeiterin des Tierheims Dreieich war es schließlich gelungen, nicht nur die Geduld zu behalten, sondern die Viecher einzufangen und in die Katzenkörbe zu setzen, ohne auch nur einen Kratzer abzubekommen. Lena war durch die ungeplante Aktion wesentlich später in Langen eingetroffen als ursprünglich vorgesehen. Dort erwarteten sie zwei Kursteilnehmer, die dringend etwas mit ihr besprechen wollten.

Als sie alles geregelt hatten, war Adelheid bereits ins Wochenende verschwunden. Niclas van Beuthen war gar nicht erst aufgetaucht. Lena kochte vor Ärger, als sie bei beiden vor verschlossener Tür stand. Es war kurz nach vier. Um diese Zeit leerten sich die Unterrichtsräume, die Dozentinnen und Dozenten füllten im Sekretariat ihre Stundenzettel aus oder kopierten Unterlagen. In einer halben Stunde wäre niemand mehr hier.

»Die Adelheid hat jetzt einen Termin außerhalb und der Nic ist ja offiziell noch in Urlaub. Außerdem ist heute Freitag«, ließ die Sekretärin sie spitzlippig wissen, während sie demonstrativ ihre Tasche packte und den Computer herunterfuhr.

Lena musste, wohl ober übel, ihr Gespräch mit der stellvertretenden Geschäftsführerin auf den Montag verschieben. So setzte sie sich widerwillig an ihren PC, um noch ein paar Eingaben zu machen. Im Anschluss stand sie eine halbe Stunde im Stau und kam ziemlich genervt in Offenbach an, wo sie erst nach einiger Sucherei einen Parkplatz fand. Und vor ihrer Wohnungstür den süßen Gruß von Frau Kasulke.

Sie stellte die Marmelade auf den Küchentisch und inspizierte ihr Handy. Rohloff hatte ihr eine SMS geschickt: »Ankomme 19 Uhr. Freu mich sehr auf dich. Gerd.«

Ihr blieb nur noch eine knappe halbe Stunde, bis er von seinem Wohnort Bad Homburg aus bei ihr wäre. Die Zeit nutzte sie, um zu duschen und sich umzuziehen. Genau in der Sekunde, in der sie ihr Haar trocken geföhnt hatte, klingelte er. Sie sah aus dem Küchenfenster hinunter zur Straße, wo Rohloffs cremefarbener Jaguar mit Warnblinklicht in der zweiten Reihe parkte.

»Unverschämtheit«, knurrte sie, musste aber gleichzeitig lächeln. Sie eilte die Treppe hinunter, voller Vorfreude auf den

Abend. Vor der Haustür rannte sie fast in die Hausmeisterin hinein. Lena stutzte, denn die Kasulke und Rohloff unterhielten sich angeregt.

»Ach, Fräulein Borowski. Ich hab Ihnen da was hingestellt, aus meinem Garten, Sie wissen schon, gell.«

»Danke«, murmelte Lena. Gerd grinste wie ein Honigkuchenpferd.

»Schönen Abend noch!« Frau Kasulke schob die Fäuste in die ausgeleierte Wolljacke, die sie über ihre Kittelschürze gezogen hatte, und trat in den Hauseingang zurück. Von dort aus beobachete sie, wie Rohloff Lena die Wagentür öffnete, sie auf dem Beifahrersitz Platz nahm und er sich hinters Steuer setzte.

Dann hob sie die Hand und winkte ihnen zu, als er anfuhr.

»Sag mal, kannst du mir das erklären?«, forderte Lena, als sie um die Ecke gebogen waren und an der Kreuzung zur Sprendlinger Landstraße standen. »Du und Frau Kasulke? Woher kennt ihr euch?«

»Die Blumen für dich neulich«, sagte er so leichthin wie möglich. »Sie war so freundlich, sie in Empfang zu nehmen. Heute hat sie mir erzählt, wie sehr du dich darüber gefreut hast.«

»Ach ja? Sie weiß aber schon, dass ich nicht stumm bin und für mich selbst sprechen kann.«

»Verstimmt?« Er sah mit einem Lächeln in den Augen zu ihr herüber.

»Weiß nicht. Mit der Frau hatte ich jahrelang nur Ärger. Und jetzt will sie mich anscheinend adoptieren.«

Er lachte, laut und dröhnend. »Vielleicht ging es heute Abend gar nicht um dich«, sagte er dann.

»Um wen denn sonst?«

»Um einen Gentleman wie mich?«

»Was ist los?« Lena drehte sich ihm abrupt zu.

Sie hatten die Auffahrt zur A661 erreicht und Rohloff beschleunigte den Wagen. »Ob du es glaubst oder nicht, ich hatte den Eindruck, sie hat sich gefreut, mich zu sehen.«

Lena sah ihn ungläubig an. Er wandte den Blick kurz von der Straße.

»Ja, schau nicht so. Bei unserer ersten Begegnung hatte ich das Gefühl, dass die Frau vom Leben nicht verwöhnt ist. Sie war misstrauisch, hat sich gleich wie eine Löwenmutter aufgeführt, der man ihr Kleines entführen will, als sie mich im Haus gesehen hat.«

»Das war nach dem Einbruchversuch bei mir«, murmelte Lena, die jetzt gespannt darauf wartete, was noch kam.

»Ich war einfach freundlich und höflich zu ihr, habe mich bedankt für ihre Hilfsbereitschaft, und das hat sie sichtlich gefreut.«

»Du scheinst dich ja gut mit Hausmeisterinnen auszukennen, wenn du sie so um den Finger wickeln kannst«, entgegnete Lena.

»Das tue ich«, antwortete er ernst. »Meine Mutter war auch so eine Frau. Alleinerziehend mit drei Buben, nachdem mein Vater schon früh stiften ging und sie mit den Früchtchen seines Leibes sitzenließ. Wir waren arm wie die Kirchenmäuse, aber ich habe meine Mutter nie jammern hören. Sie hat geputzt, bei Privatleuten, in Firmen, im Gemeindehaus. Das Geld hat nie gereicht, sie musste uns Jungs immer klare Ansagen machen, was geht und was nicht. Viele Leute hielten sie für unzugänglich und hart, das war eine Seite von ihr. Die zweite kam zum Vorschein, wenn man ihr das gab, was sie am dringendsten brauchte.«

»Anerkennung?«

»Genau das. Denn das, was sie gemacht hat, hat sie gut gemacht. Sie nahm ihre Arbeit ernst. Ich könnte wetten, dass deine Frau Kasulke ebenfalls so tickt.«

Lena dachte an den Hausputz und die Scharmützel, die sie mit der Hausmeisterin darüber schon ausgefochten hatte. Früher. Denn seit dem Abend nach dem Einbruchsversuch war das kein Thema mehr. Frau Kasulke übernahm inzwischen nicht nur ungefragt, sondern völlig klaglos Lenas Putzdienst. Stellte ihr dazu noch Marmelade vor die Tür. Eigentlich müsste es umgekehrt sein. Sie nahm sich im Stillen vor, der Hausmeisterin in Bälde mal etwas Nettes zu tun.

»So, und jetzt Schluss damit. Wir gehen heute Abend in Dreieich aus. Ich bin sicher, dass wir dort nicht auf eine neugierige Offenbacher Polizistin treffen werden. Zuerst Musik, dann ein gutes Essen.« Rohloff lächelte ihr im Halbdunkel des Wageninneren zu und sie spürte, wie ihr Herz schneller schlug. Sie hatten nicht mehr über den Kuss gesprochen, ebenso wenig wie über den Abend im »Wega«. Wie sollte das weitergehen?

Sie war noch nicht vorangekommen in ihren Überlegungen, da bog Rohloff von der A661 ab und keine zehn Minuten später fuhr er auf den Parkplatz gegenüber der dunkel in die Nacht ragenden Dreieichenhainer Burgruine.

Der Eingang zum Keller war von einer Reihe von Fackeln beleuchtet und Lena sah, wie Gerd Rohloff eine schwarze Karte mit silbernem Aufdruck vorzeigte. Sie wurden eingelassen.

»Das ist doch hoffentlich kein SM-Keller?«, flüsterte Lena ihrem Begleiter ins Ohr. Der lachte dröhnend auf.

»Hast du Angst, dass ich dich fesseln und knebeln könnte?«

Sie betraten ein Kellergewölbe aus Naturstein, dessen Halbrund sich über eine Bühne spannte. Davor standen zwei Dutzend schwarze runde Tische und dazu passende Stühle in lockerer Anordnung. Zwei livrierte Kellner empfingen die Gäste. Der gesamte Raum war sparsam mit schwarzen Blumen und Kerzen dekoriert und wenig beleuchtet. Sie wurden zu einem Tisch fast direkt vor der Bühne geleitet.

Lena blickte sich um, als schräg hinter ihnen Neuankömmlinge herzlich begrüßt wurden. Ein großer weißhaariger Mann und eine elegante Frau waren an einen der Tische getreten. Edzard van Beuthen nebst Gattin! Lena erkannte die beiden sofort, obwohl sie bisher nur Fotos von ihnen in der Presse gesehen hatte. Sie wurden von einem anderen Ehepaar herzlich begrüßt.

Gerd hatte die vier ebenfalls bemerkt und Lena konstatierte irritiert, dass er und der Begleiter der van Beuthens sich zunickten. Bevor sie fragen konnte, ertönte ein Gong. Die Gespräche verstummten. Ein leises Raunen ertönte, als zuerst der Mann, der soeben noch bei den van Beuthens stand, die Bühne betrat. Er war der Initiator des Abends und begrüßte die Anwesenden. Aus dem, was er sagte, entnahm Lena, dass es sich um einen Crowdfundingabend handelte. Nach ihm kam die eigentliche

Attraktion des Abends. Drei Musiker und eine Sängerin nahmen ihre Plätze ein. Die blonde Frau, die das Publikum von sich überzeugen wollte, trug ein enges schwarzes Abendkleid und lächelte kurz in die Runde, bevor sie ans Mikrofon trat. Das Licht im Raum erlosch, lediglich die Bühne wurde noch mit Spots ausgeleuchtet.

Lena schlug die Beine übereinander und lehnte sich zurück. Musik erklang, softer, satter Barjazz, und die Stimme der Frau mit ihrem weichen Timbre passte perfekt zu der Stimmung, die die Klänge erzeugten. Die nächste Dreiviertelstunde schaffte es die Sängerin mühelos, das Publikum mit ihrer Darbietung zu verzaubern. Auch Lena hatte kaum wahrgenommen, wie schnell die Zeit vergangen war.

Sie gingen das Stück von der Burgruine bis zum idyllisch aussehenden Gasthof »Alte Bergmühle« zu Fuß. Die kühle Luft hüllte sie ein, während sie ihren Weg schweigend zurücklegten.

Drinnen empfing sie Wärme. Gläserklingen, Lachen, Gesprächsfetzen drangen an ihr Ohr.

»Darf ich Sie ins Rosenstübchen bringen?« Nachdem Gerd Rohloff seinen Namen genannt hatte, geleitete der Kellner sie zu dem reservierten Tisch, einem großzügig bemessenen Zweiertisch in der Nähe eines offenen Kamins, wo ein knisterndes Feuer die heimelige Atmosphäre im Raum aufs Angenehmste unterstrich. Er rückte ihnen die Stühle zurecht und eilte dann davon, um ihre Mäntel zur Garderobe zu bringen.

Lena war froh, an diesem Abend mit einem dünnen Wollkleid und hohen Wildlederstiefeln weder overdressed noch peinlich zu sein. Sie fuhr sich mit gespreizten Fingern durchs Haar und streifte dabei die langen silbernen Ohrringe, die sie nur zu besonderen Gelegenheiten anlegte.

»Du siehst unglaublich aus«, sagte Rohloff mit einem Ernst, der ihr bereits wieder einen kleinen elektrischen Schlag in die Magengrube versetzte.

»Sag mir, was das für ein Konzert war«, bat sie, um die Situation zu überspielen.

»Hat es dir gefallen?«

»Sehr.«

»Mir und den meisten anderen Anwesenden auch. Die Sängerin wird wohl das Geld für die Produktion ihrer ersten CD eingenommen haben. Ich jedenfalls habe eine höhere Summe investiert.«

Der Kellner kam mit den Karten zurück. Er pries den mit Pomeranzenlikör gemixten Aperitif des Hauses an, für den sie sich entschieden.

»Alle waren eingeladen, um zu sehen, ob sich eine Investition in sie lohnen könnte?«

»So ist es. Es geht dabei um die Möglichkeit, viel Geld zu verdienen. Oder einen Totalverlust zu erleiden. Gleichzeitig konnte ich dir ein ganz exklusives Konzert bieten und es freut mich, dass du es genossen hast.«

Bevor sie sich in das Menü vertieften, fiel Lena etwas auf. »Schöne Blumen«, sagte sie arglos. Auf dem Tisch stand eine Kristallvase mit fünf tiefroten Rosen. Rohloff sagte nichts, er beobachtete, wie ihre Blicke durchs Lokal wanderten, um erst verständnislos, dann fast erschrocken zu ihm zurückzukehren.

»Die stehen nur bei uns«, sagte sie tonlos.

»Ja«, antwortete er einfach und sah sie weiterhin an, mit einem so ernsten und tiefgründigen Blick, dass sie schlucken musste. Sie hatte verstanden, was er ihr damit sagen wollte. Hasste sich selbst dafür, in dieser Situation wie ein kleines Mädchen zu agieren.

»Wir kennen uns seit fünf Monaten.« Er löste seinen Blick von ihr, um sich mit der Karte zu beschäftigen.

»Gerd …«, setzte sie an.

»Ach Lena, mach es nicht kompliziert. Gestatte mir, meine Gefühle für dich zu zeigen. Deine Antwort gibst du mir, sobald du mit dir im Reinen bist. Kein Druck, keine Erwartungen meinerseits, das schwöre ich dir. Aber lass mich dich verwöhnen, zu meiner Freude. Denn ich bin dem Schicksal so unendlich dankbar, dass es dich gibt und ich dich kennen lernen durfte. Ob mehr aus uns wird, entscheidest ganz alleine du. Das verspreche ich dir. War das jetzt klar?« Die Wärme seiner Worte milderte den letzten Satz.

Lenas Herz schien einen Schlag auszusetzen, sie schnappte regelrecht nach Luft. Er hatte sie mit seiner Liebeserklärung überrumpelt. Seine Hand griff über den Tisch nach ihrer.

Sie ließ es zu, weil sie sofort die Geborgenheit spürte, die von ihm ausging, die ihr so guttat. Sie beschloss dennoch, das Thema Gefühle erst einmal ruhen zu lassen, bis sie ihr inneres Gleichgewicht wiedergefunden hatte. Denn genau das hatte er gehörig durcheinandergebracht.

Sie hatten ihr spätes Abendessen genossen. Rohloff hatte sich amüsiert gezeigt über Lenas Verfolgung eines ihrer Klienten. Lena wiederum konnte herzlich lachen über ein Paar, das sich im Keller des »Kinky-Klub« versehentlich aneinander – und gleichzeitig auch an eine der Vorrichtungen – gefesselt hatte. Beide waren erst Stunden später entdeckt worden.

»Der Vorhang ihres Separees war geschlossen und alle anderen Gäste haben den Ehrenkodex eingehalten. Keiner hat hineingeschaut. Die Hilferufe der Frau verhallten ungehört, weil unten ja Musik lief. Wer sie hörte, dachte wohl, das gehörte zu dem Spiel der beiden dazu. Der Mann war sowieso geknebelt. Was für ein Spaß, als die Putztruppe die beiden entdeckt hat. Die waren so etwas von erschöpft.«

»Wer war der Mann, den du im Burgkeller gegrüßt hast?«, wollte sie schließlich wissen.

»Ein Frankfurter PR-Berater. Er hat den Abend organisiert. Bringt Leute zusammen. Und Finanzen zu Projekten. Er und weitere Investoren haben irgendetwas mit van Beuthen am Laufen. Etwas Großes.«

Er kannte auch Nics Eltern, jedoch nicht persönlich.

»Der Blick des Alten gefällt mir nicht. So kalt, so herrisch. So gewohnt, dass alles genauso geschieht, wie er es will«, sagte Lena.

Rohloff sah sie prüfend an. »Wie geht es eigentlich deiner Freundin? Derentwegen du dich damals auf die Suche nach der verschwundenen jungen Frau gemacht hast?«

Lena zuckte etwas verlegen die Schultern.

»War sie deine Geliebte?«

»Woher …?« Sie brach ab. Es war nicht das erste Mal, dass Rohloff quasi ihre Gedanken lesen konnte.

»Die erste und eine ganz große Liebe. Ich kam lange Zeit nicht los von ihr. Wollte nicht begreifen, nicht einsehen, dass Gefühle manchmal nicht erwidert werden.«

Er sah sie mit Wärme im Blick an. »Du magst keine allzu verbindlichen Beziehungen seither.«

Ihre Finger spielten mit der leeren Espressotasse. »Möglich, dass ich wenig bindungswillig bin. Das heißt aber nicht, dass ich alles auf die leichte Schulter nehme.«

»Das ist mir klar. Spätestens seit dem Tag in der Uniklinik. Außerdem spüre ich, dass du sehr wohl in der Lage bist, eine feste Bindung einzugehen.«

Sie sahen sich in die Augen. Lena löste die Situation nach ein paar Momenten, indem sie ihre Tasse anstupste und betont humorvoll sagte: »Aber bevor es soweit ist, brauche ich noch einen Espresso.«

Der Kellner hatte ihr die Blumen eingewickelt und sie ihr beim Hinausgehen überreicht. Obwohl der Abend bereits fortgeschritten war, waren sie nicht die letzten Gäste. Die Temperatur hatte angezogen, als wolle das Winterwetter sich noch einmal aufbäumen, bevor es zaghaft in den Frühling überging. Lena schaute zum Himmel, wo der Mond bläulich-bleich stand und ungerührt den hastig vorüberziehenden Wolken nachzuschauen schien. Sie schob die Fäuste tief in die Taschen ihres Mantels.

Rohloff trat neben sie und legte ihr den Arm um die Schulter. »Jetzt müssen wir ein paar Meter durch die Kälte gehen.«

»Müssen wir das?«, antwortete sie und drehte sich zu ihm um.

Sie standen so nah beieinander, dass sich die Atemwolken vor ihren Mündern miteinander mischten.

Seine Augen funkelten im Schein einer der wenigen Lampen auf dem Parkplatz.

Als seine Fingerkuppen sanft ihre Wange streichelten, legte sie den Kopf leicht schief und sah ihn an. Sie wünschte, er würde ihre Gedanken lesen.

»Wenn ich nicht wüsste, dass wir beide kaum etwas getrunken haben heute Abend, würde ich meinen, du hättest einen Schwips.«

Das war es nicht, was sie hatte hören wollen. »Hab ich nicht«, flüsterte sie und zog ihn am Mantelkragen näher zu sich.

Es war über sie gekommen, nachdem sie den zweiten Espresso getrunken hatten und klar war, dass sie danach gehen würden. Das Gefühl, nicht einsam sein zu wollen. Nein, das war nicht richtig. Es war das Gefühl, nicht ohne ihn sein zu wollen. Plötzlich kam Lena die Vorstellung, alleine in ihre Wohnung zurückzukehren, unerträglich vor. Sie sehnte sich nach Rohloffs Wärme und hatte sich zum wiederholten Mal vorgestellt, wie es wohl sein mochte, in seinem Arm zu liegen. Seine Hände auf ihrem Körper zu spüren. Mit ihm zu schlafen.

Sie hob ihr Gesicht, bis ihre Lippen sich trafen. Sein Kuss war vorsichtig, aber er zog sie dichter an sich heran, bis kein Platz mehr zwischen ihnen war. Die Tür zum Lokal öffnete sich, die typischen Geräusche eines Restaurants drangen kurz nach draußen. Rohloff legte eine Hand um Lenas Kopf, als wollte er sie schützen, hörte aber nicht auf, sie zu küssen. Ein Paar ging hinter ihnen vorbei, Autotüren klappten, ein Motor wurde gestartet. Der Wagen war bereits weggefahren, als sie sich voneinander lösten.

»Haben die hier nicht auch Zimmer?«, flüsterte Lena. Sie spürte die Hitze in ihren Wangen und in ihrem Bauch, fühlte, wie heftig ihr Herz gegen die Rippen pochte.

Er gab keine Antwort. Er griff nach ihrer Hand und sie kehrten zum Gasthof zurück.

+++

»Aufstehen, du Schlampe, los!«

Der Tritt in ihren Rücken war so heftig, dass sie fast von der Matratze gerutscht wäre.

»Ebele«, murmelte sie. »Was ist denn los?«

»Was los ist? Du bist nicht hier, um dich auszuruhen, sondern um zu arbeiten!«

Ion packte ihren Arm und zog sie daran hoch, wobei er ihr schmerzhaft die Haut quetschte.

Sunita brauchte einen Augenblick, bis sie begriff, was passiert war. Sie hatte geschlafen. Seit langer Zeit einmal wieder mehr als nur ein, zwei Stunden am Stück, ganz tief. Ihre Rettung – sie hatte alles nur geträumt. Das süße Gefühl der Geborgenheit wurde von ihrer Seele weggezogen wie eine warme Decke. Darunter war sie nackt und verletzlich und furchtbar einsam.

»Ab ins Bad, wasch dir deinen Gestank ab. Dein erster Kunde ist gleich da.« Ion zog sie mit sich auf den Flur hinaus und stieß sie ins schräg gegenüber liegende Badezimmer. Sie sank auf den Badewannenrand und fing an, hemmungslos zu weinen.

+++

Gerd Rohloff saß, in einen Hotelbademantel gehüllt, auf dem Fensterbrett des Hotelzimmers und sah zum sich nur zögerlich erhellenden, milchig verhangenen Himmel hinauf. Er rauchte eine der wenigen Zigaretten, die er sich pro Tag gönnte. Hin und wieder warf er einen Blick auf das Doppelbett, in dem Lena tief und fest schlief.

Er kam nicht klar mit seinen Gefühlen, was so ungewöhnlich wie beunruhigend war. Nichts hatte er sich mehr gewünscht, als mit Lena zusammen zu sein, und gestern Abend hatte sie ihn überrascht mit ihrem Vorschlag, die Nacht gemeinsam zu verbringen.

Er nahm einen tiefen Zug und blies den Rauch aus dem winzigen Spalt hinaus, den er das Fenster geöffnet hielt.

Von Anfang an hatte Lena die Führung übernommen. Auf eine Art, wie er es bei keiner Frau bisher erlebt hatte. So war nicht er es gewesen, der sie verführt hatte, sondern sie ihn.

Ihm hatte der Atem gestockt, als sie sich nackt über ihn gebeugt hatte. Die Bilder der Nacht flammten wie unter einem Stroboskop in seiner Erinnerung auf. Lenas helle, ebenmäßige Haut, die sich unter seinen Berührungen erwärmte. Die kleinen Schweißtropfen auf ihrer Brust. Ihre langen Beine, um seinen Körper geschlungen. Das Grün ihrer Augen, das immer dunkler geworden war. Der Duft, den sie verströmte, ganz ihr Eigen und fähig, ihn süchtig werden zu lassen.

Sein Blick wanderte zu ihr zurück, als sie sich im Schlaf bewegte. Ein Arm lag über dem Kopf, der zur Seite gesunken war. Ihre weichen Lippen, leicht geschwollen nach den vielen Küssen der Nacht, öffneten sich zu einem unhörbaren Seufzer. Dann lag sie wieder still, ihr Atem ging tief und ruhig.

Rohloff sah hinaus, wo sich der Raureif der Nacht nun zögerlich auflöste in silbrig glänzendes Nass. Was war los mit ihm? Warum war er nicht so glücklich, wie er es sich erhofft hatte? Die Zigarette war zu Ende geraucht, er drückte sie aus und ging ins Badezimmer, um sich die Hände zu waschen. Er sah in den Spiegel und seit langer Zeit fragte er sich, ob er sein Leben so weiterleben wollte wie bisher. Oder ob nicht eine Veränderung besser wäre. Seit dem Tod seiner Frau hatte er sich diese Frage nicht mehr gestellt. Damals hatte er sich dafür entschieden, nichts zu ändern. Die gewohnten Dinge des Lebens waren damals das Korsett gewesen, das ihn aufrecht hielt, sie gaben ihm die Kraft weiterzuleben. Aber sein Spiegelbild zeigte ihm jetzt einen Mann in den Fünfzigern, der seinen Körper im Großen und Ganzen in Schuss hielt, womöglich sogar als attraktiv gelten konnte. An dem das Leben jedoch nicht spurlos vorbeigegangen war. Lena war über zwanzig Jahre jünger als er. Eine Beziehung mit ihr wäre nur auf Zeit, das sah er ganz realistisch. Wenn nicht jetzt, wann dann? Was zum Teufel verunsicherte ihn bloß so? Waren es die Dinge, die er ihr nicht gesagt hatte, nicht sagen konnte? Es gab in seinem Leben einiges, das er verborgen halten musste. Wobei es schwierig für ihn war zu entscheiden, ob um seiner selbst willen oder ihr zuliebe.

Sie lag unverändert da, als er ins Zimmer zurückkehrte. Nur etwas hatte sich verändert. Ihr Atem folgte einem anderen Rhythmus. Vorsichtig legte er sich neben sie und da schlug sie die Augen auf, sah ihn lächelnd an, schob ihren Kopf auf seine Brust und war kurz darauf erneut eingeschlafen. Dann wusste er plötzlich, was es war. Seine Vorstellung von ihnen beiden besaß einen Fehler. Er wollte sie beschützen, ein Instinkt, der schon bei ihrer allerersten Begegnung geweckt worden war. Verbunden damit waren andere, sehr männliche Vorstellungen. Die sie mit ihrer selbstbestimmten Art gestern Nacht einfach unterlaufen hatte.

+++

Mit Sally wurde alles anders.

Sie kam zu Maisy und Sunita ins Zimmer, kurz nachdem es wieder kalt geworden war. Das Weiße, das Sunita bei ihrer Ankunft in Deutschland so fasziniert hatte, der Schnee, fiel seit einigen Tagen vom Himmel. Er bildete eine weiche Hülle auf dem kleinen Dachfenster, der Raum darunter versank im Halbdunkel. Und Sunita begriff, dass ein Jahr vergangen sein musste.

Sally widersetzte sich mehr als die anderen Mädchen im Haus. Sie war laut und furchtlos. Sie spuckte Ion ins Gesicht und zuckte nicht mit der Wimper, als er ihr dafür die Faust in den Magen rammte. Sondern verhöhnte ihn als Feigling, der sich an Frauen vergriff.

»Niemals kriegen die mich hier klein«, knurrte sie und Sunita fragte sich, wie lange es wohl dauern würde, bis sie so war wie sie selbst. Sally war wesentlich älter als Sunita, sie kam aus Lagos, der größten Stadt Nigerias, die Sunita nur zwei Mal in ihrem Leben besucht hatte. Und sie hatte keine Angst vor Mammy.

»Dieser Voodoo-Mumpitz ist doch Schwachsinn«, verkündete sie. »Davon müsst ihr euch nicht einschüchtern lassen.«

Maisy beschwor sie, sich mit solchen Äußerungen zurückzuhalten. »Sonst stecken sie dich in den Keller.«

Dort landete sie schon am zweiten Tag.

»Du darfst dich nicht wehren«, sagte sie, während sie Sallys Wunden notdürftig versorgte, nachdem sie wieder zu ihnen ins Zimmer zurückgebracht worden war.

Die brütete in der Tat eine Weile dumpf vor sich hin. Der Kerl, der sie abgeliefert hatte, war der Sohn der Schwester ihrer Mutter. »Aboukar hat uns erzählt, er hätte Arbeit für mich in Deutschland. Einen guten Job als Hausgehilfin. Schon am ersten Tag ging er mit mir shoppen. Was für Zeug! Nur Reizwäsche und Dessous.« Er hatte ihr von einem Datingservice erzählt. »Da kannst du einen deutschen Mann kennen lernen und heiraten. Danach brauchst du dir über nichts mehr Sorgen zu machen. Du bist eine angesehene Frau, gehst den ganzen Tag einkaufen und kannst viel Geld an deine Familie nach Lagos schicken.«

Dass der Datingservice ein Bordell war, hatte sie begriffen, als sie hier ankam. »Ich habe ihm einen Schlag auf die Nase versetzt, aber er hat nur gelacht, dieses Schwein!«

Es war unmöglich, sie vor sich selbst zu schützen. Natürlich weigerte sie sich, in einer Bar zu arbeiten. Als die beiden Männer kamen, die Sunita einst im Keller gesehen hatte, wusste sie, was Sally blühen würde. Nach weiteren zwei Tagen dort unten kam sie zurück und redete kein Wort mehr. Sie hockte auf der Matratze, die Beine angezogen, den Blick leer. Als ihre gemeinsame Zimmernachbarin Maisy weggebracht wurde, merkte sie es nicht einmal.

»Jetzt haben sie sie gebrochen«, dachte Sunita. Sie verspürte Mitleid, gleichzeitig auch Genugtuung. Sally war eben auch nicht besser als sie und die anderen. Gleich danach empfand sie Scham darüber, so zu denken.

Doch Sally war noch lange nicht bereit, sich aufzugeben. Sie gab sich willig, doch es war nur ein Luftholen, wie Sunita noch merken sollte.

16

Jutta Ernsts Wochenende begann mit einem für ihre Verhältnisse späten, leichten Frühstück. Danach schnürte sie ihre Laufschuhe und ging mit schnellen Schritten die paar Meter zum Mainufer hinunter. Der Tag war kalt, aber trocken und klar. Während sie ihre Muskeln und Sehnen mit einer eingeübten Abfolge von Übungen sorgfältig dehnte, beobachtete sie andere Läufer, die an ihr vorbeizogen. Nicht das erste Mal stellte sie fest, wie viele unterschiedliche Lauf- und Kleidungsstile es gab. Als ihre Muskulatur angemessen warm war, trabte sie los, anfangs gemächlich, mit der Zeit immer flotter. Sie hielt generell nicht viel von Sport, was sich in ihren ihrer Meinung nach etwas zu fülligen Hüften niederschlug. Doch das Joggen half ihr, den Kopf frei zu bekommen und wirkte sich positiv auf ihr Konzentrationsvermögen aus. Das brauchte sie zurzeit. Zum Mord an der Unbekannten aus dem Wald hatten sie nicht einen verwertbaren Hinweis erhalten. Sie tappten im Dunkeln. Bis auf eine Sache, die nur ihr aufgefallen war, gab es keinerlei Anhaltspunkte. Leider interessierte sich momentan kein Mensch im Präsidium für das, was Jutta bemerkt hatte.

»Das Seil, Chris!«, hatte sie zu ihrem Kollegen gesagt. »Es ist dasselbe wie bei dem Selbstmord neulich.«

Chris hatte sie ungläubig angesehen. »Mensch, Jutta, solche Seile sind nichts Besonderes. Die gibt es in jedem Baumarkt zu kaufen. Selbst falls es sich um dieselbe Marke handelt, heißt das doch nichts.«

Egal, was er sagte, sie konnte nicht aufhören, darüber nachzudenken. Ihr Jagdinstinkt war entfacht. Auch wenn sie tatsächlich auf den ersten Blick überhaupt keinen Zusammenhang zwischen diesen beiden Todesfällen erkennen konnte.

Am Mainbogen überholte sie ein paar Jogger, die deutlich langsamer unterwegs waren als sie, und lief nun direkt hinter einer großen, schlanken Frau, die ihr vage bekannt vorkam. Während sie anerkennend und ein wenig neidisch auf die schmalen Hüften und die langen Beine sah, die sich gleichmäßig und in perfektem Rhythmus bewegten, drehte die Frau kurz den Kopf zum Wasser, wo schimpfend eine Ente aufflog. Unter der tief in die Stirn gezogenen Mütze zeigte sich ein klares Profil.

Das ist doch diese … Borowski, war Jutta Ernst sofort klar. Ohne lange zu überlegen, gab sie etwas Gas, um zu der Sozialarbeiterin aufzuschließen.

»Hallo«, rief jemand von hinten. Lena wandte sich überrascht um. Sie grüßte, indem sie die Linke hob.

»Sie laufen auch hier?«, fragte Jutta Ernst.

»Meistens. Manchmal auch im Waldstück oben am Buchrainweiher. In letzter Zeit nicht mehr.«

Jutta Ernsts betretene Miene zeigte, dass sie wusste, warum. »Toller Tag heute«, hielt die das Gespräch in Gang.

Lena sah skeptisch zu ihr hinüber. Einige Minuten lang trabten sie wortlos nebeneinander her.

»Gibt es was Neues?«, brach Lena schließlich das Schweigen.

»Es gibt nach wie vor keinen handfesten Hinweis darauf, dass der Tod Ihrer Kollegin kein Suizid war.«

Lena schwieg und starrte stur geradeaus.

»Da nützt es auch nichts, dass mir Zweifel daran gekommen sind.«

Lena blieb so abrupt stehen, dass Jutta Ernst ein paar Schritte an ihr vorbeilief.

Die Kommissarin bremste ab und drehte sich um. »Haben Sie Lust auf einen Tee bei mir? Dabei könnten wir uns in Ruhe unterhalten.«

»Privat?« Lena war misstrauisch, schloss sich ihr aber an. Sie joggten nebeneinander stadteinwärts.

»Anders geht es nicht. Erstens habe ich heute dienstfrei und zweitens gibt es offiziell keinen Fall. Wir haben alle Hände voll zu tun mit …« Sie unterbrach sich selbst. »Mit eindeutigeren Sachen«, vervollständigte sie schließlich den Satz.

Als sie vor den Hochhäusern am Mainufer angekommen waren, blickte Lena die Frau neben sich überrascht an. »Hier wohnen Sie?« Sie hob die Arme über den Kopf und streckte sich, bis die Gelenke knackten.

Jutta Ernst seufzte und zuckte die Schultern. »Habe ich mir noch von Bad Reichenhall aus gesucht, meinem früheren Wohnort. Klang nett, mit Aussicht auf den Main, in Innenstadtnähe. Preiswert.« Sie lachte kurz auf, fingerte dabei den Schlüssel aus der Tasche ihrer Laufhose.

Schweigend fuhren sie mit dem Lift nach oben.

»Tee?« Jutta Ernst hängte den Schlüsselbund an ein Brett in dem winzigen Flur und stieß die Tür zu ihrem Einzimmerappartement auf.

Lena wollte keinen Tee, sie bat um ein Glas Wasser, das ihr die Kommissarin brachte, zusammen mit einem Handtuch. Lena zog ihre Mütze vom Kopf, rubbelte sich zunächst Haare, Nacken und Hals, danach die Unterarme ab. Sie gab das Handtuch zurück und zog dann den Reißverschluss der Jacke zu, die sie über ihrem Laufshirt trug, bevor sie Platz nahm. Die beiden Frauen saßen sich nun am Esstisch gegenüber.

»Sie haben Zweifel am Selbstmord von Emilia Hornauer?«, nahm Lena den Faden wieder auf.

»Sagen wir mal so – es gibt ein paar Puzzlestückchen, die nicht ganz in die offizielle Theorie passen. Ich schließe ungern einen Fall ab, solange ich das Gefühl habe, es ist etwas übersehen worden.«

»Okay«, antwortete Lena gedehnt. »Was, zum Beispiel?«

»Erstens: Das Handy der Toten wurde nie gefunden.« Jutta Ernst benutzte ihre Finger, um die Aufzählung zu unterstreichen. »Es befand sich weder in ihren Sachen noch im Auto. Eine Suche im Wald hat nichts ergeben.« Sie hob den nächsten Finger. »Zweitens: Sie sagten aus, dass Frau Hornauers Wagen vor der Tür stand, als Sie dort waren. Sie konnten sie telefonisch nicht erreichen. Das Handy wurde aber erst nach diesem Anruf ausgeschaltet. Auch wenn wir die üblichen Unsicherheiten beim vermuteten Todeszeitpunkt in Betracht ziehen, müsste sie zu diesem Zeitpunkt bereits im Wald gewesen sein. Sie fuhr, davon gehen wir nach Lage der Dinge aus, im eigenen Auto. Was, wenn es so nicht war? Wenn Sie recht hätten? Dann müsste der Zeitablauf ein anderer gewesen sein.«

Lena nickte verhalten.

Leider stand nicht mit hundertprozentiger Sicherheit fest, dass es Emilias roter Fiat war, der an dem Abend gegenüber dem Haus parkte. Lena hatte nicht auf das Nummernschild geachtet, der Wagen wies keinerlei Besonderheiten auf und es gab weitere Autos desselben Fabrikats in dieser Farbe in der Liebigstraße.

»Drittens: Christine Hornauer ist der festen Überzeugung, dass jemand in der Wohnung ihrer Schwester war. Ich stehe dieser Aussage skeptisch gegenüber, kann aber nicht ausschließen, dass da etwas dran ist. Und dann, viertens, die Geschichte mit dem Journalisten. Was wollte sie ihm mitteilen?«

Lena blickte sie aufmerksam an, als sie jetzt die Hand sinken ließ. »Und weiter?«, wollte sie wissen. »Das alles ist für Sie wenig überzeugend, wie Sie mir und Christine schon sagten. Sie müssen noch etwas haben.«

Jutta Ernst zögerte, bevor sie weitersprach. »Etwas hat mich stutzig gemacht. Wieso hatte sie ein Hanfseil im Haus? Wir gehen nach allem, was wir wissen, von einer Kurzschlusshandlung aus. Das Seil musste sie aber zu diesem Zeitpunkt bereits besessen haben. Es ist kein Fabrikat, das man gewöhnlich im Haushalt verwendet. Also, wofür? Ich finde keine Antwort darauf. Haben Sie eine Erklärung dafür?«

Lena schüttelte den Kopf. »Nicht nur, dass ich kein Grund für einen Selbstmord einfallen will. Ich habe Christine Hornauer geholfen, ein paar Sachen in Emilias Wohnung zusammenzuräumen. Ich habe dort kein Seil gesehen.«

»Dann hätte Frau Hornauer also, wenn sie sich umgebracht hat, ein Seil nur für diesen Zweck in genau der richtigen Länge gekauft. In einer ganz willkürlichen Abmessung übrigens. Wer macht das? Normalerweise kauft man in ganzen oder halben Metern.« Sie verstummte, im selben Moment fing in der Nachbarwohnung laute Musik an zu hämmern. Jutta Ernst seufzte auf. »Ich muss hier raus«, murmelte sie, mehr zu sich selbst.

»Was machen wir denn jetzt? Sie dürfen nicht ermitteln, Christine Hornauer und ich können nichts tun …«

»Nichts, außer dass Sie mir weiterhin Bescheid sagen, sobald Ihnen etwas auffällt, was nicht in die offizielle Theorie passt. Darum möchte ich Sie ausdrücklich bitten.«

Lena sah sie lange an, dann stand sie auf und ging zum Fenster und sah gedankenverloren auf den grau sich dahinwälzenden Main hinunter. Als sie sich umdrehen wollte, fiel ihr Blick auf einen Wust von Papier und Unterlagen, der sich neben und auf dem Schreibtisch verteilte. Einen Moment lang glaubte sie, sich geirrt zu haben. Dann begriff sie, was sie sah. Gleich darauf verabschiedete sie sich hastig von ihrer Gastgeberin und rannte fast schon zur Tür hinaus.

Jutta Ernst hatte sich, kaum dass sie mit Lena Borowski ihr Appartement betreten hatte, gefragt, ob sie nicht einen Riesenfehler damit machte, der anderen zu vertrauen. Dann kam sie aus der Nummer nicht mehr so schnell heraus und zog es vor, ihre Bedenken so vage wie möglich zu formulieren. Besonders die Sache mit dem Seil ging über die allgemein bekannten Fakten hinaus.

Mitten im Gespräch veränderte sich plötzlich etwas, was Jutta Ernst nicht greifen konnte. Lena Borowski hatte sich abrupt zu ihr umgedreht und sich gleich darauf eilig verabschiedet.

Was war geschehen? Ihre Unterhaltung hatte vielversprechend begonnen. Die Borowski war offen gewesen. Weil sie wusste, dass die Polizei nur dann noch eine Handhabe hatte, den Fall Emilia

Hornauer wieder aufzugreifen, wenn ihr verwertbares neues Material vorlag?

Da sie offiziell nicht ermitteln durfte, musste sie dabei auf die beiden Frauen bauen. Lena Borowski erschien ihr dafür auch geeignet, sie war klug und ging strukturiert vor. Doch etwas war geschehen, das sie vertrieben hatte.

Jutta Ernst ging zum Fenster und sah hinaus. War dort etwas gewesen? Noch immer liefen Jogger am Main entlang, führten Hundebesitzer ihre Vierbeiner aus. Ihr Blick wanderte nach links zu ihrem Schreibtisch.

»Verdammt, ich bin eine Idiotin«, schimpfte sie im selben Moment laut mit sich selbst.

Sie sah, was Lena Borowski verärgert hatte. Was es ihr gleichzeitig schwer machen würde, das Vertrauen der Sozialarbeiterin zu gewinnen. Es gab nur eine Möglichkeit, das zu ändern.

Lena lief so schnell sie konnte die Treppen hinunter. Sie hätte es nicht ausgehalten, auf den Aufzug zu warten, um dann dort drinnen stillzustehen. Sie benötigte Bewegung.

Was war dieser Kommissarin bloß eingefallen? Wollte sie sie aushorchen? War ihre morgendliche Begegnung vielleicht gar kein Zufall? Sie war nur ein paar Worte entfernt davon gewesen, ihr alles zu erzählen, was sie wusste. Ohne Rücksicht darauf, dass Emilias geheime Nachforschungen noch keine beweisbaren Ergebnisse zum Ergebnis hatten. Wenn Jutta Ernst es wirklich ernst gemeint hätte, dann wären die Informationen aus Emilias Laptop womöglich wichtig für sie gewesen. Doch das, was Lena gesehen hatte, nur Sekunden bevor sie den Mund geöffnet und die Kommissarin in ihre Überlegungen eingeweiht hatte, hatte alles verändert.

»Mord im Bahnhofsviertel«, lautete die Schlagzeile des Zeitungsartikels, der auf dem Schreibtisch der Kommissarin lag. Ein älterer Ausschnitt aus der »Rundschau«, den sie schon kannte. Gerd hatte vor einigen Monaten als Zeuge in dem Fall ausgesagt. Ein Umstand, der ihr sehr gemischte Gefühle bereitet hatte, denn erst kurz zuvor waren sie sich das erste Mal begegnet. Auf einem der vielen Post-its darauf stand der Name »Gerhard Rohloff« und in

Klammern dahinter »Rotlicht-König«. Direkt daneben ein Notizzettel mit ihrem Namen: »Lena Borowski – Geliebte/Komplizin?«

Es hatte sie fast umgehauen, das zu sehen. Sie dachte an den Abend im »TrattoDino«. War Jutta Ernsts Auftauchen dort Zufall gewesen? Was steckte hinter der vermeintlichen Freundlichkeit dieser Frau?

Sie war unten angekommen und riss die Haustür auf.

Nur weg hier!

Jutta Ernst wartete vor der Haustür auf sie. Sie hatte den Aufzug genommen, um vor Lena unten zu sein.

»Frau Borowski, warten Sie. Bitte!« Sie wirkte zerknirscht, doch ihre Stimme ließ ihr keine andere Wahl als anzuhalten. »Ich muss Ihnen was erklären.«

Lena drehte ihre Mütze in der Hand. Sie war so was von wütend. Am liebsten hätte sie die Kommissarin einfach stehen lassen.

»Es tut mir leid. Ich habe Sie neulich abends mit Herrn Rohloff zusammen gesehen und da ist meine kriminalistische Spürnase mit mir durchgegangen. Glauben sie wirklich, ich hätte mit Ihnen das Gespräch über Frau Hornauer geführt und Sie in meine Wohnung gebeten, wenn ich Sie für …«, sie suchte nach einem unverfänglichen Wort und fand keins.

»Wenn Sie mich für eine Gangsterbraut halten würden?« Lena sah ihrem Gegenüber direkt in die Augen. Jutta Ernsts bernsteinfarbene Augen weiteten sich, dann zog sie eine Grimasse und hob in einer entschuldigenden Geste die Hände.

Sie traten kurz zur Seite, um einer Frau mit einem Kleinkind auf dem Arm und einem Mann, der einen Kinderwagen schob, Platz zu machen und sprachen erst weiter, als die kleine Gruppe das Haus betreten hatte.

Jutta Ernst blies die Backen auf, schüttelte den Kopf. »Ihr Bekannter ist kein unbeschriebenes Blatt, das brauche ich Ihnen ja nicht zu erzählen«, erwiderte sie knapp. »Was den Tod von Frau Hornauer betrifft, und nur darum geht es, wollen Sie, dass noch einmal sorgfältig geprüft wird, ob es sich wirklich um einen Selbstmord handelt. Ich sehe beim besten Willen keinen Zusammenhang zu Gerhard Rohloff.«

Lena war so leicht nicht zu besänftigen. »Warum dann dieses Interesse für Herrn Rohloff und mich?«

»Ich bin noch nicht lange im Rhein-Main-Gebiet. Würden Sie es akzeptieren, wenn ich sage, es war berufliche Neugier und der Wunsch, mich in die örtlichen Gegebenheiten hier einzuarbeiten? Nur deshalb sammle ich solche Zeitungsartikel.«

»Gut, setzen wir unser Gespräch fort«, antwortete Lena nach einer langen Pause.

Sie hatte der Borowski mehr erzählt, als sie ursprünglich wollte. Trotzdem fühlte sie sich deshalb nicht unwohl. Die Sozialarbeiterin war eine aufmerksame Zuhörerin, stellte genau die richtigen Fragen, spekulierte nicht wild in der Gegend herum, wie es manchmal Angehörige von Mordopfern oder Selbstmördern taten.

Dennoch rumorte es in Jutta Ernst. Die Sozialarbeiterin kannte nun mehr Details zu der Toten im Buchschlager Wald als der gemeine Zeitungsleser. Sie hoffte, dass sie die Borowski richtig einschätzte und diese sich nicht irgendwann einmal verplapperte.

Auf der anderen Seite hatte Lena Borowski sie über die Dokumente aufgeklärt, die sie in Emilia Hornauers Tasche befunden hatten.

»Abrechnungsbetrug ist kein Offizialdelikt. Und es gibt keine Beweise, dass die Zahlen und Frau Hornauers Vermutungen stimmen. So etwas ermitteln wir nicht. Aber es könnte natürlich sein, dass die Tote in etwas verwickelt war und der Suizid ihr als einziger Ausweg erschien.«

Insgesamt änderte ihr Austausch nichts an den Fakten. »Wenn wir die Sache weiter untersuchen sollen, brauche ich einen handfesten Grund. Noch habe ich keinen«, hielt Jutta Ernst fest. In diesem Satz schwang die Hoffnung mit, jemand könne ihr einen liefern.

»Was, wenn ich noch einmal mit dem Journalisten spreche?«, schlug die Borowski vor.

Jutta Ernst zuckte die Schultern. »Möglich, dass er mehr weiß, als er Ihnen bisher gesagt hat. Aber auch hier sind wir auf Beweise angewiesen. Bloße Vermutungen helfen nicht.«

Sie hatte gespürt, dass da noch etwas war, aber dann war die Borowski gegangen.

»Christine Hornauer hatte einen Unfall, sie liegt noch im Krankenhaus. Vielleicht weiß sie, was uns weiterbringt«, hatte sie gemurmelt. Und Jutta Ernst in dem sicheren Gefühl zurückgelassen, dass es etwas gab, über das sie sich mit der Schwester der Toten abstimmen musste, bevor sie darüber redete.

+++

»Sie wird uns helfen, sobald sie einen Ansatzpunkt hat. Wir müssen herausfinden, wo Emilia ein Schließfach gemietet hat.«

Nach dem Gespräch mit Jutta Ernst war Lena zum Parkplatz getrabt, wo ihr Rad stand, und anschließend durch die vom Samstagstrubel belebten Straßen nach Hause geradelt. Sie hatte zum zweiten Mal an diesem Morgen geduscht. Zunächst heiß, bis sämtliche Muskeln wohlig ächzten, um gleich darauf eiskalt abgeschreckt zu werden. Jetzt waren ihre Haare notdürftig trocken gerubbelt und sie saß, mit einer Tasse frisch gebrühtem Kaffee vor sich, in ein Badelaken gehüllt, auf ihrer Couch und telefonierte.

»Bei der Sparkasse hatte sie keinen Banksafe. Das weiß ich«, tönte Christines Stimme durch das Telefon an ihr Ohr. »Sobald ich aus dem Krankenhaus komme, sehe ich noch einmal alle Unterlagen durch. Irgendwo muss es ja einen Hinweis geben.«

Nach dem Telefonat zog sich Lena an. Gerade, als sie sich einen Pullover über den Kopf streifte, klingelte ihr Telefon erneut.

Es war eine Bekannte aus dem Yogakurs, mit der sie sich für den Sonntagabend auf ein Glas Wein verabredete.

Danach suchte Lena die Nummer des Journalisten Jens Borgmann heraus. Er hob bereits nach dem zweiten Klingeln ab.

»Hier ist Lena Borowski, wir haben uns kürzlich in Offenbach kennen gelernt, in der Wohnung von Emilia Hornauer. Ich war mit ihrer Schwester dort.«

»Ja, ich erinnere mich«, antwortete er zögerlich. »Gibt es was Neues?«

»Ich würde Sie gerne treffen, um Ihnen etwas zu zeigen.«

Die Geräusche am anderen Ende zeigten ihr, dass Borgmann mit dem Telefon das Ohr wechselte.

»Wenn, dann heute. Ab morgen bin ich unterwegs. Gegen fünf hätte ich Zeit.«

Lena sagte zu und notierte sich den Namen eines Lokals in der Moselstraße in Frankfurt.

Bis dahin hatte sie noch viel Zeit, die Sachen auszudrucken, die sie dem Journalisten zeigen wollte.

Kurz nach vier ließ ihr Golf sie im Stich. Lena fluchte leise, als der Wagen statt eines satten Motortons lediglich ein klägliches Stottern von sich gab. Da war wohl eine neue Batterie fällig.

Sie schlug die Tür zu, zog ihren Parka enger um sich und stiefelte los zum Offenbacher Bahnhof. Sie hatte Glück und erwischte gleich einen Zug. Fünf Minuten vor fünf betrat sie das Lokal im Frankfurter Bahnhofsviertel. Jens Borgmann saß an einem Fenstertisch. Vor ihm lagen eine Kamera und ein Tablet, auf dem er herumtippte. Als Lena zu ihm trat, erhob er sich nicht, sondern deutete stumm auf den Platz ihm gegenüber.

»Bin noch mitten in einer Recherche«, quetschte er hervor. Es sollte wohl eine Entschuldigung dafür sein, dass er noch ein paar Sätze schrieb, bevor er sich ihr zuwandte.

»Woran arbeiten Sie?«, fragte Lena, die inzwischen ihren Parka ausgezogen, einen Kaffee bestellt und sich gesetzt hatte.

»Eine heikle Geschichte. Ich folge einem Tipp um eine Prostituierte, die von Zuhältern zum Mord an einem ihrer Kunden gezwungen wurde.«

»Hier? In Frankfurt?«

»Nein, das war in Norddeutschland, aber die Frau hat die letzten Jahre ihrer Haft in der JVA Preungesheim verbüßt. Sie wurde vor einigen Tagen entlassen und ist bei einer Freundin hier untergekommen. Ich wollte mit ihr sprechen, bevor sie die Stadt verlässt. Mehr kann ich Ihnen jetzt zu meiner Geschichte nicht sagen. Erzählen Sie mir lieber, warum Sie mich sprechen wollten und was Sie mit der ganzen Sache zu tun haben.«

Lena holte die Papiere aus ihrer Umhängetasche. »Frau Hornauers Tod wird als Selbstmord eingestuft. Christine Hornauer, die Schwester, und ich fragen uns die ganze Zeit, was es gewesen sein könnte, das sie so weit gebracht hat. Oder ob es womöglich gar kein Selbstmord war.«

Er beugte sich interessiert zu ihr nach vorne.

»Ich habe mit ihr bei einigen Projekten zusammengearbeitet, darüber hinaus waren wir privat gut bekannt. Als ich in ihren Unterlagen Hinweise auf Unregelmäßigkeiten bei Abrechnungen gestoßen bin, habe ich mich natürlich gefragt, ob es etwas damit zu tun gehabt haben könnte.«

»Sie meinen, sie war selbst in etwas verwickelt und hat urplötzlich keinen Ausweg mehr gesehen?«

»Entweder das, oder …« Lena stockte. Sie konnte diesen vagen Verdacht unmöglich aussprechen.

»Oder sie hat ihre Nase zu tief in anderer Leute Angelegenheiten gesteckt? Ist es das, was Sie meinen?«

»Möglich wäre es doch.«

»Tja, klingt ein bisschen merkwürdig, solange niemand weiß, worum es wirklich geht. Und ob es überhaupt einen Zusammenhang zwischen den Problemen ihrer Kollegin und dem, was sie mir mitteilen wollte, gibt.«

»Gut, ich zeige Ihnen, was ich in den Unterlagen von Emilia gefunden habe. Vielleicht wollte sie darüber mit Ihnen sprechen.«

Sie schob ihm die Blätter zu. Jens Borgmann studierte die Aufstellungen aufmerksam, bevor er sie ihr zurückgab.

»Kann ich nichts mit anfangen. Was ist das?«

»Diese Aufzeichnungen zeigen, dass die gGAB, eine gemeinnützige GmbH, bei Projekten für arbeitslose Hartz-IV-Empfänger überhöhte Abrechnungen an den Landkreis Offenbach gestellt hat.«

»Ja, und?« Borgmann hatte sich zurückgelehnt, die Arme verschränkt. Er schaute nicht drein wie jemand, der eine große Story wittert.

Lena hob die Papiere und wedelte damit herum. »Das ist doch eine Story für Enthüllungsjournalisten! Öffentliche Gelder, Korruption …«

Borgmann atmete tief aus und sah aus dem Fenster. »Mag sein. Aber nicht meine Baustelle. Wirtschaftskriminalität interessiert mich nicht. Ich schreibe Artikel, die soziale Missstände aufgreifen, möglichst anschaulich gemacht durch Einzelschicksale.«

Lena dachte an den Artikel über die obdachlosen Kinder. »Warum hat sich Emilia denn mit Ihnen in Verbindung gesetzt?«, murmelte sie ratlos.

»Wie gesagt, sie hat mir lediglich eine Story angekündigt, die in meine Berichterstattung passen würde. An dem Samstag sollte ich die Unterlagen bekommen, die ich für eine erste Begutachtung brauche. Sie tat ziemlich geheimnisvoll, aber da sie genau wusste, womit ich mich beschäftige, habe ich mich auf das Treffen eingelassen. Nicht ohne ihr zu sagen, was und wie ich Informationen brauche, um gegebenenfalls damit zu arbeiten.«

Er starrte sekundenlang vor sich hin, hob dann abrupt den Kopf, als Lena ihn nach den Vorgaben fragte.

»Gerade bei solchen heiklen Themen müssen wir uns absolut auf Diskretion und auf die Zuverlässigkeit der Quellen verlassen können. Es gibt kaum etwas Schlimmeres, als wenn die plötzlich wegbrechen, womöglich mitten in der Berichterstattung.«

Es dauerte einen Moment, bis Lena begriff, was es mit dieser Aussage auf sich hatte. »Quellen?«, fragte sie tonlos.

»Quellen. Ja. Nicht Mineralwasser. Sondern Leute, die uns Informationen aus erster Hand geben, mit einwandfreiem Material, Belegen, Fotos, eidesstattlichen Erklärungen und so weiter.«

»Herr Borgmann, ich weiß, was Quellen für Zeitungen sind. Aber Sie haben im Zusammenhang mit Emilia bisher nichts Derartiges verlauten lassen.« Sie spürte einen Anflug von Ärger über den selbstgerechten Ton ihres Gegenübers.

»Nicht?« Er fuhr sich mit einer zerstreuten Geste durchs Haar. »Sorry. Muss wohl damit zu tun haben, dass wir so weit noch gar nicht gekommen waren.«

»Wie weit?« Lena legte die Arme auf den Tisch und sah den Journalisten mit zwingendem Blick an.

»Frau Hornauer hatte mir für den Samstag einwandfreies Material zugesagt. Mit Insiderwissen. Mit dieser *Quelle*« – er betonte das

Wort – »wollte sie sich vorher treffen. Wann genau, weiß ich nicht. Wer es ist, natürlich ebenso wenig. Aber ich halte es für ausgeschlossen, dass es dabei um getürkte Abrechnungen ging. Das interessiert mich, wie schon gesagt, nicht und dazu war sie viel zu … nervös.«

Lenas Blick wanderte zu dem großen Fenster, das auf die Straße hinausging. Dort hielt gerade ein dunkler Van mit getönten Scheiben. Ein Mann, den Lena erst auf den zweiten Blick erkannte, sprang heraus und öffnete die hintere Schiebetür. Heraus stiegen fünf stark geschminkte Frauen, eine dünner angezogen als die andere. Lena fror beim bloßen Anblick der kurzen Röcke und taillenfreien Tops, über die nur notdürftig wärmende Jacken aus Kunstfell oder billigem Lederimitat gezogen waren.

Die Frauen verschwanden auf hohen Absätzen in der »Lulu-Bar« schräg gegenüber.

»Go-Go-Tänzerinnen und Animiermädchen. Dort drüben wird an der Stange getanzt und darüber ist ein Stundenhotel.«

Jens Borgmann stülpte die Lippen auf nach diesem Satz. Lena erkannte so etwas wie Mitleid in seinen Augen. Gleich wandte er sich ihr wieder zu und der Anflug war wie weggewischt.

»So Lady, ich muss. War nett mit Ihnen geplaudert zu haben, aber mein Text soll heute noch fertig werden. Die nächsten Tage bin ich in Hamburg. Wenn Sie was herausfinden, melden Sie sich.« Er stand auf, legte einen Schein unter seine leere Tasse, wobei er Lena bedeutete, ihr Kaffee sei ebenfalls bezahlt, packte sein Laptop in eine große Umhängetasche und griff nach seiner Kamera. Lena verließ mit ihm gemeinsam das Lokal. Vor der Tür blieben sie stehen. Sie blickten beide stumm zu der Bar hinüber. Dann wandte der Journalist sich nach rechts, auf die Münchener Straße zu, und hob zum Abschied die Hand. Lena warf einen letzten Blick auf den immer noch vorschriftswidrig geparkten Van, bevor sie in die entgegengesetzte Richtung ging. Minuten später stand sie vor der »Kinky-Bar«.

+++

Der Mann, der sich Martin M'Boko nannte, verharrte angespannt auf dem Fahrersitz des Wagens. Seine Fracht hatte er bereits abgeladen. Dieser Teil seines Jobs war abgeschlossen, bis er die Frauen am frühen Morgen wieder abholen würde. Was ihn in diesem Moment noch vor der Bar hielt, war die Schlampe, die vor dem Lokal gegenüber stand und herübersah. Er wusste zwar, dass sie ihn durch die getönten Scheiben nicht erkennen konnte, dennoch war ihm ihr Interesse äußerst unangenehm.

Als sie davonging, stieg er aus und folgte ihr auf der anderen Straßenseite. Erstaunt sah er sie kurz darauf einen Schuppen in der Nähe der Kaiserstraße betreten. Er zuckte die Schulter. Dort arbeiteten keine Mädchen, die er kannte, also war es ihm egal. Doch er würde Bescheid sagen müssen, die Frau steckte ihre Nase zu tief in Dinge, die sie nichts angingen. Er kehrte zum Van zurück, zog ein Smartphone der neuesten Generation hervor und tippte auf eine Kurzwahltaste.

Es wurde abgehoben, aber niemand meldete sich. M'Boko schnalzte drei Mal mit der Zunge, daraufhin ertönte ein lang gezogenes »Jaaa?«

»Hier ist eine Tussi aufgetaucht. Sozialarbeiterin, war neulich bei mir in der Wohnung. Ich glaube, die hat was gemerkt.«

Die Stimme am anderen Ende blieb ruhig.

»Borowski heißt die Tante. Weiß ich, weil sie mich mal angerufen hat. Auf meinem alten Handy.«

Jetzt wurde die Stimme am anderen Ende laut.

»Verstanden. Mache ich.« Verwirrt legte M'Boko auf.

Er schien nicht der Einzige zu sein, dem die Sozialarbeiterin auf die Füße getreten war.

Doch jetzt war sie einen Schritt zu weit gegangen. Die Alte würde Ärger kriegen. Richtig Ärger, so viel war schon mal klar.

+++

»Lena! Was für eine Überraschung.« Gerd Rohloff sah mit einem Lächeln auf, als sie sein Büro betrat. Der Mitarbeiter, der sie hineinbegleitet hatte, verschwand lautlos. Gerd umrundete geschmeidig seinen Schreibtisch und zog sie an sich.

Lenas Entscheidung, ihn in seinem Klub zu besuchen, war sehr spontan gewesen. Nach ihrer gemeinsamen Nacht und der Rückfahrt aus Dreieich am Morgen hatte sie fast ständig an ihn gedacht. Dass ihr Gespräch mit Jens Borgmann sie ausgerechnet ins Bahnhofsmilieu und damit auch in die Nähe von Gerds »Kinky-Klub« führen würde, davon hatte sie natürlich vorher keine Ahnung gehabt.

»Hey!«, sagte sie betont aufgeräumt und ließ sich von ihm in seine Arme ziehen. »Ich war gerade in der Nähe und dachte …«

Er lachte dröhnend auf bei diesen Worten und sie stimmte mit ein.

»Klingt komisch, stimmt aber.« Sie löste sich aus seiner Umarmung. Nicht, weil sie ihr unangenehm war. Im Gegenteil, seine körperliche Nähe löste mehr denn je ein Kribbeln in ihr aus. Das sie jetzt erst einmal ignorieren musste. »Ich war mit einem Journalisten verabredet«, begann sie. »Dabei habe ich eine seltsame Sache beobachtet. Ein Mann, mit dem ich beruflich zu tun hatte, hat Frauen vor einer Bar abgeladen und ich wollte dich fragen, ob du Näheres darüber weißt.«

Rohloff zog die Brauen nach oben. »Was Berufliches?« Sie sah ihm an, dass er nicht verstand, worum es genau ging.

»Der Mann scheint nicht derjenige zu sein, für den er sich ausgibt. Nun sehe ich ihn aus einem Auto steigen, mit dem er ein halbes Dutzend Animierdamen in die ›Lulu-Bar‹ gekarrt hat. Da interessiert es mich verständlicherweise, was es damit auf sich hat.«

Aus Rohloffs Gesicht war jede Wiedersehensfreude gewichen. Er sah sie beunruhigt an. »In der Bar sind hauptsächlich ausländische Frauen beschäftigt. Wenn der Typ, von dem du sprichst, einige von ihnen dort abgesetzt hat, gehört er wohl zu den Zuhältern der Mädchen.«

»Zuhälter?« Lena verzog angeekelt das Gesicht.

»Komm, du wirst doch nicht glauben, dass das Geschäft mit dem käuflichen Sex hier nur auf freiwilliger Basis läuft und von fröhlich freiberuflich arbeitenden Prostituierten betrieben wird. Bist du sicher, dass es sich um denselben Mann handelt, den du kennst?« Er griff nach einem Stift und drehte ihn in der Hand.

»Hundertpro. Wem gehört die Bar?«

Gerd atmete heftig aus. »Einem unangenehmen Zeitgenossen.« Er schaute weg von ihr, als krame er in seiner Erinnerung. »Heißt Marius, hat immer wieder Ärger mit jugendlichen und ausländischen Prostituierten. Allerdings auch einen heißen Draht zu manch einer Behörde, sodass ihm noch nie etwas passiert ist. Man munkelt, sein rotes Telefon klingelt, sobald ihm Ungemach droht.«

»Was heißt denn ›heißer Draht‹? Ist das so eine Umschreibung für Korruption?«

Rohloff zuckte die Achseln und warf den Stift auf den Tisch. »Keine Ahnung, ob das wirklich so ist. Vermuten könnte man es.«

»Kennst du den Kerl?«

Er verzog den Mund. »Nur von Weitem. Mit Leuten seines Schlages mache ich keine Geschäfte. Und du solltest dich da ganz raushalten. Was auch immer sich da abspielt, es sollte dir egal sein.«

Bevor sie antworten konnte, klingelte ein Telefon. Gerd griff nach dem Smartphone und seine Miene verdüsterte sich. Er warf einen unschlüssigen Blick zu Lena und drückte das Gespräch weg. Auf einen Schlag hatte sie das Gefühl zu stören.

»Ich gehe dann mal wieder«, murmelte sie und griff nach ihrer Jacke.

»Nein, bleib doch noch.« Er beugte sich nach vorne und ergriff ihre Hand. »Wie wäre es, wenn wenigstens du jetzt Feierabend machst und mit mir ein Glas Whisky trinkst? Ich habe einen exzellenten Dalwhinnie hier. Der wärmt das Herz und die Sinne.« Er blinzelte ihr verschwörerisch zu und Lena spürte, wie sie rot wurde.

»Einen Kleinen«, ging sie auf sein Angebot ein.

Der Whisky rann zugleich torfig und weich wie flüssiger Honig durch ihre Kehle. Rohloffs Kuss schmeckte nur eine Spur schärfer, so, als habe er noch eine Prise Pfeffer in sein Glas getan. Als sie sich löste, sich zwischen seinen Armen umdrehte, fuhr er mit der Hand unter ihren Pulli, den Mund an ihren Nacken gepresst. Sie stützte sich mit den Armen an die Wand vor sich, schloss die Augen und blendete alles außerhalb des Raumes aus. Als sie seine Finger unter dem Rand ihrer Jeans spürte, folgte sie mühelos dem Rhythmus, in dem er ihren Körper zum Schwingen brachte, sodass sie etliche köstliche Minuten später auf das Ledersofa sank und ihre Hüften hob, bereit, ihn in sich aufzunehmen.

+++

Martin M'Boko dachte nur kurz nach, nachdem er den Anruf von Aboukar aus der Moselstraße entgegengenommen hatte.

Diese Frau vom Amt kam ihnen zu nahe, das konnte er nicht zulassen. Aboukar hatte er aufgetragen, sich erst einmal von ihr fernzuhalten. Er bewohnte schon eine Weile M'Bokos Wohnung und bezahlte pünktlich seine Untermiete. Das Geld dafür verdiente er sich, indem er die Frauen hin- und herfuhr und andere Botendienste erledigte. Für den Job, den er jetzt zu vergeben hatte, war er jedoch nicht unbedingt zu gebrauchen. Den musste jemand erledigen, der kühler und erfahrener war.

M'Boko griff nach einem zweiten Mobiltelefon. Schnell tippte er die Nummer der »Lulu-Bar« ein. Der Mann, mit dem er redete, kam aus demselben Land wie er. Er verstand sofort und wusste, was zu tun war. Er würde sich von Aboukar eine Personenbeschreibung der Frau geben lassen, um der Schnüffelnase auf den Zahn fühlen.

+++

Sie hatte die Bahn vom Hauptbahnhof aus zurück nach Offenbach genommen. Auf der Fahrt sortierte sie ihre Gedanken und Gefühle. Schon in der Nacht zuvor hatte es sich fremd und richtig zugleich angefühlt. Nun, nach dem Intermezzo in seinem Büro, nahm sie erstaunt zur Kenntnis, wie unkompliziert all das war, das ihr monatelang so schwierig erschien. Etwas zwischen ihr und Rohloff schien zu passen. Sie fragte sich, warum sie keine Gewissensbisse verspürte. Hatte sie nicht Tamae und – auf eine unklare Weise auch Karin – betrogen? Nein, schaltete sich ihre Vernunft ein. Denn keine der beiden Beziehungen war ja fest oder gar auf Monogamie aufgebaut. Wenngleich Tamae vermutlich niemals mit einer anderen Frau zusammen gewesen war, seit sie Lena kannte. Ausgerechnet Tamae, die sich in ihrer Freundschaft so spröde und distanziert verhielt, lebte wohl monogam.

Lena stieg am Offenbacher Bahnhof aus. Es war dunkel, kalt und unfreundlich und sie verließ das Gebäude eiligen Schrittes. Die Handvoll Leute, die mir ihr den Zug verlassen hatten, zerstreuten sich schnell. Sie ging die Schäferstraße hoch, bog dann nach rechts in die Liebigstraße ein. Auf der Höhe der Dreißigernummern wanderte ihr Blick hinauf zu dem Gebäude mit den zwei großen, dunklen Fenstern von Emilias Dachgeschosswohnung, die sie schon von Weitem erkennen konnte. An der Haustür angekommen, sah sie, dass der Briefkasten überquoll. Sie überlegte nicht lange, suchte in ihrer Tasche nach dem Schlüsselbund, den Christine ihr gegeben hatte, und betrat den Hausflur.

Sie fischte Werbung, etwas, das wie eine Rechnung aussah, eine Postkarte und eine Gratiszeitung aus dem Kasten und beschloss, die Sachen gleich oben abzulegen. Nach weniger als fünf Minuten trat sie wieder auf die Straße. Blieb irritiert stehen. War da jemand gegenüber, der gerade eilig hinter einem SUV verschwand? Etwas hatte sich bewegt, doch nun konnte sie nichts mehr erkennen. Sie zuckte mit den Schultern und ging weiter. An der Kreuzung bog sie links zum Starkenburgring hinauf ab und überquerte ein Stück weiter die Sprendlinger. Minuten später war sie zu Hause und streifte seufzend ihre Schuhe ab.

+++

Es war Ions Handy, das Sally unten in der Küche geklaut hatte. Die Hoffnung, etwas an ihrer Situation drehen zu können, war stärker als die Angst. Sunita sah mit großen Augen zu, wie Sally eine Nummernfolge eintippte. Gleich darauf redete sie auf Englisch mit jemandem. Mit der Frau, die ihr ihre Visitenkarte gegeben und ihr Hilfe angeboten hatte. Zum Ende des Gesprächs hin wollte die Fremde wissen, wo sie sich befanden. Aber Sally wusste es nicht und Sunita konnte es ihr nicht sagen. Selbst die Frauen, die man in die Bars brachte, hätten die Frage, wo das Haus steht, nicht beantworten können. Man transpor-

tierte sie in einem Wagen mit abgedunkelten Scheiben zu ihren Arbeitsplätzen und zurück.

Natürlich kam Ion irgendwann nach oben und fand das Telefon. Für Sally setzte es wieder Schläge, dieses Mal folgte aber eine Bestrafung der ganz perfiden Art. Sie wurde einem Freier übergeben, der für seine Brutalität bekannt war. Sunita würde ihre Schreie nicht vergessen, ebenso wenig den Geruch nach verbranntem Fleisch, als sie ins Zimmer zurückkam.

»Tu einfach, was sie dir sagen«, versuchte sie es zum wiederholten Mal.

Eine Zeit lang schien es gut zu gehen. Sally blieb im Haus und hatte bald sogar so etwas wie einen Stammfreier. Ein älterer Mann, wie sie erzählte, der gar nicht viel von ihr wollte. »Händchenhalten«, erzählte sie Sunita und lachte. »Schmusen. Er mag es, wenn ich mich an ihn kuschle. Wirklicher Sex interessiert ihn selten.«

Sunita fand das eigenartig und beneidenswert. So jemanden hätte sie auch gerne gehabt. Ihr Stammfreier war in letzter Zeit nicht mehr ganz so häufig zu ihr gekommen und sie begann, sich Sorgen zu machen.

Ion hatte Sally gedroht, dass er ihr so etwas nicht noch einmal durchgehen lassen würde. Doch die war, kaum dass die äußeren Wunden verheilt waren, sogar noch einen Schritt weiter gegangen. Es war genau dieser Schritt, der letztendlich in die Katastrophe führte.

17

Die Amsel vor dem Fenster sang mit einer Inbrunst, die man durchaus als Vorfreude auf den kommenden Frühling deuten konnte. Lena schlug dennoch widerwillig die Augen auf. Die Vorhänge in ihrem Schlafzimmer waren nicht ganz zugezogen. Herein drang helles Licht, man sah einen Streifen des hellblauen Himmels, der sich an diesem Sonntag über Offenbach spannte. Nach einem Blick auf den Wecker setzte sie sich ruckartig auf. Sie hatte fast zehn Stunden geschlafen, es war kurz nach neun. Im Hausflur rumorte jemand herum, es hörte sich an wie die Rollen eines Trolleys. Vermutlich die Stewardess, die vor Kurzem zwei Etagen höher eingezogen war. Lena gähnte herzhaft, während sie aus dem Bett stieg. Sie hob die Arme, um ihren Körper zu dehnen und zu strecken. Dabei spähte sie auf die Straße hinunter, auf der kurz die Flugbegleiterin in Uniform und mit Rollkoffer erschien, um gleich wieder aus Lenas Blickfeld zu verschwinden. Sie sah aufmerksam die Straße entlang. Seit dem Abend neulich war ihr niemand mehr aufgefallen. Vielleicht hatte die Stewardess ja einen Verehrer, der sich vor dem Haus positioniert hatte? Oder gar einen Stalker? Eine ähnlich gelagerte Geschichte war einer Klientin mal passiert. Sie hatte der bedauernswerten Frau damals geholfen. Die musste, um ihrem eifersüchtigen Ex zu entkommen, zwei Mal die Wohnung wechseln. Was für sie mit erheblichen Problemen verbunden war. Genutzt hatte es nichts. Der Typ war einer der Männer, die sich in ihre Verfolgung verbissen, sich dabei körperlich Schwächere aussuchten, um ihre vermeintliche Stärke zu demonstrieren. Ein Loser, der den Konflikt brauchte, um sich wichtig zu fühlen. Nach einem tätlichen Angriff auf die Frau war inzwischen wenigstens Kontaktverbot verhängt worden, sodass er sich ihr nicht mehr nähern durfte.

Nach einer kurzen, heißen Dusche machte sich Lena auf, um in der kleinen Bäckerei ein Stück die Straße weiter oben frische Brötchen zu holen. Danach brühte sie sich einen starken Kaffee, goss heiße Milch dazu und machte es sich mit der Sonntagszeitung in der Küche gemütlich.

Sie war bereits dabei, das Geschirr zu spülen, als der Anruf kam.

»Karin«, keuchte sie, als sie die Teilnehmerkennung sah.

»Hallo, Lena«, Karins Stimme klang schwach.

»Ich habe so oft versucht, dich anzurufen«, sprudelte es aus Lena heraus.

»Das weiß ich doch.« Eine Stille trat ein, die Lena nervös machte.

»Wie geht es dir? Bist du … okay? Hast du die Operation gut überstanden? Wie ist es da, wo du jetzt bist?« Fragen über Fragen drängten über Lenas Lippen.

Karin wollte offensichtlich zunächst über etwas anderes sprechen. »Albrecht … er hat mir heute erzählt, dass ihr euch in der Uniklinik getroffen habt.«

»Oh gute Göttin!«, entfuhr es Lena unwillkürlich.

»Er weiß Bescheid über uns«, fuhr Karin tonlos fort.

»Karin, es tut mir so leid«, stammelte Lena. Die Vorstellung, dass Albrecht seiner Frau womöglich eine Szene gemacht hatte, brach ihr schier das Herz.

»Muss es nicht.« Es hörte sich an, als ob Karin sich gerade einen Ruck gegeben hätte. »Hör mir zu. Es ist okay, dass er weiß, was los ist. Irgendwann hätte ich es ihm ja doch sagen müssen. Nur die Art und Weise …«, sie stockte. Lena dachte an den Brief, den Karin ihr geschrieben und der sie nie erreicht hatte. Kurz wallte so etwas wie Zorn in ihr auf. Sie schluckte eine entsprechende Bemerkung hinunter. Für Karin war alles schon schlimm genug.

»Das war nicht ideal«, setzte sie den Satz ihrer Freundin stattdessen fort.

»Genau. Trotzdem ist es passiert und ich muss damit umgehen. Für Albrecht ist alles momentan sehr schwierig. Als wäre er aus seiner Umlaufbahn geschleudert worden.«

»Ist er bei dir? In Bayern?«

»Er besucht mich gerade, ja.«

»Jetzt etwa auch?«, fragte Lena alarmiert. Hörte er womöglich mit? Das sah Karin nicht ähnlich.

»Nein. Natürlich nicht. Ich will die Zeit nutzen, um mit dir etwas zu vereinbaren.«

Lena spürte, wie ihr Herz ein Stück zu sacken schien, der ursprüngliche Platz sich mit Kälte füllte. »Willst du dich trennen?«

»Das kann ich noch nicht sagen.«

Karins Worte schnürten ihr fast die Luft ab.

»Wir waren ja nie ein richtiges Paar. Waren mehr heimliche Liebhaberinnen. Du hattest immer Tamae, ich hatte immer Albrecht. Aber ich liebe dich.«

Lena presste die Lippen aufeinander und versuchte, die Tränen zurückzuhalten.

»Vermutlich werde ich dich immer lieben, Lena. Warum, weiß ich nicht. Du bist die einzige Frau, die jemals solche Gefühle in mir ausgelöst hat. Aber jetzt muss ich an etwas anderes denken. An mich und meine Gesundheit. Die OP ist gut verlaufen. Ich habe Hoffnung, dass ich wieder gesund werde.«

»Warum hast du mir nichts gesagt? Seit wann wusstest du es? Du warst so merkwürdig in der letzten Zeit, ich konnte mir keinen Reim darauf machen.«

»Es ging nicht, Lena, ich habe gespürt, dass etwas nicht stimmt, als ich einen Knoten ertastete. Ich habe etwas gemacht, was man nicht machen soll, und versucht, es zu ignorieren. Vor mir selbst, vor Albrecht und auch vor dir. Ich wollte niemanden beunruhigen. Eine ganze Weile lief ich herum, zwischen Angst und Hoffnung. Der Knoten blieb, natürlich. Als ich mich endlich zu meiner Ärztin gewagt habe, ging alles ganz schnell.«

Wieder trat eine Pause ein. Lena hörte, wie Karin sich aufsetzte.

»Noch bin ich in der Klinik, aber auch danach komme ich nicht sofort nach Offenbach zurück, sondern bleibe erst einmal in Bayern.«

Lena kannte Karins Heimatverbundenheit, daher überraschte sie der vorläufige Rückzug dorthin nicht.

»Kann ich dich besuchen?«, wollte sie hoffnungsvoll wissen.

Ein tiefer Seufzer war die Antwort und schien ihre schlimmsten Befürchtungen zu bestätigen. »Vorläufig wäre mir das nicht recht. Ich habe nämlich keine Ahnung, wie es mit uns weitergehen kann.«

Eine Trennung von ihrem Mann kam für Karin nicht infrage, das war Lena klar. »Das tut weh, aber ich kann dich verstehen«, hörte sie sich sagen. »Komm wieder auf die Beine und melde dich, sobald du dich dazu in der Lage fühlst.«

»So machen wir es«, Karin hörte sich nun unendlich erschöpft und gleichzeitig dankbar an.

»Und, Karin – vergiss nicht, dass ich deine Freundin bin und immer bleiben werde. Egal, wie es mit uns weitergehen wird.«

Ein unterdrückter Laut kam durch die Leitung. »Bis bald, Lena.« Die Verbindung brach ab.

Sie starrte völlig irritiert auf den Apparat. Dann begriff sie, dass das Gespräch ihre Freundin angestrengt haben musste. Und dass

Karin ihr noch nicht einmal gesagt hatte, wo sie sich befand. Nicht einmal Blumen oder ein Buch konnte sie ihrer Geliebten schicken. Lena hatte keine Ahnung, wie sie mit dieser Situation umgehen sollte.

Bewegung! Bewegung war wichtig, um den Kopf freizukriegen. Die Luft war sanft und jetzt, um die Mittagszeit, schwang fast so etwas wie ein Hauch von Frühjahr mit. Sie verwarf ihren ersten Gedanken, ins Fitnessstudio zu gehen, und beschloss, lieber eine Runde zu radeln.

»Fräulein Borowski!« Frau Kasulke stand im Radkeller, ein Kopftuch unter dem Kinn verknotet, einen Korb mit Gartengerät auf dem Gepäckständer. »Wollen Sie auch frische Luft schnappen?«

Lena lächelte gequält, während sie ihr Fahrrad aufschloss.

»Ich fahre zu meinem Schrebergarten. Kommen Sie doch mit.«

Lena, die keinerlei Interesse an Grünzeug und Gartenarbeit hatte, fragte sich, was man im Februar dort tat.

»Jetzt ist Zeit, das Frühbeet vorzubereiten«, teilte die Hausmeisterin ihr mit, als habe sie ihr die Frage im Gesicht abgelesen.

Lena überlegte schon, welche Ausrede sie vorbringen sollte. Da fiel ihr die Marmelade ein. Und sofort hatte sie ein schlechtes Gewissen – wegen eines Glas' Eingemachtem!

Gerds Worte kamen ihr in den Sinn. Und – hatte sie nicht Frau Kasulke etwas für ihren Garten schenken wollen? Warum nicht ein bisschen Gesellschaft. Sie würde mit hinradeln, ein bisschen »wie nett« und »das ist aber schön« murmeln, um sich alsbald wieder zu verabschieden.

Sie fuhren den Buchrainweg hinauf, kreuzten den Taunusring und schwenkten auf die Hergenröder Straße. Vorbei an Äckern voller Winterkohl gelangten sie zu der Kleingartensiedlung. Frau Kasulke zog einen Schlüssel aus der Tasche und öffnete ein grün gestrichenes Metalltor, hinter dem es auf einem schmalen Weg weiterging.

Die Schrebergartensiedlung wirkte so aufgeräumt, als habe ein ganzes Heer von Freizeitgärtnern jeden Halm gestutzt und jedes Blatt auf den Kompost getragen. Frau Kasulkes Garten bestach durch seine Größe, den gelben Wasserspender und einen riesigen

Gartenzwerg, der auf einem Schwein saß. In ihrer Hütte war es sauber, alles lag und stand an seinem Platz. Nachdem Lena sich eine kurze Abhandlung über die Freuden der Tomatenzucht und das unvergleichliche Aroma selbst gezogener Erdbeeren angehört hatte, wollte sie sich höflich verabschieden. Doch ihre Gastgeberin hatte anderes vor und nötigte sie noch zu einer Tasse Kaffee.

»Ach herrje«, murmelte sie dann plötzlich, während sie in ihrer Kochnische herumwurstelte. »Ich hab ja keine Sahne mehr.«

»Ich hol schnell welche an der Tankstelle.« Lena war schon aufgesprungen.

»Das brauchen Sie nicht. Vorne im Vereinsheim habe ich vorhin jemanden gesehen. Gehen Sie da hin.«

Das »Clubheim« war eine Art Kiosk mit einem Biergarten. Vermutlich konnte man im Sommer im Innenhof ganz entspannt sitzen, eine Kleinigkeit essen und einen Äppler trinken. Nun wirkte alles sehr kühl. Ein hemdsärmeliger Mann mit einem beachtlichen Bauch und stark gerötetem Gesicht drückte ihr ohne viele Worte eine Tüte mit Kaffeesahne in die Hand und kassierte das Geld. Beim Hinausgehen fiel Lenas Blick auf eine Pinnwand, an der ein paar schriftliche Infos hingen. Relativ neu sah der Ausdruck eines Fotos aus. »Fahrrad gefunden«, stand darüber, unten war eine Mobilfunknummer angegeben.

»Das ist ja skurril«, murmelte sie in Richtung des Hemdsärmeligen, der gerade mit einem Eimer in der Hand zu ihr trat. »Normalerweise werden Räder doch gestohlen.«

»Steht schon eine Weile hier. War festgekettet. Hat sich noch keiner gemeldet.« Er quetschte sich neben ihr ins Freie, sie folgte ihm, nachdem sie sich das Foto noch einmal näher betrachtet hatte. Ein schickes Rad war das, nicht billig. Wie kam es, dass niemand es vermisste?

Zwei Tassen Kaffee mit Sahne später, den Schnaps hatte sie dieses Mal erfolgreich abgelehnt, verließ Lena Frau Kasulke, als diese begann, ihre Sämereien auszubreiten.

In der Weinstube in der Taunusstraße herrschten Stimmengewirr und Gläserklingen. Als Lena zur verabredeten Zeit am Abend ankam, war nahezu jeder Tisch besetzt. Sie hatte fast den ganzen Nachmittag über auf dem Rad gesessen und freute sich nun auf etwas zu essen und ein Glas Wein. Die Bekannte, mit der sie sich verabredet hatte, saß in der Nähe des Eingangs. Als Lena sich zu ihr gesellte, erkannte sie weiter hinten im Raum, dort, wo es zu den Toiletten ging, ein bekanntes Gesicht. Jutta Ernst.

»Moment, ich muss mal kurz mit jemandem sprechen«, entschuldigte sich Lena. Die Kommissarin sah sie nicht, sie war in die Unterhaltung mit einem dunkelhäutigen Mann vertieft. Gerade, als Lena zu den beiden treten wollte, legte er seine Hand auf die von Jutta Ernst und sah ihr dabei in die Augen. Bevor sie ihre Hand zurückzog, zögerte sie genau die Sekunde zu lang, die Lena schmunzelnd wieder abdrehen ließ. Es wäre keine gute Idee, die Kommissarin jetzt mit etwas Beruflichem zu konfrontieren. Sie würde sie am nächsten Tag anrufen und nachfragen, ob bekannt war, wer Emilia an ihrem Todestag in Dietzenbach angerufen hatte.

»Schön, dass es geklappt hat«, sagte die Yogafrau und lachte, als Lena wieder am Tisch saß und ihre Bestellungen serviert waren. Sie hob ihr Glas und prostete ihr zu. »Auf einen schönen Abend!«

»Unbedingt. Machen wir das Beste daraus!«, antwortete Lena und prostete zurück.

18

Die Fahrt mit der S-Bahn von Offenbach nach Langen dauerte wesentlich länger als mit dem Auto. Lena saß eingequetscht zwischen müde und misslaunig aussehenden Pendlern in einem überfüllten Waggon und versuchte, so flach wie möglich zu atmen. Jemand hatte sich seiner Liebe zu Knoblauch am Vortag ausgiebig hingegeben, ein anderer Fahrgast hustete ausdauernd, neben ihr saß ein bemützter weiblicher Teenager, der hektisch auf der Tastatur seines Smartphones herumdrückte.

Der zehnminütige Fußmarsch vom Bahnhof bis zum Büro der gGAB tat danach ausnehmend gut. Nics Porsche stand noch nicht auf dem Parkplatz, dafür brannte in Adelheids Büro bereits Licht.

Ein Grüppchen Seminarteilnehmer stand rauchend vor der Tür, Lena nickte ihnen grüßend zu. Im Treppenhaus nahm sie immer zwei Stufen auf einmal. Es pressierte ihr mit dem Gespräch, darum ging sie direkt zu Adelheid.

Die guckte erschrocken auf, als ihre Bürotür aufflog.

»Wir müssen über etwas sprechen. Es ist ernst und duldet keinen Aufschub.«

Adelheids Mund öffnete sich zu einer empörten Antwort, schloss sich jedoch, als Lena sich direkt auf den Besucherstuhl vor dem Schreibtisch fallen ließ. Sie verzichtete auf eine Einleitung und schob der stellvertretenden Geschäftsführerin ein paar bedruckte Seiten zu.

Adelheid zog sie mit einer unwirschen Geste zu sich heran und starrte verständnislos darauf. »Was ist das?«, fragte sie nach endlos scheinenden Minuten tonlos.

»Das steht drauf. Eine Art berufsspezifischer Deutschkurs. Durchgeführt für einen Verein, der mir nicht bekannt ist. Mit Hartz-IV-Beziehern aus dem Landkreis. Gefördert aus Mitteln des Landes und der EU.«

»Dann frage ich mich, was dich das angeht!« Adelheid schien wieder kurz davor, sich aufzuplustern.

»Schau dir mal die Namen an«, forderte Lena sie auf.

»Sagen mit nichts. Ich hab es mehr mit Zahlen«, knurrte Adelheid und schob die Blätter schwungvoll über den Tisch, zurück zu Lena.

»Es stehen ausschließlich Namen muslimischer Klienten auf der Teilnehmerliste.«

Emilias Notizen waren auch an diesem Punkt sehr aufschlussreich gewesen.

Adelheid zuckte genervt die knochigen Schultern. »Na und?«

»Guck auf den Monat«, die Blätter wurden erneut zu ihr hingeschoben.

»Keine Ratespielchen bitte. Dazu bin ich nicht aufgelegt.«

»Ramadan. Wir bemühen uns seit Jahren, im Fastenmonat keine Teilnehmer muslimischen Glaubens in Kurse zu nehmen. Und ihr macht genau das Gegenteil?«

Adelheid starrte Lena an. Dann das Blatt. Dann wich die Farbe aus ihrem Gesicht. »Was meinst du damit?«

»Du willst meine Meinung? Keiner dieser Männer war bei euch. Ihr habt ein Scheinmanöver durchgeführt mit Personendaten, die euch vorlagen. Und einem Teilnehmerkreis, bei dem es zu diesem Zeitpunkt keinerlei Überschneidungen mit anderen Kursen hätte geben können. Alles ist ein Fake, nur die Abrechnung nicht. Gezahlt wurde. Und jetzt will ich wissen, wer hinter dem angeblichen Auftraggeber, diesem Verein steckt!«

Adelheid brauchte sichtlich eine Weile, um sich zu sammeln. »Nochmal: Das hat nichts mit der Kreisverwaltung zu tun und geht dich nichts an!«, entgegnete sie dann scharf. Das Papier in ihrer Hand zitterte dennoch leicht.

»Mag sein, aber ich habe darüber hinaus auch Hinweise darauf, dass einige eurer Abrechnungen nicht mit dem tatsächlichen Aufwand übereinstimmen. Diese Geschichte geht mich durchaus etwas an. Genau wie meinen Arbeitgeber, der euch die Aufträge dafür erteilt hat.«

Ihr Gegenüber wurde noch eine Spur blasser beim nächsten Satz.

»Unsere Revision wird sich damit beschäftigen«, entgegnete Lena nämlich kühl.

Renate Kloß hatte sich zwar immer noch nicht gemeldet, aber diesen Schuss ins Blaue musste sie jetzt einfach abgeben, damit sich die ganze Chose nicht weiter hinzog.

Adelheids Unterkiefer sackte leicht ab. »Revision?«, murmelte sie.

»Die dürfen das, es gibt in jedem Vertrag zwischen uns eine Klausel«, stellte Lena klar.

Ihr Gegenüber griff sich an die Stirn. »Konkret, bitte. Was für Hinweise und um welche Maßnahmen geht es?«

Lena drehte sich um und stiefelte in ihr Büro zurück, wo sie einen Ausdruck von Emilias Liste aus ihrer Tasche holte.

Gemeinsam gingen sie sämtliche Kurse durch und Adelheid konsultierte zu jedem einzelnen davon ihre Unterlagen. Dabei wurde die stellvertretende Geschäftsführerin der gGAB zunehmend wortkarger. Am Ende lagen mehrere aufgeschlagene Ordner auf ihrem Schreibtisch, sie selbst sank in ihrem Bürostuhl zusammen.

»Woher hast du die Unterlagen?«, wollte sie wissen. Als Lena nichts sagte, nickte sie, gerade so, als bestätige das Schweigen ihr etwas. »Emilia, nicht wahr?« Sie legte ihr Gesicht in die Hände.

»Du musst doch davon gewusst haben, bist zuständig für die Finanzen«, entgegnete Lena.

Zunächst schien es so, als würde Adelheid nicht antworten. Dann fing sie mit stockender Stimme an zu erklären. »Die Kostenzusammenstellung mache ich. Gebe sie an Nic. Der ändert regelmäßig etwas, das ist nicht neu. Weil wir bei einigen Projekten noch Luft haben. Während wir bei anderen am Limit sind und womöglich draufzahlen. Dass seine Änderungen in der Summe solche Dimensionen annehmen, war mir nicht klar.«

»Du musst doch gemerkt haben, dass die Rechnungsbeträge von deiner Kalkulation abweichen.«

»Die Vorgaben für die Rechnungen gibt mir Nic. Dabei werden die Projekte häufig in mehrere Zahlungsläufe gesplittet. Die Mühe, die Summe dieser Abschlagsrechnungen am Ende wiederum mit meiner ersten Kalkulation zu kontrollieren, mache ich mir gar nicht.«

»Du hast nie geahnt, dass er die Zahlen zu euren Gunsten schönt?« Lena konnte es nicht glauben.

»Das schon«, druckste Adelheid herum. »Vor allem, weil er in den letzten zwei, drei Jahren zunehmend Aushilfspersonal und sogar Studenten beschäftigte. Was wesentlich günstiger für uns ist als festangestellte, erfahrene Trainer und Sozialpädagogen. Deren Sätze wurden aber abgerechnet.«

»Worüber hast du mit Emilia gesprochen?«

»Eigentlich war es nur eine Andeutung. Es war … ich hatte Stress. Mit Nic. Er war ziemlich fies zu mir.«

»Hatte das etwas mit der Blondine zu tun, die er zurzeit in seinem Porsche spazieren fährt?«

Adelheids gequälter Blick sprach Bände.

»Ich wusste nicht, dass ihr beide mal zusammen wart. Sorry.« Lena wollte nicht tiefer bohren, das Ganze war auch so schon unangenehm genug.

Doch die Adelheid schien sich etwas von der Seele reden zu wollen. »Es war nichts Ernstes.« Ihr war anzusehen, dass sie selbst sich das anders gewünscht hatte. »Aber die Art und Weise, wie er mich abgefertigt hat, mich einfach auflaufen ließ danach, das hat mir zugesetzt.« In ihrer Pein hatte sie gegen Nic gestänkert und seine kreative Buchführung anklingen lassen. Ausgerechnet bei Emilia. Die war der Sache auf eigene Faust nachgegangen. »Sie wusste ziemlich schnell, wo sie suchen musste, das muss man ihr lassen.«

»Dann hatte sie nichts damit zu tun? War nicht darin verwickelt?«

Ein verständnisloses Kopfschütteln war die Antwort. »Wie kommst du darauf?«

»Weil ich immer noch nicht weiß, warum sie sich umgebracht haben soll. Oder fällt dir jetzt etwas zu diesem Verein ein, nach dem ich dich vorhin gefragt habe?«

In die darauf folgende Stille hinein dröhnte ein hochtouriger Motor. Niclas van Beuthen war vorgefahren. Sie hörten das Zuschlagen der Wagentür und wenig später Schritte auf dem Gang. Adelheid wartete, bis er in seinem Büro war, bevor sie aufstand.

»Gib mir das Blatt«, bat sie knapp. Sie verließ das Büro. Lena sah durch die offen stehende Tür, wie sie über den Flur zu Nics Büro ging und ohne anzuklopfen eintrat. Fast unmittelbar darauf begann ein lauter Streit. Nics Alphamännchenstimme gegen Adelheids schrilles Organ.

Weiter vorne steckten zwei Dozentinnen ihre Köpfe aus dem Kopierraum. Lena machte eine beschwichtigende Handbewegung und die beiden zogen sich zurück. Ein lauter Knall, als schlage jemand mit geballter Faust auf einen Tisch. Daraufhin kippte Adelheids Stimme, sie hörte sich nach beginnender Hysterie an.

Lena war kurz davor, in den Raum zu stürmen, als es plötzlich ganz ruhig wurde. War das ein gutes oder ein schlechtes Zeichen?

Die Tür sprang mit einem mächtigen Schwung auf. Adelheid stolzierte heraus, hocherhobenen Hauptes. Niclas van Beuthens Blick folgte ihr und blieb an Lena hängen. Selbst auf die Entfernung sah sie, wie er das Gesicht verzog. Nicht vor Ärger, er schien eher angeekelt. Die Tür fiel zu, Adelheid ging in ihr eigenes Büro und Lena folgte ihr.

»Was war los?«, wollte sie wissen.

Adelheid wirkte wie auf Droge. »Dieser Verein, nach dem du gefragt hast. Den gibt es. Eine Art Wohltäterklub, sehr verschworen, sehr zurückhaltend in der Öffentlichkeit. Nic hat ihn als Tarnung benutzt. Er sagt, er wollte uns mit dem Geld ein bisschen Luft verschaffen, die drohende Insolvenz abwenden. Sein Vater ist so eine Art Ehrenvorsitzender dort.«

»Das hat er dir erzählt?«

»Nicht so detailliert. Aber was er gesagt hat, lässt keinen anderen Schluss zu.«

»Was soll das bringen? Ob ihr ein paar Wochen früher oder später dichtmacht …«

»Ich glaube, der hat da schon wieder was am Laufen. Etwas Großes. Da geht es um einiges mehr als das hier«, antwortete Adelheid, begleitet von einer Geste, die wohl die gGAb umfassen sollte. »Er glaubt, er kann sich alles erlauben, weil ihm nie jemand an den Karren fahren würde. Am allerwenigsten ich. Aber da hat er sich getäuscht.«

»Was willst du unternehmen?«, fragte Lena alarmiert.

»Ich kündige!« Sie richtete sich mit einem Ruck auf, schob ihren Stuhl an den Tisch, zog ihre Jacke vom Haken und bückte sich nach ihrer Handtasche. Sie verließ ihr Büro mit raschen Schritten und ließ Lena mit einem unguten Gefühl zurück.

Sie hatte sich nach Adelheids Abgang geistesgegenwärtig sämtliche Aktenordner geschnappt, die Kalkulationen kopiert und danach alles wieder an seinen Platz gestellt. Gerade noch rechtzeitig, bevor Nics Sekretärin kam. Aus seinem Büro hörte man ihn telefonieren. Kaum war Lena wieder an ihrem Schreibtisch, verließ Nic das Haus.

Die Tür zum Sekretariat stand offen.

»Wohin ist er gegangen?«

Die Sekretärin zuckte in einer schnippischen Geste die Schulter und hob ihren Blick nicht vom Computerbildschirm. Sie hatte genau mitbekommen, was geschehen war.

Lena ging zurück in ihr Büro und rief Renate Kloß an. »Was macht die Sache mit der Revision?«, wollte sie wissen.

»Nichts«, lautete die Antwort. »Ich habe die Anforderung weitergegeben. Dienstweg, du weißt ja, dass die Maiwald das abzeichnen muss. Die hat sich erst nicht gerührt. Heute kriege ich – inoffiziell – die Mitteilung, dass man das Ganze als nicht dringlich einstuft.«

»Dann kann es ewig bei ihr da oben liegen«, murmelte Lena. Sie biss sich verärgert auf die Lippen. »Hast du eine Ahnung, wie sie zu dieser Einschätzung kommt?«

Renate seufzte und senkte die Stimme. »Am Freitag hat sie sich mit van Beuthen getroffen.«

»Was? Mit dem schönen Nic?«

»Nö. Mit dem Alten. Edzard. Von und zu Wichtig.« Renate kicherte.

»Das gibt es doch nicht!«, entfuhr es Lena. »Woher weißt du das? Und was machen wir jetzt?«

»Nichts. Wir haben die Informationen weitergeleitet. Was damit geschieht oder auch nicht, liegt außerhalb unserer Verantwortung. Da wir keine Ahnung haben, ob das, was Emilia aufgeschrieben hat, ihrer Fantasie entsprang oder auf Tatsachen beruht, brauchen wir die Pferde nicht scheu zu machen. Das ist Aufgabe der Verwaltungsspitze. Aufgrund der Erfahrungen, die man im Haus mit Emilia gemacht hat, wird sich in den oberen Etagen niemand zu weit aus dem Fenster lehnen.«

»Sie hat nicht fantasiert. Ich habe alles. Schwarz auf Weiss.«

Nach diesen Worten blieb es am anderen Ende still, sekundenlang drang nur noch ein Rauschen an ihr Ohr.

»Das sollten wir nicht am Telefon besprechen«, hörte sie Renate dann mit belegter Stimme sagen.

»Okay. Wann und wie dann?«

»Ich ruf dich an. Und eine Bitte – rede mit niemandem drüber, bevor wir uns getroffen haben!«

+++

Der Rentner aus Zeppelinheim war bei der dritten Tasse Kaffee angelangt, zu der er, wie jeden Morgen, die Zeitung aufschlug. Während seine Frau so energisch wie lautstark den Teller spülte, auf dem noch vor wenigen Minuten sein Schinkenwurstbrot gelegen hatte, versuchte er, sich zu konzentrieren. Umständlich setzte er seine Lesebrille auf und überflog die Titelseite.

Anschläge, Schocknachrichten aus den zunehmenden Krisengebieten, dazu die so hochtrabenden wie nichtssagenden Worte einiger Politiker. Er wusste gar nicht, warum er sich das noch antat. Beim Sport wurde es interessanter. Zu seiner Freude hatte die Eintracht mal wieder gewonnen. Danach war der Lokalteil dran. Sein Blick flog über die Meldungen. Blieb an einem Foto hängen. Die Kinnlade klappte ihm runter, als er die Überschrift las: »Tote im Wald bei Dreieich gefunden. Wer kennt diese Frau?« Es dauerte einen Moment, bis sein Gehirn die Information verarbeitet hatte. Seine Hände begannen zu zittern, er musste die Zeitung zuklappen und heftig schlucken.

»Haaallooo!« Er fuhr auf. Seine Frau stand mit in die Hüften gestemmten Fäusten vor ihm.

»Was ist?«, fragte er, konstatierte dabei erschrocken, dass er lallte, als sei er betrunken.

»Deine Tasse. Ist die leer? Damit ich sie spülen kann!«

Er sah verständnislos zu der fast vollen Tasse. Konnte dieser Putzteufel in Kittelschürze denn nicht abwarten, bis er ausgetrunken hatte?

»Ich will schließlich auch mal fertig werden. Hab meine Zeit nicht gestohlen«, nörgelte sie mit finsterer Miene.

Er trank den Rest des Kaffees hastig aus. Um ein Haar hätte er das Gebräu noch verschüttet.

»Geht doch«, sagte sie, während sie ihm Tasse und Untertasse energisch aus der Hand nahm. Gleich darauf hatte sie ihm den Rücken zugedreht, die Bürste schrubbte lautstark über das Porzellan. Der Mann war froh darüber, dass sie ihn nicht ansah. Vorsichtig öffnete er die Zeitung erneut, um einen bestimmten Artikel noch einmal zu lesen.

Die Polizei hatte eine weibliche Leiche gefunden. Über Alter und Herkunft konnten kaum Angaben gemacht werden. Das Foto dazu war schlecht, man sah deutlich, dass hier eine Leiche entsprechend hergerichtet worden war. Es sah schrecklich aus. Diese Frau … konnte sie das wirklich sein? Er zog die Augen zusammen. Das Bild gab nicht viel her. Er wünschte sich verzweifelt, über den schlimmen Bericht einfach hinweggehen zu können, wie über alle anderen des Tages. Es half nichts, denn er zweifelte keine Sekunde lang, dass er die Tote kannte.

»Hinweise werden erbeten unter der Telefonnummer …«

Sein Magen zog sich zusammen, ein bitterer Geschmack breitete sich in seinem Mund aus. Was sollte er tun? Ignorieren? Ginge das? Einen Moment lang überlegte er, schüttelte den Kopf. Nein. Er musste dort anrufen, der Polizei sagen, was er wusste. Hastig schlug er die Seiten zusammen, war dabei, sich zu erheben, um zum Telefon zu gehen. Ausgerechnet in diesem Moment war seine Frau fertig mit der Kaffeetasse und drehte sich zu ihm um.

Er sank zurück auf die Bank, als sei ihm die Luft aus den Beinen gelassen worden.

+ + +

Er war geschmeidig, lautlos und schnell. Deswegen und wegen der Tätowierung, die sich über Schulter und Hals wand, wurde er »Snake« genannt.

»Ich habe einen Auftrag für dich«, verkündete Martin M'Boko dem Mann, bevor er ihm die Fakten dazu übermittelte. Snake würde wissen, was zu tun war und den Job so gut erledigen, wie andere Aufträge zuvor. »So schnell wie möglich«, hatte die Devise gelautet.

»Wird erledigt«, lautete die knappe Antwort.

Die Schlampe war so gut wie tot!

+ + +

»Fräulein Borowski!«

Lena hob den Kopf und sah über die geöffnete Motorhaube ihres Golfs hinweg. Frau Kasulke stand auf dem Gehweg und lehnte ihr Rad an die Hauswand.

»Können Sie einen Moment drauf aufpassen, ich bring nur schnell meine Sachen in die Wohnung.« Sie hob ein Netz mit Einkäufen aus dem Gepäckkorb.

»Klar doch, mache ich.«

»Sonst kommt es noch weg. So viel, wie hier überall geklaut wird.«

Lena nickte und betrachtete die neue Batterie, die sie angeschlossen hatte. Jetzt sollte ihr Wagen wieder einwandfrei anspringen. Sie wischte sich die Hände an einem Tuch sauber, löste die Sperre und ließ die Motorhaube zufallen. Danach hob sie die alte Batterie in einen Karton und stellte sie in den Kofferraum, um sie später zu entsorgen.

Die Hausmeisterin erschien wieder auf der Bildfläche. »Ärger mit dem Auto?«, wollte sie wissen.

»Die Batterie war leer und musste gewechselt werden.«

»Dass Sie das können. Respekt!« Frau Kasulke stieg auf ihr Rad, fuhr aber noch nicht los. »Deshalb stand Ihr Golf auch heute vor der Tür«, fuhr sie fort. Und, als fiele es ihr gerade wieder ein: »Übrigens: Da war heute einer, der hat sich eine Weile vor dem Haus herumgedrückt und dabei auch auffällig in ihren Wagen gesehen. Ich dachte schon, er will ihn klauen. Dann war er auf einmal weg. Ich glaube, das war derselbe, der damals versucht hat, bei Ihnen einzubrechen.«

»Was?«, entfuhr es Lena. »Haben Sie den erkannt?«

»Es war ein Neger«, verkündete die Kasulke und schob ihr Rad an. »So viel habe ich gesehen. Sie sollten aufpassen. Nicht, dass die Gauner das noch einmal versuchen!« Damit schwang sie sich auf den Sattel ihres Drahtesels und radelte davon. Lena blickte ihr mit zusammengekniffenen Augen nach. Der einzige Schwarze, mit dem sie es in der letzten Zeit zu tun gehabt hatte, war der Mann, den sie in Martin M'Bokos Wohnung in Egelsbach angetroffen und den sie am Samstag in der Moselstraße in Frankfurt gesehen hatte. Aber was sollte der vor dem Haus hier wollen? Soweit sie das beurteilen konnte, hatte der Kerl sie im Bahnhofsviertel ja nicht mal gesehen.

Sie dachte an den Tag, an dem sie dem Mann nach Dreieich-Buchschlag gefolgt war. Irgendein diffuser Gedanke wehte durch ihr Gehirn, doch es gelang ihr genauso wenig, ihn zu fassen wie die nebelhaften Erinnerungen an einen Traum, die sie manchmal morgens beim Aufwachen hatte. Sie war so in Gedanken versunken, dass sie erschrak, als sie plötzlich ein heftiges Hecheln neben sich wahrnahm.

»Der tut nichts«, sagte der Mann beruhigend und zog den zotteligen Hund zu sich, der sie mit neugierigem Blick ansah. Ein schönes Tier mit gepflegtem sandfarbenen Fell.

Sie war ganz schön schreckhaft geworden.

Sie wechselte ein paar belanglose Worte mit dem Hundebesitzer, bevor sie in ihre Wohnung hinaufging. Musste sie sich Sorgen machen? Nein, sie beschloss, sich keinesfalls von Frau Kasulkes Befürchtungen anstecken zu lassen. Menschen mit dunkler Hautfarbe gab es in Offenbach viele, vermutlich hatte sich die Hausmeisterin getäuscht. Warum der Mann so ein auffälliges Interesse für ihr Auto gezeigt hatte, blieb ein Rätsel. Der Golf hatte inzwischen fast zwanzig Jahre auf dem Buckel und sie fürchtete sowieso, ihn nicht mehr durch den nächsten TÜV-Termin zu bekommen.

Sie wusch sich die Hände und setzte Wasser für eine Kanne Tee auf. Die Ereignisse des Tages zogen noch einmal an ihr vorbei. Das Gespräch mit Adelheid, deren abrupte Kündigung, Nics Verschwinden – er war nicht mehr ins Büro zurückgekehrt – sowie Renates merkwürdige Reaktion darauf, dass sie nun die Beweise für die Manipulation bei den Abrechnungen hatte. Danach hatte Lena Jutta Ernst kontaktiert und erfahren, dass die Anrufe, die Emilia an ihrem Todestag so nervös gemacht hatten, mit unterdrückter Nummer eingegangen waren.

Der Nachmittag war ruhig verlaufen. Der Personalchef, Konrad Leiß, hatte angerufen und eine neue Kollegin angekündigt, die Emilias Stelle dauerhaft besetzen sollte. Lena fragte sich, was wohl daraus werden würde, wenn die gGAB wirklich pleiteging. Vermutlich würden die politisch Verantwortlichen das nicht zulassen. Es wäre nicht das erste Mal, dass zugebuttert werden musste.

Verdammt, sie hatte was übersehen.

Sollte die gGAB eine Finanzspritze beantragen, wären sie sowieso gezwungen, sämtliche Zahlen offenzulegen. Keine Frage, dass sie dann aufflogen. Es sei denn … In diesem Moment wusste sie, dass Adelheids Kalkulationen bereits am nächsten Tag nicht mehr im Büro aufzufinden sein würden. Ohne es zu wollen, hatte sie Niclas van Beuthen mit ihrer Kündigung einen großen Gefallen getan. Niemand konnte ihn daran hindern, die belastenden Dokumente verschwinden zu lassen und stattdessen die zu präsentierten, die er als Grundlage für die überhöhten Rechnungen erstellt hatte. Selbst wenn Adelheid etwas anderes sagte, ohne ihre Unterlagen konnte sie gar nichts beweisen. Abgesehen davon wäre es nicht schwierig, ihr eine Mitschuld an der ganzen Sache zuzuschieben. Jetzt gab es nur noch eine Person, die hieb- und stichfeste Beweise besaß. Das war sie selbst!

Das heftige Läuten an der Wohnungstür riss sie aus ihren Gedanken. Im ersten Moment stieg so etwas wie Panik in ihr hoch. Wer presste denn den Finger so hart auf die Klingel? Als sie durch den Spion blickte, erschrak sie. Einige Sekunden lang war sie unfähig, sich zu rühren, bevor sie die Tür öffnete.

»Albrecht«, sagte sie.

»Wir müssen reden«, antwortete er.

Lena fühlte sich überrumpelt, bat den Ehemann ihrer Geliebten daher in die Küche. Er ließ sich auf einen der Stühle an dem runden Esstisch fallen, die langen Beine von sich gestreckt. Lena verzichtete darauf, sich ihm gegenüber zu setzen. Die Vorstellung, ihm körperlich so nahe zu sein, bereitete ihr Unbehagen.

»Tee?«, wollte sie wissen.

»Ein Bier wäre mir lieber.«

Sie hatte keines im Haus und er winkte daraufhin ab.

»Karin hat dich angerufen«, stellte er fest.

Lena nickte beklommen.

Eine unangenehme Stille trat ein.

»Ich habe das anfangs nicht kapiert«, fuhr Albrecht schließlich fort. »Was das zu bedeuten hatte. Karin und du. Dachte immer, ihr zwei seid gute Freundinnen.« Er lachte unfroh auf. »Na ja, das stimmt sogar, aber eben anders, als ich vermutet habe.«

Sie biss sich auf die Lippe und sagte nichts.

»Kam mir auf einmal komisch vor, Karins fast schon panische Bitte, dir den Brief zu geben. Falls ... also, falls ihr etwas passiert. Die OP nicht gut geht oder so. Sie hatte eine schreckliche Angst davor. Mir hat sie auch einen Brief geschrieben. Verstehst du? Nur mir und dir!«

Lena sah ihn an. »Ich verstehe.«

»Also habe ich zuerst meinen Brief geöffnet, aus Neugier und weil ich befürchtet habe, dass sie mir darin etwas über ihren Zustand mitteilt, was sie mir nicht ins Gesicht sagen wollte. War aber nichts, lediglich eine Art Liebeserklärung und ein paar Wünsche, für den Fall, dass ...« Seine Stimme brach und er setzte sich auf, legte die Unterarme auf die Schenkel und fuhr sich mit den Händen übers Gesicht. »Da wurde ich neugierig, was sie dir wohl geschrieben hat. Es war ein diffuses Gefühl, das mir keine Ruhe ließ. Darum habe ich den Brief gelesen.«

Er sah auf den Boden. Lena suchte nach den richtigen Worten und fand nicht eines.

»Karin und ich, das war für mich immer verbunden mit Wärme, Liebe, Sicherheit. Bei ihr fühle ich mich auf eine Art aufgehoben, wie ich es noch nie zuvor erlebt habe.«

Lena wusste sehr gut, was er meinte. Zu gut, vermutlich, darum unterdrückte sie die spontane Regung, ihm zuzustimmen.

»Gleichzeitig betrachte ich sie nicht als meinen persönlichen Besitz. Zu Anfang unserer Ehe haben wir sogar festgelegt, jeder kann tun und lassen, was er will. Vielleicht braucht man das, um sich nicht eingeengt zu fühlen. Diese Vorstellung. Faktisch hat keiner von uns beiden von dieser Freiheit Gebrauch gemacht. Mit Ausnahme von Karins Verhältnis zu dir.« Er hob den Kopf und sah Lena mit einer Mischung aus Unverständnis und Ärger an. »Ich verstehe es immer noch nicht. Was ist los mit ihr? Meine Karin ist doch nicht lesbisch!«

»Ist sie nicht. Anfangs waren wir gute Freundinnen, dann ist mehr daraus geworden. Ihre Ehe zu dir stand nie zur Debatte, wenn es das ist, was du wissen willst.«

»Wie kann das sein? Wie funktioniert so etwas? Warum ausgerechnet du?«

Lena atmete ächzend aus. Was konnte sie ihm sagen, was wollte sie ihm sagen, was sollte sie lieber Karin überlassen? Ihre Gedanken drehten sich im Kreis. Keinesfalls wollte sie Albrecht verletzen. Sie kannte ihn fast so lange wie Karin selbst, sie mochte ihn, war öfter zu Gast bei den beiden gewesen. »Menschen verlieben sich. Das kann man nicht steuern. Manchmal passt es einem nicht in den Kram, vom Kopf her. Doch niemand kann seinem Herzen befehlen.« Unwillkürlich dachte sie an Rohloff.

»Gab es noch andere … Frauen?«

»Nein«, antwortete sie. So viel konnte sie ihm sagen. »Ich bin die einzige Frau, für die Karin jemals Gefühle entwickelt hat. Sonst war sie dir immer treu. Dafür lege ich meine Hand ins Feuer.«

»Mein Gott, wir reden hier, als wärst du einer meiner Kumpels.« Er lachte mit einem bösen Unterton auf. »Vielleicht, weil du so etwas Ähnliches bist? Keine richtige Frau, oder? Wer war denn der Mann in eurer Beziehung?«

Seine Worte trafen Lena wie ein Schlag ins Gesicht. Sie spürte, wie sich ihre Wangen vor Wut röteten, und musste sich beherrschen, ihn nicht rauszuschmeißen. »Du hast kein Recht, so zu reden«, sagte sie stattdessen mit mühsam beherrschter Stimme.

Er starrte sie an, dann legte er den Kopf in die Hände. Ein krampfhaftes Schluchzen schüttelte ihn. Sie sah, dass er weinte. Möglich, dass er sich gerade selbst nicht leiden konnte. Augenblicke später hob er den Kopf, in seinen geröteten Augen stand nackte Verzweiflung. »Entschuldige, Lena. Du kannst dir nicht vorstellen, wie ich mich die letzten Tage gefühlt habe. Aber selbst meine Eifersucht berechtigt mich nicht, so mit dir zu reden. Dabei bin ich gekommen, um dir zu sagen, dass ich … also, dass ich … wenn es nicht anders geht und bevor ich Karin verliere …«

»Das alles sollten wir ihr überlassen«, unterbrach ihn Lena schnell. Sie wollte gar nicht hören, was er zu sagen hatte. Es war nicht seine Entscheidung und auch nicht die ihre. Die Vorstellung, in ihrer Küche mit Karins Ehemann eine mögliche Fortführung eines Dreieckesverhältnisses zu erörtern, erschien ihr zum jetzigen Zeitpunkt absurd. »Sie soll einfach nur gesund werden.«

»War es ein Fehler, dass ich gekommen bin?«, murmelte er.

»Nein, war es nicht. Ich bin froh, dass du mit mir sprichst. Nur will ich keine Entscheidungen fällen, die Karin betreffen. Wir sind beide geschockt und durcheinander. Trotzdem brauchen wir jetzt erst einmal Geduld. Mich will sie zurzeit nicht sehen, aber dich braucht sie. Also, mach es ihr nicht schwer. Sie braucht ihre Kraft für sich selbst.«

Er schluckte heftig, strich sich die Feuchtigkeit aus dem Gesicht und stand auf. »Weiß du, was komisch ist?«

»Was?«

»Abgesehen davon, dass ich natürlich wütend und eifersüchtig war, dir im ersten Moment am liebsten den Hals umgedreht hätte, verstehe ich, was Karin an dir findet. Nicht als Frau, natürlich. Aber als Mensch.«

Nach diesen Worten drehte er sich um und stapfte hinaus. Lena stand immer noch reglos in der Küche, als die Wohnungstür zufiel.

+ + +

Sally hatte nicht aufgegeben. Sie hatte keine Angst vor Mammy und ertrug stoisch die Gemeinheiten von Ion und ihrem Cousin Aboukar. Der kam immer öfter ins Haus, ein widerlicher Typ, der die Mädchen angrapschte und ihre Wehrlosigkeit genoss.

»Schon alleine, um diesem Pisser das Handwerk zu legen, muss ich hier raus«, hatte Sally Sunita eines Tages zugezischt. Wie sich herausstellte, hatte sie das Mobiltelefon ihres älteren Freiers aus seiner Tasche gezogen, als der Mann auf Toilette war. Sie hatte erneut bei der Frau angerufen, die ihr die Visitenkarte gegeben hatte. Ihr Pech, dass Ion an der Tür vorbeiging und sie sprechen hörte.

Am Abend wurden Sunita, Sally und zwei weitere Frauen in den Keller gebracht. Eines der Mädchen weinte und nässte sich ein. Woraufhin sie Ion splitternackt auszog, mit einem Seil an einen Metallhaken an der Wand band und sie mit dem Wasserschlauch abspritzte. So ließ man sie in der Kälte stehen.

»Ein paar von euch glauben wohl, sie könnten hier machen, was sie wollten«, fing Mammy an zu sprechen. »Dabei seid ihr nichts, gar nichts. Eure Familien haben euch weggeschickt, damit ihr Geld verdient. Wie dankt ihr es uns und ihnen? Indem ihr nur Ärger macht. Eure Rechnungen werden immer länger und ihr immer fauler, frecher und dreister.« Sie brachte ihre Anschuldigungen wie eine Voodoopriesterin mit zornig gerunzelter Stirn und wild rollenden Augen vor.

Aus dem Hintergrund drang das Weinen der Gefesselten. Ion ging zu ihr, bückte sich und drückte ihr kurzerhand ihre durchnässte Unterhose wie einen Knebel in den Mund. Danach war von ihr nicht mehr viel zu hören.

»Sally macht nur Ärger, seit sie hier ist. Wir haben alles dafür getan, dass sie die Chance nutzt, die man ihr gibt. Aber nein, sie hat bereits zwei Mal ein Telefon gestohlen. Dafür wird sie jetzt bestraft. Schaut gut hin, damit ihr wisst, was euch blüht, solltet ihr nicht parieren!«

Sally wurde hereingeschleift. Ihr Gesicht war bereits von Schlägen gezeichnet. Die Hände hatte man ihr auf den Rücken gebunden. Aboukar trat zurück und leckte sich über die Lippen. Sunita fand ihn widerlich.

Was dann folgte, war so schlimm, dass Sunita mehr als einmal ihre Augen zusammenkniff oder den Kopf abwenden musste. Sie hatte keine Chance, genauso wenig wie die anderen Mädchen, die dabei waren. Man zwang sie hinzusehen. So erlebten sie Sallys brutale Vergewaltigung. Sie hörten ihre Finger knacken, als man sie ihr brach, damit sie vorerst kein Telefon mehr bedienen konnte, während Mammy ihr dabei mit kalter Wut im Gesicht den Mund zuhielt. Ihre Schreie gellten durch den Raum, als man ihr die Haut verbrannte, ihr büschelweise die Haare ausriss und anschließend den Kopf in einen Bottich mit Wasser tauchte, um sie zum Schweigen zu bringen.

Als ihre Peiniger genug hatten, ließen sie sie einfach zu Boden fallen. Sie und die anderen brachte man in die Zimmer zurück. Die ganze Nacht lang lag angstvolles Schweigen über die Gruppe. Niemand von ihnen wusste, was mit Sally geschehen würde. Aber keine von ihnen würde die Bilder vergessen, die sich in ihre Köpfe eingebrannt hatten, keine würde jemals mehr daran denken, sich zur Wehr zu setzen, ohne an diese Demonstration von Macht und Gewalt denken zu müssen. Am darauffolgenden Tag wurden alle Mädchen in ein anderes Haus verfrachtet. Alle, außer Sunita.

19

Der Mann aus Zeppelinheim kannte die Tote. Erst wenige Tage zuvor hatte er sie das letzte Mal getroffen. Bei dem Gedanken an die Geschehnisse dieses Nachmittags wurde ihm flau. Die junge Frau hatte seine kurze Abwesenheit genutzt, heimlich sein Telefon aus der Jacke gezogen und jemanden angerufen. Der Anlass für einen bösen Streit mit dem dunkelhaarigen Mann. Der war außer sich gewesen. Gott sei Dank stellte er sein Handy grundsätzlich so ein, dass die Rufnummer unterdrückt wurde. Nach dem Vorfall hatte er den Speicher geleert. Selbst wenn er wollte, würde er die angerufene Nummer nicht mehr aufrufen können.

Die junge Frau war jetzt tot, sie musste kurz nach diesem letzten Zusammensein gestorben sein. Ihn beschlich ein schrecklicher Verdacht. Konnte ihr Tod etwas mit dem Telefonat zu tun haben? Oder war die zeitliche Nähe dieser beiden Ereignisse ein Zufall?

Er wusste nicht, was er tun sollte. Dabei hätte er der Polizei helfen können. Aber wie sollte das funktionieren, ohne sich selbst in eine äußerst unangenehme Lage zu bringen?

Wieso nur war er in dieses Haus gegangen! Er brütete eine Weile vor sich hin, bis ihn ein Ruck durchlief. Es gab eine Möglichkeit, das zu tun, was man tun musste, ohne in Schwierigkeiten zu kommen.

Der Gedanke formte sich, wurde begrüßt, verworfen und schließlich in die Tat umgesetzt. Er nutzte die Zeit, in der seine Frau bei ihrer Seniorengymnastik war. Er zog einen karierten Block aus dem Wohnzimmerschrank und setzte sich damit in die Küche.

»Sehr geehrte Polizei«, schrieb er mit akkurater Altherrenschrift. »Ich weiß, wer die tote Frau in der Zeitung ist.« Er hielt inne und überlegte, wie es weitergehen sollte. Danach füllte er Zeile um Zeile. Am Schluss unterschrieb er mit »Ein anonymer Bürger«. Wenigstens das, fand er, war seine Pflicht.

+++

Der Dienstag begann mit einem Paukenschlag. Als Lena in ihr Büro in Langen kam, fand sie die Tür versperrt, ihr Schlüssel passte nicht. Da weder Adelheid noch Nic anwesend waren, musste sie auf die Sekretärin warten, die an diesem Morgen zum spätestmöglichen Zeitpunkt zur Arbeit erschien.

»Du bist hier nicht mehr erwünscht«, teilte sie Lena hochnäsig mit. »Nic hat gestern noch veranlasst, dass die Nachfolgerin von Emilia bereits nächsten Montag beginnt.«

»Niemand hat es für nötig erachtet, mich zu informieren? Und die Schlösser wurden heute Nacht ausgetauscht, oder was?« Sie spürte Wut in sich aufsteigen.

Die Sekretärin zuckte gleichgültig die Schultern und überreichte Lena einen flachen Karton. Darin lagen die wenigen persönlichen Dinge, die sie im Schreibtisch aufbewahrt hatte. »Offiziell bist du noch bis Ende der Woche hier. Aber Nic hat dich freigestellt. Du kannst dich die kommenden Tage von den Strapazen deiner Arbeit hier erholen.«

Was war nur in diese Frau gefahren, dass sie so giftig war?

»Wann und wo ich arbeite, entscheidet immer noch mein Arbeitgeber«, entgegnete Lena. »Den rufe ich jetzt an.« Sie zog ihr Diensthandy aus der Tasche.

»Das würde ich an deiner Stelle sein lassen!« Die Sekretärin trat direkt vor Lena, als wolle sie ihr den Weg versperren. »Dann müsstest du nämlich erklären, was vorgefallen ist, warum Nic dich nicht mehr hier haben will.« Ihre Augen glitzerten bösartig.

»Ist es nicht vielmehr so, dass Nic etwas erklären muss? Ich habe mir auf jeden Fall nichts vorzuwerfen.« Sie schob die andere zur Seite und ging mit energischen Schritten den Gang hinunter. Als sie hörte, dass die Sekretärin ein Telefonat annahm, stellte sie den Karton auf dem Boden ab und eilte zurück zu Adelheids Büro. Vorsichtig drückte sie die Klinke herunter. Es war nicht abgeschlossen! Doch ein Blick in den Raum genügte, um festzustellen, dass jemand bereits sehr fleißig gewesen war. Sämtliche Schränke standen offen, von den Ordnern war keine Spur mehr zu sehen. Alle Hinweise auf Niclas van Beuthens kreative Buchhaltung waren verschwunden.

»Was machst du hier?«, kreischte die Stimme der Sekretärin plötzlich hinter ihr.

Sie hatte keine Lust, die Frage zu beantworten. Hier war etwas oberfaul und jetzt gab es keinen Grund mehr für sie, ihre Erkenntnisse für sich zu behalten. Sie würde Renate anrufen und ihr sagen, dass Niclas van Beuthen eine Betrugsmasche entwickelt hatte, die sie anhand der Kopien belegen konnte.

Im selben Moment wurde ihr kalt. Erst am Vortag hatte sie die Kopien mit nach Hause genommen. Hatte die Kasulke nicht einen dunkelhäutigen Mann vor dem Haus gesehen? Was, wenn der Einbruch damals tatsächlich etwas mit den Unterlagen der gGAB zu tun gehabt hatte? War Emilia beobachtet worden, als sie die Dokumente an sich nahm? Und hatte man sie danach bei ihr vermutet, weil sie Emilias Aktentasche bei sich trug? Lena überlegte fieberhaft. Wer konnte sie gestern gesehen haben, als sie Adelsheids Kalkulationen kopierte? Sie war alleine im Kopierraum gewesen, sämtliche Dozentinnen und Dozenten befanden sich in ihren Gruppen. Nics Sekretärin? Selbst wenn, würde man ihr deshalb jemanden auf den Hals hetzen, der bei ihr einbrach, um diese Schriftstücke zu stehlen? Hatte er sie im Auto vermutet? Ihr Golf war so alt, dass er einfach zu knacken war. Sie wusste das, denn bereits zwei Mal hatte sie ihn im Parkhaus in der Ziegelstraße offen gefunden, ohne die geringste Spur eines Aufbruchs. Die Täter hatten das Handschuhfach durchwühlt, auf der Suche nach Wertgegenständen, die leicht zu verscherbeln waren. Sie würde Frau Kasulke noch einmal fragen, ob der Mann eventuell die Tür des Wagens geöffnet hatte. Und wie genau er aussah. Hatte sie die Visitenkarte des Polizisten noch, der für den Einbruch bei ihr zuständig gewesen war? Ihr Kopf schwirrte.

Als sie beim Auto angekommen war, stellte sie den Karton auf den Beifahrersitz. Bevor sie selbst einstieg, blickte sie noch einmal zum Gebäude zurück. Nics Sekretärin stand oben am Fenster von

Emilias ehemaligem Büro, am Ohr ein Telefon, in das sie wild gestikulierend sprach.

Lena knallte die Autotür zu und startete den Motor. Als Erstes würde sie jetzt nach Hause fahren, um die Kopien zu holen. Danach nach Dietzenbach. Entweder würde Renate Kloß jetzt endlich in die Gänge kommen, oder sie ging gleich zur Bergmann hinauf. Die Referentin der Sozialdezernentin würde die Brisanz der Dinge erkennen und sicher nicht so lange herumhampeln. Zwar konnte sie nicht eigenmächtig die Revision auf die gGAB ansetzen. Doch sie würde wissen, wie man der Maiwald die Daumenschrauben anlegte. Und wenn nicht? Lena bremste abrupt ab, weil sie völlig gedankenverloren fast eine rote Ampel übersehen hätte. Ihr Herz begann zu rasen. Sie riss sich zusammen und würgte dennoch den Golf beim Anfahren ab. Erneut wurde wild gehupt.

Sie musste sich konzentrieren! Eines nach dem anderen!

Frau Kasulke wirbelte mit einem feuchten Lappen und einem Schrubber im Hausflur herum. Sie sah neugierig auf, als Lena zur Haustür hereinkam. »Schon wieder da?«, fragte sie, wartete aber die Antwort nicht ab und putzte weiter. Lena murmelte etwas und hastete, immer zwei Stufen auf einmal nehmend, die Treppe hinauf. Gott sei Dank, ihre Tür war unbeschädigt. Sie stellte den Karton in der Küche ab und holte die Kopien vom Schreibtisch. Im Nachhinein war sie vermutlich zu sorglos gewesen, die Blätter einfach so liegen zu lassen. Als sie die Wohnung verlassen wollte, klingelte ihr Telefon.

Einen Moment lang zögerte sie, dann erkannte sie Christines Nummer.

»Ich bin wieder zu Hause«, erklärte sie. »Als Erstes habe ich noch einmal Emilias Kontounterlagen durchgesehen. Sie hatte ein Schließfach gemietet bei einer Bank in der Offenbacher Innenstadt.«

»Kommst du da dran?«

»Zum Glück haben Emilia und ich uns schon vor Jahren gegenseitig eine Generalvollmacht erteilt. Damit geht es. Aber vor morgen klappt es nicht. Kannst du mir den Schlüssel vorbeibringen?«

Lena hatte weder Zeit noch Lust, jetzt nach Hanau zu fahren, und konnte nicht abschätzen, wie lange ihr Termin in Dietzenbach dauern würde. Andererseits war sie nicht weit von der Liebigstraße entfernt. Daher schlug sie Christine vor, den Schlüssel für das Schließfach in Emilias Wohnung zu deponieren. Christine konnte ja mit dem Ersatzschlüssel der Mutter hinein.

»Okay. Muss sowieso noch einmal nach dem Rad sehen. Kann ja nicht sein, dass das verschwunden ist. War fast neu und nicht billig.«

In Lenas Kopf fing etwas an zu blinken. Erst undeutlich, dann ganz klar erschien das Foto eines Fahrrads, an eine Pinnwand gespießt. »Hatte Emilia einen Garten gemietet?«

»Nein. Warum fragst du?«

»Weil bei der Schrebergartenanlage im Buchraingebiet ein Fahrrad gefunden und bis heute nicht abgeholt wurde. Könnte doch das von Emilia sein. Ich habe leider keine Zeit, sonst würde ich noch einmal vorbeifahren, um es abzufotografieren und dir zu schicken. Falls du morgen sowieso hier bist, schau es dir an.«

»Wie sollte Emilias Fahrrad dorthin gekommen sein?« Christine klang ratlos.

»Vielleicht wurde es gestohlen und der Dieb hat es, aus welchen Gründen auch immer, dort abgestellt. Oder sie war damit unterwegs, bevor sie …«, Lena schluckte hart.

»Unmöglich. Ihr Auto wurde ja auf dem Parkplatz gefunden.«

Das Blinken in Lenas Kopf wurde heftiger. Alles schien so verworren.

»Ich sehe mir das Foto an«, versicherte Christine. »Danach gehe ich zur Bank, um zu ergründen, was sich im Schließfach befindet.«

Nach dem Telefonat sprach Lena Frau Kasulke noch einmal auf den Unbekannten an. »Wie sicher sind Sie, dass es derselbe Kerl war, den sie am Tag des Einbruchsversuchs gesehen haben?«

Die Hausmeisterin stützte sich auf ihrem Schrubber ab und dachte nach. »Ziemlich sicher«, behauptete sie dann. »Aber beschwören könnte ich es nicht.«

Na klasse! Damit stünde wohl jeder Farbige unter Generalverdacht.

»Aber eines weiß ich«, fuhr sie fort. »Der von gestern war heute schon wieder da.«

»Was? Wann?«

»Kaum, dass Sie aus dem Haus waren. Gerade, als der Herr Unkelhäuser mit seinem Hund vorbeikam. Als der Schwarze uns hat stehen sehen, vor dem Haus, ist er wieder abgezogen. Seither putze ich hier und habe niemanden mehr gesehen.«

»Vielleicht sahen sich die beiden ähnlich?«

Aus den Tiefen ihrer Kittelschürze zupfte die Hausmeisterin ein Taschentuch und schnäuzte sich lange und umständlich, bevor sie das Tuch wieder in der Versenkung verschwinden ließ. Sie war noch nicht fertig mit dem, was sie erzählen wollte. »Der Mann war derselbe wie gestern. Da bin ich mir sicher. Der war leicht zu erkennen.«

Lena dachte sofort an den Mann, den sie für Martin M'Boko gehalten hatte. »Standen seine Zähne ein bisschen hervor?«, beschrieb Lena den leichten Überbiss des Mannes.

»Zähne? Nein. Der hatte so etwas hier am Hals.« Frau Kasulkes Finger deuteten auf eine Stelle unter ihrem Ohr. »Eine Tätowierung, die war noch schwärzer als er selbst.« Sie kicherte kurz und Lena blickte betreten auf ihre Fußspitzen. Wie wollte man jemandem näherkommen, wenn man sich für diese Person ständig fremdschämen musste? Das sollte Gerd ihr einmal erklären.

»Ein schwarzes Tattoo also.«

»Eine Schlange. Der Kopf war hier und dann ging die so über den Hals.« Frau Kasulkes rechte Hand wanderte vom Ohrläppchen nach hinten zum Nacken und die linke auf der anderen Seite herunter.

»Trug er eine Schiene oder einen Verband an einem Arm?«

»Schiene? Verband? Ne!«

Lena kaute nervös auf ihrer Lippe herum. Wer war der Kerl und was wollte er von ihr? »Frau Kasulke, falls der Mann noch einmal auftaucht, rufen Sie bitte die Polizei.«

Die Hausmeisterin zuckte leicht zurück. »Was soll ich denen denn sagen?«

»Dass sie einen der beiden Männer erkannt haben, die neulich versucht haben, hier im Haus einzubrechen. Haben Sie doch?«

Die Kasulke nickte, jetzt deutlich weniger nachdrücklich als vorhin.

»Die Aufklärungsquote bei Einbruch ist so gering, da sollten die Gesetzeshüter doch froh sein, wenn sie mal jemanden erwischen.« Sie war sich sicher, dass die Hausmeisterin für den Rest des Tages mit Argusaugen über das Haus wachen würde. Merkwürdigerweise nahm ihr das in keinster Weise die Beklemmung, die sie seit dem gestrigen Tag verspürte.

Da Renate nicht zurückgerufen hatte, spazierte Lena nach ihrer Ankunft am Kreishaus in Dietzenbach als Erstes in ihr Büro. Die Abteilungsleiterin sah unausgeschlafen und blass aus. Dennoch zog sie Lena sofort wieder auf den Flur und nötigte sie, mit ihr vors Haus zu gehen. Vorbei an dem üblichen Pulk von Nikotinsüchtigen gingen sie ein paar Schritte, bis niemand mehr ihre Unterhaltung mithören konnte.

»Niclas van Beuthen hat sich vorhin über dich beschwert«, informierte sie Lena. »Er sagt, du hättest den Betriebsfrieden gestört und seist schuld an Adelheids Kündigung. Seine Sekretärin hat das bestätigt.«

Lena fuhr sich mit der Hand über den Mund und schüttelte ungläubig den Kopf. »Das kann doch nicht wahr sein!« Sie spürte, wie Wut in ihr hochkochte. Dieser miese, verzogene, charakterlose Schwachkopf! »Alles Lüge und Intrige. Der kann nicht anders, weil er nichts anderes kann.«

»Was ist mit Adelheid? Die meldet sich nicht, ich habe es schon mehrfach bei ihr zu Hause versucht«, klagte Renate.

»Kennst du Adelheids Privatadresse?«

»Ich habe sie mir besorgt. Ich will unbedingt wissen, was los ist, aber ich komme hier nicht weg«, seufzte Renate.

»Sie hat gestern ihren Job geschmissen, nach einem Streit mit Nic. Es geht um die Abrechnungen. Laut ihrer Aussage war er es, der die Zahlen in ihren Kalkulationen verändert und die überhöhten Rechnungen gestellt hat. Dafür gibt es Belege.«

»Lena, Lena, Lena«, murmelte Renate und blickte nervös um sich. »Vergiss die ganze Sache am besten. Dieser van Beuthen, der hat doch Kontakte bis ganz nach oben. Das gibt nur Ärger. Glaub mir. Manchmal ist es besser, nichts zu wissen.«

Lena zog die Brauen hoch. »Das ist jetzt nicht dein Ernst, oder? Die gGAB ist so gut wie pleite. Entweder der Kreis dreht dort den Schlüssel um oder er schießt eine hohe Summe zu. In beiden Fällen werden die Betrügereien auffliegen. Auf jeden Fall wird ein Insolvenzverwalter die Bücher prüfen oder, wenn Geld fließen soll, unsere Revision. Also – warum jetzt den Schwanz einziehen? Nachher sind wir noch die Gelackmeierten, weil man uns Mitwisserschaft unterstellt.«

»*Wir?*« Renates Augen wurden groß und kugelrund. »*Du* vielleicht. Ich nicht. *Ich* weiß von nichts.«

Lena brauchte einen Moment, bis sie begriff, was die Kollegin ihr zu verstehen gab. »Du hast die Unterlagen an dich genommen, als du bei mir warst. Du hast den Antrag auf Rechnungsprüfung gestellt. Ich habe dich von Anfang an informiert.«

»Nein. Nein. Nein.« Renate wedelte mit beiden Händen, als müsse sie einen bösen Geist abwehren. »Ich war niemals bei dir zu Hause. Ich habe keine Unterlagen. Die Revision habe ich zwar angefordert. Mit der Begründung, dass es dem Turnus entspricht. Ich setz mich doch nicht in die Nesseln.«

Lena starrte sie fassungslos an. »Sag mal, bist du plemplem? Du kannst doch nicht leugnen, dass ich dich informiert habe.« In derselben Sekunde wusste sie, dass Renate das konnte. Es gab nichts Schriftliches. Das Wort der Kollegin stand gegen ihr eigenes. »Warum kam Edzard van Beuthen zur Maiwald?«

Es war Renate anzusehen, dass sie sich im Nachhinein noch auf die Zunge hätte beißen können, Lena davon erzählt zu haben. »Er kam natürlich, um die Prüfung abzuwenden. Da bin ich mir sicher. Die Maiwald muss was ausgeplaudert haben, die beiden sitzen in etlichen Ausschüssen zusammen.«

Einen Moment lang schwiegen sie. Renate zog sich ihre Jacke eng um den Körper. Es war kalt und ihr anzusehen, wie gern sie wieder ins Haus zurück wollte. Ihre Augen huschten nervös herum, sobald sich jemand näherte.

»Worum geht es hier wirklich?«

Renate stöhnte laut auf bei dieser Frage. Dann sah sie Lena beschwörend an. »Van Beuthen fädelt gerade einen weiteren Millionendeal ein, wie es heißt, zusammen mit einigen finanzstarken Partnern. Es geht darum, noch mehr Aufgaben an einen freien Träger zu geben. Nicht nur Bewerbungskurse und die Vermittlung von Arbeitslosen, sondern auch anderes. Von der Jugendarbeit bis zu Seniorenhilfen. Alles, was nicht originäre Aufgabe des Landkreises ist, soll ausgelagert werden. Leistungen aus einer Hand. Aufgaben bündeln, Synergien schaffen. Du kennst die seit Jahren bemühten Worthülsen so gut wie ich.«

Lena dämmerte etwas. »Himmel, die wollen doch nicht die gGAB zu einem Rundumversorger für soziale Arbeit umbauen?«

»Doch, genau das. Die haben sich bereits ein Grundstück ausgesucht für den geplanten Neubau. Gut für die Maiwald, die kann damit in der Öffentlichkeit punkten. Wir sparen jede Menge an Kosten, weil die freien Träger niedrigere Löhne zahlen und wir jetzt auf einiges Personal verzichten können. Passt ihr hervorragend, wenn sie es noch vor der Landratswahl hinkriegt.«

Da konnte die Sozialdezernentin einen Fleck auf der weißen Weste des Wunschpartners so gar nicht gebrauchen. Sie war vielmehr darauf angewiesen, dass die gGAB und die van Beuthens picobello dastanden. Und Renate hatte es gewusst!

»Wann hast du beschlossen, mir in den Rücken zu fallen?«

»Das tue ich nicht. Ich will nur keine Schwierigkeiten bekommen. Das solltest du auch so halten.« Sie legte beschwichtigend die Hand auf Lenas Unterarm.

Die schüttelte sie ab und drehte sich um. Würde sie eben zur Bergmann gehen.

»Lena?« Renate trat schnell neben sie. »Ich ahne, was du jetzt vorhast. Falls du zur Bergmann willst – lass es. Die ist auf dem Sprung, nach der Landratswahl Referentin von Hans-Joachim Söder zu werden. Dass er wiedergewählt wird, gilt zumindest verwaltungsintern als sicher. Die wird sich wegen dieser Sache nicht die Finger verbrennen.«

Lena stand wie erstarrt. Und Renate setzte noch eins nach. »Und du – denk dran, wie es Emilia gegangen ist. Sie hat sich gegen zu viele gestellt. Danach hatte sie keine Freunde mehr im Haus.«

Nicht nur das. Jetzt war sie tot.

Verwirrt stieg Lena in ihr Auto. Zuerst dachte sie daran, ins Containerbüro zu fahren. Doch was hätte sie dort machen sollen? Unmöglich, sich jetzt an den Schreibtisch zu setzen und so zu tun, als wäre nichts geschehen. Nic hatte sich ihrer entledigt und sie konnte momentan nichts dagegen unternehmen. Außer ... Sie stieg wieder aus, ging in die Kreisverwaltung zurück und fuhr in den vierten Stock hinauf.

»Herr Leiß hat heute keine Zeit«, bedeutete ihr seine Vorzimmerdame mit echtem Bedauern in der Stimme. Die sie nun absenkte. »Er hat zurzeit am laufenden Band Besprechungen, es geht um den Stellenplan. Frau Maiwald plant weitreichende Änderungen.« Die Sekretärin hatte die letzten Worte nur noch geflüstert. Dann fuhr sie in normaler Lautstärke fort: »Wollen Sie eine Nachricht hinterlassen?«

Lena schüttelte den Kopf. So weit war es also bereits. Da mussten sämtliche Beteiligte sich schon sehr sicher fühlen. »Danke, keine Nachricht«, murmelte sie, als die Brauen ihres Gegenübers fragend nach oben schnellten.

Was hätte sie schreiben sollen, das die verfahrene Situation auch nur annähernd nachvollziehbar wiedergab? Sie winkte ab. Als sie das Büro verließ, kam ihr auf dem Flur Carola Bergmann entgegen. Sie schien in Eile, begrüßte Lena dennoch freundlich: »Hallo, Frau Borowski, alles okay in Langen?« Die Frau wusste einfach alles und schien es noch so unwichtig für ihren eigenen Job.

Lena lag etwas auf der Zunge, sie schluckte es hinunter. Die Bergmann war klug, ehrgeizig und vertrauenswürdig. Jeder wusste, dass die Idee vom »Team für ämterübergreifende soziale Arbeit« von ihr stammte. Die Sozialdezernentin mochte sich in der Öffentlichkeit mit den Erfolgen brüsten, ihre Referentin war es, der die Bewunderung im Haus galt. Oder der Neid, je nachdem. Dabei produzierte die Bergmann ständig erfolgreiche Projekte, das war wohl auch der Grund, warum Landrat Söder an ihr interessiert war. Sollte sie Carola Bergmann jetzt in Bedrängnis bringen? Lena wusste, sobald sie ihr die Unterlagen übergeben würde, müsste sie etwas damit tun. Zu wissen, dass eine Mitarbeiterin des Kreises auf Ungereimtheiten gestoßen war, und diese unter den Tisch fallen zu lassen, das wäre bei ihr undenkbar. Wenn Renate recht hatte, könnte aber genau das Bergmanns Karriere den Todesstoß versetzen. So ging Lena nach ein paar belanglosen Worten weiter. Sie würde sich etwas anderes einfallen lassen.

Eine halbe Stunde nach dem Gespräch mit Renate stand Lena Adelheid Wormser in deren Wohnung in Rödermark gegenüber. Sie betrachtete die mitgenommen aussehende Frau und beschloss dennoch, gleich mit der Tür ins Haus zu fallen. »Adelheid, du musst diesen Abrechnungsbetrug auffliegen lassen!«

Die andere schüttelte vehement den Kopf. »Weißt du eigentlich, was du da von mir verlangst? Nic hat mir bereits mit juristischen Konsequenzen gedroht, wenn ich mich nicht an die Verschwiegenheitspflicht halte. Nur wenn ich mich nicht in die Sache einmische, bekomme ich ein astreines Zeugnis, mit dem ich mich bewerben kann. Ich hab keine Reserven, ich brauche schnellstmöglich wieder einen Job!«

Lenas Blick fiel auf die halb offen stehende Tür, die in den angrenzenden Raum führte. Einige halb bepackte Kisten standen dort herum. »Du willst umziehen?«

Adelheid nickte. »Hier kriege ich kein Bein mehr auf den Boden, das weißt du doch genau. Außerdem bin ich sicher, dass sämtliche Unterlagen bereits vernichtet wurden. Wie soll ich beweisen, dass nicht ich die Schuldige bin? Wenn die van Beuthens wollen, ruinieren sie meinen Ruf. Dann stellt mich kein sozialer Träger mehr ein.«

Lena nagte nervös an ihrer Unterlippe. »Adelheid, ich habe deine Kalkulationen kopiert.«

Einen Moment lang war es so still im Raum, dass man eine Nadel hätte fallen hören können. Ein pfeifendes Geräusch aus Adelheids Mund durchbrach diesen Zustand.

»Du wärst dann rehabilitiert. Ich bin deine Zeugin. Lass uns das gemeinsam durchziehen. Nic hat es nicht verdient, dass du ihm die Sache so leicht machst!«

Adelheid wandte sich ab. Ihre Unsicherheit lag spürbar in der Luft. Doch ihre Angst schien unüberwindbar. Sie schüttelte den Kopf. »Lena, die Sache ist zu groß für uns. Der alte van Beuthen und die anderen Investoren wollen diese Sache durchziehen. Die Maibaum hat alle politischen Gremien von ihrem Konzept überzeugt. Da geht es um viel Geld, um Macht und den Landratssessel. Dem willst du dich entgegenstellen? Bei allem Respekt, du bist Sozialarbeiterin. Was glaubst du, was die mit dir machen, wenn du ihr Ding torpedierst? Eines kann ich dir jetzt schon garantieren: Du wirst deines Lebens nicht mehr froh.«

Lena schluckte hart bei diesen Worten. »Du hilfst mir also nicht?«

»Tut mir leid, aber ich bin nun mal nicht lebensmüde.«

Rohloffs Anruf kam, als sie ihren Golf in eine Parklücke am Isenburgring bugsierte. »Du hast dich doch für diesen Müller interessiert«, begann er das Gespräch.

»Müller?« Lena wusste nicht, von wem er sprach.

»Den Besitzer der ›Lulu-Bar‹.«

Sie hatte ihren Wagen endlich geparkt und stellte den Motor ab. »Der Rumäne?«

»Marius Müller, genau. Ich habe mich noch einmal für dich umgehört. Für ihn arbeiten tatsächlich zwei oder drei Männer, die aus Nigeria stammen. Die scheinen aber sauber zu sein. Trotzdem haben es solche Leute nicht gern, wenn man ihnen zu nahe kommt. Du solltest die Sache vergessen.«

»Okay«, sagte sie leichthin.

Er wechselte sofort das Thema und sie sprachen über eine Ausstellung in der Schirn. Sie verabredeten sich für das kommende Wochenende. Rohloff hörte sich enttäuscht an, dass sie vorher keine Zeit für ihn hatte.

Sie war bereits ausgestiegen, als sie die Verbindung erkannte.

Der Mann, den sie in M'Bokos Wohnung angetroffen hatte. Das Haus in Buchschlag. Das Namensschild. »Müller.« Trotz Rohloffs Warnung wäre sie am liebsten sofort noch einmal dorthin gefahren. Doch zunächst ging sie ins Haus. Frau Kasulke war nirgendwo zu sehen und Lena unterdrückte eine leichte Enttäuschung.

Sie hastete die Treppen hoch. In ihrer Wohnung nahm sie die Kopien aus der Tasche. Sie hatte alles in zweifacher Ausfertigung und legte nun die ursprünglichen Kalkulationen und die dazugehörigen überhöhten Rechnungen zu einem Satz zusammen. Es waren die einzigen noch existierenden Beweise für Nics Betrügereien. Nachdem ihr bereits Renate in den Rücken gefallen war und die Maibaum mit dem alten van Beuthen gemeinsame Sache machte, würde sie bei allem, was sie tat, höchste Vorsicht walten lassen müssen.

Lena dachte an das, was Rohloff ihr in der »Alten Bergmühle« erzählt hatte. Alles passte zu dem, was sie gerade von Adelheid erfahren hatte. Es ging hier nicht nur um ein Prestigeprojekt von Marianne Maibaum. Auch nicht um ein Geschäft der van Beuthens. Wenn sie eins und eins zusammenzählte, hingen noch weitere Investoren da drin. Geschäfte mit der sozialen Not waren lukrativ geworden. Besonders, wenn man so erfinderisch war wie Nic! Egal wie, Lena wusste, dass sie sich in die Nesseln setzte, wenn sie die Sache auffliegen ließ. Ihr Job stünde auf dem Spiel. Oder sogar mehr? Schaudernd dachte sie an Emilia und fragte sich, ob sie das alles nicht doch lieber bleiben lassen sollte.

+++

Gerd Rohloff sorgte sich um Lena. Er wollte nicht, dass sie anfing, sich mit Marius Müller zu beschäftigen. Er kannte sie gut genug, um zu wissen, dass sie nicht so schnell aufgab, wenn sie einer Sache auf der Spur war. Dieser Kerl galt als gnadenlos brutal, es kam nicht infrage, dass sie ihm zu nahe kam. Rohloff selbst hatte nie mit ihm zu tun gehabt. Doch es gab genügend andere, die sich bei dem Kerl eine blutige Nase geholt hatten. Inklusive der Frauen, die für den

Mann arbeiteten. Von üblen Methoden war die Rede. Immer wieder wurden die Barmädchen misshandelt. Er verachtete Männer, die mit einer Frau zusammen sein wollten, die nur aus Angst und Entsetzen bestand, die gezwungen wurde, ihren Körper zu verkaufen. Diese Art von Geschäften war ihm zuwider. Es wäre ihm sehr viel lieber gewesen, wenn Lenas Wege sich nie mit denen von Müller gekreuzt hätten.

20

Christine Hornauer war am Dienstagnachmittag aus dem Krankenhaus entlassen worden. Am Mittwochmorgen fuhr sie in die Liebigstraße, um den von Lena dort hinterlegten Schlüssel zu holen. Die Wohnung roch muffig, daher lüftete sie einige Minuten. Am Fenster stehend blickte sie in den leeren Innenhof hinunter. Sie würde die Wohnung in den nächsten Tagen ganz ausräumen müssen, damit sie wieder vermietet werden konnte. Der Besitzer hatte sich angesichts der tragischen Umstände sehr freundlich verhalten, ihr sogar signalisiert, sie könne problemlos einen Nachmieter vorschlagen. Durch ihren eigenen Unfall war sie damit nicht weitergekommen. Daran, dass ihre Mutter sich um derlei Dinge kümmerte, war nicht zu denken.

Nachdem die Temperatur in der Wohnung durch die kalte Luft deutlich gesunken war, machte sich Christine auf den Weg zur Kleingartenanlage. Das Vereinsheim war geschlossen und es dauerte eine Weile, bis sie in einem der angrenzenden Schrebergärten jemanden fand, der jemanden anrief, der wiederum jemanden schickte.

»Sie kommen wegen dem Rad?«, wollte der Mann mit dem gewaltigen Bauch wissen und schloss das Tor auf, um sie hereinzulassen. Das Foto hing noch an der Pinnwand, wie Lena es beschrieben hatte. Christine sah auf den ersten Blick, dass es sich um Emilias Fahrrad handelte.

»Haben Sie es gefunden?«, wollte sie wissen.

»Nicht ich und gefunden ist auch nicht der richtige Ausdruck.« Der Mann kratzte sich ausgiebig am Kopf. »Es war hier vorne angekettet.« Seine Hand deutete vage über den Hof.

»Wo ist es jetzt?«

»Hinten. Können Sie denn nachweisen, dass es Ihres ist?« Sein Blick wurde misstrauisch.

»Es gehörte meiner Schwester. Sie ist kürzlich verstorben.« Als sie ihm den Todestag nannte, veränderte sich sein Gesichtsausdruck.

»Das ist der Tag, seit dem das Rad hier steht.«

»Ihr Fahrradschloss. Es war dunkelrot. An ihrem Lenker steckte oft ein Stängel Rosmarin. Sie mochte es, wenn der Duft ihr beim Fahren in die Nase stieg.« Sie konnte die Tränen nicht zurückhalten, die ihr bei diesen Worten in die Augen schossen.

Der Mann schwieg betreten, entfernte sich ein paar Schritte und bat sie zu warten, während er das Rad holte. Nachdem sie es sich noch einmal ganz genau angesehen hatte, war sie sich sicher: Es hatte Emilia gehört. Sie schrieb dem Mann ihren Namen und ihre Anschrift auf und zeigte ihm ihren Ausweis. Danach holte sie ein Foto ihrer Schwester auf das Display ihres Smartphones.

»War sie hier an dem Tag, an dem sie starb? Hat sie sich mit jemandem getroffen?««

Der Mann sah sich Emilias Gesicht genau an, schüttelte dann den Kopf. »Kenne ich nicht.«

Was hatte das zu bedeuten? Warum stand das Rad hier und der Wagen war unweit von hier auf dem Parkplatz am Wald gefunden worden?

Sie hievte das Rad in den Kofferraum ihres Wagens und fuhr in die Innenstadt. Nach einer enervierend langen Parkplatzsuche betrat sie die Filiale der Bank in der Kaiserstraße. Dort herrschte an diesem Morgen ein reger Besucherverkehr. Während Christine darauf wartete, an die Reihe zu kommen, trommelte sie nervös auf ihrer Tasche herum. Auch nachdem sie den Sachverhalt erklärt, ihre Generalvollmacht und ihren Ausweis vorgelegt sowie ein Formular ausgefüllt hatte, wurde ihre Geduld weiter strapaziert, indem sie schier unendlich lange warten musste. Dann endlich begleitete sie ein Mitarbeiter in den Tresorraum nach unten. Gemeinsam öffneten sie das Schloss und er ließ sie alleine.

Mit klopfendem Herzen zog Christine die schwere Metallkassette heraus und stellte sie auf den Tisch. Was mochte Emilia hier aufbewahrt haben? Sie sah hinein und war im ersten Moment enttäuscht. Nur zwei dicke Umschläge befanden sich darin. Sie nahm den ersten und zog den Inhalt heraus. Ganz obenauf lag ein Blatt, auf dem nichts weiter als der Name von Jens Borgmann und seine Kontaktdaten vermerkt waren. Darunter ein Stapel Papier mit Aufzeichnungen, die wie ein Tagebuch wirkten. Christine überflog den Text und spürte, wie ihr mulmig wurde. Im zweiten Umschlag fand sie einen USB-Stick und ein kleines Diktiergerät. Sie konnte sich erinnern, so etwas bei ihrer Schwester einmal gesehen zu haben. Sie nutzte es, wenn sie beruflich unterwegs war, um Stichworte für ihre Berichte aufzuzeichnen.

Christine schob alles in ihre Handtasche. Vom Auto aus versuchte sie, Lena anzurufen. Sie erreichte nur die Mobilbox und legte wieder auf, ohne eine Nachricht zu hinterlassen. Nachdem sie sich in einem Schnellrestaurant einen Coffee to go mitgenommen hatte, fuhr sie zum zweiten Mal an diesem Vormittag in die Liebigstraße. Dort las sie, auf einer umgedrehten Weinkiste sitzend, was Emilia aufgeschrieben hatte. Danach war ihr übel, ihr Magen schien zu flattern. Emilia war in etwas hineingeraten, das ihren Tod in einem ganz anderen Licht erscheinen ließ. Es stand außer Frage, dass Kommissarin Ernst das sofort erfahren musste.

Jutta Ernst blickte auf, als Christine Hornauer ohne anzuklopfen ihr enges Büro betrat.

»Ihr Unfall?« Sie deutete auf die Halskrause, die ihre Besucherin trug. Die verzog gequält das Gesicht.

»Ich habe etwas entdeckt, das wichtig sein könnte«, sprudelte es aus ihr heraus. Christine Hornauer legte die Sachen aus dem Schließfach vor ihr ab. »Emilias Fahrrad war verschwunden. Ich dachte zunächst, es wäre geklaut worden. Dabei stand es seit ihrem Todestag im Kleingartenverein. Sie muss an diesem Abend damit gefahren sein.«

Jutta Ernst fuhr sich in einer müden Geste über die Stirn. Just an diesem Morgen war in der Sache der Toten aus dem Buchschlager Wald ein anonymer Hinweis hereingekommen, dem sie würden nachgehen müssen. Daher passte es ihr gar nicht, dass Christine Hornauer ausgerechnet jetzt mit neuen Vermutungen zu ihr kam. Es tat ihr leid, weil sie im Gespräch mit Lena Borowski selbst darum gebeten hatte. Nur der Zeitpunkt war der falsche. »Ich bin leider schon so gut wie weg«, versuchte sie daher, Christines Redefluss zu stoppen.

»Bitte hören Sie sich das vorher an. Meine Schwester ist da einer Sache auf die Spur gekommen …«

»Mache ich. Lassen Sie alles da. Aber jetzt muss ich weg.«

Bei diesen Worten flog die Tür auf und ihr Partner Chris Schulz kam herein. »Können wir?«, rief er und nickte der Besucherin knapp zu. Die warf einen zweifelnden Blick auf die Unterlagen, die sie mitgebracht hatte. Jutta Ernst, schon halb im Mantel, spürte das Zögern, räumte alles in ihre Schublade und drehte den Schlüssel zwei Mal um, bevor sie ihn abzog.

»So, das ist sicher verwahrt. Ich sehe es mir an, sobald ich wieder zurück bin.«

Das Haus befand sich in Buchschlag, in der Nähe der Bahnlinie. Der etwas heruntergekommene dreistöckige Bau lag zwischen weiß getünchten Flachdach-Reihenhäusern im Siebzigerjahrestil und einem Trampelpfad, der als »Privatweg« gekennzeichnet war. Zurückgesetzt und hinter einer hohen Hecke verborgen, war er auf den ersten Blick kaum zu sehen. Rundherum war es ziemlich ruhig, vom aufgeregten Zwitschern einer Schar Spatzen abgesehen. Der anonyme Briefeschreiber hatte alles ganz detailliert beschrieben: die Lage, die Hecke drumherum, die Farbe der Wände. Sie parkten den Wagen auf der den Häusern gegenüberliegenden Straßenseite an dem schmalen Waldstreifen, der den Bussardweg vom Bahndamm trennte.

Sie klingelten und als niemand öffnete, legte Jutta Ernst ihren Finger dauerhaft auf den Klingelknopf. Aus dem Inneren drangen Geräusche, nach einer Weile erschien jemand an der Tür. Eine

Schwarze, groß und massig, die sie wütend ansah. Sie trug einen langen grauen Rock, eine helle Strickjacke und auf dem Kopf ein kunstvoll gebundenes, vielfarbiges Tuch.

»Warum machen Sie so einen Krach?«, wollte sie wissen. Ihre Stimme klang kehlig und tief.

»Kripo. Mein Name ist Chris Schulz und das ist meine Kollegin Jutta Ernst.« Sie präsentierten der Frau ihre Dienstmarken. Das schien sie wenig zu beeindrucken. Mit übereinandergeschlagenen Armen stand sie da und rückte keinen Millimeter zur Seite.

»Sind Sie Frau Müller?«, fragte Chris.

»Nein.«

»Sie wohnen hier?«

Ein Nicken, mehr nicht.

»Sind Herr oder Frau Müller zu sprechen?«

Die Frau schüttelte den Kopf. Ihre dunklen Augen bewegten sich zwischen den beiden Besuchern hin und her.

»Können wir drin reden? Wir ermitteln in einem Mordfall.«

Ein leichtes Zucken auf dem Gesicht der Frau war die einzige Reaktion. Doch sie trat jetzt zur Seite und ließ die beiden ein. »Hier entlang.« Sie ging voraus in einen Raum, der düster wirkte, obwohl er in den Garten hinausführte. Eine alte, in dunklen Blautönen gemusterte Couchgarnitur, ein niedriger Tisch sowie eine staubige Kredenz, in der lediglich Nippes stand, bildeten die unpersönliche Einrichtung. Die Luft war kühl und etwas muffig. Offensichtlich wurde der Raum nicht oft genutzt.

Sie blieben alle drei stehen.

»Wo finden wir die Hausbesitzer?«

»Herr Müller wohnt in Frankfurt. Dieses Haus wird von Familienmitgliedern und Freunden genutzt.«

Chris hob die Brauen, sagte aber nichts.

»Kennen Sie diese Person?« Jutta Ernst zog ein Foto der Ermordeten aus ihrer Tasche und reichte es der Frau, nachdem diese sich mit einem deutschen Personalausweis als Brittany Möhlmann ausgewiesen hatte.

»Lebt Ihr Mann ebenfalls hier?«

»Mein Mann ist tot«, antwortete sie ohne das geringste Bedauern. Sie hob den Blick von dem Foto und schüttelte den Kopf. »Die Frau kenne ich nicht.«

»Sicher?« Chris trat zu dem hohen Kassettenfenster aus dunklem Holz und sah in den Garten hinaus. Aus dem oberen Stockwerk kam ein Geräusch.

»Wir müssen mit allen Hausbewohnern sprechen«, stellte Jutta fest.

Frau Möhlmann sah aus, als würde sie ihnen gleich vor die Füße spucken.

»Holen Sie sie, oder sollen wir hinaufgehen?« Das war Chris.

Die Atmosphäre war unbehaglich und Jutta fragte sich unwillkürlich, ob sie von der Afrodeutschen etwas zu befürchten hatten.

Die drehte sich jetzt um und stapfte hinaus. Dabei ließ sie die Tür unsanft zufallen. Chris ging hinüber, um sie wieder zu öffnen. Sie hörten, wie Frau Möhlmann die Treppe hinaufging und nach jemandem rief. Eine Männerstimme antwortete. Danach blieb es kurze Zeit still.

»Die sprechen sich jetzt ab«, murmelte Jutta.

»Langsam, Frau Kollegin. Wir folgen einem anonymen Hinweis. Könnte einen ganz anderen Hintergrund haben. Nicht jedem braven Bürger hier gefällt es vielleicht, schwarze Nachbarn zu haben.«

»Weiß nicht. Diese Frau löst in mir ein unbehagliches Gefühl aus.« Jutta flüsterte jetzt, denn draußen waren Schritte zu vernehmen.

»Ja?« Der Mann, der zu ihnen trat, war groß, dunkelhaarig, er trug einen Vollbart und sprach mit eindeutig osteuropäischem Akzent. Auch von ihm ließ sich Chris den Ausweis zeigen. Ion Coposu stammte aus Rumänien und gab an, bei seinem Vetter Marius Müller zu Besuch zu sein.

»Besuch, aha«, warf Chris ein und musterte den Mann eindringlich. Er trug relativ teure Kleidung, eine Rolex und sah aus wie einer, der gerne die Nacht zum Tag machte.

Angeblich kannte er die Tote nicht.

Chris und Jutta wechselten einen schnellen Blick, als erneut aus einem der oberen Stockwerke ein Geräusch kam.

»Wer ist noch im Haus?« Chris war bereits zur Tür gegangen. Seine Körpersprache drückte deutlich aus, dass er nun selbst nachsehen würde.

»Niemand«, versuchte Brittany Möhlmann abzuwiegeln. Ein verunglücktes Lächeln huschte über ihre Lippen, die Augen hingegen blieben kalt.

»Niemand macht wohl keinen Krach«, antwortete Jutta mit aufgesetzter Freundlichkeit.

»Gehen wir doch mal nachsehen.« Sie stand bereits bei Chris, als Frau Möhlmann den Bärtigen mit einer Kopfbewegung etwas zu verstehen gab. Der hob entschuldigend die Hände.

»Brittanys Nichte ist zu Besuch, ich hole sie herunter, wenn Sie möchten.«

»Wir kommen mit.« Chris Schulz' Mimik sprach eine klare Sprache. Er würde jetzt hinaufgehen.

Frau Möhlmann schien das zu verstehen, sie schob Coposu mit einer energischen Geste zur Seite und drängte sich an Jutta und Chris vorbei zur Tür hinaus. Sie folgten ihr. Im ersten Stock gingen mehrere Türen vom Gang ab. Frau Möhlmann führte sie zu einem Eckzimmer. Irritiert sahen Chris und Jutta ihr zu, wie sie einen Schlüssel aus der Tasche nahm und die Tür aufschloss.

Die darauf folgende Konversation war einseitig und bestand aus wenigen, schnell gesprochenen Sätzen in einer fremden Sprache. Als Frau Möhlmann danach zur Seite rückte, konnten Chris und Jutta in das dahinterliegende Schlafzimmer sehen. Ein Mädchen hockte dort vor dem Bett auf dem Boden. Sie mochte vielleicht vierzehn oder fünfzehn sein und starrte die beiden verängstigt an.

»Meine Nichte. Sie spricht kein Deutsch. Sie ist ein bisschen verdreht.« Frau Möhlmann wedelte erklärend mit einer Hand vor ihrem Gesicht herum. »Manchmal macht sie komische Sachen. Zu Hause, in Nigeria, wissen wir damit umzugehen.« Die letzten Worte sagte sie zu der Jüngeren gewandt. Sie klangen wie eine Drohung.

»Deswegen schließen Sie sie ein?« Jutta fragte sich, was das alles zu bedeuten hatte.

»Wie heißt sie und woher kommt sie?«, wollte Chris wissen. Als er den Raum betreten wollte, zuckte das Mädchen zurück.

Es schien, als müsse Frau Möhlmann kurz überlegen, dann nannte sie einen Namen. Jutta fiel auf, dass die junge Frau dabei überhaupt nicht reagierte. Ihr Blick huschte nervös zwischen ihrer vermeintlichen Tante und Chris und Jutta hin und her. Sie wirkte, als sei sie völlig überfordert mit der Situation.

»Fragen Sie sie, ob sie die Frau auf dem Foto kennt.« Chris hielt dem Mädchen das Foto vor die Nase. Ihre Augen weiteten sich erschrocken.

»Was fällt Ihnen ein!« Brittany Möhlmann schob sich zwischen das Bild und ihre Nichte. »Der Anblick einer offensichtlich toten Frau ist für so ein halbes Kind doch ein Schock.«

»Fragen Sie sie!«, insistierte Jutta.

Frau Möhlmann bellte dem Teenager in ihrer Sprache etwas zu, um die Frage dann zu verneinen. Das Mädchen rührte sich nicht, sie starrte jetzt auf den Boden.

»Wir möchten den Ausweis des Mädchens sehen.«

»Unten«, knurrte Frau Möhlmann drängte die Besucher aus dem Raum.

Schweigend stiegen sie ins Erdgeschoss hinunter, nahmen die Daten der jungen Frau auf, die laut ihren Papieren aus Nigeria kam, und verließen das Haus. Erst als sie die bedrückende Atmosphäre des Hauses hinter sich gelassen hatten, sprachen sie wieder miteinander.

+ + +

Sunita hockte immer noch am Boden, als Mammy und Ion zurückkamen. Sie verstand, dass sie eben eine Chance gehabt hätte, ihr Schicksal in die Hand zu nehmen. Sie hatte sie verstreichen lassen, aus Angst und weil sie nicht wusste, ob die Fremden ihr wirklich geholfen hätten. Die Worte, die Mammy ihr zugezischt hatte, waren voller Verachtung für sie und sie schürten die Furcht vor dem, was kommen konnte, wenn sie sich wehrte. Dabei hatte sie genau das im Sinn gehabt. Als sie das Dauerklingeln hörte und mitbekam, welche Hektik die beiden Leute an der Tür bei den Hausbewohnern auslösten, war es ihr gedämmert, dass zum ersten Mal, seit sie hier war, Men-

schen ins Haus kamen, die keine Kunden waren. Sie wollte gefunden werden, darum war sie nicht leise, wie ihr befohlen worden war. Doch dann hatte ihr der Mut gefehlt aufzustehen und die Sätze zu sagen, die ihr eine andere Frau vor langer Zeit einmal beigebracht hatte.

»Wage es nicht, sonst bist du tot und deine ganze Familie auch!« Mammys Worte tobten noch durch ihr Gehirn, garniert mit den furchteinflößend aufgerissenen Augen. Die hatte das Paar, das hinter ihr stand, nicht gesehen. Trotzdem meinte Sunita, im Blick der Frau so etwas wie Verständnis erkannt zu haben. Sie war so kurz davor gewesen … Dann sah sie das Foto. Der Anblick der toten Sally hatte ihr einen Schock versetzt.

Schritte kamen die Treppe hoch, eilig und hart. Mammy und Ion. Sie würden jetzt mit ihr dasselbe machen wie mit Sally. Die Tür flog auf. Ion betrat das Zimmer als Erster, er hatte sein Jackett ausgezogen und krempelte die Ärmel seines Hemdes hoch.

»Du blödes Stück Scheiße!«, fuhr er sie an und hob die Hand. Im selben Moment ertönte wieder die Türklingel. Sunita wusste, dass sie das einzige Mädchen im Haus war. Wenn da unten ein Mann stand, würde er sie retten. Noch nie hatte sie innerlich so darum gebettelt, einen Kunden zu haben. Ion eilte ins Ergeschoss, sie hörte Stimmen, dann kam er zurück und Sunita sah, dass das Schicksal es wenigstens in diesen Minuten gut mit ihr meinte. Hinter Ions Rücken tauchte ihr Stammkunde auf. Er war schon eine ganze Weile nicht mehr bei ihr gewesen. Auch für heute hatte er sich nicht angemeldet, wie er es sonst immer tat. Und er lächelte nicht, als er sie sah. Als er sprach, begriff sie, warum.

»Sie ist zu groß geworden«, sagte er. »Ihr habt mir eine Jüngere angekündigt.«

»Die Kleine ist noch nicht eingetroffen«, antwortete Ion. »Du kannst die da heute noch mal haben. Sonst ist niemand im Haus.«

Sunita spürte ein Zittern, das tief in ihrem Magen begann und sich über ihren ganzen Körper ausbreitete. Ihr wurde kalt, eiskalt. Sie wusste, was das bedeutete. Der Mann wollte sie nicht mehr und ohne ihn würde man sie wieder in andere Häuser schicken. Oder zu anderen Männern, die schlimmer waren als er. Ebele würde sie nie finden.

Ihre ganze Hoffnung ruhte darauf, dass er sie fand, wenn sie nur lange genug an einem Ort blieb.

Sie schluckte alles hinunter, die Enttäuschung über sich selbst, die Angst vor der Bestrafung, die Demütigung, von ihrem besten Kunden verschmäht worden zu sein, und trat einen Schritt nach vorn. Hob das rosarote Röckchen, das sie trug, und machte einen vollendeten Knicks. Sie hob die Augen auf die Art, die er immer gemocht hatte, und griff nach seiner Hand. Gerade so, als sei sie das Mädchen, das sie nicht mehr war.

»Für den halben Preis«, sagte der Mann, der früher stets ein Schokoladenherz für sie dagelassen hatte.

War ihr nie aufgefallen, wie kalt sein Blick und wie hart sein Mund war?

Ion signalisierte Zustimmung, wohl, um den Stammkunden nicht zu vergrätzen.

Sie hob den Kopf und lächelte ihn an, als habe er ihr ein Kompliment gemacht. Dabei fühlte sie sich, als habe man ihr ein Messer in den Bauch gerammt.

+++

»Dieses Zimmer, das war doch kein richtiges Mädchenzimmer!«

Sie befanden sich auf der Rückfahrt nach Offenbach, Chris lenkte den Wagen und Jutta sah nachdenklich aus dem Fenster.

»Bisschen schräg, oder?«, meinte Chris.

»Zu pink, zu grell. Alles wirkt überhaupt nicht wie richtig bewohnt, sondern nur auf schnellen Effekt aus.«

Der anonyme Briefschreiber hatte ihnen mitgeteilt, er kenne die tote Frau aus genau diesem Haus. Er sei sich seiner Sache absolut sicher.

»Ein illegales Bordell«, fiel Chris dazu sofort ein. »Aber warum? Die Zuhälter können die Mädchen problemlos im Dunstkreis der bekannten Etablissements unterbringen. Es gibt genügend Möglichkeiten, nach Deutschland geschleuste Frauen für sich laufen zu lassen. Das wissen wir doch. Leider.«

»Das liegt in diesem Fall auf der Hand. Das Mädchen ist minderjährig.«

»Nicht laut ihren Ausweispapieren. Da ist sie gerade achtzehn geworden.«

Jutta prustete empört. »Das glaubst du nicht wirklich! Der Ausweis ist echt, er gehört nur einer anderen Frau. Wobei das Foto sogar von dem Mädchen hätte sein können, die Ähnlichkeit war verblüffend. Die Masche ist bekannt. Viele Frauen aus Afrika werden mit Papieren von sogenannten ›Look-alikes‹ eingeschleust. Diese Frau Möhlmann hatte einfach Glück, dass der Ausweis im Haus war und nicht gerade zum Transport eines weiteren jungen Opfers benötigt wurde.«

»Wir können nichts beweisen«, warnte Chris.

»Hast du den Kerl nicht gesehen? Die Uhr, der Anzug, der ganze Aufzug.«

»Ja, ja. Das schreit regelrecht nach Zuhälter.« Chris überholte einen im Schneckentempo dahinkriechenden, schilfgrünen Mercedes älterer Bauart, der von einem Greis gelenkt wurde, und scherte vor ihm wieder ein.

»Marius Müller, der Name sagt mir etwas«, setzte Jutta die Unterhaltung fort. Irgendwo hatte sie den Namen schon einmal gehört oder gelesen. Sie brachte ihn mit einem der Zeitungsartikel über das Frankfurter Bahnhofsviertel in Verbindung. »Ist das Rotlicht?«

Chris wusste es nicht. Daher warf sie nach ihrer Rückkehr ins Büro erst einmal ihren PC an und stöberte in den Datenbanken. Tatsächlich tauchte der Name Marius Müller auf.

»Mannomann, der hat vielleicht ein Vorstrafenregister«, kommentierte sie die Dokumentation einer bereits viele Jahre dauernden Laufbahn vom Kleinkriminellen zum Großluden.

»Gib mal den Namen von Brittany Möhlmann ein«, bat Chris, der, auf einer Ecke ihres Schreibtisches sitzend, die Sache verfolgte.

»Wow!«, lautete gleich darauf ihr Kommentar. Die Nigerianerin war vor einigen Jahren nach Deutschland gekommen, um eine Verwandte in Seligenstadt zu besuchen. Nur wenige Wochen später hatten für sie und den hochbetagten und nicht unvermögenden Rentner Heribert Möhlmann die Hochzeitsglocken geläutet. Ganz glücklich schien die Ehe nicht verlaufen zu sein, denn es kam zu einer Anzeige wegen häuslicher Gewalt. Es war der Ehemann, der ramponiert auf der Wache erschien und seine Frau beschuldigte, ihn geschlagen zu haben. Am nächsten Tag zog er die Anzeige zurück. Nach seinem Tod vor knapp drei Jahren war aus Brittany eine annehmbar versorgte Witwe geworden, was sie nicht davon abhielt, zwei Mal mit dem Gesetz in Konflikt zu geraten. Einmal ging es um Ladendiebstahl, ein anderes Mal um eine Ohrfeige, die sie einer Nachbarin wegen einer angeblichen Beleidigung verpasst hatte. Kurz nach dieser Sache zog sie von Seligenstadt nach Dreieich.

»Okay. Gehen wir davon aus, dass es stimmt, was uns unser anonymer Briefschreiber mitteilt. Der Mann vergnügt sich in einem Haus, das zu einem Privatbordell umfunktioniert wurde. Warum teilt er uns das mit?« Chris war aufgestanden und lief jetzt vor Juttas Schreibtisch auf und ab.

»Da ist jemand korrekt, akkurat, gesetzestreu. Oder will es zumindest sein.«

»Einverstanden, auch wenn die Beschreibung für einen, der sich womöglich mit Zwangsprotistuierten vergnügt, merkwürdig klingt. Aber es geht ja auch um Mord. Doch er hat Angst. Wovor? Wegen der Leistungen belangt zu werden, die er in Anspruch genommen hat? Oder vor Zuhältern?«

»Möglich. Immerhin hatte er vermutlich Sex mit einem halben Kind. Daher hat er zu recht Schiss vor seiner Familie, der Ehefrau und der Polizei.« Jutta lehnte sich in ihrem Bürostuhl weit nach hinten und dehnte die Arme über dem Kopf.

»Der meldet sich nie mehr, sodass wir nach wie vor keinen richtigen Zeugen haben«, meinte Chris.

»Wenn man wüsste, wie er auf das Haus aufmerksam wurde.«

»Das wird hier nicht anders sein als bei euch in Bayern. Zeitungsannocen für die Konservativen. Internet für alle anderen. Tipps, die in einschlägigen Bars gegeben werden. Schlepper.«

»Was schlägst du vor?«

Chris zuckte die Schultern. »Der Staatsanwalt wird uns bei der dünnen Faktenlage kein grünes Licht für eine Beobachtung oder gar eine Hausdurchsuchung geben.«

»Wir könnten diesen Müller befragen. Schließlich gehört das Haus ihm.«

»Wie kommt der eigentlich zu seinem Allerweltsnamen? Steht das in unseren Akten?«

»Mutter Rumänin, Adoptivvater Deutscher.«

»Ich verwette meine Essenszulage, dass auch bei dieser Hochzeit ein gewaltiger Altersunterschied zwischen den Eheleuten bestand.«

»Das scheint sich in der Tat durch diese Sache durchzuziehen wie ein roter Faden«, meinte Jutta, bevor ihr noch etwas anderes einfiel. »Sag mal Chris, was hältst du denn davon, wenn wir die junge Nigerianerin einmal alleine und in Anwesenheit eines Dolmetschers befragen? Oder hast du verstanden, was diese Möhlmann zu ihr gesagt hat? Hörte sich für mich fast wie eine Drohung an.«

Chris schnippte mit dem Finger. »Gute Idee. Aber was, wenn die Tante das nicht zulässt, weil sie uns das Kind nicht alleine überlassen will?«

»Hah! Kind? Die junge Frau ist achtzehn, schon vergessen! Ihrem Pass nach auf jeden Fall.«

»Bingo! Dann machen wir das. Rufst du Jérôme an?«

Jutta nickte und ihr Kollege tat so, als sähe er die leichte Röte nicht, die sich dabei über ihre Wangen legte.

+++

Im Hof stand kein Auto mehr, das Tor zum Parkplatz war geschlossen. Lena hatte ihren Golf auf dem Parkplatz des nahe gelegenen Edeka-Marktes abgestellt und war das letzte Stück zu Fuß gegangen. Nun befand sie sich vor dem Gebäude der gGAB und schaute zu den Bürofenstern hinauf. Nirgendwo brannte mehr Licht. Adelheid hatte ihr am Vortag nicht helfen wollen, da hatten alle Überredungsversuche nichts genutzt. Aber dann bekam Lena im Gespräch mit, dass die ehemalige stellvertretende Geschäftsführerin am selben Abend mit dem Zug nach Mannheim zu ihrer Schwester fahren wollte. Und dass sie ihren Büroschlüssel noch hatte. Der war ihr im Eifer des Gefechts nicht abgenommen worden. In diesem Moment reifte ein Gedanke in Lenas Kopf. Tatsächlich gelang es ihr, Adelheid wenigstens diesen Gefallen abzuschwatzen. Den heutigen Vormittag hatte sie genutzt, um ihr Vorhaben vorzubereiten.

Zunächst rief sie Jens Borgmann an. Lena erläuterte ihm ihr Anliegen und er nannte ihr den Namen seines Kollegen vom »Aktuellen Blitzlicht«, der sich mit politischen Skandalen beschäftigte. Darüber hinaus hatte sie den zuständigen Redakteur bei der »Offenbach-Post« ausfindig gemacht und damit ihre Vorbereitungen abgeschlossen.

Sie schaute kurz nach links und rechts und nutzte einen Moment, in dem keiner der wenigen Passanten auf sie achtete, um die Zufahrt zum Parkplatz zu öffnen. Wenig später befand sie sich im Inneren des Gebäudes. Es gab keine Alarmanlage, dazu hatte wohl immer das Geld gefehlt, der Verwaltungstrakt war jedoch durch ein zusätzliches Sicherheitsschloss geschützt. Lena durchquerte mit Adelheids Schlüsseln sämtliche Durchgangstüren ohne Probleme, bis sie endlich im obersten Stockwerk stand. Ein Kribbeln in der Magengrube wuchs sich zu einer handfesten inneren Unruhe aus, als plötzlich irgendwo ein Telefon klingelte. Sie blieb wie angewurzelt stehen. Erst, als das Schrillen verklungen war, merkte sie, dass sie den Atem angehalten hatte. Laut zog sie die Luft ein, bevor sie weiterging. Das Faxgerät stand im Sekretariat. Der Schreibtisch dort war fein säuberlich aufgeräumt.

Lena hielt kurz inne. Es war ein seltsames Gefühl, mutterseelenallein hier oben zu sein. Sie schüttelte es ab, zog den Zettel mit Namen und den Faxnummern der beiden Journalisten aus der Jacke und trat zu dem Gerät. Lenas Herz machte einen Sprung, als es bei der ersten Berührung plötzlich mit einem Fiepen zum Leben erwachte. Sie nahm die vorbereiteten Unterlagen und tippte die erste Nummer ein. Als alles an die beiden Zeitungen versand war, legte sie das dritte Deckblatt auf. Es trug den Namen »Carola Bergmann«. In Kopie setzte sie die vorherigen Adressaten ein. So würde die Referentin von Frau Maibaum wissen, dass sie nicht die Einzige war, die die Beweise für Nics Abrechnungsbetrug erhielt, und konnte agieren, ohne sich selbst in Gefahr zu bringen. Erst, als auch das dritte Exemplar versendet war, atmete Lena auf. Nun konnten alle rätseln, warum ausgerechnet jemand von der gGAB das kompromittierende Material in die Welt hinausgeschickt hatte. Natürlich wusste sie, dass diese Aktion über kurz oder lang mit ihr in Verbindung gebracht werden würde, egal, ob man etwas nachweisen konnte ober nicht. Aber das war es ihr wert. Alles war besser als dieses Vorhaben, das dem haltlosen Agieren von Nic van Beuthen auf Jahre hinaus Tür und Tor geöffnet hätte!

Am Parkplatz war nicht mehr viel los, einige Leute eilten mit vollen Tüten zu ihren Autos. Lena warf die Unterlagen in den Kofferraum ihres Golfs und schlug die Haube zu, als neben ihr jemand auftauchte wie ein dunkler Schatten.

»Was …«, sagte sie, kam aber nicht weiter, etwas zischte an ihrem Oberkörper und lähmte sie. In Todesangst blickte sie in das Gesicht eines dunkelhäutigen Fremden. Das Letzte, was sie sah, bevor sie die Besinnung verlor, war ein tätowierter Schlangenkopf am Hals des Mannes.

+++

Kurz vor Dienstschluss fielen ihr Christine Hornauers Unterlagen wieder ein.

Verdammt, warum hatte sie sich in der Angelegenheit so aus dem Fenster gelehnt? Jetzt, wo sich in der Mordsache der Unbekannten auf einmal eine unerhörte Dynamik einstellte? Eine halbe Stunde würde sie der Sache geben, beschloss Jutta Ernst. Seufzend zog sie den USB-Stick aus dem Umschlag, doch er war passwortgeschützt und sie konnte ihn nicht öffnen. Dann widmete sie sich den Blättern und las, was dort geschrieben stand. Betrachtete die Fotos. Und spürte, wie sie blass wurde. Eine Kälte legte sich über ihr Gesicht und ihren Hals, gleichzeitig fing ihr Herz an zu trommeln.

»Chris!«, krächzte sie und stürmte nach nebenan, ins Zimmer ihres Kollegen. Der blickte müde auf. Er sah verloren aus in dem Zweierbüro. Jemand musste den gegenüberliegenden Schreibtisch aufgeräumt haben, vielleicht sogar er selbst. Das machte die Situation noch trister.

»Komm rüber«, verlangte sie und winkte ihm hektisch zu. »Das musst du dir anhören.«

Gemeinsam gingen sie zurück in Juttas Büro.

»Hier!« Sie schob ihm die Papiere zu. Er las und sie sah, wie sich sein Kiefer mahlend bewegte.

»Das gibt's doch nicht. Was sind das für Unterlagen, wo kommen die her?«

Sie legte das kleine Diktiergerät auf den Tisch und schaltete es ein. Eine klare, ruhige Frauenstimme ertönte: »Mein Name ist Emilia Hornauer. Ich bin Sozialarbeiterin beim Landkreis Offenbach.«

Sie hörten sich gemeinsam noch einmal alles an, dann sprang Chris auf, lief in sein Büro hinüber. Er kam sofort, die Jacke schon an, zurück. »Worauf warten wir noch? Die werden uns jetzt mehr sagen müssen als heute Vormittag.«

Keine fünf Minuten später waren sie wieder unterwegs nach Dreieich-Buchschlag.

+++

Sie blickte in den Spiegel und erkannte sich nicht. Wer war die junge Frau mit den toten Augen und den leicht nach unten hängenden Mundwinkeln? Wann auch immer sie in den vergangenen Monaten in einen Spiegel gesehen hatte, war es darum gegangen, sich herzurichten. Die Schminke, die Frisur, die Kleidung. Wie Puzzleteile hatte sie alles angeordnet, das Ganze war uninteressant, weil sie es nicht sehen wollte. Doch jetzt sah sie sich an. Versuchte zu verstehen, was passierte. Und erkannte in der Fremden sich selbst. Sie war gewachsen, ihr Körper hatte sich verändert. Als sie hierhergebracht wurde, war sie ein Kind. Nun stand sie an der Schwelle zur Frau. Die Rundungen unter ihrem mädchenhaften Kleid waren nicht zu übersehen. Genauso wenig wie die verlorene Unschuld in ihren Augen. Sie wusste, wie er sie gesehen hatte, wie er sie jetzt sah. Probehalber hob sie das rosarote Röckchen. Es passte nicht mehr zu ihr, genauso wenig wie das kindliche Getue. Sie suchte seinen Blick. Er stand hinter ihr, schaute auf dasselbe Bild wie sie. In diesem Moment erkannte sie deut-

lich, was geschehen würde. Egal, welche Mühe sie sich mit ihm gab, egal, wie sehr sie betteln würde: Sie war für ihn uninteressant geworden. Wie ein Paar Schuhe, das man zu lange getragen hatte. Das bedeutete für sie ein anderes Haus oder Arbeit in einer Bar, auf jeden Fall noch mehr fremde Männer.

Sie gab sich einen Ruck, drehte sich zu ihm um. Lächelte, obwohl ihre Unterlippe zitterte wie Espenlaub. »Was möchtest du?«, fragte sie ihn.

Er reagierte anders, ganz anders, als sie es gewohnt war. Kam auf sie zu, packte ihren Arm, drehte ihn ihr auf den Rücken und drückte ihren Oberkörper nach unten. »Du bist mir über. Ich kann dich nicht mehr sehen mit deinen Kuhaugen.«

Sie schrie, als er ihr den Arm noch weiter verdrehte. Plötzlich ließ er sie los und stieß sie mit einer harten Handbewegung aufs Bett.

»Ich hätte mich nicht darauf einlassen sollen«, sagte er. Sie spürte, dass er gehen wollte, und sprang auf. Griff nach seiner Hand.

»Bitte, geh nicht«, bat sie. »Wir können doch …«

»Wir können gar nichts mehr. Du bist mir zu alt«, entgegnete er, während er versuchte, ihre Hand abzustreifen.

»Nein«, wimmerte sie im verzweifelten Bemühen, sich das bisschen zu erhalten, was in den vergangenen Monaten erträglich gewesen war.

Er hob die Hand und schlug ihr ins Gesicht. So hart, dass der Schmerz wie ein Blitz durch ihr Ohr fuhr. Sie taumelte, klammerte sich aber immer noch an ihn. Erneut schlug er zu, dieses Mal voll auf den Kopf. Ihr Griff löste sich, sie stolperte nach hinten, sah wie in Zeitlupe, wie er seinen Mantel zurechtrückte, sich übers Haar fuhr und zur Tür ging. In diesem Moment rastete sie aus. Es war, als übernehme eine fremde Kraft ihren Körper. Sie drehte sich um und griff nach dem Erstbesten, das ihr in die Hände fiel. Ein kleiner Würfel, Wecker und Radio zugleich, flog in seine Richtung, streifte sein Ohr, knallte gegen die Tür. Er fuhr herum und brüllte. Kam zu ihr zurück, hob den Arm, doch sie war schneller. Noch niemals in ihrem Leben vorher hatte sie jemanden geohrfeigt. Als sie es nun tat, legte sie ihre ganze Verzweiflung in den Schlag. Es war wie eine Befreiung, als ihre Hand in seinem Gesicht landete, sie das Klatschen hörte, als Haut auf Haut traf. Einen kurzen

Moment lang spürte sie, was es hieß, frei zu sein. Frei, sich zu wehren und zurückzuschlagen. Dann trommelten seine Fäuste auf sie ein. Er ließ erst von ihr ab, als sie blutend und wimmernd am Boden lag.

+++

Ihr Kopf schmerzte so stark, dass sie ihn kaum bewegen konnte. Selbst ein Blinzeln tat weh. Dazu kam die Übelkeit, die wellenartig in ihr hochstieg. Ganz langsam kam sie zu sich, noch langsamer ordnete ihr Gehirn die Eindrücke. Kalte Luft, harter Boden, Wand aus Stein. Das Verlies, in dem sie hockte, war nicht hoch genug, um sich hinzustellen. Zudem waren ihre Hände hinter dem Rücken gefesselt und man hatte ihr den Mund zugeklebt. Stück für Stück kam die Erinnerung zurück. Sie endete mit dem Mann, der ein Schlangentattoo trug.

Eine Tür wurde geöffnet, kurz drang helles Licht herein und Lena erkannte, wo sie war. Ein Keller, sie hockte hinter einem Holzverschlag. Bemerkbar machen konnte sie sich nicht, es gelang ihr aber, so nah an die Holzlatten heranzukriechen, dass sie erkennen konnte, was da draußen abging. Ein dunkelhaariger, vollbärtiger Mann kam die Treppe herunter. Über der Schulter trug er ein Bündel. Braune Beine, ein rosarotes, kurzes Röckchen. Die junge Frau, denn um eine solche handelte es sich, wurde abgeladen und genauso eingepfercht wie sie. Lena begriff, dass es noch einen zweiten Verschlag hier unten gab. Ohne sich um sie zu kümmern, stieg der Kerl gleich darauf wieder nach oben. Das Licht erlosch. Sie hockte in Kälte und Dunkelheit.

Von drüben hörte sie ein Wimmern. Verdammt, wo war sie da bloß hineingeraten! Erst zögerlich, dann immer schneller kehrte ihr Denkvermögen zurück.

Das Wimmern nahm zu und brach abrupt ab, bevor es erneut erklang. Die Kleine dort drüben, denn es konnte sich aufgrund der Körpergröße und Statur höchstens um einen Teenager handeln, musste üble Schmerzen haben.

Lena atmete tief in den Bauch hinein, um sich zu entspannen. Dann legte sie sich auf den Boden. Ihre Handgelenke hatte man ihr auf dem Rücken so aneinander gefesselt, dass es dazwischen etwas Spiel gab. Nun brachte sie ihre Hände so weit es ging unter den Po. Sandte ein Stoßgebet zum Himmel und versprach, nie wieder eine Yogastunde zu schwänzen. Millimeter für Millimeter schob sie den Hintern über die Hände. Trotz ihrer Gelenkigkeit und ihren schmalen Hüften war es anstrengender, als sie dachte. Jetzt lagen die Hände unter den Schenkeln. In diesem Moment wusste sie nicht mehr weiter. Es schien ihr unmöglich, die Beine durchzuheben. Also blieb sie erst einmal liegen, um durchzuatmen, bevor sie sich aufsetzte und zur Wand robbte, wo sie ihren Rücken anlehnte. Dann begann sie, ihre Beine durch das Halbrund der Arme zu zwängen. Sie fing an zu keuchen. Nach einer scheinbaren Unendlichkeit hatte sie es geschafft, sie hatte die Arme nun vor dem Körper. Das T-Shirt klebte verschwitzt auf ihrer Haut. Sie griff nach dem Klebeband und riss es ab. Dann betrachtete sie die Handschellen, die sie trug. Es waren keine echten, vermutlich eher solche, die für Sexspiele benutzt wurden, denn sie waren durch eine relativ lange Kette verbunden. Ohne die, da machte sich Lena nichts vor, wäre ihr die akrobatische Übung soeben nicht gelungen. Wie sie diese Metallhandreife jedoch abbekommen sollte, dazu fiel ihr nichts ein.

»Hallo?«, rief sie stattdessen in die Dunkelheit.

Nichts. Keine Antwort.

»Hallo? Sie?«

Ein leises Schnauben, als hole jemand unter höchster Anstrengung Luft.

»Ich heiße Lena«, versuchte sie es erneut.

Ein Gurgeln und ersticktes Husten waren die Antwort.

»Wie ist dein Name?«

Stille, Schnaufen. Eine tonlose Stimme. Worte, die sie zunächst nicht verstand. »Sunita«, wiederholte die junge Frau das Wort. »Mein Name ist Sunita. Asyl. Ich habe meinen Pass verloren«, der Rest verlor sich in Gemurmel, danach war es wieder still.

Gespenstisch still.

+++

Sie musste eingeschlafen sein. Jetzt erwachte sie vom lauten Knallen der Kellertür.

Sie kamen. Sie würden sie töten, soviel stand fest. So, wie sie Sally getötet hatten. Egal, ihr war alles egal. Lieber tot als so weiterzuleben. Sie hielt die Augen einfach geschlossen und blieb liegen.

Eine Stimme, jemand den sie kannte und doch nicht zuordnen konnte.

»Der Boss will mit ihr reden, sieh also zu, dass sie bis dahin am Leben bleibt. Danach kannst du mit ihr machen, was du willst.«

Undeutliches Gemurmel war die Antwort.

»... mir viel zu dünn«, kicherte der andere. Sunita hob das linke Lid, das rechte ließ sich nicht bewegen, weil ihr Auge zugeschwollen war. Sie sah zwei Männer im Vorraum. Einer wandte ihr den Rücken zu. Er zog sich ein T-Shirt über den Kopf und warf es auf eine an der Wand stehenden Kiste. Über seinen Rücken schlängelte sich eine Tätowierung. Eine Echse oder eine Schlange. Der zweite Mann stellte einen Stuhl in die Mitte des Vorraums. Sie hatte ihn bereits mehrfach im Haus gesehen. Ein unangenehmer Kerl namens Aboukar. Sallys Cousin, fiel ihr Augenblicke später ein. Unwillkürlich wurde die Erinnerung wieder wachgerufen. Sie schüttelte sich bei dem Gedanken an das, was sie hatte miterleben müssen. Nun also sie! Erschöpft schloss sie die Augen und wartete auf den Tod.

+++

Als der Verschlag geöffnet wurde, hatte Lena das Überraschungsmoment auf ihrer Seite. Und sie nutzte es. Der Kerl mit dem Überbiss grunzte erschrocken, als sie ihm ihre Fäuste mitten vor die Brust knallte. Da sie aber in dem Verschlag nicht aufrecht stehen konnte, konnte sie nicht mit dem Knie oder dem Fuß nachsetzen. Sie verlor wertvolle Zeit. Während sie ihren Widersacher rückwärts taumeln sah, zwängte sie sich nach draußen. Der zweite Mann drehte sich zu ihr um. Die Muskeln seines nackten Oberkörpers glänzten wie geölt, über die dunkelbraune Haut zog sich eine tätowierte schwarze Schlange, deren Kopf auf seinem Hals lag. Der Kerl, den die Kasulke vor ihrem Haus gesehen hatte!

Lena setzte dem anderen nach, sie musste ihn ausschalten, um überhaupt eine Chance zu haben. Die war gering genug, denn der Tätowierte war eindeutig nicht nur kräftig, sondern auch trainiert. Sie war mit drei großen Schritten bei dem Mann, den sie aus Egelsbach kannte. Er fing sich und wollte sich auf sie stürzen, aber sie wich im letzten Moment zur Seite aus, kam hinter ihn und hob die Arme über seinen Kopf. Sekunden später lag die Kette der billigen Handschellen um seinen Hals. Lena zog ihn damit zu sich heran und drückte ihm gleichzeitig ihr Knie ins Kreuz. Der Kerl röchelte und griff nach ihren Händen, um sie von seiner Kehle wegzuziehen. Sein Kumpel stand wenige Schritte entfernt und betrachtete das Geschehen, als sei er zu Gast bei einer Sportshow. Lena zog noch einmal heftig an der Kette, ließ dann abrupt los, was den Kerl wieder ins Stolpern brachte. Unwillkürlich lösten sich seine Finger von ihren Händen. Sie zog blitzschnell die Kette über seinen Kopf, sodass er frei war, und gab ihm gleichzeitig einen Stoß in den Rücken, der ihn vorwärts taumeln ließ. Direkt auf seinen Begleiter zu. Der wich geschmeidig zur Seite, wandte keinen Blick von Lena und war so schnell bei ihr, dass sie nicht mehr ausweichen konnte. Der Mann mit dem Schlangentattoo schlug ihr mit der Handkante gegen die Schläfe und boxte sie gleich darauf zwei Mal in den Magen. Lena hörte ihr eigenes Keuchen, sie klappte zusammen und fühlte seinen Schuh an ihrer Wange, als er nach ihr trat. Ein Schmerz fuhr durch ihren Kopf, bevor sie auf dem Boden auftraf und die Besinnung verlor.

+++

Sie wollten gar nicht zu ihr. Jedenfalls jetzt noch nicht. Noch jemand befand sich im Keller – sie hatte eine Stimme gehört. Die Stimme einer Frau. Die jetzt da draußen dem Kerl mit den großen Zähnen einen solchen Stoß verpasste, dass er rückwärts durch den Raum taumelte. Sunita schaute zu, wie die Frau sich weiter zur Wehr setzte gegen die beiden Männer, schließlich aber doch überwältigt und auf den Stuhl gebunden wurde. Aboukar verklebte ihr den Mund, dabei musste sie ihn gebissen haben. Er fluchte und trat der Frau gegen die Knie, was sie mit einem kräftigen Tritt mitten in die Hoden beantwortete. Er jaulte auf und presste sich die Hände zwischen die Schenkel. Der mit dem Schlangentattoo herrschte ihn indessen an, ihr die Beine festzuhalten, damit er sie mit Klebeband am Stuhl fixieren konnte.

Sunita fiel immer wieder das Auge zu, es war anstrengend, aus ihrer Position, am Boden liegend, zu verfolgen, was wenige Meter entfernt vor sich ging. Zumal sie nicht dicht genug an den Holzleisten lag und sich Teile des Geschehens immer wieder in Bereiche außerhalb ihres Sichtfeldes verlagerten.

»Bring in Erfahrung, was die Schlampe weiß«, hörte sie Aboukar sagen. »Wir wollen die Unterlagen der anderen Frau. Sie muss sie an sich genommen haben.«

Seine Stimme klang gepresst. Vermutlich schmerzten seine Eier heftig. Sie gönnte es ihm. Mehr noch wünschte sie, die Fremde hätte sie ihm gleich ganz abgerissen! Nach dem, was er Sally angetan hatte, wäre es die gerechte Strafe.

Der Mann mit dem Schlangentattoo antwortete, das sei sein Spezialgebiet. Sie hörte das grausame Lächeln, das seine Worte begleitete.

Aboukar zog sich zurück und der Schlangenmann stellte sich mit einem Messer in der Hand vor die Frau. Das hielt er ihr an den Hals und hob damit ganz langsam ihren Kopf an, bis sie sich in die Augen blickten.

»Wo sind die Beweise?«, hörte Sunita ihn sagen.

Aboukar schleppte sich derweil die Treppe hoch, die Tür schlug hinter ihm zu.

»Warum hast du uns hinterhergeschnüffelt?«

Erstickte Laute drangen unter dem Knebel hervor.

Er zog ihr mit einem Ruck das Klebeband vom Mund. »Rede!«

Sunita lag nun wieder mit geschlossenen Augen am Boden. Ihre Gedanken taumelten zwischen Vergangenheit und Gegenwart und ihrer Fantasie. Sie hörte die Stimme des Mannes und trieb weg. Es war ihr, als sei sie auf einem Boot, das im Wasser schaukelte. Es war Nacht und kühl, sie fühlte sich sicher.

»Sag mir, was du weißt, dann wird es weniger wehtun.«

Warum sagte er das? Warum wollte er ihr wehtun? Dafür gab es doch gar keinen Grund.

Jemand sprach, es war eine Frauenstimme. Woher kam sie, sie war doch gar nicht auf dem Boot?

»Das glaube ich dir nicht. Rede, oder ich brech dir einen Finger. Und dann noch einen.«

Mit wem sprach er da? Wer war diese Frau?

Mühsam sortierte sie ihre Eindrücke. Und schreckte auf, wie aus einem tiefen Schlaf.

»Ebele?« Sie hatte nicht geflüstert. Sie hatte gerufen.

+++

Das scharfe, lange Messer hatte ihre Haut aufgeritzt, das Blut lief warm und klebrig ihren Hals hinab. Lena versuchte verzweifelt, ihre Handgelenke zu befreien. Man hatte ihr die Handschellen weggenommen und die Arme mit Klebeband hinter dem Rücken gefesselt. Der Mann mit dem Schlangentattoo ließ die Klinge an ihrer Kehle auf- und abgleiten und beobachtete sie mit lauerndem Blick.

»Ich will mit Herrn M'Boko sprechen«, keuchte sie.

Es war das Einzige, was ihr in dieser Situation einfiel. Ein Name, an den sie sich halten konnte.

Der Mann beugte sich zu ihr herunter. Seine Augen waren so dunkel, dass sie die Pupillen nicht erkennen konnte. »Was. Willst. Du. Von. Ihm?« Sein Deutsch war gut, mit einem starken Akzent und einem leicht schnarrenden Unterton, der seiner Stimme etwas Individuelles gab.

»Ich bin Sozialarbeiterin beim Kreis Offenbach«, erklärte sie. Die Situation war derartig bizarr, Worte wie »Bewerbungskurs« wollten ihr hier nicht über die Lippen kommen.

»Du lügst!« Er schlug ihr ins Gesicht.

»Sie haben versucht, bei mir einzubrechen. Mich am Mainufer überfallen«, redete sie weiter. Wie ging man mit so einem Menschen um?

»Hat nicht geklappt. Aber du wirst mir schon noch geben, was ich will«, antwortete er beiläufig.

»Sie haben die Aktentasche aus meinem Büro gestohlen.«

Er winkte ab, als sei er sich zu schade für solche Lappalien.

»Geht es um die Abrechnungen? Was haben Sie damit zu tun?«

»Abrechnungen? Schlampe!« Er schlug ihr so fest ins Gesicht, dass ihr Kopf zur Seite flog. »Das war nur der Anfang. Ich breche dir sämtliche Knochen, wenn du nicht sofort auspackst.«

»Worum geht es hier? Ich verstehe nicht, was hier los ist«, versuchte sie es erneut.

»Du hast diese andere Schlampe angerufen, als wir sie gerade an den Baum gehängt hatten«, zischte er. »Du hast ihre Unterlagen, mit denen sie zur Polizei wollte. In der Aktentasche war nichts mehr. In ihrer Wohnung auch nicht. Die Sachen in deinem Auto sind auch nicht, was wir suchen. Du hast Unterlagen an dich genommen, die dich nichts angehen. Mein Boss ist sehr, sehr wütend darüber.«

»Dein Boss?« Zeit schinden, sie musste Zeit schinden, bis ihr etwas einfiel. Die Gedanken rasten in ihrem Kopf. Der Anruf bei Emilia. Daher wussten sie ihren Namen und hatten vermutlich mitgehört, was sie sagte. Wenn es nicht um die Kostenmanipulation bei der gGAB ging, worum dann? Eine Idee tauchte auf. »Geht es um den Wohnungstausch?« Sie war natürlich darauf gekommen, das M'Boko seine mit Staatsknete finanzierte kleine Wohnung in Egelsbach zugunsten einer feudaleren Bleibe verlassen hatte. Es war nicht das erste Mal, dass eine Wohnung unter der Hand weitervermietet wurde. Meist zu horrenden Preisen, die illegal eingereiste arme Teufel zu zahlen bereit waren. Doch dieses Mal teilten sich nicht fünf oder sechs eine Bleibe, sondern es war nur einer.

»Wohnungstausch? Willst du mich verarschen? Hast du eine Ahnung, mit wem du dich anlegst? Wem du in die Quere kommst?«

»Und wenn Sie mich noch so bedrohen, ich kann Ihnen nichts sagen.«

»Sag mir, was du weißt, dann wird es weniger weh tun.« Er hob das Messer erneut, zielte damit auf ihre linke Wange. Schob die Spitze unterhalb ihres Wangenknochens entlang.

»Ich weiß nichts, noch nicht einmal, was hier abgeht.«

»Das glaube ich dir nicht. Wo sind die Beweise? Rede, oder ich brech dir einen Finger. Und dann noch einen.«

Das Messer wurde weggenommen, er nahm nun ihre Hand in seine, eine fast zärtliche Berührung, die ihr den Angstschweiß aus den Poren trieb. Was wollte dieser Verrückte von ihr?

Ein Geräusch drang zu ihr, das aus dem hinteren Teil des Kellers kam. Das Mädchen, die junge Frau, sie lebte noch.

»Ebele!«

Der Mann mit dem Schlangentattoo erstarrte mitten in der Bewegung. Drehte sich um.

»Verdammt, wer ist da hinten?«, fluchte er.

»Ebele!«, dieses Mal noch lauter. Eine Stimme, die Verzweiflung und aberwitzige Hoffnung gleichzeitig in sich trug.

Lena versuchte, tief und regelmäßig zu atmen, um das Rauschen in ihren Ohren zu beruhigen.

Ihr Peiniger bewegte sich auf den Verschlag zu, aus dem die Stimme kam. »Wer bist du?«, fragte er mit heiserer Stimme.

Ein paar Worte in einer fremden Sprache. Und ihr Name. »Sunita.«

Einen Moment lang war es totenstill im Keller. Dann hörte Lena, wie der Mann an der Tür rüttelte. Als das Vorhängeschloss nicht nachgab, trat er ein paar Schritte zurück, nahm Anlauf und sprang mit einem Bein gegen die Tür. Krachend barst das Holz, er riss den Rest davon aus den Angeln. Lena drehte den Kopf so weit sie konnte nach rechts. Da hinten lag die junge Frau in ihrer pinkfarbenen Kleidung auf dem Boden. Erstaunt sah sie, wie der Mann mit dem Schlangentattoo sich niederkniete, um ihr über den Kopf zu streicheln.

»Sunita«, hörte sie ihn sagen. Dann sprachen beide weiter in der Sprache, die sie nicht verstand.

Er hob das Mädchen auf und trug es hinaus, an Lena vorbei. Setzte es auf die Kiste, auf der sein T-Shirt lag, und kniete sich vor ihm nieder, um das schmale Gesicht zu betrachten, das er in seinen Händen hielt. Lena schauderte es beim Anblick. Die Stirn zierte eine dicke Beule, ein Auge war zugeschwollen, eine Lippe aufgeplatzt. Das rosarote Shirt mit den Spaghettiträgern war zerrissen und gab den Blick auf einen Körper zwischen Kind und Frau frei. Das Mädchen weinte auf eine so verzweifelte Art, dass Lena den Blick nicht abwenden konnte. Der Mann mit dem Schlangentattoo war sichtlich genauso überwältigt. Doch noch bevor er etwas sagen konnte, drang durch eines der schmalen Fenster von draußen zuckendes Blaulicht herein. Laute Stimmen waren zu hören. Geistesgegenwärtig sprang der Kerl auf, war mit wenigen Schritten bei Lena und verklebte ihr erneut den Mund. Bang lauschten sie dem aufgeregten Füßegetrappel, das durch die Decke drang. Lena, weil sie hoffte, dass gleich jemand herunterkommen und sie befreien würde. Der Mann, der Ebele hieß, vermutlich mit einer völlig anderen Hoffnung. Und das Mädchen? Es hatte aufgehört zu weinen und wiegte sich, auf der Kiste sitzend, vor und zurück. Ihre Lippen bewegten sich, als singe sie ein Lied. Doch es war nichts zu hören. Es herrschte Totenstille im Keller.

+++

Sie hatten sie abholen und getrennt voneinander in Vernehmungsräume bringen lassen. Marius Müller war in seiner Wohnung im Westend angetroffen worden und wurde zeitgleich in Frankfurt befragt. M'Boko und sein angeblicher Neffe Aboukar, Brittany Möhlmann und Frau Coposu saßen im Polizeipräsidium in Offenbach.

»Meine Nichte ist bereits abgereist«, hatte Frau Möhlmann behauptet und ansonsten keine weiteren Fragen beantwortet. Nicht viel anders sah es bei den beiden Männern aus. Sie hockten auf ihren Stühlen und schwiegen.

»Aus denen kriegen wir nichts raus«, mutmaßte Chris Schulz.

Jutta Ernst trommelte nervös mit den Fingern auf ihrem Schreibtisch herum. »Dass das Mädchen nicht mehr im Haus war, finde ich seltsam.«

»Ja, dafür hatten wir mit M'Boko Glück, der muss wenige Minuten vor uns eingetroffen sein.«

Tatsächlich hatten sie nur vier Personen im Haus angetroffen, neben Brittany Möhlmann und den zwei Nigerianern noch eine Rumänin. Die gab an, den Haushalt zu führen, und schwieg danach ebenso hartnäckig wie alle anderen Beteiligten.

Jutta stand auf und ging im Raum auf und ab, dabei zwirbelte sie ihre Unterlippe zwischen Daumen und Zeigefinger. »Ich hab eine Idee«, sagte sie nach einer Weile langsam und drehte sich zu ihrem Kollegen um. »Bring in fünf Minuten Frau Coposu in das Vernehmungszimmer und die beiden Nigerianer in den Warteraum.«

»Beide in den Warteraum?« Chris sah seine Kollegin irritiert an.

»Frag nicht.« Sie ging hinaus.

Fünf Minuten später wurden erst Martin M'Boko und dann sein angeblicher Neffe Aboukar in einen der Warteräume gebracht. Außer ihnen war niemand dort. Der Beamte schloss die Tür und wartete draußen, sodass die Männer alleine waren.

Zuerst sagte keiner der beiden was. Dann raunte der Ältere dem Jüngeren etwas zu.

»Snake ist im Keller mit der Frau«, antwortete der. »Vermutlich lebt sie bereits schon nicht mehr. Falls sie etwas gegen uns in der Hand hat, werden wir es in ihrer Wohnung finden.«

Der Ältere nickte. Sie schwiegen lange, bevor sie ihr Gespräch wieder aufnahmen. Ein sehr vertrauliches Gespräch zwischen zwei Männern, die sich an vielen Punkten in ihrer gemeinsamen Geschichte abstimmen mussten. Geführt in einer Sprache, die in diesem Land sowieso niemand verstand.

+++

Als alles wieder ruhig geworden war, brach Lena innerlich fast zusammen. Dort oben hatte in der vergangenen Viertelstunde ein Polizeieinsatz stattgefunden. Entgegen ihrer Hoffnung und Erwartung war niemand in den Keller gekommen. Sie hockte immer noch hier, mit diesem Aggro und der jungen Frau, die inzwischen ganz still auf ihrer Kiste saß. Die beiden kannten sich, das war unübersehbar. Aber warum hatte dieser Ebele das Mädchen so überaus behutsam behandelt? Ihrem Aussehen nach war es von den anderen Männern im Haus nicht besonders sanft angefasst worden.

Nun stand der Mann am Fuß der Treppe, die nach oben führte. Er hielt den Kopf gesenkt, als lausche er. Nachdem sich eine ganze Weile nichts gerührt hatte, stieg er hinauf. Lena hörte ihn fluchen und begriff, dass die Tür von außen versperrt worden war.

Der Mann kam zurück. Er warf einen Blick auf die gefesselte und geknebelte Lena, bevor er zu der Frau hinüberging, die er Sunita nannte. Leise sagte er etwas zu ihr. Ihr Blick flog zu Lena hinüber, dann nickte sie, als wäre sie nach ihrem Einverständnis gefragt worden. Lena sträubten sich die Haare. Hatte der Kerl noch nicht genug? Sie verfluchte den Umstand, dass die Tür abgeschlossen war. Denn wenn dieser Ebele hätte fliehen können, hätte er es getan. Was ihre Lage hier unten nicht unbedingt besser gemacht hätte.

Er kam zu ihr zurück und riss das Band von ihrem Mund. Lena hatte inzwischen das Gefühl, offene Wunden statt Lippen im Gesicht zu haben.

»Ich weiß nicht, was da oben los war. Aber ich habe einen Auftrag. Den werde ich ausführen.« Er ließ seine Fingerknöchel knacken. »Also, noch einmal: Was weißt du und wo sind die Unterlagen von der anderen Schlampe?«

Wieder griff er nach ihrer Hand, drehte den Zeigefinger nach oben und drückte dagegen, sodass sie vor Schmerzen aufschrie. Mittendrin wurde sein Griff plötzlich ganz schlaff. Lena riss die Augen, die sie vor Schmerz zusammengekniffen hatte, weit auf, als sie spürte, wie er gegen sie kippte. Ein Geruch nach Holz und Metall streifte ihre Nase, dann lag der Mann auf ihr drauf. Sie hörte sein ersticktes Röcheln, bevor er auf die Knie fiel. Nicht freiwillig, wie vorhin vor Sunita. Und eindeutig selbst überrascht. Einen Moment lang sah er ihr in die Augen, dann brach sein Blick und er kippte zur Seite. Fassungslos starrte Lena auf die junge Frau, die nun ein paar Schritte zurück in den Raum machte. Die Ebeles Messer in der Hand hielt. Das Blut tropfte von der langen, scharf geschliffenen Klinge auf den grauen Steinfußboden. Nun kam sie näher, mit starrem Blick, die Spitze des Messers zeigte genau auf Lenas Herz, das anfing, wie verrückt zu rasen vor Angst.

»Sunita«, flüsterte sie und hoffte, das Mädchen würde auf diesen Namen hören. »Sunita, bleib stehen.« Doch es hörte sie nicht oder wollte sie nicht hören. Das Mädchen ging einfach weiter.

+++

Jérôme war überhaupt nicht begeistert. »Das ist nicht in Ordnung«, belehrte er Jutta. »Du kannst das nie und nimmer verwenden, selbst wenn wir mit diesem Trick etwas herausfinden!«

»Ich weiß. Darum geht es jetzt gar nicht. Ich will einfach nur wissen, worüber sie reden. Damit ich einen Anknüpfungspunkt habe bei der Vernehmung.«

Er sah sie immer noch zweifelnd an.

»Bitte!« Sie war ganz nah an ihn herangetreten, ihre Stimme war leiser geworden und sie legte ganz kurz ihre Hand auf seinen Arm. Er sah darauf herunter und seufzte.

»Wie kommst du überhaupt zu der Aufnahme?«, wollte er wissen. Eine halbe Zusage, fand sie.

»Das Diktiergerät war im Warteraum, unter einem Stuhl.«

»Du hast es dort festgeklebt? Mannomann Jutta!« Er schüttelte den Kopf.

»Also, ich gebe es dir jetzt und du hörst es dir an. Okay? Vielleicht sprechen sie ja einen Dialekt, den du gar nicht kennst.«

Doch er kannte ihn. »Die beiden haben sich über eine Frau unterhalten, die ihnen auf die Schliche gekommen ist. Sie ist mit einem Kerl, den sie ›die Schlange‹ nennen, in irgendeinem Keller und soll dort zum Reden gebracht werden. Sie haben über eine weitere Person gesprochen, die sie sich vom Hals geschafft haben. Und dass sie es dieses Mal nicht wieder wie einen Selbstmord aussehen lassen können.«

Jutta war bei diesen Worten immer nervöser geworden. »Chris!«, rief sie in das Büro ihres Kollegen hinein. »Wir müssen sofort jemanden in Müllers Haus schicken. Es gibt einen Keller, dort schwebt eine Frau in Lebensgefahr.«

Chris' Flüche waren bis ins Nebenbüro zu hören. »Verdammt, das kann doch wohl nicht wahr sein!«

Jutta wandte sich wieder Jérôme zu. »War das alles?«
»Nein.«

+++

»Sunita«, versuchte Lena es noch einmal.
»Schht!« Das Mädchen legte einen Finger an die Lippen. Das Messer kippte in seiner Hand, bevor es zwei energische Schritte machte und Lenas Fesseln durchtrennte. Erst die an den Beinen, dann die an den Händen. Lena sprang auf und rieb sich die Gelenke.
»Du solltest jetzt das Messer weglegen«, bat sie das Mädchen. Doch das hob nun den Kopf. Angst flackerte in seinem Blick auf.
Jetzt hörte Lena es auch. Jemand machte sich an der Kellertür zu schaffen.
»Hier rüber«, flüsterte Lena und zog Sunita mit sich hinter einen Mauervorsprung. Die Tür oben öffnete sich. Vorsichtige Schritte waren zu vernehmen. Jemand kam zu ihnen herunter. Lenas Körper war gespannt, das Adrenalin kreiste in ihrem Blut und machte sie angriffslustig. Falls der Kerl mit dem Überbiss wiederkam, könnte er gleich noch einmal eins auf die Glocken bekommen.
Er war es aber nicht, wie sie gleich sah. Sondern ein großer, schlanker Mann mit dunklem Bart. Lena spürte, wie Sunita am ganzen Körper zitterte. Der Kerl blieb stehen, als er den leeren Stuhl sah, vor dem der Mann namens Ebele in seinem Blut lag. Er stieß in einer fremden Sprache so etwas wie einen Fluch aus. Sie und Sunita zogen sich tiefer in die dunkle Ecke des Raumes zurück, solange sein Blick dort drüben gebannt war.
Plötzlich drehte er sich blitzschnell einmal um sich selbst, dabei nahm er jeden Winkel des Kellers in Augenschein. Als er sie beide entdeckte, trat ein gefährliches Glitzern in seine Augen. Sunita bebte regelrecht. »Ion« flüsterte sie. Lena ließ ihre Schultern los und stellte sich trotz des Messers, dass die junge Schwarze immer noch fest mit der Hand umklammerte, vor sie.
Der Mann mit dem Bart schien unbewaffnet. »Lass das Mädchen los! Sie soll hier rüberkommen!«, befahl er in aggressivem Tonfall.

Lena schüttelte den Kopf und schob Sunita weiter hinter sich.

»Wie du willst, mache ich euch eben beide kalt.« Er schien sich sehr sicher zu fühlen und Lena fragte sich, ob ihre Kräfte noch ausreichten, um sich gegen den Kerl zur Wehr zu setzen. Der griff nun unter sein Hosenbein und zog eine Waffe aus einem Beinholster. »Euch Nutten knall ich ab«, zischte er.

Doch er hatte erst zwei Schritte in ihre Richtung gemacht, als erneut jemand die Kellertreppe heruntergerannt kam.

»Oh Gott«, dachte Lena panisch. »Hoffentlich nicht wieder dieser Schwarze von vorhin.« Gegen zwei Angreifer würde sie sich und das Mädchen kaum verteidigen können.

Der Fremde, der in ihrem Gesichtsfeld auftauchte, war weiß, groß und breitschultrig. Der Mann, den Sunita Ion nannte, wirbelte zu dem anderen herum, ein Schuss löste sich und dröhnte ohrenbetäubend in dem kleinen Kellerraum. Der Neuankömmling blieb unverletzt, war mit einem Schritt bei seinem Angreifer. Was dann geschah, würde Lena vermutlich nie in ihrem Leben vergessen. Während Ion versuchte, den Mann abzuschütteln, sprang der zur Seite, packte den Arm seines Widersachers und versuchte, ihm die Waffe zu entwinden. Ein Kampf entspann sich. Lena hatte sich zu Sunita umgedreht und das Mädchen, das wie erstarrt war, in die Arme genommen, um sie mit ihrem Körper zu schützen. Sie sollte nicht mitbekommen, was sich im Kellerraum abspielte. Die Männer keuchten, Ion schrie etwas. Erneut krachte ein Schuss. Und dann – Stille.

»Frau Borowski?«, rief eine dunkle Männerstimme.

Sunitas schmale Schultern bebten immer noch unter ihren Händen und sie drückte sie beruhigend, bevor sie sich umdrehte.

»Gott sei Dank, es geht Ihnen gut«, stieß der Mann aus und kam auf sie zu. »Ich bringe Sie beide hier raus. Es ist nur noch eine Frage der Zeit, bis jemand von den Bewohnern zurückkommt.«

Ein Hauch von Zimt lag in der Luft. Lena wich unwillkürlich zurück.

»Wer sind Sie?«, fragte sie verwirrt.

»Tut nichts zur Sache«, antwortete er. »Ich soll nur auf Sie aufpassen, das ist alles.«

Eine Ahnung beschlich sie und sie starrte den Fremden ungläubig an. Auf sie aufpassen? Das konnte nur bedeuten …

Er winkte sie aus der Ecke heraus. »Wir haben keine Zeit zu verlieren. Ich bringe Sie und das Mädchen in Sicherheit.«

Sunita trat ein paar Schritte vor, sie hielt noch immer das Messer umklammert und starrte wie hypnotisiert auf Ebele.

»Hat sie etwa …?« Sein Blick huschte von Sunita zu dem Toten und zurück.

Lena nickte und fuhr sich mit einer müden Geste durchs Haar.

»Gib mir das Messer, du brauchst es nicht mehr«, bat er das Mädchen. Seltsamerweise gehorchte es ihm. Er wickelte das blutverschmierte Teil in Ebeles T-Shirt.

»Waren Sie an den Stuhl gefesselt?«, wollte er von Lena wissen. Die nickte und sah erstaunt zu, wie er sich Latexhandschuhe überstreifte, die Klebestreifen löste und sie in die Hosentasche schob.

Lena sah zu Ion hinüber. Der Mann lag regungslos am Boden.

»Er lebt nicht mehr. Hat sich selbst erschossen«, murmelte der Mann, der nach Zimt roch. »Die Kugel hat sich im Kampf gelöst.« Lena zog ihre Jacke aus und legte sie dem halbnackten Mädchen um. Beim Hinausgehen schirmte sie Sunitas Augen mit der Hand ab und schob die junge Frau direkt an den beiden Toten vorbei in Richtung Kellertreppe.

»So, jetzt aber Beeilung.« Er ging voraus, sie folgten ihm, immer noch sehr auf der Hut.

Er hatte sein Auto seitlich vom Haus geparkt, ein Stück weit hinter dem Seitentor. Sunita wurde auf den Rücksitz gelegt, er breitete eine Decke über sie. Lena saß neben ihm.

»Rohloff, nicht wahr?«, fragte sie, als er den Motor startete.

Er antwortete nicht, fuhr behutsam an und lenkte den Wagen den Bussardweg hinunter.

»Sagen Sie doch was!« Er sagte nichts. Stattdessen zog er ein Päckchen Kaugummi aus der Jackentasche.

»Auch einen?« Sie schüttelte den Kopf.

Der Geruch von Zimt erfüllte den Wagen, als er den Kaugummi auspackte und sich in den Mund schob.

»Gerd Rohloff hat mich beobachten lassen.« Sie hörte, wie bitter ihre Worte klangen. »Wie haben Sie mich überhaupt gefunden?«

»Ich habe Sie beobachtet, wie sie in Langen in diesem Bürogebäude waren. Leider konnte ich danach auf dem Parkplatz den Angriff mit dem Elektroschocker nicht verhindern. Bei der Verfolgung ihres Widersachers wurde mir in der Buchschlager Allee ein Rückstau vom Bahnübergang aus zum Verhängnis. Der Wagen bog ab und ich musste sämtliche kleinen Straßen abfahren, bis ich ihn gefunden hatte. Und dann kam ich nicht ins Haus, weil ein ständiges Kommen und Gehen herrschte. Erst heute Abend, nach dem Polizeieinsatz, war die Gelegenheit günstig. Jetzt bringe ich Sie nach Hause.«

»Was ist mit dem Mädchen?«

»Es war nicht vorgesehen. Ich muss den Chef fragen, wie ich verfahren soll.«

Lena verschlug es einen Moment die Sprache. »Was wollen Sie mit ihr machen?«, fragte sie dann alarmiert.

»Wir müssen sie in Sicherheit bringen. Sie wird womöglich aussagen müssen. Dort drinnen liegen zwei Tote.«

»Moment, wer sagt mir, dass ich Ihnen vertrauen kann? Dass Sie das Mädchen nicht mitnehmen und es umbringen, weil es eine Zeugin ist? Noch haben Sie mir nicht bestätigt, wer Ihr Auftraggeber ist.«

»Okay«, antwortete er nach einer Weile. Er holte ein Handy hervor, tippte eine Nummer ein. Als sich am anderen Ende jemand meldete, sagte er nur: »Es gab Schwierigkeiten, ich musste mich zu erkennen geben.« Dann nickte er zu dem, was die Person am anderen Ende sagte und reichte Lena das Gerät.

»Lena«, Gerds Stimme, ruhig und beherrscht. »Der Mann handelt in meinem Auftrag. Tu, was er dir sagt. Die Leute um Marius Müller sind lebensgefährlich. Jetzt muss alles schnell gehen. Ich will nicht, dass dir etwas passiert.«

»Wie konntest du …« Er unterbrach sie sofort.

»Nicht jetzt. Es ist keine Zeit. Sprich mit niemandem, besonders nicht mit der Polizei. Fahr nach Hause, bleib dort. Geh nicht weg!

Hörst du? Ich melde mich. Wir reden über alles, wenn du in Sicherheit bist. Gib das Handy wieder zurück.«

Sie reichte das Gerät weiter.

»Okay«, hörte sie ihn sagen, bevor der Mann neben ihr die Verbindung unterbrach und das Gerät wieder einsteckte.

Sie warf noch einen kurzen Blick auf Sunita. Die lag mit offenen Augen im Fond des Wagens. Sie hatte sich einen Daumen in den Mund geschoben und schien ganz weit weg zu sein. Lena beugte sich nach hinten, um die Decke über sie zu ziehen.

Der Zimtmann lenkte den Wagen durch die stille Wohngegend. Niemand kam ihnen entgegen. Lena atmete erst auf, als sie auf die Buchschlager Allee einbogen.

Von Weitem hörte sie Sirenen.

21

Staatsanwalt Kay-Uwe Römhild warf seinen Kamelhaarmantel mit einer schwungvollen Bewegung auf einen Stuhl, zog sich einen zweiten heran und forderte Jutta und Chris auf, ihm vorzulegen, was sie in der Sache hatten.

»Zwei Tote im Keller des Hauses von Marius Müller in Dreieich. Keine eindeutigen Spuren weiterer Personen, aber eine extrem hohe Anzahl unterschiedlicher DNA. Dort unten müssen Dutzende von Menschen ein- und ausgegangen sein. Ein Alptraum für unsere Spurensicherung.«

Römhild nickte auffordernd, seine hellgrauen Augen unverwandt auf Jutta Ernst gerichtet.

»Die Aufzeichnung einer Frau, die vor einiger Zeit im Waldgelände zwischen der Sprendlinger Landstraße und der A661 erhängt aufgefunden wurde. Der ersten Einschätzung nach Selbstmord. Inzwischen haben wir Hinweise auf Verbindungen zu diesem und einem weiteren aktuellen Fall.« Sie schob ihm ein paar Blätter zu. »Das hatte sie in einem Schließfach deponiert. Vermutlich, um es einem Journalisten zu übergeben. Darin findet sich unter anderem die Beschreibung einer jungen schwarzen Frau namens Sally, vermutlich einer Zwangsprostituierten, die unsere Tote in Dreieich sein könnte.«

Schweigend überflog Römhild die Dokumente. Als er den Kopf wieder hob, legte Jutta ein Diktiergerät in die Mitte des Schreibtischs.

»Außerdem hat sie das hinterlassen.« Sie drückte den Wiedergabeknopf, eine weibliche Stimme ertönte:

»Mein Name ist Emilia Hornauer. Ich bin Sozialarbeiterin beim Landkreis Offenbach. Mein Einsatzort ist seit zwei Jahren Langen, dort habe ich ein Büro bei der gGAB. Zu meinen Aufgaben gehört unter anderem die Betreuung von Teilnehmern an Bewerbungskursen.

Als ich einen dieser Klienten in der Brandenburger Straße in Egelsbach aufsuchen wollte, wurde ich Zeugin eines merkwürdigen Vorfalls. Ich sah einen Mann aus einem neuen, hochpreisigen Wagen aussteigen. Er ging zur Beifahrertür und half dort einer jungen Frau heraus, die mehrere Tüten bei sich trug. Zunächst dachte ich, dass es sich um die Geste eines Kavaliers handelte. Tatsächlich aber spielte sich dort etwas ganz anderes ab. Die junge Frau und er stritten nämlich und als er sie packte und schüttelte, versuchte sie wegzulaufen. Sie wurde von dem Mann festgehalten, es kam zu einem heftigen Disput, in dessen Verlauf er sie am Arm über die Straße zu einem Haus zerrte. Die beiden verschwanden und ich stellte fest, dass es eben dieses Haus war, in das ich wollte.

Ich wartete einen Moment, bevor ich aus meinem Wagen ausstieg, zum Haus ging und klingelte. Der Wohnungsinhaber hieß Martin M'Boko, ich kannte lediglich ein Foto von ihm. Der Mann, der mir öffnete, ähnelte ihm wenig, er war auch jünger. Ich stellte mich vor und fragte nach M'Boko. Der Mann, er nannte sich Aboukar und gab an, ein Neffe des Wohnungsmieters zu sein, versuchte zunächst, mich abzuwimmeln, bevor er mich schließlich doch hereinbat, damit ich für seinen Onkel eine Nachricht schreiben konnte. Im Wohnzimmer saß die Frau auf einem Stuhl an der Wand, zu ihren Füßen lagen die Tüten. Unwillkürlich musste ich hinsehen und erkannte, dass sie Dessous und Reizwäsche enthielten. Sie schien verängstigt, Aboukar ließ sie nicht aus den Augen. Ich nahm mir Zeit mit der Formulierung meiner Nachricht und hatte Glück, dass Aboukars Telefon klingelte. Er antwortete mit gedämpfter Stimme und ging kurz in das angrenzende Zimmer, um das Gespräch zu führen. Mir verschaffte das Zeit genug, der jungen Frau meine Visitenkarte zuzustecken und herauszubekommen, dass ihr Name Sally war.

›Rufen Sie mich an, falls Sie Probleme haben‹, signalisierte ich ihr. Sie steckte die Karte weg und ich verließ die Wohnung.

Am nächsten Tag erreichte mich eine Nachricht des Fallmanagers von Herrn M'Boko. Er teilte mir mit, sein Klient sei während meines Besuchs am Vortag beim Arzt gewesen, es läge inzwischen eine Krankmeldung vor. Tatsächlich erschien der Klient nicht mehr bei der gGAB.

Ungefähr zwei Wochen nach diesem Erlebnis rief mich Sally an. Sie wirkte gehetzt und verängstigt. Sie berichtete mir, sie sei eingesperrt worden und man würde sie dazu zwingen, mit Männern zu schlafen. Ihre Stimme war leise, sie brach während des kurzen Gesprächs mehrfach in Tränen aus und bat mich, ihr zu helfen. Als problematisch stellte sich dabei heraus, dass sie nicht wusste, wo sie war. Wir sprachen Englisch, was ich nicht gut beherrsche. Doch selbst nach mehreren Nachfragen erfuhr ich nicht mehr, als dass man sie mit falschen Versprechungen nach Deutschland gelockt hatte. Sie unterbrach das Gespräch unvermittelt. In den folgenden Tagen erhielt ich auf meinem Diensthandy mehrere anonyme Anrufe, bei denen sich niemand meldete.

Von Sally hörte ich nach einiger Zeit noch einmal. Wieder hatte sie sich ein Telefon besorgt. Sie hörte sich panisch an, berichtete von Gewalt. Ich riet ihr, dringend die Polizei anzurufen, was sie fast noch mehr in Panik versetzte. ›No police‹, rief sie verängstigt, dann wurden wir urplötzlich unterbrochen. Da beide Anrufe mit unterdrückter Nummer ankamen, konnte ich sie nicht zurückrufen.

Mir war klar, dass ich etwas tun musste. Aber ohne stichhaltige Informationen wollte ich nicht nach vorne preschen. Das hat in der Vergangenheit bereits einmal nicht geklappt und mir viel Ärger eingebracht. Stattdessen folgte ich heimlich Aboukar, als er die Wohnung seines vermeintlichen Onkels verließ. Er fuhr von Egelsbach aus direkt nach Dreieich-Buchschlag, wo er, mit einem Schlüssel ausgestatte, ein Haus im Bussardweg betrat. Ich wartete eine Weile, bevor ich mich dem Haus näherte. Auf dem Briefkasten stand lediglich der Name »Müller«. Kaum war ich zurück an meinem Wagen, verließ Aboukar das Haus. Ich bin mir bis heute nicht ganz sicher, ob er mich gesehen hat.

Bereits am selben Abend rief Sally mich erneut an. Sie klang anders als die beiden Male zuvor und fragte mich, ob ich nach ihr suchen würde. Ich bejahte und sagte ihr, ich hätte eine Ahnung, wo sie sein könnte, und dass ich vorhatte, die Polizei zu informieren. Außerdem gab ich ihr die Notrufnummer durch. Wieder geriet sie bei dem Wort ›Polizei‹ in Panik. Vermutlich, weil sie in ihrem Herkunftsland schlechte Erfahrungen gemacht hatte.

Mir war bereits beim ersten Anruf klar, dass ich es mit einem Fall von Zwangsprostitution zu tun hatte, und ich machte mich zu dem Thema schlau. Das Ergebnis war ernüchternd, denn in den meisten Fällen ist die Justiz nicht in der Lage, den Zuhältern das Handwerk zu legen. Opfer bleiben immer die Frauen, die unter Druck geraten und aus Angst nicht aussagen. Aus diesem Grund hatte ich einen Journalisten kontaktiert, dessen Reportagen sich kritisch mit sozialen Missständen auseinandersetzten. Jens Borgmann, so sein Name, wollte sich tatsächlich mit mir treffen. Allerdings, das machte er ganz deutlich, beschäftige er sich nicht mit vagen Vermutungen oder Anschuldigungen. Hieb- und stichfeste Beweise konnte ich jedoch zu der Zeit nicht liefern.

Daher fragte ich Sally, ob sie bereit sei, gegebenenfalls mit der Presse zu sprechen und die nötigen Informationen zu liefern. Sie bejahte das.

Schon am nächsten Tag meldete sich bei mir eine andere Frau. Sie sei eine Freundin von Sally und wolle mir helfen, sie zu finden. Wir verabredeten uns in Dreieich im Café ›Stadtgeflüster‹. Damit sie mich erkennen konnte, sollte ich mich an einen Tisch rechts von der Eingangstür setzen. Zum verabredeten Zeitpunkt war ich dort, doch die Frau kam nicht. Da auch sie anonym angerufen hatte, konnte ich keinen Kontakt aufnehmen. Am nächsten Tag entschuldigte sie sich und bat mich um ein neues Treffen. Dieses Mal in der

Nähe meiner Wohnung, in einer Kleingartensiedlung. Sie versprach mir alle Informationen, die ich für den Artikel brauchte. Dorthin werde ich morgen gehen, um mich mit der Informantin zu treffen. Alles, was sie mir sagt, gebe ich dann gleichzeitig an die Polizei und an Jan Borgmann weiter.«

Es folgte das Datum, an dem die Aufnahme gemacht worden war, es lag einen Tag vor Emilias Tod.

»Nach unseren Erkenntnissen fuhr Frau Hornauer an ihrem Todestag nach der Besprechung in Dietzenbach zunächst in ihre Wohnung in die Liebigstraße nach Offenbach. Dort stellte sie ihren Wagen ab. In die Kleingartensiedlung ging es kurze Zeit später mit dem Rad. Sie traf dort eine weibliche Person, die vorgab, Sally helfen zu wollen. Wir vermuten, dass es sich dabei um Brittany Möhlmann handelte. Frau Hornauer wurde überrumpelt und erhängt. Brittany Möhlmann muss dabei Komplizen gehabt haben. Alles wurde so arrangiert, dass es wie Selbstmord aussah. Höchstwahrscheinlich wurde auch die Wohnung des Opfers nach Beweisen durchsucht. Das erklärt, warum Frau Borowski das Auto der Toten noch vor dem Haus gesehen hat, und auch, warum die Wohnungstür nur zugezogen, aber nicht verschlossen war. Die Schwester hatte uns von ihrem Eindruck berichtet, jemand sei in der Wohnung gewesen. Die Schlüssel für Auto und Wohnung fanden sich bei der Leiche.«

»Wurde aus der Wohnung etwas gestohlen?«

»Nein. Das wäre auch dumm gewesen, weil es die Selbstmordtheorie nicht gestützt hätte.«

»Wurde das Auto bereits auf fremde DNA untersucht?«

Jutta Ernst schüttelte betrübt den Kopf. »Christine Hornauer hatte einen Unfall mit dem Wagen, er wurde inzwischen verschrottet.«

»Und das Rad? Warum haben die Täter das stehen lassen?«

»Wir vermuten, dass sie es vergessen haben. Oder nicht genau wussten, wo es stand oder welches der Fahrräder vor dem ›Clubheim‹ ihres war.«

»Dann sollte der als Freitod getarnte Mord also verhindern, dass der Ring aus Schleusern und Menschenhändlern auffliegt.« Römhilds Worte waren eine Feststellung, keine Frage.

»Unsere Vermutung ist folgende: Brittany Möhlmann und M'Boko haben afrikanische, vorwiegend nigerianische Frauen und Mädchen nach Deutschland geholt. Ihnen wurde Arbeit versprochen. Doch kaum hier angekommen, belegte die aus Nigeria stammende Möhlmann sie mit einem Voodoo-Fluch. Der funktionierte bei den meisten Opfern, weil sie an solche Sachen glauben, der Kult ist in ihrer Heimat tief verwurzelt. Bei Ungehorsam wurden sie misshandelt. Aus Angst haben sie sich dann an Männer verkaufen lassen. Marius Müller und sein Vetter Ion haben vermutlich dasselbe mit rumänischen jungen Frauen gemacht, natürlich ohne den Fluch. Es wurde bereits zwei Mal Anzeige erstattet, aber die Frauen haben einen Rückzieher gemacht und letztendlich doch nicht ausgesagt, sodass man ihm bisher nie etwas beweisen konnte. Aboukar und der tote Schwarze aus dem Keller wurden illegal eingeschleust. Sie haben für M'Boko und Müller gearbeitet. Ions Schwester ist übrigens die Ehefrau von Martin M'Boko. Vermutlich sorgt sie in Rumänien für geeigneten Nachschub. Die Opfer stammen meist aus bettelarmen Verhältnissen, haben nicht selten ein Kind, für das sie alleine sorgen. Es dürfte einer offensichtlich gut situierten Frau nicht schwerfallen, in einem solchen Umfeld überzeugend zu wirken. Hier schließt sich der kriminelle Kreis.«

»Nur, dass wir für die meisten dieser Behauptungen noch keine Beweise haben.«

Jutta und Chris wechselten einen kurzen Blick. Chris besah danach ausgiebig seine Schuhspitzen.

»Wir sind im Moment hauptsächlich auf Indizien und die Aufzeichnungen von Emilia Hornauer angewiesen«, erklärte Jutta.

»Befanden sich Zwangsprostituierte im Haus?«

»Nein«, gestand Chris. »Wir haben bei einer gründlichen Durchsuchung zwei Dachkammern mit Matratzen entdeckt sowie eindeutig dekorierte Schlafzimmer im ersten Stock. Angeblich Gästezimmer für Besucher aus dem Ausland.«

Römhild blies kurz die Wangen auf und starrte auf die Unterlagen, die vor ihm lagen. Dann schüttelte er bedauernd den Kopf. »Das wird dem Richter für eine Untersuchungshaft bis zu einem mögliche Prozessbeginn nicht reichen. Zumal die Beschuldigten von zwei renommierten Anwaltskanzleien vertreten werden.«

Jutta wusste, was das bedeutete. Marius Müller befand sich bereits auf freiem Fuß, Möhlmann und M'Boko würden es ihm gleichtun. Gegen Frau Coposu bestand nicht einmal ein Anfangsverdacht. Am Vortag war ein Heer von gut bezahlten Anwälten aufgetaucht und hatte ihre Klienten kühl und effizient herausgeboxt. Lediglich Aboukar saß noch in Untersuchungshaft. Eine Frage der Zeit, der Haftrichter würde zügig darüber entscheiden.

Chris verschränkte die Arme vor der Brust und sah aus dem Fenster. Erst als der Staatsanwalt den Raum verlassen hatte, wandte er sich seiner Kollegin zu. »Dein kleiner Trick hat nichts genützt«, konstatierte er.

»Nur Geduld. Durch die Gespräche wissen wir wenigstens ansatzweise, was geschehen ist. Da wir inzwischen fast alle Puzzlesteinchen kennen, dürfte es uns nicht schwerfallen, die Fakten zu untermauern.«

»Leider sind die Frauen weg. Vermutlich von der ›Lulu-Bar‹ aus direkt in irgendeine andere Absteige gebracht worden.«

»Eines Tages werden wir eine finden, die den Mut hat zu reden.«

»Aber eines wissen wir noch immer nicht«, meinte Chris nachdenklich. »Wer dort unten im Keller war und die beiden Männer getötet hat. Und wer die geheimnisvolle Frau ist, von der die Rede war.«

+ + +

Der Mann, der nach Zimt roch, hatte sie in ein Haus gebracht. Dort lag sie in einem richtigen, mit weißem Stoff bezogenen Bett. Eine Frau kam, die beruhigend mit ihr sprach, sie untersuchte, ihre Wunden verarztete und ihr Tabletten gab, die die Schmerzen linderten. Sie erhielt saubere Kleidung, etwas zu essen.

Der Mann, der nach der Frau das Zimmer betrat, war groß und stattlich, mit graumeliertem Haar und dunklen Augen. Er fragte nach ihrem Namen und woher sie kam. Seine Stimme war gut. Sie vertraute ihm vom ersten Moment an und erzählte ihm alles. Er ließ sie reden, ab und zu griff er nach ihrer Hand, wenn ihre Erinnerungen gar zu schrecklich waren.

»Wer war es, den du getötet hast?«

Sie hob den Blick und erschrak über die Frage. »Ich kenne ihn nicht«, antwortete sie stockend. »Ich kannte nur den, der er einmal war.«

Wäre nicht seine Stimme gewesen, hätte sie ihn vielleicht erst viel später erkannt.

»Was machst du hier?«, hatte er gefragt. Gefolgt von der Erkenntnis, was es bedeutete. Als er vor ihr stand und sie die fremde Frau sah, das Blut an ihrem Hals, die Fesseln, begriff sie. Die Realität traf sie mit einer Härte, auf die sie nicht vorbereitet war. Ebele, den sie auf ein Podest gestellt hatte, war nicht besser als ihre Peiniger. Schlimmer noch, er war einer von ihnen. Einer, der Frauen wie sie quälte. Etwas zerbarst in ihr, sie hörte es klirren, als wäre ein Spiegel zerbrochen. Sie sah die Fratze des Bösen, die sich dahinter verborgen hatte. Wusste, dass er nicht am Leben bleiben durfte. Das Messer lag am Boden und sie nahm es. Sie stach ihm in den Rücken, eher zufällig als gezielt mitten ins Herz. Als ob da noch eines gewesen wäre.

Als der Mann gegangen und sie alleine war, rollte sie sich auf dem Bett zusammen, die Beine fest umklammert. Die Wäsche roch so gut. So frisch.

+++

»Chef, Sie wollten mich sprechen?«

Der Mann mit den Zimtkaugummis folgte der Handbewegung Gerd Rohloffs und nahm ihm gegenüber an seinem Schreibtisch im Büro des »Kinky-Klub« Platz.

»Folgendes«, begann Rohloff das Gespräch. Er beendete es zehn Minuten später mit: »Ich muss mich da voll und ganz auf dich und deine Leute verlassen.«

Der Zimtmann nickte. Es lag ihm schwer im Magen, dass er in der Observationsangelegenheit so lange gezögert hatte, ins Haus einzudringen. Letztendlich hätte er gegen die Schläger dort aber nichts ausrichten können, sodass der Polizeieinsatz mehr als günstig für ihn gewesen war. In dem leeren Haus war er schnell fündig geworden. Dass sich die gerettete Frau so kratzbürstig angestellt hatte, fand er merkwürdig. Fast so merkwürdig wie Rohloffs starkes Interesse an ihr. Außer mit seiner verstorbenen Frau hatte er ihn noch nie so erlebt.

Jetzt nickte er. »Geht klar, Boss.« Ein fester Händedruck, ein Blick in die Augen. Er hätte auch für andere arbeiten können, aber keiner war so wie Rohloff. »Ach, wie geht es der Kleinen?«, fragte er, schon halb aus der Tür.

»Es gibt sie nicht mehr«, lautete die Antwort.

Er verstand und ging hinaus.

+++

Brittany Möhlmann schnappte sich einen Koffer und warf ihn aufs Bett. Sie war so wütend wie noch nie in ihrem Leben. Sie hätten sich niemals mit dieser renitenten Schlampe einlassen dürfen! Alles lief gut, die Mädchen parierten. Bis Sally kam und es infrage stellte. Die Telefonate mit der Sozialarbeiterin setzten dem Ganzen die Krone auf. Undenkbar, wenn die anderen sich ermutigt fühlen würden durch ein solches Verhalten. Aus diesem Grund musste sie zunächst unter Mammys Bewachung ein drittes Telefonat führen. Dank der Rufwiederholung auf Ions Mobiltelefon wussten sie bereits, wer diese neugierige Sozialarbeiterin war und wo sie arbeitete. Nun wollten sie wissen, wie viel die Frau ahnte.

»Sally, ich glaube, ich weiß, wo Sie sind«, hatte diese Emilia gesagt. »Ich habe einige Informationen gesammelt und benachrichtige die Polizei. Sie müssen keine Angst haben auszusagen. Mit dem Material, das ich habe, wird es reichen, die Männer, die sie gefangen halten, ins Gefängnis zu bringen.«

Sie hatte keine Ahnung gehabt, dass sie damit selbst ihr Todesurteil gesprochen hatte.

Wie gut, dass die meisten der Frauen vor der Polizei fast noch mehr Angst hatten als vor ihr oder den Zuhältern. Kannten sie ja nur die Zustände in ihren Heimatländern, hatten mit Korruption und Machtmissbrauch ihre eigenen Erfahrungen. Da sie hierzulande außer ihren Freiern keine Außenkontakte hatten, konnten sie natürlich nicht wissen, wie anders in Deutschland alles war.

Sie warf ein paar Blusen und Pullover auf den Stapel Wäsche, der bereits im Koffer lag. Sie würden das Haus noch heute Abend verlassen, es war nicht mehr zu gebrauchen. Misels Leute hatten nach Sallys erstem Anruf bereits eine andere Unterkunft gemietet, die galt es jetzt für die Neuzugänge herzurichten. Unwillkürlich klackerte sie mit der Zunge. Es war immer wieder berauschend, wie viel Macht sie über diese jungen Dinger hatte. Was Angst bei Menschen ausrichten konnte. Sie klappte den Deckel zu. Irgendwo im Haus klirrte etwas. War es Ions Mutter? Die musste nach Rumänien zurück und würde wohl ebenfalls die Koffer packen.

Brittanys Gedanken wanderten zurück zu dem Tag, an dem sie Emilia angerufen hatte. Sich als Freundin von Sally ausgab. Die Frau in ein Café bestellte, wo sie sie in Ruhe von außen durch die Glasscheibe betrachten konnte, sodass sie sie bei ihrer Verabredung sofort erkannte. Trotzdem war die Sozialarbeiterin extrem misstrauisch gewesen.

»Wie kommt es, dass Sie sich frei bewegen können und Sally eingesperrt ist?«, fragte sie. Auf die Geschichte, Brittany sei Hausangestellte und Sally habe sie um Hilfe gebeten, fiel sie allerdings herein. »Lassen Sie uns ein Stück laufen, ich will hier nicht gesehen werden«, hatte Brittany gebeten, ein bisschen nervös getan und die Kapuze ihres Sweaters tief ins Gesicht gezogen. »Schließlich riskiere ich viel, wenn ich erwischt werde.« Dann hatte sie vorgetäuscht, Sally anzurufen. Die andere war ihr gefolgt wie ein Hund, der eine Wurst vor der Nase hat.

Sie waren den schmalen, schlammigen Weg hinaufgegangen, der von den Schrebergärten wegführte. Der Verkehrslärm der parallel verlaufenden A661 war so laut gewesen, dass diese Emilia Snake nicht kommen gehört hatte. Sie hatte der Frau nur einen kleinen Schlag versetzt, genug, um kurz die Besinnung zu verlieren, aber zu sanft, um deutliche Spuren zu hinterlassen. Snake hatte sich um den Rest gekümmert.

Auf dem Handy der Toten war unter »M« die Nummer der Mutter gespeichert. Das hatte es ihnen erleichtert, die Sache noch authentischer wirken zu lassen. Die Abschiedsworte waren schnell getippt. Dazwischen kam dann dieser Anruf. Eine Lena Borowski hinterließ die Nachricht, sie habe die Aktentasche der Kollegin an sich genommen. Ein neues Problem war aufgetaucht, wo das alte noch nicht mal kalt war! Wie gut, dass auch diese neugierige Person dank ihres außergewöhnlichen Namens leicht ausfindig zu machen gewesen war.

Am unangenehmsten war die Zeit, die sie in der Nähe der Erhängten warten musste. Bis Aboukar zurückkam und sie alles arrangieren konnten, um den Selbstmord plausibel zu machen. Ion hatte in der Zwischenzeit die Wohnung und den Computer durchsucht, aber keine Unterlagen gefunden.

Also versuchten sie es bei dieser Borowski. Anfangs erfolglos, sie kamen weder an ihren Hausschlüssel noch in die Wohnung, lediglich in Hornauers ehemaligem Büro hatten sie Erfolg, wo sie eine Aktentasche fanden. Doch außer Visitenkarten der toten Sozialarbeiterin befanden sich lediglich unwichtige Schriftstücke darin, die nichts mit ihnen zu tun hatten.

Damit hätte die Angelegenheit abgeschlossen sein können. Doch dann war diese Borowski bei Aboukar aufgetaucht und wenig später auch hier am Haus. Spätestens in diesem Moment wussten sie, dass es immer noch eine Verbindung zu ihnen geben musste.

Sally konnte es nicht sein. Die war tot. Wie genau das geschehen konnte, wusste Brittany auch nicht. Man hatte sie bestraft und die anderen Mädchen zusehen lassen. Ein probates Mittel, um jede Form von Renitenz im Keim zu ersticken. Als sie die anderen zurück in ihre Zimmer brachte, lebte Sally noch. Schon eine Viertelstunde später nicht mehr. Brittany hatte Aboukar im Verdacht. Es hatte ihm sichtlich gefallen zuzusehen, wie Ion den Kopf des Mädchens unter Wasser gedrückt hatte. Ihr Strampeln, ihre erstickten Schreie. Immer und immer wieder tauchte er sie unter. Holte sie erst dann wieder heraus, wenn sie kurz vor dem Abnippeln war. Als sie zurückging, um Sally zu holen, atmete sie nicht mehr. Sie mussten sie wegbringen, im Wald verscharren. Dass sie gefunden worden war, hatte sie erst von den zwei Polizisten erfahren.

Erneut hörte sie ein leises Klirren.

»Marius? Bist du das?«, rief sie in den Hausflur hinein. Es kam keine Antwort. Brittany Möhlmann warf den Kofferdeckel zu und stieg ins Erdgeschoss hinunter, um nachsehen, ob Ions Mutter schon abfahrtbereit war.

22

»Indiskutabel. Einfach indiskutabel!« Lena stand in ihrem Wohnzimmer und schrie Rohloff an.

Noch nie war er bei ihr gewesen. Dass er ihr jetzt gegenüberstand, verdankte er der Hartnäckigkeit, mit der er Minuten zuvor Sturm geklingelt hatte.

»Lass mich dir das doch bitte erklären«, versuchte er erneut, sie zu beruhigen. »Ich wollte dich einfach nur beschützen.«

»Ich brauche keinen Beschützer. Ich kann selbst auf mich aufpassen!«, schrie sie und fuchtelte dazu mit den Händen in der Luft herum. »Wer bist du denn, dass du so in mein Leben eingreifst? Mir hat der Kerl einen Riesenschrecken eingejagt. Ich dachte, der gehört zu denen!«

»Lena, begreif doch. Du bist in einen Menschenhändlerring geraten! Das sind Leute, für die ist ein Leben nichts wert. Gar nichts!«

»Das konntest du doch gar nicht ahnen.«

Rohloff stellte sich direkt vor sie hin und hielt sie an den Oberarmen fest. »Du hast mir vom Tod deiner Kollegin erzählt. Jemand hat dich überfallen. Man hat versucht, bei dir einzubrechen. Das war schlimm genug. Dann kam die Verbindung zu Marius Müller dazu.«

»Da wurde ich doch bereits beschattet.«

»Ja. Und ich sage dir: Gott sei Dank! Du hattest die ganze Zeit überhaupt keine Ahnung, um was es wirklich ging.«

»Das gibt dir nicht das Recht, derartig in mein Leben einzugreifen.« Sie entwand sich seinem Griff und ging zum Fenster.

»Okay. Es war ein Fehler. Wäre der Bodyguard nicht gewesen, würdest du dich jetzt gegenüber der Polizei verantworten müssen.

Sunita wäre womöglich tot oder würde abgeschoben. Ist es das, was du willst? Ja?« Er wurde lauter.

Abrupt drehte sie sich zu ihm um. »Nein. Nein. Das will ich nicht. Aber wie, bitteschön, soll es denn jetzt weitergehen? Muss ich mich darauf einrichten, dass du mich nach Gutdünken beschatten lässt? Mich überwachst?«

»Darum geht es?« Er wurde fast unnatürlich ruhig. »Du kannst beruhigt sein. Du wurdest und wirst nicht überwacht. Nicht durch mich. Der Mann hatte nur einen Auftrag: dir zu helfen, solltest du in Gefahr geraten. Das war alles.«

Sie starrten sich an. Lena sprühte innerlich vor Zorn. Rohloff wirkte mitgenommen.

Er hatte sie noch am Mittwoch, spät abends, angerufen und ihr alles erklärt. Sie war geschockt gewesen und am Boden zerstört. Es hatte sie umgehauen zu erfahren, worum es wirklich gegangen war. Wie war sie da überhaupt hineingeraten? Und dann die Stunden im Keller. Trotz all dem konnte sie es nicht einfach hinnehmen, dass Gerd sie belogen hatte.

Später hatte er ihr eine SMS geschickt. »S. geht es gut.« Auf seine zweite Nachricht, ob er kommen dürfe, hatte sie mit einem »Nein!« geantwortet.

Sie schluckte eine Schmerztablette und eine Valium, trank unvernüftigerweise dazu ein Glas Wein und saß dennoch zunächst hellwach auf ihrem Bett. Den Donnerstag hatte sie danach fast komplett verschlafen, sodass sie auch keine von Gerds Nachrichten beantworten konnte.

Dafür hatte Christine sie erreicht und ihr ausführlich ihren Teil geschildert, sodass Lena nun umfassend im Bild war über Emilias Tod und das, was ihre Schwester herausgefunden hatte.

»Wie soll das jetzt weitergehen?«, wollte Lena wissen. »Ich kann doch nicht so tun, als wäre ich bei der ganzen Sache nicht dabeigewesen.«

»Du willst zur Polizei? Und Sunita mitnehmen, damit sie aussagt?«

»Das hätte ich gleich machen sollen. Zwei Männer sind tot und in diesem Haus wurde Sunita gefangengehalten. Und wer weiß, was da noch passiert ist«, antwortete sie dumpf.

Rohloffs Augen fingen an, gefährlich zu glitzern, als er antwortete. »Dann sage ich dir, was geschehen wird. Sie wird nach Nigeria abgeschoben, sobald sie ihre Aussage gemacht hat. Dort ist sie die Schande ihrer Familie. Der Nächste, der kommt und sie ihr abkauft, wird sie wieder nach Europa schaffen. Sie ist sehr jung, man kann sie noch oft an Bordelle vermitteln. Ein zweites Mal wird sie nicht aufbegehren. Sie wird tun, was man ihr sagt, bis sie zu alt oder zu hässlich oder zu krank ist. Vielleicht wird sie drogenabhängig oder bekommt AIDS. Auf jeden Fall landet sie irgendwann auf der Straße. Mit nichts, denn alles Geld, was sie mit ihrem Körper verdient, wird von ihren Zuhältern eingesteckt.« Rohloff redete laut und eindringlich.

Sie starrte ihn sprachlos an.

Er beugte sich zu ihr nach vorn. »Das alles kannst du verhindern.«

»Ich? Wie denn?« Hatte sie eben noch geschrien, war ihre Stimme jetzt nur noch ein Hauch.

»Indem du die ganze Angelegenheit vergisst. Niemand wird dich damit in Verbindung bringen. Für Sunita sorge ich.«

»Wie willst du das anstellen?«

»Sie in eine andere Stadt bringen, ihr Papiere besorgen, damit sie hier bleiben kann. Eine neue Identität.«

»Sie ist viel zu jung, sie kann nicht alleine leben.«

Er wiegte den Kopf langsam hin und her. »Sunita ist sehr klug und vor allem extrem sprachbegabt. Sie hat in Rekordzeit Deutsch gelernt. Sie wird einen Schulabschluss schaffen und einen Beruf erlernen. Dennoch, es ist nicht optimal«, gab er zu. »Mir fällt nur im Moment nichts Besseres ein.«

»Aber mir! Es gibt eine gute Einrichtung, eine Wohngruppe, in der Nähe von Hamburg. Dort wohnen Mädchen, die ähnliche Dinge durchgemacht haben. Betreut von Sozialarbeiterinnen.«

»Vater Staat wird sich kaum um eine nigerianische Jugendliche kümmern«, gab er zu bedenken.

»Es ist keine staatliche Einrichtung, sondern eine private Stiftung. Und da kommst du ins Spiel.«

Rohloff zog die Brauen nach oben. »Wie das?«

»Spenden sind dort hochwillkommen. Außerdem sinnvoll angelegt.«

Er sah sie lange an. »Ist das so eine Art Schweigegeld, das du da von mir verlangst?«

»Deal?«, konterte sie.

»Deal«, knurrte er und sah nicht unglücklich dabei aus.

»Und … diese Leute. Werden sie dort hoffentlich nicht finden.«

»Niemand wird sie finden. Und niemand wird dich finden. Niemals. Denn das lasse ich nicht zu. Betrachte die Sache als erledigt.« Die Bestimmtheit, mit der er das sagte, jagte Lena einen kalten Schauer über den Rücken. Etwas trat aus dem Schatten des Mannes, den sie zu kennen glaubte. Etwas Dunkles, Beängstigendes. Jetzt zeigte sich eine Facette seiner Persönlichkeit, die er ihr noch nicht gezeigt hatte. Die sie bisher nicht hatte sehen wollen.

Sie standen sich immer noch gegenüber. Als er einen Schritt auf sie zutrat, wich sie zurück.

»Ich ärgere mich immer noch über deine Eigenmächtigkeit. Und wäre jetzt gerne alleine.«

»Was heißt das? Ist das schon wieder das Ende von uns?«

Sie drehte sich um, weil sie seinen harten Blick nicht ertragen konnte. War es das? Wollte sie ihn nicht mehr sehen? Ein Schmerz stieg hinter ihrem Brustbein auf und schnürte ihr die Kehle zu. Sie wollte das nicht, was er da mit ihr machte. Aber wollte sie ihn auch nicht mehr?

»Lena«, er war hinter sie getreten. Sie spürte die Wärme seiner Hände auf ihren Schultern, als trüge sie kein Sweatshirt.

Ihr Kopf sank nach hinten, gegen seine Brust, er legte einen Arm um ihre Taille. So standen sie eine ganze Weile, bevor sie sich sanft befreite.

»Ich muss das alles sortieren, so leicht geht das nicht. Du hast eine Grenze überschritten, ich kann noch nicht sagen, ob das verzeihbar ist.« Sie hob den Blick und sah die Enttäuschung in seinen Augen.

»Okay«, sagte er. »Dann gehe ich jetzt. Das heißt nicht, dass du mich zurückpfeifen kannst, wann immer du willst. Ich komme erst wieder, wenn wir beide es wollen.« Damit drehte er sich um und ging schnellen Schrittes zur Tür. Wenig später überquerte er die Straße. Sie sah hinunter, hob die Hand, um ihm zuzuwinken. Er blickte jedoch nicht zurück und als er in sein Auto stieg und davonfuhr, wurde ihr schmerzhaft klar, dass sie ihn vielleicht nie mehr wiedersehen würde.

Epilog

Nachdem ein im Kreis Offenbach operierender Zuhälter- und Menschenhändlerring gesprengt worden war, kam es zu mehreren unerklärlichenTodesfällen.

Spaziergänger entdeckten in einem Ferrari auf dem Parkplatz am Jakobiweiher bei Neu-Isenburg einen Toten, den Barbesitzer Marius Müller. Er war erschossen worden.

Am darauffolgenden Morgen wurde ein in der Justizvollzugsanstalt Preungesheim in Untersuchungshaft einsitzender Mann, ein Nigerianer namens Aboukar, erhängt in seiner Zelle gefunden. Alles sprach für Selbstmord, der Fall wurde schnell zu den Akten gelegt.

Ungefähr zur selben Zeit fand man Brittany Möhlmann, Martin M'Boko und eine ältere Rumänin namens Coposu in Müllers Haus in Dreieich. Sie waren an einer Kohlenmonoxidvergiftung gestorben, die auf einen Defekt an der Heizungsanlage zurückgeführt wurde.

In der darauffolgenden Woche unterzeichnete die Sozialdezernentin des Kreises Offenbach, Marianne Maibaum, einen Vorvertrag mit einer sich in Gründung befindlichen gemeinnützigen Gesellschaft, an die fortan viele soziale Aufgaben ausgelagert werden sollten.

»Wir werden die erfolgreiche Zusammenarbeit mit der gGAB ausbauen und bündeln Kräfte, um Synergieeffekte zu schaffen«, jubelte die Politikerin in der dazugehörigen Pressemitteilung. »Schlanke Strukturen und eine straffe, zielgerichtete Organisationsform helfen uns, Kosten zu senken. Die Auslagerung einzelner Leistungen erlaubt es uns, uns auf unsere Primärziele zu konzentrieren.«

Der neue Partner wurde durch den designierten Geschäftsführer Niclas van Beuthen repräsentiert, der auf dem Papier ebenfalls einen enthusiastischen Ausblick in die Zukunft warf.

Bei der Erstellung der Mitteilung nicht mitgewirkt hatte Carola Bergmann. Die Referentin der Maibaum hielt sich sowieso in der ganzen Angelegenheit auffällig im Hintergrund. Zudem hatte sie wenige Tage zuvor ein Fax mit brisantem Inhalt in ihrer Hauspost gefunden. Danach wurde hektisch ein internes Meeting einberufen. Die so enthusiastisch formulierte Pressemitteilung erblickte daraufhin nie das Licht der Welt, stattdessen stellte man sämtliche Überlegungen die gGAB betreffend zurück.

Wie sich herausstellte, war nämlich zeitgleich zu Carola Bergmann auch die Presse mit dem Material beliefert worden. Die stellte nun Nachforschungen an und bat sowohl die Dezernentin als auch den Landrat um eine Stellungnahme. Eine Verbindung zwischen den bisherigen Mauscheleien der gGAB und dem neuen geplanten Großprojekt war schnell hergestellt. Die Investoren kochten und Nic van Beuthen schäumte öffentlich vor Wut über diese, wie er sagte, »perfiden und haltlosen Anschuldigungen«.

Reines Ablenkungsmanöver, wie Lena Borowski fand. Sie war mehr denn je davon überzeugt, das Richtige getan zu haben. Die Bombe war geplatzt. Sobald der erste Rauch sich legte, würde man auch sie damit in Verbindung bringen. Doch darüber, welche Konsequenzen das eventuell nach sich ziehen würde, wollte sie sich jetzt keine Gedanken machen.

Sie holte sich stattdessen in der Personalabteilung einen Urlaubsantrag und las am Abend erneut eine Mail, die bereits drei Tage zuvor eingetroffen war. Der Absender lautete »Tamae Kimura«, der Betreff »Neuseeland?«

ENDE

Dank

An diesem Buch haben viele Menschen mitgewirkt, bei denen ich mich an dieser Stelle ganz herzlich bedanken möchte.

»Jérôme« hat mir Spannendes über schwarze Magie und ihren Einfluss auf die Menschen in Nigeria und den angrenzenden Staaten erzählt. Ch. schilderte mir, was ihr in einer längst vergangenen Lebensphase von Zuhältern angetan wurde.

Meine Erstleserin Alex hat mir wertvolle Rückmeldungen zum Romanmanuskript gegeben. Raphael hat mir die richtigen Fragen gestellt.

Meinem Mann Wolf-Ingo danke ich für so vieles Gute in meinem Leben. Und dafür, dass er mich bei unseren Gesprächen über das Buch immer an den roten Faden zurückholte, wenn sich die Handlungsstränge in meinem Kopf verknotet hatten.

Ein besonderes Dankeschön gilt dem Team des Sutton Verlags.

Sehr hilfreich waren auch die Rückmeldungen von Leserinnen und Lesern, Bekannten und Unbekannten nach dem Erscheinen von »Böse Spiele«, dem ersten Krimi mit Lena Borowski, sowie die Tipps und Hinweise zu geeigneten Schauplätzen für »Finstere Geschäfte«. Weiter so, ich freue mich immer ganz doll über eure/Ihre Rückmeldungen!

Cornelia Härtl
im Frühjahr 2015

Der erste Fall für Lena Borowski

Die Sozialarbeiterin Lena Borowski ist nicht gerade begeistert, als sie unvermittelt vom Jugendamt in ein Containerbüro im Spessartviertel, dem sozialen Brennpunkt Dietzenbachs, versetzt wird. Hier hat sie das Leid von vernachlässigten Kindern und verprügelten Frauen unmittelbar und ständig vor Augen.

Statt ihr freies Wochenende zu genießen, lässt sie sich auch noch überreden, nach der wie vom Erdboden verschwundenen Schwägerin ihrer Jugendfreundin zu suchen. Sie findet tatsächlich eine Spur von Sabrina, doch die führt in einen SM-Club im Frankfurter Bahnhofsviertel.

Als am Rande des Spessartviertels die Leiche einer offenkundig bei SM-Spielen getöteten Frau auftaucht, befürchtet Lena das Schlimmste.

Buchhinweise

Am Morgen nach einer rauschenden Party liegt der Wiesbadener Stadtrat und Umweltdezernent Erwin Stumpf mit eingeschlagenem Schädel in seinem Arbeitszimmer. Von der Tatwaffe, einer wertvollen Statue, fehlt jede Spur. Ein Raubmord? Oder sollten Stumpfs Pläne für einen Windpark und die radikale Ökologisierung der Wiesbadener Stadtwerke die Energieriesen zu sehr provoziert haben? Eine harte Nuss für Martin Sandor und sein Team vom K11.

Windige Geschäfte. Ein Wiesbaden-Krimi

Kerstin Hamann | 12,99 € | 978-3-95400-324-2

Kriminaldirektorin Katharina Klein und ihr Team stehen schwitzend in der Sonne, während die Frankfurter Prominenz um sie herum Reden zur Eröffnung der Sonderermittlungseinheit schwingt. Plötzlich schießt sich Justizminister Jan-Ole Vogel vor aller Augen in den Kopf. Die neue Polizeieinheit hat ihren ersten spektakulären Fall.

Die Ermittlungen führen Katharina Klein und Andreas Amendt tief in den Intrigensumpf der hessischen Landespolitik.

Damenopfer. Katharina Klein in den Schlagzeilen

Helmut Barz | 12,99 € | 978-3-95400-451-5

Buchhinweise

Dieser Sommer im Taunus ist einfach mörderisch heiß. Bei Tierbestatter Bodo Müller herrscht Hochbetrieb, er muss sich zusätzliche Kühltruhen leihen. Gerade will er einen verschiedenen Boxer zwischenlagern, als ihm statt eines Kaninchens das bleiche Gesicht einer schönen, jungen, aber leider sehr toten Frau entgegenblickt. Zum Glück ist gerade seine Nachbarin Elfriede Schmittke hereingekommen, die patente Hofheimer Detektivin.

Bestattungsfragen. Elfriedes zweiter Fall. Ein Taunus-Krimi

Veronika Aydin und Kerstin Klamroth
12,99 € | 978-3-95400-393-8

Weitere Krimis und Romane finden Sie unter:
www.sutton-belletristik.de